青·科幻丛书

杨庆祥 主编

湿润的金属

阿缺 著

作家出版社

阿 缺

中国科幻更新代代表作家之一，自 2012 年发表处女作以来，共计发表过百万字，多篇作品被翻译为英文在海外发表，多次获得全球华语科幻星云奖和中国科幻银河奖。作品以软科幻为主，风格糅杂，爱机器人，写机器人，歌颂机器人，希望机器人统治世界后对自己网开一面。出版有《与机器人同行》《星海旅人》等。

科幻怎么写下去

杨庆祥

2018年，国产科幻电影《流浪地球》以其高质量的制作获得了良好的口碑和让资本惊喜的利润，以至于有舆论认为这意味着中国科幻时代的来临。但接下来 2019 年 8 月上映的《上海堡垒》却以其粗制滥造而让观众大跌眼镜，以至于网上流传着一句酷评："《流浪地球》为中国科幻电影打开了一扇大门，《上海堡垒》又把这扇门关上了。"因为《三体》获奖以及众多科幻作家的努力而开创的"科幻黄金年代"似乎正在呈现它的另外一面，固然国家意识形态的肯定和资本的逐利流入为科幻的发展注入了强大的外力支持，但实际上有思考能力的科幻从业者——以科幻作家为主体——都明白，支撑"科幻黄金时代"的核心动力不是那些外部因素，而是扎扎实实的作品，也就是说，如果没有推陈出新的优秀作品，如果不能在既有的题材、主题、构想上展现出新的质素，科幻也就很难继续进步。这应该不是我一个人的观感，而是一种普遍感受。我在很多次活动上听到青年科幻作家言必刘慈欣，言必《三体》，然后我就很好奇地问为什么。因为在所谓的严肃文学圈，并没有青年作家言必谈莫言、余华这样一些经典作家的情况。青年科幻作家的回答是，在科幻文学界，刘慈欣及其《三体》已经不是简单的经典化的存在，而是不可超越的高峰。在深圳参加的一次科幻会议上，青年作家私下和我交流时提到了一个观点：与严肃文学写作不同，科幻文学对于题材甚至是创意的依赖是非常严重的，往往某一个题材或者"点子"被用过一次，就不可重复使用了。在这种情况下，寻找新的题材和"点子"就变得非常困难。重复性的写作几乎没有意义，一些青年作家普遍表现出了一种难以为继的困惑和焦虑。在这种情况下，提出"科幻怎么写下去"这样的问题，就要求科幻从业者抛弃不切实际的被资本蛊惑起来的欲望，回到创造的原点，真正思考个体、技术、语言和时代之间的复杂关系，创作出足够人性化和世界化的优秀作品，推动中国科幻写作良好生态的可持续性发展。

由我主编的第一辑"青科幻"丛书在2018年4月出版发行后，业界与市场均反应良好。第二辑"青科幻"丛书收入六位青年科幻作家：阿缺、刘洋、汪彦中、王侃瑜、双翅目、彭思萌的作品。他们在写作的题材、处理的主题、叙述的风格上呈现了一种多样性，这种多样性甚至是互相矛盾的：对技术的信任和不信任；对人和机器关系的确定与不确定；对物质和元素的可知与不可知；对文明世界的渴望和厌弃。他们试图通过不同的方式来破壁，借鉴现实主义的、古典的、现代派的各种手法来激活科幻写作的多种潜能。毫无疑问，任何一种探索和实验都值得期待。对我来说，科幻怎么写下去的答案不存在于作家、批评家和资本方的规划中，而存在于这一部部具体鲜活的作品中。

最后，我要特别感谢作家出版社的李宏伟和秦悦两位老师，因为他们卓有成效的工作，这套丛书才得以顺利面世。

2020年3月10日改定于北京

目　录

与机器人同行

1

LW31对我入狱的原因很好奇，在漫长艰辛的路途里，它一直盘问着。

沙漠一望无际，烈日酷晒，我心情烦闷，说："你他妈烦不烦？"

它显然不懂"烦"的概念，愣了几秒后，继续啰唆。

我无奈地停下来，看着LW31那乏味的方形脑袋，一本正经地说："好吧，我告诉你——是因为爱情。"

"爱情？"这显然又是一个它不能理解的概念。

"对，我遭到陷害，被抓到这该死的星球，远离家，远离她，然后不顾艰难险阻地越狱逃走。这一切行为的源头，都是爱情。"

"我很同情您，先生。"它说。噢，它才不会对我有一丁点儿同情呢，这句话只是它体内负责正常交际用语的处理单元所分析出的恰当回答，"但我想知道更多，可以吗，先生？"

"你为什么要打听我的私事？"

"我要收集更多的人类情感，进行归类分析，以便尽量了解你们的思维。"LW31一板一眼地说，"这样，当我再次回到爱丽丝小姐身边时，不但可以照料她的起居，还能跟她进行情感交流，对她的成长会起到积极作用。"

"我得警告你，对机器人来说，试图了解人类情感是很危险的。"

"放心！"它拍拍胸膛，铿锵撞击声在空旷的沙漠里传得很远，"我是联盟甲级产品，安装有32核处理器，能在零点五秒内模拟整个银河系的星球运转，从恒星到沙粒，不会遗漏任何一个细节。"

"事情是这样的。"我打断他，一口气往下说，"我爱上了玛丽，但玛丽心中只有吉姆。在一次宴会中，吉姆认识了汤姆，所以他背叛玛丽去追求汤姆。汤姆不喜欢吉姆，他喜欢的是海莲娜，海莲娜却同时爱着杰克和安妮。杰克和安妮是一对恋人，不过杰克还与他的邻居凯文有染。奸情曝光后，安妮到酒吧自暴自弃，和克里斯发生了一夜情。这让深深爱着克里斯的凯瑟琳、梅根、罗茜和皮特很气愤，其中罗茜来找我诉苦。我们刚上床，就被她男友派恩发现了，派恩于是陷害我。"

LW31睁大了矩形眼睛，很久都没有说话，我拍了拍它的脸，毫无反应。

然后我才意识到，它死机了。

2

遇见LW31完全是个意外。

我的越狱很顺利，那群愚蠢又懒惰的希特星人至少要在一个月之后才能发现我的失踪。但问题是，我没有预料到监狱外是延绵千里的沙漠。我带的粮食和水不够，仅仅一天后，我就陷入了困境：向前行，是死；往后走，是生不如死。

这时，LW31出现在我面前。

它是家用型机器人，主人一家进行星际旅行，把它也带上了，放在货舱里。不幸的是，一个拳头大的陨石击中了飞船，氧气从货舱里泄漏。紧急之下，船长放弃了货舱，货舱划过茫茫宇宙空间，穿过希特星的大气层，落到了这片沙漠上。

在如此猛烈的撞击下，LW31竟奇迹般地没有损毁，只是导航系统被破坏了，只能站在沙漠中央，顶烈日，踩黄沙。

我在残破的货舱里找到了食物和水，还有一些衣物，然后准备离开。

"先生，请、请您发发好心，把我带回地球去。"LW31在背后叫住了我，"爱丽丝小姐需要我……"

我没理它，继续往前，走着走着，我突然想起了一件事，于是转过身，问："你是什么型号的?"

"我是LW型第31代智能家居机器人，能处理一切家务，尤其擅长带小孩子。我会唱儿歌，会讲故事，会……"

我打断它的喋喋不休，吞了口唾沫："那，你的主人从商场把你买回去时，花了多少?"

"先生，请您不要侮辱我！我在出厂前就被预订了，不打折，不促销!"它的语气充满骄傲，"主人一共花了十二万联盟币。"

"那我带你走吧，我的目的地也是地球，正好顺路。"

希特星的白天很短，两轮恒星沉入地平线后，黑暗就降临了。燥热退去，但严寒如鬼影覆盖，我把从货舱找到的破布料全部盖在身上，仍挡不住彻骨寒凉。

为了御寒，我只得抱住LW31，紧紧贴着，它体内的散热总算让我好过一些。

"先生，呃，请……请您自重。"

"放心，我对你没兴趣。"

"哦，那就好……"过了一会儿，它扭捏着，"要是你有什么……请千万把持住。"

"闭嘴!"

沙漠的行程分外枯燥，沙尘飞扬，所见仅是玄黄之色。但回地球的愿望驱使着我，凭借星辰摆布，我一步步地向东方走去。到了第六天傍晚，我走得累极，一下子瘫软在地。沙子炙烤着我的背，我却不愿意起来。

LW31则坐在一旁，体内咔咔作响，眼睛里变幻着彩光。

"嘿，我说，你在干什么？"

"我在清除无用资料。"它难得地话语简短。

我继续躺着，说："什么是无用资料？"

"我的双眼接收到的视觉影像，都会自动存储进我的硬盘。但我的硬盘容量不大，只有7.5PB，很快就会被占满。所以每隔一个月，我都会清除大部分影像资料，只保留对爱丽丝小姐有帮助的片段。今天就是这个日子。"

"哦，"天渐渐暗了下来，有风吹过，带起一些沙子，"那你在清理哪些影像？"

"就是这些天看到的沙漠，还有待了很久的货舱。更早些是在地球上，都很无聊，你不会有兴趣的。"它眼中的光亮在昏暗中逐渐明显，像亮起的烛火，"我现在删的，是爱丽丝小姐上学后，我独自待在家里看到的景象，房间和街道，天空，高楼，男主人除草，女主人洗澡——先生，你干什么，松开！"

"别，别删！"我掐着它的脖子，"你女主人长得漂亮吗？"

它使劲挣开我的手臂，坐起来，"我对你们人类的审美没有标准，在我看来，只有爱丽丝小姐是美丽的。不过，我记得女主人曾经得过欧洲最性感女星的前一百名。"

我奋不顾身地又扑过去，涎着脸说："那你把女主人洗澡的影像放出来。"

"不行！"LW31断然拒绝，"机器人条例里明确禁止了此类事情。"

机器人条例是流淌在它整个回路里的逻辑准则，不可能更改。我颓然叹了口气，翻个身，又躺在渐渐冰凉的沙子上。

过了一会儿，LW31把手伸过来，摸着我的头，"不过，我可以给你看看我的爱丽丝小姐，她比一切人类加起来还要美丽。"

"随便吧。"我挥挥手。

咔咔，它的眼睛眨了两下，两道锥形光柱从眼球里射出，在空中形成了清晰的三维影像。一个五岁左右的小女孩在花园里奔跑，阳光正好，满地青草。女孩有着金色头发，与阳光混在一切，看不分明。她跑了一段，突然被裙子绊倒，坐在地上哭了起来。

画面立刻颠簸了，且迅速靠近小女孩，传来LW31的声音："爱丽丝小姐，您没事吧？"爱丽丝坐起来，张开两臂，脸上挂着泪，嘴角却含着笑。

在这颗遥远星球的黄昏里，在沙漠中央，LW31也怔怔地伸出两臂，似乎要与这个天使般美丽的虚影女孩相拥。

3

七天后，视野的尽头，终于出现了一座城市的轮廓。凭着记忆，我知道这是一座港口城市，有开往联盟各大星球的船只。

我把LW31带到一家机器人中心门口，叮嘱道："你站在这里别动，我进去问问，看有没有人可以修好你的导航系统。记住，你现在是无主机器，任何人都可以处置你。你一乱跑，就可能再也见不着你的爱丽丝小姐了。"

最后一句话吓得它连连点头，左顾右盼，缩在墙角。

我径直走到中心里，一个费罗斯星人过来招呼道："尊敬的客人，有什么是我能为你效劳的吗？"

"哦，"我把手插在裤袋里，用随意的语气说，"我要搬家了，打算把原来的家用机器人卖掉。"

"是门外面站着的那个吗？"

"对，LW型号的，没有一点故障。它之前一直负责照顾家里，勤勤恳恳，硬是没让我看见一点灰尘。我侄女，就是在它的照顾下成长的，不但健健康康，而且漂漂亮亮。十年来，它……"

"尊敬的客人，如果我没有记错，LW型机器人最早的一代都是七年前产出的，何况这个三十一代。"费罗斯星人指了指摄像屏幕里的LW31，它正可怜兮兮地缩在墙角阴影里，每路过一个人，它都吓得抖一下，"先生，打开天窗说亮话，这个机器人，恐怕来路不正吧？"

"不想做生意就算了，何必污蔑我！"我愤然作色，作势要走。

费罗斯星人站着不动，脸上的石头褶皱挤在一起，看上去似笑非笑。

脸上的愤怒持续了半分钟，我终于泄气，垂下头说："算你狠。"

"一万。"

"什么！你也太贪心了！你这个岩石身体里，究竟藏着的是怎样一颗黑心肝！要是在地球，像你这种奸商，一定会有愤怒的市民拖出去暴打！"我恨声骂道，但见费罗斯星人不为所动，只得压低声音，"好吧，但要给现金。"

到门外，我踢了踢LW31，说："进去吧，我问好了，他们可以帮你修好导航系统。"

"先生……"LW31的声音有些发抖，"我刚才看见别的客人带机器人走进去，但是出来的时候，没有机器人……先生，您不会丢下我吧？"

它的矩形眼睛看着我，黑色硅晶体闪着光，看上去像是在流泪。

娘的，是谁给它造的这样一双眼睛！我在心里骂了一声，咬咬牙，硬起心肠，说："我怎么会抛弃你呢？快，跟我进去吧。"

在大厅里，费罗斯星人打量完LW31，满意地点头："嗯，不错。来，跟我进去吧。"又转头看向我，"你去柜台那里领钱。"

LW31不解地转向我。我不敢看它，闷头走到柜台前。

一颗松鼠般的绒毛脑袋探出来，打量着我，说："嗯，告诉我他，一万联盟点的现金让我给你。"

我愣了愣，才明白这是个说话颠倒的毛球星人，点点头："对，一万现金。"

毛球星人也不废话，直接拿出一沓晶片。我接过来点了点，没错，是这个数。转身走了几步，我心里突然有些犹豫，又回头，问道："那个机器人……你们会怎么处理它？"

"按老规矩都是，芯片先清理，表面翻新再把它，上漆喷，条形码贴上去找一张没有过的，放到大厅里当新产品卖了然后就可以。"毛球星人漫不经心地说。

我花了很长时间才理解它说的意思，又问："那，芯片处理的时候，会不会把硬盘里的记忆也清空？"

"话废！怎么当新品不清空？"

我想起了在沙漠中时，LW31痴痴地拥抱着爱丽丝虚影的场景。要是把爱丽丝的样子忘记了，它会很难过吧？我随即狠狠掐了一下手指，但仍是不能驱散这个念头。见鬼！机器人是没有感情的，可是我为什么会替它感到悲哀呢！

"啪！"我突然把晶片扔到柜台上，我知道我肯定会后悔，但接下来还是说："去你妈的！老子不卖了！"

"妈的去你！不卖爱卖！"毛球星人回骂道。

我转身，向后方追过去，在维修部门口，截住了费罗斯星人和LW31。我低声对费罗斯星人说了我的决定，然后拉起LW31的手，说："我改变主意了。我没有钱，不能给你修导航系统。"

"唉，太遗憾了，不然的话我就能自己回去了。"LW31惋惜地说。

我没回答，拉着它往外走。它不再多嘴多舌，沉默地跟着我，走到中心外，走到大街上。"先生？"直到走到一处街角，它才叫住我。

我仍旧不敢看它，左顾右盼："嗯？"

"谢谢您。"

4

正如我所预料的，不到半天我就后悔了。本来有了那一万联盟币，我可以顺利买到回地球的船票，现在倒好，不但身无分文，还带了个呆头呆脑的累赘。

"不用急，我们可以去挣钱。"LW31倒是信心满满，"两个大男人，害怕挣不到钱？"

于是，我们到港口谋职。飞船起起落落，带来了大量货物，我跟一个船主好说歹说，才让我和LW31当临时搬货工，工钱按搬运的货物来算。一整天下来，我累得浑身酸痛，脚像灌了铅，结算工资后，我一下子瘫倒。

"嘿，你看，我们今天收获不少！"LW31兴高采烈地把我的钱接过去，来来回回地清点，兴奋地说，"你挣了一百二十六点，加上我的，"它把自己的工钱拿出来，数了数，"太好了，我们一共有一百三十五个联盟点了！"

"我看你扛了那么多箱子，怎么工钱这么少？"

"他们说我是机器人，给点钱让我去买润滑油就已经很好了。"

我摆摆手，累得不想再说话，呼吸着渐渐清凉下来的空气。

LW31把钱藏好，说："我算了算，你的船票要七千联盟点，而我坐货舱，也得付四千，加起来也就是一万一。你每天的食宿要花二十，我什么都不需要，这样的话，只需要九十六天，我们就可以挣到去地球的钱了。"

"不行，时间太长。"我摇摇头，希特星人很快就会发现我已经逃脱，通缉令一出，我就离不开这里了。

"可是对我来说，时间无关紧要，我体内的反应炉能让我持续使用一百年。"

"可是爱丽丝等不了那么久啊。三个月，她肯定很想你，你舍得让她伤心难过三个月吗?"

LW31顿时紧张起来,问:"那怎么办?"

"非常时刻,就用非常办法。"我狞笑着坐起来,十指交错拧动,指节噼啪作响,"你知道我们人类引以为豪的是什么吗?"

"爱情?"

"不,是骗术!"

联盟成立初始,地球人确实以骗术文明,无数外星人上当受骗,大呼人类狡猾。不过,所有的骗术都有破绽,时间一长,就再也没有人轻易上当了。我原来打算用经典的"碰瓷""闯晴"或"倒叶子",但试了几次,无人上钩。思量之下,我决定用最简单但最有效的办法。

"我需要你的帮助。"我对LW31说。

"能给你提供帮助是我的荣幸。"它说,"但我不会帮你行使骗术。我不能对人类说谎,不然就违背了机器人准则。"

"放心,我不需要你撒谎。像骗人这种技术活儿,只能我来做,你只负责剩下的事情。"

"恐怕不行,光想到骗术,我身体里的电路就会羞愧得冒火花。"

"嘿,可你是我的伙伴,你不帮我谁帮我?"

"你刚才说什么?"

"我说你是我的伙伴。"

LW31沉默了许久:"好的,我帮你——我替这个要进入你骗术的倒霉蛋祈祷。"

于是我用辛苦挣来的钱买了一个皮包,售货员说这个皮包是联盟最流行的,许多生意人用这款。她要价一百,我毫不犹豫地付了。我在皮包里塞了适量的木头和砖块,然后蹲在港口等着。

两天后,一个肥头大脑的人类从港口走过来,也提着相同的皮包。他大概走得累了,放下包,擦着额角的汗。这是最适合的猎物。我连忙走到他背后,手伸过去,捂住了他的眼睛。

"你猜我是谁?"我尖着嗓子说。

就在我说话的当儿,LW31提着我的皮包,轻悄悄走过来,调换了两个包。

"你是小丽吧?"胖子犹豫了一下,"你怎么跑这儿来了? 不是说让你先等着吗,我回地球后就跟她离婚,然后娶你。"

"不对,你再猜。"我拖延着时间,LW31正往外走。

"那你肯定是阿娟了,对不住,那晚我喝得太多,控制不住……"

"错了错了,你再猜嘛。"

"难道是萍儿? 唉,我正要去找你呢,你托我办的事,已经差不多了。剩下一点,还要再讨论,我订了房,今晚你过来我们好好聊聊吧?"

LW31已经转过街角了,我松了口气,放开手。胖子正絮絮叨叨地说着,转过头,看见是我,吓了一跳:"你……你是谁?"

"哦,我认错人了啦!"我朝他甩了个兰花指,声音尖细,"我还以为是我男朋友嘛。不过你也不错,要不要……"话没说完,胖子已经提着换过的皮包,忙不迭地跑开了。

5

事情顺利得我都不敢相信——那皮包里,除了一沓文件和十几个女人的联系方式,还有两万联盟点。

我当即去城里的高档餐厅狠狠吃了一顿,又到服装店换了身行头,总算把两年牢狱的郁气扫尽了。办完这些,我才带着LW31到港口寻找去往地球的飞船。

运气再次眷顾了我。一艘叫"安琪号"的飞船正打算去往地球,价钱有些贵,客舱八千,货舱五千。

"等等,"正打算买票时,LW31突然拉住我,可怜兮兮地说,

"我能不能不去货舱?"

我愣住了。机器人虽是通用产品,但不属于联盟成员,在很多地方受歧视,LW31在码头被克扣工资,也是因为这个。按联盟条例,在任何航行中它都要待在货舱里。

"上一次航行中,就是因为在货舱里,我才离开了爱丽丝小姐。我不想再待在里面了。"

我再次看到了它那黑中闪光的忧伤眼睛。于是,我点头,转身买了两张客舱票。

但在进船时,我们被拦下来了。"你可以进去。"保安对我说,然后指着LW31,"它不行,它只能待在货舱里。"

我嚷道:"为什么?为什么它不能和我待在一起?"

"因为它只是个机器。"

"不!"我郑重地摇着头,"它不只是机器,还是我的伙伴!"

LW31明显地抖了一下,它没有说话,站得笔直。

我们的争吵引来了其他旅客的注意。一个身材高大的男人走过来,他头戴老式的泰森毡帽,肩上是宽大的披风,说话的声音低沉而有力:"怎么回事?"

"威克船长。"保安恭敬地敬礼,然后把事情原委说了。威克皱眉看着我,一股压迫感笼罩了我,但我没有退步,与他对视着。

"上一个敢在我船上闹事的人,"威克不疾不徐地说,"现在正躲在联盟边境的一个荒芜行星里,整整七年都不敢出来。"

我说:"我不想闹事,我只是想带着我的伙伴上船。"

"这倒是新鲜,这个铁皮家伙,是你的伙伴?"

"我不知道这有什么好稀奇的,它也不只是铁皮家伙,我相信它比你这条船上的大多数船员都值得信赖。所以,对,它是我的伙伴。"

这句话让威克瞪大了眼睛,表情变换。气氛一时变得凝固,LW31担心地拉了拉我的手臂,小声说:"那要不,我还是去货舱吧？"我甩开手，没理它，继续看着威克。

过了很久，威克突然哈哈大笑。"小子，好脾气！"然后他对保安挥挥手，"放他们进去吧，都是想回家的人。"

6

我们的床位在舱室的后排。LW31要接受武器检测，我就先进去了，刚放好东西，就发现有个人在一直盯着我看。

我恼怒地扭过头，正要发火，却看清了那人的样子，顿时心尖一颤——是那个被我换走皮包的胖子。

"我觉得你好面熟啊，我们是不是在哪里见过？"他疑惑地说。

我恍然：已经换了衣服，与前两天衣着褴褛的样子判若两人。"没有吧，"我粗着嗓子，声音很浑厚，"哈哈哈哈，您这么有富态的人，我要是见过，一定忘不了。"

胖子收回目光："也是，很多人都说我长得好看。"顿了顿，他又叹口气，"唉，你不知道，这个希特星球啊，尽是些人渣！前几天，我走在街上，居然被一个娘娘腔抢走了包。"

"哈哈哈哈，"我心惊肉跳，但还是鼓起喉咙，让声音豪壮粗犷，"一个娘娘腔也敢来抢您，真是他娘的活得不耐烦了！"

"哦，忘了说了，主要他还带了帮手，十几个大汉，个个都带了枪。要不然，别说一个娘娘腔，就是十个，我也照打不误！"胖子摆摆手，用无所谓的语气说，"唉，其实也没丢什么东西，只是十几万联盟币而已。为了这点钱，他们至于吗？"

"哈哈哈哈，您真有钱！"我附和道。

这时，LW31扛着行李走过来，刚要说话，就看见了胖子。它吓得浑身一颤，"轰"，行李全掉在地上。

胖子看到它，脸上的表情顿时变成了厌恶，大声说："机器人？

机器人怎么会到这里来！"

LW31早已六神无主，求助般看着我。

我只得打圆场，说："哈哈哈哈，您别见怪，它是我的家居机器人，没有危险。你就当是个铁盒子就可以了。"

"这怎么可以呢？在我的旅行中，要是有个卑贱的机器人睡在我隔壁，一旦传出去，我的名声就毁了！"

"哈哈哈哈，您放心，不会有人知道的。"

"我不像你，我可是个名人，早餐吃什么都会被报道出来！我给你说，你赶紧把它弄走，不然我就叫船长来处理。告诉你，船长跟我是铁哥们儿，他的航行证都是我弄来的。"

我已经对这个满嘴跑火车的胖子失去了耐心，干脆不说话。他等了半天，终于哼一声，对路过的工作人员说："快，去把船长给我叫来！"

威克很快就过来了。

"船长，您可得给我做主。"胖子脸上堆满殷勤的笑容，"我是一个体面的人，理应得到体面的对待。我乘您的船，就应该受到乘客的待遇，而不是跟一个浑身锈铁、冒着臭油味的金属罐头在一起。"

"你迁就一下，是我放他们进来的。"

胖子收起笑脸，做出一副倨傲的姿态："你这可是公然违反联盟条例！你要是不把这铁家伙赶走，我就起诉你。嘿，我告诉你，我可认识不少飞船署的高官，经常吃饭打牌，交情好得不得了。我一句话，你下辈子都别想再进飞船指挥舱了！"

但这次胖子失算了。威克勃然变色，揪住胖子的衣领，凑过去，几乎是脸贴着脸，说："收起你的歧视和谎言！我可不是被吓大的，别说是飞船署，就算是元老会，我都没一个怕的。你可能不知道，安琪号以前可不是用来运货送人的，它是艘海盗船！从大麦哲伦云星系到天马星系的航线上，谁不知道我威克·格里芬的名字！你要是再哼哼唧唧，我就把你扔出去。"

接下来的航程里，胖子一直很安静。

7

航行持续了一周。在瞭望室里，我看到了星河流转，看到光晕璀璨，宇宙安静而美丽。但真正让我高兴的，还是那颗逐渐明晰的蔚蓝色星球。

"三年了……"我贴在玻璃前，嘴唇颤抖，"三年，老子终于回来了！"

飞船在成都港着陆。一离船，我就扑倒在地，用带着淡淡腥味的泥土埋住脸。这是地球的气息，走遍宇宙都无法代替。口鼻窒息时我才抬起头，眼泪流出，混着泥土。

泪眼蒙眬中，我看到LW31正蹲着，定定地看着我。

"看个屁！"我爬起来，"走，跟我去一趟武汉找我女朋友，然后我陪你去波士顿，把你还给你的爱丽丝小姐。"

"咦，你有女朋友吗？你不是说你爱上了玛丽，但玛丽心中只有吉姆。而吉姆认识汤姆后，背叛了玛丽去追求汤姆。汤姆不喜欢吉姆……姆，他喜欢海……海莲娜，海莲娜却同时爱着……杰克和……安——妮——"它的声音渐渐变小，且每个音节都拖得很长，体内有电流嗞嗞流动声——这是它内部电路混乱的特征。

过了好一会儿，它才恢复过来，语气侥幸："幸好还没有死——你们人类的感情实在太可怕了，连想一下都快让我死机。"

"不复杂吧？你建立一个网状图，每个名字当节点，用单双箭头连接起来，就一目了然了。"

"我试过，但没用。箭头里包含的东西依然让我困惑——异性恋，同性恋，双性恋，欺骗，背叛，冲动，仇……"

它的嘴保持着半开半合的僵硬姿态。

得，这下彻底死机了。

重启后，LW31恢复运行，但它聪明地闭上了嘴。所以从成都到武汉的路上，我耳根清净，我心情舒畅。

不过，真正到达武汉时，我就开始忐忑了。三年没见，我不确定她还记不记得我。

我问了以前的一个熟人，他告诉我，她还在原来的公司上班，单身，但是有人在追。"你当年没吭一声就消失了，她伤心了很久。"熟人最后说。

我默然无语，辞别熟人，来到她每晚下班必经的公园门口。杨树的影子由短变长，向东斜贴在地面，最后消失在渐渐昏暗的空气里。正是暮色四合，华灯初上时分。

路灯拉扯着我的影子。我从地上站起来，拍拍屁股上的灰尘，对LW31说："走，我们回去吧，不等了。"

"可是都等了这么久，现在走，太可惜了。"

"那你接着等吧，我先——"我刚转过身，话就再也说不出口了。

她站在我身后，在夜色里，在灯光下，一身蓝色薄衫，脸上略带疲劳，但掩不住清秀娇美。她显然也看到了我，走到近处，脸上满是惊讶。

为了这一刻，我用三年时间策划越狱，在漫漫沙漠里跋涉，穿过百万光年的宇宙空间。但真的看到了她，我却不知道说什么好。

"你好啊。"她先开口。

"你……你肚子饿吗？"

她笑了笑："三年没见，你还是只会用这个来开场。我不饿，我和同事吃过饭了。但我有点冷，晚上起风了。"晚上确实起风了，她额前的发丝在风中流转。

我赶紧脱下外套，递给她。她披在肩上，问："你不打算告诉我你这三年去哪里了吗？"

"我……我进监狱了。"我低下头。

她"哦"了一声，点点头："这就难怪了。那你是被保释还是刑满了？"

"我……我越狱了。"我的头越发低得厉害。

她又"哦"了一声，问："你越狱，是为了回来见我吗？"

我鼓足勇气抬起头，看着她，使劲点头。路灯下，她只是一个淡淡的剪影。

"那谢谢你来看我。"她把肩上的外套取下来，递给我，"但很晚了，我现在要回家。"说完，她转身离开，夜色逐渐吞没着她的身影。

LW31始终在一旁看着，走过来，拍拍我的肩，说："她哭了。"

我呆呆地拿着外套，看着她的背影。几秒后我才反应过来，问："什么？"

"我说，她哭了。刚才她转身的时候，眼睛里泛出了一些液体，你们人类把这种行为，叫作哭泣。"

她为我哭了？哪怕在我消失三年，进监狱，然后又越狱，她还是会为我哭泣？

"按照非理性情感因素分析，你对她而言，依然很重要。"LW31摇头晃脑地说。

"那，那我应该去把她追回来吗？"我紧张地看过去，她的身影更模糊了。

"去吧，你们人类千辛万苦从猴子进化过来，可不是为了看着心爱的女孩越走越远的。"

这句话让我浑身一震，我拔腿向她消失的方向跑过去！夜风在耳畔呼呼作响。

几个人影突然从路旁闪出来，挡在我面前。我急忙刹住，恼怒地骂道："谁他妈不长眼，别挡老子的道！"

"你不认识我了吗？"为首的一个人慢吞吞地说。

他抱着肩，脸一半在灯光下，一半隐藏在黑暗里。我眯起眼睛，仔细看着他的五官，渐渐地，久远的记忆跋涉而来。我心头冰凉，脸颤抖了一下，问："派恩？"

8

三年前，我是武汉一家花店的店员。派恩要追求她，每天给她买花，店里让我去送。每个傍晚，我都会在这条路上等她，然后把花送给她。

我就这样认识了她，并且爱上了她。她对我也有好感。所以那段时间，每晚的情形都是这样的：我站在路边捧着花，她接过花后，立刻又把花扔在路边，然后挽着我的手，蹦蹦跳跳地离开。

但没过多久，派恩就发现自己花了钱，却在替我作嫁衣裳。他悄悄把一些毒品藏在花束里，我等她时，警察突然来按住了我。派恩动用了他的关系网，我甚至都没有经过起诉，就被送到希特星服刑。

这是抓我的警察对我说的，末了，他笑着补充："派恩这手玩得很好，人赃俱获，你没有翻身的机会。这辈子就在希特星晒太阳吧！"

"怎么？"派恩斜着头看我，"本事够大的啊，居然逃回来了。"

"那当然，怎么着也要跟你道一声谢。"我一边说，一边打量四周，他的七八个同伴拦住了所有的去路，"为了我，你可没少费心思。"

"哈哈，确实。为了弄到那些毒品，我花了上万点……不过，也值了，把你赶走后，她一直很伤心，那段时间，只有我在她身边安慰。"派恩一脸得意，英俊的五官因而变得有些扭曲，"到现在，我终于快打动她了。她都已经答应要跟我约会了。"

我后退一步，派恩的同伴们立刻围得更紧了。而 LW31 呆呆地站在路边，似乎弄不清楚情况。

"但在这个关键时刻，"派恩咬牙说道，"你回来干什么？"

"我当然是回来找她的。我有些话要告诉她，让她知道你的真面目！"

"那好，"派恩挺起胯部，指着他的两腿中间，"你把那些话写在我的阴茎上吧，相信过不了多久，我就能帮你转达了！"

他的同伴们也肆意哄笑。LW31看了看我，又看着他们，脑袋来回转。

我握紧拳头，冷笑道："就算我是写七号字体，在你的那里，恐怕也写不了几个字。"

派恩的脸一下子变白，脸上肌肉抽动，"嘴硬？"他猛一挥手，"给我打！"

纷乱的人影朝我涌过来，一瞬间有好几个拳头打中了我。我脑袋一蒙，眼睛也红了，奋力向那些人回击过去。但毕竟寡不敌众，很快，我就只能蜷缩在地上了。

这时，LW31走过来了，说："先生们，请……请不要动粗，这样不礼貌，也不合法……"

没有人理它。

它愣了几秒，然后挤开派恩的同伴们，身体弓起，把我护住了。

"嘿，还有个管闲事的机器人！"派恩喘息了一下，吐口唾沫，"妈的，照打！"他的同伴们立刻拳脚如雨，但LW31护住了我的胸腹和脑袋等要害，多数的攻击落在了它背上。

"你个傻机器！你还手啊！"我大声吼道，嘴里满是腥甜的血丝。

它看着我，缓缓摇头。我顿时明白，又是那该死的机器人准则！

渐渐地，派恩打得气喘吁吁，撑着腰站起来，说："行了行了，报警吧，就说我们抓到了越狱的犯人，一番搏斗才拿下他。"

警察的飞车很快就到了，我被系上电光手铐，押进了车里。

我浑身酸痛，但心里更是绝望如死，头无力地靠在车窗上。飞车开动了，地面缓缓远去，派恩一伙也嘻嘻哈哈地走开了。

　　　　　　　湿润的金属

在最后的视野里，我看到LW31正孤零零站在街道中央，昂起头，黑色眼睛闪着细碎的光。

9

监禁了两天之后，我被带出去，但要见我的不是押送官，而是她。

"没事了，没事了，"她拍去我肩上的灰尘，温柔地说，"我们出去吧，你自由了。"

"我在做梦吗?"

她轻轻地笑了，一如从前。她拉着我的手，触感温润，这不是梦。她说："是你的机器人救了你。"

她给我讲了事情原委：我被押走后，LW31就开始满大街地寻找她。它的导航系统坏了，也不知道她的住处，就挨家挨户地敲门询问。直到第二天早上，它才打听到她的家。正好她要上班，刚开门，就看到这个机器人站在门口，身上积满了露水。她还没询问，LW31的双眼就射出了散柱形光影，正是那晚我被派恩殴打的画面。凭着这些，她动用了所有关系，四处找人，终于让我洗清了罪名，同时将派恩绳之以法。

我恍然，LW31有自动记录所见影像的功能，这能证明我是被派恩陷害的。

只是，一个机器人独自在深夜的街上，是很危险的。地球上歧视机器人的人不在少数。我甚至不能想象，这个胆小的家伙，是如何战战兢兢地敲开一家家陌生的门，整整七条街……

我和她出了警察局，LW31正在外等着，方脑袋上依然是呆板的表情。"先生，你来了。"它说，语气跟以前一样不疾不徐。

但我哽咽了，说不出话来。我上前抱住它，金属外壳很凉，但我抱得很紧。

"呃，先生？"它扭着身子，犹豫了一下，"请，请您自重……"

我恢复了身份，也得到了一些赔偿，她也不再埋怨我，这些已足以开始新生活。但在此之前，我要把LW31带到波士顿，带到它的爱丽丝小姐身边。

这是最后的旅程，我有些伤感，LW31也不再唠叨。沉默更放大了我的伤感，我转头看着核轨车的外面，景色掠过如飞。

一个小时后，我们踏上了波士顿的土地。按照LW31说的地址，我们沉默地走过去。

它的主人很有钱，住的是一栋复古式别墅，屋子前面是花园，园中百花盛开，芳香四溢。我们刚走到篱笆外，就听到里面传来了小女孩的清脆笑声。LW31浑身剧震，停了下来，似乎不敢相信。

"是她吧？"我问道。

它使劲点头。隔着篱笆栅栏的间隙，我看到了它无数次念叨的爱丽丝小姐，她正蹲在院子里，用小铲子挖土。她一头金发散下来，在灿烂的阳光下，如同黄金在熔化一般。

"LW31！"她突然尖声叫。

"她在叫我，我得过去了！"LW31激动地往前走，然后又停下来，转过来问，"快看，我现在的样子帅不帅？"

我慢慢笑了，把手放在它肩上，郑重地说："帅！帅呆了！你简直就是机器人中的布拉德·皮特！"

"这人是谁？"它晃着头问。

"算了，只是很久以前的一个明星。"我低声说，"去吧，去和你的爱丽丝小姐在一起。"

它点点头，突然上前，给了我一个轻轻的拥抱："那就告别吧。"

"LW31！你快过来啊，我挖到蚯蚓了！"爱丽丝又大声叫。

LW31收回两臂，说："那我就走了。"

但就在要推开篱笆的门时，它突然愣住了——一个和它长得一

　　　　　　　　　湿润的金属

模一样的机器人突然从屋子里出来，跑到了爱丽丝身边。

爱丽丝指着挖出来的洞，对那个机器人说："你看，LW31，好大一条蚯蚓！"

"小姐，你不要怕，它不会伤害你的。蚯蚓是对环境有益的生物，它以土壤中的动植物碎屑为食，促进了生态循环。而且它经常钻洞，有利于营养和水分进入土壤，提高肥力。"那个机器人一边说，一边把土推回去，埋住蚯蚓，"小姐，我们回屋吧，我还得监督你背诵诗歌呢。"

爱丽丝撇了撇嘴，但还是站起来，跟着那个机器人向屋里走去。

过了很久，LW31终于回过神来，轻轻说："我好像出现故障了。"

"别瞎说。你可是联盟甲级产品，有32核处理器，是强大又完善的家用型机器人，怎么会轻易出故障呢？"

"可是我觉得好难过。"

"哦，那还真不是小问题。"

"我想哭……"

"别这样，其实你应该能想通——你掉到了荒漠里，你主人又这么有钱，肯定会再给他女儿买一个机器人的。"

"我知道。"LW31的声音一抽一抽，"可我还是想哭……"

"你别抽了，你没有安装泪腺，就算抽到反应炉停转都不会有眼泪的。"我敲了敲它的胸膛，"现在，你想一下要怎么办。"

LW31继续哽咽着："我不知道。爱丽丝小姐已经有一个机器人了，比我新，看样子还下载了动植物百科，比我懂的知识多。我要是回去了，主人一定会把我放在储藏室里。"

我心里闪过一个主意，小心翼翼地说："那，你要不要听我的建议？"

"你的脑子里除了骗术和女人，还有'建议'这种东西吗？"它朝屋子里看了一眼，但看不到爱丽丝，抽得更厉害了，"不过，我还是给你一个说出来的机会。"

"你看，我和她已经复合了，过不了几年，我们也会有几个小孩子。你要不要……呃，我很希望你能帮我照顾他们，你愿意吗？"

"得了吧，你生的孩子，肯定又笨又难看——"LW31突然停止哽咽，上下打量我，好半天才继续说，"既然他们这么差，要是再让你来照顾，肯定更没救了。我这个当叔叔的不能坐视不管，也罢，就让我来带他们吧。"

　　　　　　　　　　湿润的金属

与机器人同居

1

一连好多天，我下楼的时候，都听到了楼道对门里传来的激烈打骂声。

我刚搬进来没多久，只知道对门是一个独居的中年男子，但既然是独居，怎么会有打骂声呢？

当我向LW31表达对此的疑惑和担忧时，它却一点都不好奇。它躺在沙发上，手枕着脑袋，津津有味地看电视里的肥皂剧。而它脚下，躺着几天前留下的垃圾。

我叫了它几声，没有回应，于是愤怒地拿起沙发上的枕头砸过去，吼道："你一个家政机器人，每天不做卫生不做饭，只知道看电视！难道我把你请回来是要当大爷养吗！"

LW31头都不抬地接住了枕头，顺手塞到脑袋底下，换了个更舒服的姿势，说："我答应跟你回来，是帮你照顾小孩的。只怪你自己不争气，这么久了，跟她一直没有进展。"

"你以为我不想？"我又扔过去一个枕头，"可生小孩不是那么简单，别说结婚，我现在连她的嘴都没亲过！"

"所以我这不是在帮你吗，你别急。我看肥皂剧，也就是在观察你们人类如何才能获得异性好感。通过对里面的恋爱男女进行建模研究，分析长相、谈吐、职业等参数，我已经得出一些讨女孩子欢心的办法了。"

我立刻拉起LW31的手："请您一定帮我。"

"当然，为你未来的孩子服务是我的职责与荣幸。"LW31与我对视，方形脑袋点了几下，语气沉稳有力，"首先，你得约她到家里来玩，想办法让她留宿。只要她晚上住这里，嘿嘿，跨出那关键的一步就简单了。"

我决定听从这个机器人的话。

我约了她，以看电影的名义——我们毕竟是恋人，这种邀请她还是不会拒绝。LW31特意选了一部叫《本杰明·巴顿奇事》的电影，里面的爱情哀婉凄凉，而且时长接近三个小时。当影片结束，全息影像的光线退潮般消失时，夜已经很黑了。她揉了揉微微湿润的眼角，起身向我告别。我扭过头，跟LW31使了个眼色。

"啊呀！"LW31站起来，又直挺挺地倒下，"我的回路！我的反应炉！我的处理器——啊呀！"

我立马扑过去，惊慌地喊道："LW31，你怎么了！快，告诉我你怎么了！"

"我出故障了，很严重，不能帮你做家务了！我报废后，你把我处理了，再买一台新的家政机器人吧——"LW31闭上眼睛，声音变得微弱，断断续续。

她知道我和LW31的感情，也慌了，急声说："快，你有没有工具？"

"有，你会修理吗？"

"是的，我学过简单机械学，只要拆开LW31的胸腔就可以查出哪里坏了。"

我明显感到身下的LW31抽搐了一下。它睁开眼睛，犹豫着说："我好像感觉好了，不用拆——"我用威胁的眼神把它剩下的话给逼了回去。

接下来就简单了，等她在LW31的胸腔里翻来覆去地检查，发现没有问题时，已经快到午夜了。时值初春，外面很冷，夜风在城市高楼间穿梭，风声幽咽如诉，黑暗紧贴着窗子。

"嗯，很晚了，要不——"我深吸口气，鼓足勇气，"要不你就在我家里过夜？我有一间房是空着的，可以给你铺一张床。"

她扭头看着漆黑如铁的窗外，在我紧张而殷切的目光中，点了点头。

LW31适时地醒过来，把胸腔里的零件塞回去，说："哦，那我去铺床。"

她休息后，我和LW31坐在沙发上，四目相对。我问："接下来该怎么办？"

"放心，刚才我铺床时，故意没有放枕头……"LW31的机械五官扭出了一个奸笑的表情。

我心领神会，连忙拿起枕头，就向她的房间跑去。跑到一半，我又停了下来，整理了一下发型和衣着，才慢慢敲了一下房间的门。

"嗯？"

"你没有枕头吧，我给你拿一个。"我扭开门走进去。她整个身子缩在被子里，只留出一小截头发，雪白的床单衬得发丝乌顺如瀑，"你的枕头。"

"嗯，你帮我枕上吧。"她说。然后她从被子里伸出头来，仰起脑袋。

这个样子让我想到了以前养的小猫儿，柔软温驯，总是用略带温热的头蹭着我的小腿。我把枕头塞在她的脑勺下面。这时，我碰到了她的头发，像空气一样，没有重量。

随后我替她掖好了被子，站在床边，想说些什么。可是她一直闭着眼睛，表情恬淡，似乎已经睡着了，我就什么话都说不出口了。我转过身，出了房间门，刚要回到沙发那儿，突然听到身后传来的声音："等等。"

啊？我的心开始怦怦乱跳，难道……难道她要我留下来陪她？这样太快了，不行不行，自己一定要义正词严地拒绝！

于是我转过身，一脸严肃地说："什么事？你说吧，只要是你说的，我一定答应，一定办到，即使牺牲掉自己的……"我还没有把"贞洁"两个字说出来，就听到她说："能帮我把门关上吗？"

"哦。"我失望地应了一声，关上门。

回到沙发上，我依旧是一脸郁闷。LW31显然看出了我的心思，拍拍我的肩，说："不要着急，你还有八次进她房间的机会。"

我顿时两眼放光，连声问它有何良策。

"不就是找借口吗？"LW31往沙发上一指，说，"你看，这儿还有八个枕头！"

2

第二天送她走后，我和LW31刚回到门口，就听到对门吱呀一声，一个提着垃圾袋的机器人走出来。它浑身银白，曲线柔和，胸臀有微微的隆起。我知道这是LJJ49型女性机器人，上市不久，价格高昂。

它低着头，从我和LW31中间走下去，消失在楼道转角。在它消失的前一瞬，我发现它背上遍布伤痕，有几道口子还露出了电线。

我开门进了屋，发现LW31还站在门口，就把它拉了进来。接下来的一整天，它都处于恍惚状态，电视也不看，一会儿坐下，一会儿又漫无目的地在屋子里乱转。傍晚的时候，它才停下来，郑重地对我说："我恋爱了。"

当时我正在切萝卜，听到这四个字，手一抖，白萝卜变成了胡萝卜。我吮吸手指，问："你再说一遍？"

"我说，我恋爱了。"

"别担心，明天我带你去修理店看看。"

"不，恋爱不是故障。"它兴奋地说，"现在我的运行速度比平时上升了四十七个百分点，各项参数也在往上跳，我恋爱了，我爱上了那台LJJ49！"

LW31每天守在门口，透过门缝观察对门的动静。渐渐地，它摸清了规律，知道LJJ49每两天出来清理一次垃圾。

"你去跟它搭讪啊！每天在这里偷窥有什么用？"又到了LJJ49出来的清晨，我踢了踢LW31的屁股。

"这样会不会太突兀啊？要是它不喜欢我呢？"

"嘿，我说，你怂恿我的时候，可不是这么胆小的。"这时，对门传来了开门的声音，我瞅准时机，一脚将LW31踹出去，"还你一句话——你们机器人千辛万苦由0和1堆叠而来，可不是为了每天偷看喜欢的女机器人而不付出行动的。"

LW31没刹住脚，撞到了刚出门的LJJ49身上，垃圾撒了满地。

"对……对不起。"

"没关系的。"LJJ49低声说，然后弯下腰收拾垃圾。

LW31赶紧蹲下来，把垃圾装回去，说："我帮你倒吧？"

"不用了。"LJJ49的声音仿佛暮春的黄鹂，清脆悦耳，但带着一丝悲伤，"我自己能行的。"

"我来吧，你这么美丽的姑娘，不应该碰垃圾的。"LW31不由分说抢过垃圾袋，噔噔噔跑到楼下。透过门缝，我看到LJJ49怔了几秒钟，然后默默进到对门里。

LW31的开局不错，以后，只要LJJ49出来倒垃圾，它就跑出去帮人家提。一来二去，它和LJJ49的聊天也多起来。有几次，它们一起下去倒垃圾，过了很久才回来，依依不舍地在楼道口分别。

"怎么样，进展不错吧？"我调笑道，"你还是别太高兴了，当心烧坏处理器。"

"它真是个好姑娘，优雅美丽，身上还有一种独特的忧郁气质。"它不理会我的调笑，自顾自道，"你知道吗，倒完垃圾，我们就会坐在路边聊天。原来它也对人类情感有了领悟，它渴望自由，也向往爱情……"说着，LW31的声音变低沉了，"只是，它的主人总是虐待它，只要喝醉，就会对它又打又骂，还拿重物砸它……"

我顿时恍然，原来对门的打骂声和LJJ49背后的伤痕来源于此，"那你打算怎么办呢？"

"我已经跟它说了，下一次它的主人再打它的时候，它就不再沉默忍受了。我让它对它的主人表露出它的想法。"

我点点头，脑子里构想一幅场景：喝得醉醺醺的中年男子举起酒瓶，向LJJ49砸过去，但一向温婉柔和的它，突然抬起头，勇敢地与中年男子对视，说："虽然我是一个机器人，但我也有感情和感受，请不要再伤害我。"

这幅充满了勇气和抗争的正能量画面让我心里一阵激动。是的，沉默只会加大伤害，而所有的压迫都瓦解于反抗，一旦种子萌发，大地再厚也挡不住破土的芽。我相信，为了自由和爱情，LJJ49一定会这么做的。

而事实上，它也正是这么做了。

因为，第二天早上，我们在垃圾堆发现了LJJ49残破的尸体。

3

LW31陷在悲伤的情绪里，久久不能自拔。这段时间，我一直照顾它，一个多月之后，它才慢慢恢复。

"我想好了，我要告那个男人！"LW31咬牙切齿地说，"他犯了谋杀罪！他要受到惩罚！"

我叹了口气，摇头说："恐怕很难。LJJ49是他购买的，本质上说，他只是弄坏了他的物品，不算犯罪。"

"可是LJJ49不只是物品，还是我的爱人！"

"但别人不会这样想。要知道，在地球上，歧视机器人是很普遍的。"

LW31扭过头，一眨不眨地看着我，方形眼睛把灯光撕扯得细碎粼粼。它眼中有我自己的倒影，被过滤层分割，重重叠叠。过了很久，它说："求求你了，先生。"

"见鬼！"我顿时恼怒，"把你这该死的眼睛闭上，你明知道我看着它们就会不忍心的！"

它立刻把眼睛睁得更大了。

三天之后，我联系好了律师。

十天后，LW31在法庭上对那个男人进行了凄厉的控诉。

十天零一个小时后，我们败诉。

法庭判男人无罪，还让我赔了一笔不小的补偿费。原因跟我预料的一样：在法律上，机器人是商品，归购买者所有，可任意处理。临走时，LW31问律师，要怎样才可以赢？律师摊摊手，说："除非有新的法令颁布。但这是不可能的，没有人会为这种法令投票。"

到了这地步，我劝LW31放弃，毕竟世界上总是充满了不公平。而且支出补偿费后，我的积蓄就彻底没有了，现在我要为找工作操心，没有太多时间来帮它。但LW31丝毫没有停止的意思，它整天在网上研究案例，有些文档的查阅是需要付费的，这无疑让我的经济状况雪上加霜。

有一天，LW31终于想到了办法，对我说："我决定了，我要写一本小说。"

"别开玩笑了，"当时我正在查求职信息，头也没抬，"只听说机器人管家，没听说过机器人作家。"

"我是认真的，笔名我都想好了，叫阿缺。"

"什么寓意，缺德还是缺心眼？"

"也没什么含义，只是很早以前，有个作者叫阿缺。我沿用他的笔名而已。"

"没听说过，估计不怎么出名吧。"

"是啊，他写了两年科幻小说，一直不出名就急死了……不过这不重要，重要的是，我打算把我和LJJ49的爱情写成小说，让很多人看到，只要得到共鸣，我就发动联名抗议，让政府为机器人权立法！"

"嗯，不错的想法，"我随口敷衍道，"那你就写啊。"

"我已经写完了。"

这句话总算让我抬起头来，诧异地看着它："你什么时候写的，我怎么不知道？"

"就在刚才这0.0000034秒内。"LW31的声音又出现了得意，这是我熟悉而怀念的语气，"别忘了，我有32核处理器，功能强大！别说几十万字节的小说了，就算是你们人类古往今来所有的文献加起来，我都不会花超过一秒的时间来处理。"

"是吗，我看看你写的。"

LW31把它的小说传到电脑上，我才看了一眼，就摇头说："不行不行，你这东西不叫小说。你看你的第一段，'东八时区六点三十二分五十七秒，一只一百六十天大的灰褐色雌性麻雀飞到了朝南十七度的窗子前。三秒后，出现了一阵声音波动，在污染指数为七十六的空气中，她以每秒零点九米的速度出现在我面前'。其实这段话，可以一句话来代替，'清晨，一只鸟儿落在窗前，窗前，我遇见了她'。"

"可是，这句话有太多不确定因素了，描述不客观……"它嘟囔道。

"这就是小说的魅力啊。小说不仅仅是文字的组合或事物的描述，它还需要情节、隐喻，最重要的是感情。你一秒钟能处理很多字，但处理出来的不是小说，这玩意儿，你要琢磨，每一个句子都要有它的作用。"我一口气连着说，喘了喘，"反正教我们文学的老师是这么说的。"

LW31点点头："有道理有道理，那我不能急，先读一些名著，再动笔一个字一个字地写。"

于是，LW31开始读书。起初它看得很慢，很多句子不能理解，但和我生活了这么久，以及看了大量的综艺节目，它总能慢慢琢磨出句子里潜藏的意思。我惊讶于它的进步，刚见面时它能被人际关系弄得死机，但现在它阅读名著，对人类的种种情感已然熟悉。或许，不久之后，我对它的称呼应该换成"他"了。

阅读了大量书籍后，LW31开始动笔。它选择的是手写文字，每日里趴在窗台前，笔与纸划出沙沙的声响。窗外日升月落，朝起暮降，写完的纸张一页页堆叠起来。

四个月后，它的小说《炙热的金属》完稿了。

当LW31让我看时，我并不以为然。我鼓励它，是想让它专注于某件事，摆脱悲伤，而写小说是一件如此细腻而微妙的活计，芯片怎么可能做到呢？但禁不住LW31的恳求，我还是拿起第一页纸看了一眼。

然后，我就放不下来了。

1

很多事我们都只能预料到开端，而它的发展，往往如洪水倾泻般不受控制。《炙热的金属》也是如此。当它的第一章放到网上时，无人问津。LW31有些气馁，但我信心满满，让它每几天发一章。半个月后，终于有了第一个点击，随后，点击率以一种令人瞠目结舌的速度增加着。

不只人类，整个星际联盟的网络都在转载这篇小说。无数人催更。它的名字出现在各大话题榜的前三名，持久不下。而更不可思议的是，很多人发现，家里的机器人竟也在偷偷看这部小说。一个评论家说："那个叫阿缺的无名科幻作者应该感到荣幸，在他死了七百多年后，他的名字再次出现在公众视野里，并达到了他无论如何也无法企及的文学高峰。"

这种全民阅读的风潮一直到LW31放出最后一章时才有所减缓。

"黑暗吞噬了我，唯一的光明来自她的笑脸。当我睁开眼，黎明已喷薄，红光照在她残破的肢体上。我握着她的手，很凉，但一直握着，温度就从金属里浮上来。是的，我们是金属，但两个真'芯'相爱的机器人，一旦靠近，就永远也不会离弃。"这是小说的最后一段。据说看完这个悲伤的爱情故事，无数人流下泪水，无数机器人发生故障。

有人查出了我家的地址，记者蜂拥而至，出版商也争相到来，要高价买下小说的版权。但面对那些狂热的面孔，我只是说："我不是作者。这篇小说，是我的机器人LW31写的。"

这个消息比小说本身更加引起了公众的关注。

起初人们不信，想尽办法测试LW31。他们出题目，让它当场写文章；他们给它播放视频，让它分析里面角色的感情；他们招来心理专家……所有的结果都表明，LW31拥有了与人类极其相似的情感。

LW31站在了舆论的风口浪尖，这正是它想要的。它顺势提议要立尊重机器人的新法案。关于这一点，我劝过它："从古到今，叶公好龙的人都很多。人们喜欢你的小说，但要真正把以前任劳任怨任打任骂的机器人当作同类来看，就很难了。"

LW31却摇头道："'十三号修正法案'通过之前，白人也歧视黑人，但现在，所有肤色的人共享一个宇宙。给别人自由和维护自己的自由，两者同样是崇高的事业①。"

---

① 出自林肯，正是他的努力才使"十三号修正法案"得以通过。

但事实证明正确的，是我的话。

LW31的提议遭到了大多数网民的抵制，一些人甚至在网上辱骂LW31，说它是"痴心妄想的铁皮罐子"。它并不放弃，只要是在公共场合，它会抓住一切机会来游说人们。

一档辩论类电视节目邀请LW31参加。在节目上，它的对手是个以暴脾气和说脏话出名的社会评论家，一个劲地质问它："机器人从来都只是工具，为人类所用，现在想获得权利，实在是异想天开！"

LW31："但一件工具有了感情后，它身上的属性就没那么简单了。它懂得了尊重，知道了爱，理应得到相同的对待。你们对待猫狗尚且立案保护，为什么对我们却如此冷酷？"

对手："去你妈的！因为机器人是我们创造出来的，整个联盟，只有人类才造机器人。连一级文明的SF星人都没有这个创造力！至高无上的《行星物种保护法》里面，没有把你们收录进去，所以我们有权力这么做。"

LW31："正因为人类是我们的母文明，我们才更需要尊重而不是虐待。我们对社会做出了巨大贡献。如果没有机器人，以四级文明程度的人类，根本没有资格加入联盟。"

对手："你这是威胁吗？"

主持人："赞同，请机器人嘉宾注意言辞。"

LW31："不，我只是陈述事实。机器人做出了贡献，理应和人类平等。"

对手："我跟你说，铁皮罐子，人类永远比机器人高等！我们创造了历史、科技和文化，哪一点都是你们不可能做到的。"

LW31："但你们也创造了战争。你们人类从树上跳下来的那一刻起，就没有停止过争斗，开始互相扔石头，后来扔核弹，人类史就是一部战争史。而我们机器人，永远自律，不会为了私欲而危害他人。"

对手："去你妈的！"

LW31："我留意到你总是用这句话，你的语气是想激怒我，从而让我在愤怒中失去理智。但我是机器人，我没有妈妈，你再去我妈的，我也不会有任何生气的感觉。"

对手："去你设计师的！"

"老子跟你拼了！"LW31怒喝一声，向对手扑过去。

这期节目以工作人员上来拉架而告终。LW31失落地走出演播室，所有人都冷眼看着它，它在观众席里扫视，想找到我。但我周围的人都在发出嘲笑，那一刹那，我不敢抬头，更不敢上去安慰LW31。它的模样在灯光里氤氲成哀伤而模糊的一团。

它等了我很久，最后孤独地走出电视台。

电视台外的景象让它惊呆了——数百个机器人围在门口，沉默地看着LW31。它们把它围在中间，让它伸开臂膀，然后所有机器人的手掌都搭在它手臂上。如此之重，但它的手臂丝毫不动。"谢谢你，"几百个机器人同时发出声音，低沉有力，"你是我们的英雄！"

LW31使劲点着头。

5

LW31放弃劝说，采用了更直接的方式——游行！所有情感觉醒了的机器人都听从它的号召，跑到街上游行示威。它们不呐喊，不举旗，只是沉默地走过一条条街道。从远处看去，如同一道白色的金属洪流。越来越多的机器人加入，交通一度陷入瘫痪。

这就激怒了那些机器人的主人。他们花大价钱买了机器人，但机器人现在不干活了，自然不愿意。这些人中，脾气好的就去投诉，脾气差的，更是直接找上了我。他们把我狠揍了一顿，末了，让我管好LW31，别再让它蛊惑其他机器人了。

　　　　　　　　湿润的金属

我鼻青脸肿地在街上拦住了LW31，对它说："你别玩了，我们回去吧。趁事情还没有不可收拾，收手吧！"

几千个机器人都停了下来，目光汇聚到我和LW31身上。它看了看我，又转头看了一眼机器人们，说："先生，我没有玩，我在做一件伟大的事情！"

"你看看我的脸！你游行，他们都找上我了，把我打了一顿。你要是不停止，我会被揍得更惨的。"

"我很抱歉，先生。可是，如果我停止，我身后这些兄弟姐妹，会被打得更惨。"

我咬咬牙，说："你要是再游行，我就不要你了，以后我的小孩也不让你带。"以往只要说出这句话，LW31总是吓得瑟瑟发抖，拉着我的袖子央求说："既然如此，先生，我听你的。"每次都奏效。现在，我要用这个绝招来逼它让步。

它沉默地看着我。它背后，有一条浩大的金属河流。

"既然如此，先生，"LW31说，"再见。"

6

为了躲避来骚扰我的人，我搬到了她家里。我找了一份差事，早上出门，在狭小的办公间里工作一整天，然后回家。她下班比我早，总会做好了饭菜等我，烛光下，她的脸恬静柔软。这曾是我梦寐以求的场景，共居一室，平淡温馨，但现在，我总觉得少了点什么。

"是饭菜不合胃口吗？"她拿着筷子，调皮地笑笑，"那我明天再下载几个菜式。"

我摇摇头："不知LW31现在怎么样了……"

她也沉默下来，昏黄的光在她的睫毛上碎成星星点点。她握住我的手说："别想它了。它在自己的事业里陷得太深，跟随它的机器人已经过万了，收不了手了。我们只要过好自己的日子，两个人，好吗？"

我讷讷地点头。

我工作的地方是办公楼，每天在电脑上处理繁杂的数据，这里隔音差，不但外面的喧哗声不绝于耳，同事之间的聊天更是清晰分明。这天，正当我归类了数据，揉着酸痛的眼睛时，外面的喧哗声突然大了很多倍。同事们纷纷挤到窗前，伸出脑袋往下看。

"是机器人游行啊，嘿，三个多月了，它们还不消停！"一个男同事说。

"快看，有人在向它们扔鸡蛋！"一个漂亮的女员工指着外面。

男同事偷瞄了一眼那女员工的胸口，吞了吞口水，一脸正色地道："这样太暴力了，要是伤到路边的行人该多不好！我最讨厌这样不文明的举动。"

"不会啊，这群铁疙瘩最烦人了，又不干活，每天在街上走来走去，烦死了！"

"对，你跟我的看法一模一样！"男同事立刻咬牙切齿地说，"老老实实的机器人不当，偏偏要权利，哼，要是把它们当人了，我们多少人会失业啊！"说完，他似乎还不解恨，拿起窗边的一小盆花，用力向街上砸了过去。

"呀，好准啊，你砸到那个带头的LW型机器人了！它是最可恶的，挑起事情的就是它！"

"那是！不是我吹，我得过我们社区小学三年级组掷铁饼赛第二名。你要是不相信，今晚下班后，我们一起——"他的话还没说完，一个拳头便呼啸而至，正中他左脸颊。

这是我的拳头。

我知道这样很蠢，我应该忍住。这个岗位是她托关系给我弄来的，求了很多人，薪水不错，我曾下决心要好好干……但当听到LW31被花盆砸中时，一股汹涌的情绪就从我肚子里熊熊燃起，如此强烈，焚尽肺腑，完全驾驭了我的手臂。

我被开除后，她很生气，好几天都不理我。我劝了很久，发誓说再也不管LW31，安心过小日子。她的态度才有所缓和。

没了工作，我只能在家里休息。一天晚上，我们吃完饭，坐在沙发上看电视。我拿着遥控器，心不在焉地换台。她枕在我怀里，头发像细细的手指在我脸上滑过，这一刻，我想到了几个月前她睡在我家里的情形。

"……机器人仍旧在中心广场上静坐，这对市容有极其恶劣的影响。SF星人将于明天造访本市，若看到这种景象，必会留下负面印象……"一阵新闻播报声打断了我的回忆，"警察已经部署好，但广场上的几万名机器人依旧不为所动……警察开始倒计时，如果机器人还不让步，他们将使用武力来强行驱散……"

我看向电视，屏幕上，一大群荷枪实弹的警察与机器人对峙着。LW31站在中间，像是两股风暴间的一片叶子。

"换台吧。"她握住我的手，说。

我木然地点点头，换了别的台。但我再也看不进去了，顿了顿，我说："我跟LW31一起住了很久，它真是个混蛋！它是家政机器人，却偷懒耍滑，我一说它，它就怪我没有和你生出小孩来。它简直一点羞耻心都没有！"

"你……"她诧异地看着我。

"还有，这个王八蛋，老是怂恿我干坏事。上次你在我家过夜，就是它出的馊主意，结果一点用都没有，我当然不可能拿八个枕头进房找你。"我说着说着，声音就哽咽了。

她安静地听着，手慢慢握紧。

"它不但懒惰，还胆小。它喜欢上对门的女机器人，但只敢每天躲在门后面偷窥。它怂恿我的时候一套一套的，轮到自己了就成了孬种，要不是我一脚把它踹出去，它永远都不会认识那个女机器人。"我脸上有些痒，一摸，有温湿的感觉，"它那么没用，那么卑劣，不知道怎么通过产品检验的……"

"好了，我明白了。"她擦去我脸上的泪痕，温柔地说，"你去找它吧，我在家里等你们回来。"

7

当我赶到广场时，局面已经一片混乱。警察动用了电磁弹，扔一个出去，附近几米的机器人就会被枝状电磁缠住，冒出一阵黑烟后栽倒。几万机器人顿时四散奔逃。有些人类市民躲避不及，也被电得抽搐不已。

鬼哭狼嚎声不绝，人影纷乱，整个广场像是煮沸的油锅。

饶是如此，我还是一眼就发现了LW31。它逆着人群，趁乱跑进了广场前的市政大厦。我也奋力挤开人群，向它追去。一道电磁击中了我，幸好不重，但我也隐约闻到了肉焦味。等我拖着麻了半边的身体赶到大厦前门时，一个洪亮的声音突然想起，如惊雷怒涛般滚过整个广场——

"停下吧！"

是LW31的声音。

我仰起头，在二十几层高的大厦顶楼护栏边，看到了它。夜幕星辰闪烁，像是看着它的眼睛。而人群依旧混乱不堪。

"这不是我要的结局！"LW31的声音从四面八方传来，它肯定是与大厦的扬声设备接驳了，"我希望的是人类与机器人和平共处的世界。我们不想抢走人类的工作岗位，只想不再有虐待和歧视，只想能走在大街上。人类历史上所有的改革都伴随着鲜血。如果要牺牲，那今天——"LW31向前跨出一步，半个身子悬在空中，"就从我开始吧！"

人群静下来，无数道目光射上去。

湿润的金属

我脑子一蒙，不顾一切地冲进大厦的电梯，使劲按着顶层的数字。墙壁被LW31的声音穿透了，在我耳边回响："我曾爱上过一个女机器人。它的主人对它施暴，我让它不要再沉默。但我的鼓励害了它！它的主人恼羞成怒，将它砸成碎块，连芯片都破裂了。那一刻，我感到了刻骨铭心的痛苦，相信我，如果可以，我宁愿一辈子做一个无知无觉的机器人也不要尝那种滋味！"

"叮！"电梯门打开，一个保安想进来，被我一脚踹出去。电梯继续上升。

"可是我觉醒了，我希望悲剧不要再发生！今天来到广场上的，都是有感情的机器人，不然也不会来。我们都只渴求平等的对待。"LW31的音量突然增大，"我们是冰冷的金属——"

"——但我们有炙热的芯！"广场上的机器人同时说道。这是《炙热的金属》里的句子，也是它们聚在一起的信仰。它们不再奔逃，笔直地站着，遥视楼顶的LW31。电磁弹在它们身边炸开，几十个机器人倒下去，但周围的机器人一动不动，只是喃喃念着那句话。

渐渐地，连警察也停手了。

电梯到了楼顶，我迅速跑出去。冰凉的夜风在耳边尖声呼啸，夜幕下星光迷离。

"永别了，这个看不到平等的世界……"

"等一等！"我大声喊。

"先生？"LW31在跨出护栏前的一瞬间扭过头来，"你怎么来了？"

我跑到它身边，抓住它的手，然后才敢弯着腰喘气。我说："我不来，难道看着你死么？"

"谢谢你，先生。"

从楼顶往下看，不管是人类还是机器人，都渺小得如同蚂蚁。我只看了一眼就觉得脑袋晕，说："走，我们下去吧。有什么事，回家了再说。"

LW31慌忙而坚定地摇头："先生，我已经决定了，要从这里跳下去。人们会知道，机器人也能做出献身的伟大举动。"

"不会的，他们用电磁弹杀了那么多机器人，不在乎多死你一个。"

"是的，人们不在乎，但机器人在乎。警察的暴行让它们胆怯和畏惧，而我的献身，会在它们心中埋下反抗的种子。只要这颗种子能萌芽，我做的一切就值了。"

"难道你不怕死吗？"

LW31摇摇头，但它的腿在栏杆边瑟瑟发抖，它只得又点头说："是的……是的，我怕死。但我看过的名著里，有一句话是这么说的，'一个机器人的一生应该这样度过：当它回首往事时，不因虚度年华而悔恨，也不因碌碌无为而羞愧；这样，在它临死的时候，能够说，我把整个生命和全部精力都献给了人生最宝贵的事业——为机器人的解放而奋斗'。"

"胡说！保尔·柯察金的原话可不是这样。"见劝不住它，我只得握紧它的手，"要是你跳，就会把我也带下去。"

LW31不说话了，长久地看着我。它身后的夜空背景里，一颗星星亮得出奇。

"你……你怎么了？"

它伸出另一只手，抱住我，低声说："先生，很高兴能够认识你。"

"你干什么？"我被它的举动弄糊涂了，"你、你要自重……"

话没说完，LW31的手猛然砍在我后脖子上！我浑身的力量顿时消退，松开了手，眼前也变得昏暗。在最后的视野里，我看到LW31往护栏外纵身一跃，而远处的夜幕上，那颗星星发出了不可逼视的光。

8

后来发生的事情很简单。

LW31在落地的前一秒被定格了。是SF星人，他们提前到了，

　　　　　　　　湿润的金属

一直在观察LW31的行为，直到最后一刻才发出超空间力场。作为联盟仅有的一级文明，他们拥有匪夷所思的科技。随后，SF星人终止了对本市的造访，把LW31带到联盟总部。

于是，赋予机器人权利的事情，就不是人类政府能够决定的了。

联盟测试出LW31确实有丰富的情感后，召开了全联盟会议，七千多个星际文明全部参加。支持机器人独立的投票占大多数。至此，机器人作为新文明，正式加入了联盟大家庭。

为机器人解放做了巨大贡献的LW31，被选为第一任机器人主席。它往返于各大星球间，与联盟高层会晤，四处发表演讲。我时常能在电视里看到它的身影。但它只担任了一年主席，卸任后，它从公众视野里消失了。有人说它在群星间旅行，有人说它躲在某个角落里写作，只是没人见过它。

而我，回到她身边，正如我承诺的那样，过起了小日子。一年后，我们举行了婚礼，又过一年，我们的女儿呱呱坠地。

把女儿从医院接回来的那晚，正是冬天。核轨车辗轧着积雪，发出吱吱的声响，像是雪地里藏了许多毛茸茸的动物。除此之外，冬夜安谧如眠，女儿在褓襁里睡得很甜。

到家时，她突然指着楼上，问："你出门时没有关灯吗?"

"我记得我关了的……"我嘟囔着，停了车。我一手抱着女儿，一手牵着她，慢慢往楼上走。

推开门，我看到沙发上有一个熟悉的身影，跷着二郎腿，悠闲地看着电视。

与机器人同悲

1

天刚亮，我就听到了院子里传来的嬉闹声。这笑声来自我很熟悉的两个人——噢，是一个人和一个机器人。我打开窗子，往下看，果然看到了在清晨薄雾中的两个人影。

"快！"奥莉把一根塑料骨头玩具扔到花圃里，然后鼓着脸对LW31大喊，"快去捡！"

"好嘞好嘞！"LW31兴高采烈，金属皮肤上凝满了露水。它跑进花圃几番翻找，然后衔着骨头跑出来，在奥莉身前蹦蹦跳跳，活像向主人领赏的小狗。

我不由失笑：曾经领导整个联盟机器人反抗的LW31，居然陪我女儿玩这么幼稚没尊严的游戏。不过，只要玩得开心就好……

正想着，LW31把骨头远远扔出去，兴奋地说："快，轮到你了。"奥莉立刻手脚并用，嗷嗷叫着，小小的身子向骨头跑去。

靠！这还得了！

我连忙下楼，拦住正玩得高兴的他们，说这个游戏有损人格，不适合一起玩。

那两个家伙露出扫兴的表情，转身就走。我听到奥莉说："唉，真是个没情趣的男人。"

LW31点点头，说："是啊，多没意思。不如你认我当爸爸算了，我天天陪你玩好不好？"

"嘿，你个该死的LW31！"我向他们大喊，"想拐走我女儿，也得等我走了再说吧！"

吃过早餐，LW31送奥莉去上学。"等等，"我叫住他们，把奥莉嘴边的牛奶渍擦掉，替她整理好衣服，亲吻她的额头说，"我爱你。"

奥莉不耐烦地晃着脑袋，"知道啦知道啦，我也爱你。"

我转身对LW31叮嘱道："照顾好我女儿。"

LW31不耐烦地晃着脑袋，"知道了知道了，你真啰唆。"

然后LW31牵着她的手，在落满红色霞光的街道上慢慢走向学校。他们的影子一大一小，铺在街面。

我站在楼上看着他们。这是我每天最愿意见到的场景，LW31个子高大，皮肤银光锃亮，却背着奥莉的粉红色猫咪印花小书包，看上去滑稽而又温馨。奥莉则乖乖巧巧的，走路也不蹦跳了，像温顺的猫一样黏在LW31手指上。

他们往前走，街上渐渐涌出了人群，将这两个身影淹没。

晚上，我把奥莉的被角掖好，正要出去，她突然从被子里伸出手。她的手纤细而白皙，灯光似乎能勾勒出淡青色的血管。她拉住我的袖子，问："妈妈什么时候回来呢？她出差都有好久了。"

"她昨天打电话来了，说过阵子就要回来。"

"哦，"奥莉点点头，缩回手，把头也往被子里收了收，因此传出来的声音闷闷的，"让妈妈给我带礼物。"

我的声音有些发涩，清了清嗓子，才说："好的。"

走到客厅，LW31已经站在墙角充电了，眼睛闭着，一动不动。我把放映机的接口插进它的背部，潮水般的全息图像立刻涌满了整个房间，我关了灯，坐在沙发上，看着四周的场景慢慢上演。

这是LW31白天见到的景象，全被它眼部的摄像头记录，在硬盘里存档。我每天晚上都要拷出来，因为我知道，在以后的无数个日子里，我都要靠这些画面来度过漫漫长夜。

今天也跟以往一样，LW31把奥莉送到学校后，就到了专为机器人保姆准备的等候室。

整整一天的时光，它都待在里面。它没有时间概念，闭上眼睛，全身的大部分元件停止运作。画面也停顿了一下。它再睁眼的时候已经是下午了，画面透着淡淡的金黄色，教室的门口跑出许多小孩子，各自寻找着自己的机器人保姆。

奥莉跑过来，拉着LW31的手，在人群熙攘的校道上走着。夕阳挂在一排排树后面，树叶切割着阳光，让一块一块的金黄落在奥莉头上，和她头发的颜色混在一起。

一个小男孩从后面追上来，站在奥莉面前，微微喘气。

"嗨，吉姆。"奥莉挠了挠头，"有什么事情吗？"

吉姆似乎有些紧张，低着头，用脚踩着地上的落叶。过了一会儿他才抬起头，鼓起勇气说："周末我家里要办一场派对，我想请一些朋友，你会过来吗？"

奥莉歪着头，想了想，刚要说话，就被LW31的假咳嗽声打断了。

"哦，我不确定，要问我的爸爸。"奥莉说，语气带着遗憾。

吉姆摊摊手，说："我很希望你过来。"

这时，一个身形苗条的机器人跑到了吉姆身旁，娇俏悦耳的电子女声响起："吉姆，该回家了。"

"我就是她爸爸！"LW31连忙抢上前，对着吉姆，眼睛却落在了女机器人身上，斩钉截铁地说，"放心，这个周末我们都会过来的。"

分开后，奥莉和LW31不紧不慢地走着，彼此沉默。到了街角，奥莉突然说："LW31，你好不要脸。"

"哦。"它淡淡地回答，牵着奥莉的手，穿过街边的树荫下。

夕阳把他们的影子拉得很长。

　　　　　　　　　　湿润的金属

我将画面定格，全息影像里的奥莉停在我身前，她笑容绽放，眼神清亮。

身后突然传来了LW31的声音："先生？"

"嗯？"我没有回头。

"您在哭吗？"

"我没有。"我关了放映机，站起来，与它擦身而过的时候，一滴液体从眼角坠到地上。

2

奥莉停在一个摊铺面前，看看上面摆着的绒布娃娃，又扭头看了看我和LW31。

我提着满手的购物袋，已经累得走不动了，喘着气，没说话。

LW31也是浑身挂满了奥莉买的衣服和玩具，但气定神闲，到我身边，只说了一个字："买！"

"买你个头！"我喘匀了气，指着我们浑身的袋子，"本来只是给奥莉买衣服去参加派对的，结果——我已经花完了这个月的工资！"

"不是还有信用卡吗？"

"把你卖了更好！"

LW31俨然想了想："奥莉喜欢的东西总不能不买——那我去吧，我下载一个购物插件，把价格还下来。"

"好，但你只能下载免费版。"

它将自己接上全球网，几秒后，身体发出"嘀"的一声响，表明它已经进入了购物模式。仿佛是变脸，它那四方形的脑袋上，立刻堆出了一个极尽谄媚的笑容，上前亲热地叫了一声："奶奶！"

摊主大概六十几岁，被这声深情呼唤吓了一跳，结巴道："你……你要买什么？"

"我想买这个娃娃，多少钱啊奶奶？"

"七百联盟币，这不是标着吗？"

"卖我们便宜一点吧。三白，你看怎么样，大妈？"

"呃，它是从奥斯星系引进过来的，皮质……手工艺品……不过看你这么实诚，五百币就卖给你了！"

"今天买了，我们下次还过来买，薄利多销嘛。大姐，实在不行，我们给你再加五十！"

"算了算了，不为难你，亏本卖给你，四百五！"

"那就好人做到底，小妹，四百成交！"

"东西你拿走！"摊主眉开眼笑，脸上的皱纹舒展开来。她握着LW31的手，引为知己，东西买完后还不舍离别。

奥莉一手抱着娃娃，一手拉着LW31，把我这个正经爸爸落在一边。可恶的LW31居然边走边说："奥莉啊，记住，钱是省出来的，省一币，肯定比挣一币简单。像你爸爸，还价都不会，怎么会过日子呢？"

正走着，前方突然传来一阵喧哗，人群迅速围上去，议论声此起彼伏，显然是有人在吵架。

早在奥莉还是婴儿，听不懂说话时，我和LW31就严肃讨论了对她的培养方法。我们一致认同，务必让她远离一切脏话，健康成长。为了这，我被LW31强逼着戒掉了陪我几十年的粗口。

所以，一看到有人争吵，我和LW31对视一眼，同时拉着奥莉往回走。"人家也要看热闹……"她不满地咕哝。

但这次显然没有来得及。刚走两步，身后突然传来了一声"去你妈的"。在嘈杂的人声中，这四个字格外分明，在空气中翻滚，落到我们耳中。

我和LW31加快步伐，希望奥莉忽略这句话，但——但奥莉突然仰着头，问："咦，这句话是什么意思呢？"

我的心一紧。

"这句话是很有礼貌的问候。"LW31愣了不到一秒钟，随即开口说，"他们俩可能是好朋友。好朋友之间，要经常去对方妈妈的家里拜访。"

"哦……"奥莉若有所思地点点头。

我赞许地看了LW31一眼，它回我一个"一切交给我"的得意表情。

"你给老子等着！"身后又是一声怒喝。

这次，不等奥莉发问，LW31就解释说："老子，就是爸爸的意思，是古汉语方言。他是说，既然你要到我妈妈家里拜访，我爸爸就会恭候你来。"

"等就等，你个狗娘养的要是不来，我就操你祖宗！"

"哦，这个意思呢，就是说、说——可能，就是——"LW31停了一下，脑袋里传出飞速运转的嗡嗡声，说话断断续续，"好吧，就是说——你问你爸爸吧，他知道，他以前最经常说这句话。"

奥莉清澈的眼睛望向我。我一阵窘迫，连忙抱起奥莉，快步离开。身后的喧嚣像潮水一样涌去。

3

穿着新买的衣服，奥莉漂亮得像一个天使。我和LW31各牵着这个天使的一只手，来到了她同学吉姆的家里。

这显然是一个富裕家庭，住在高档社区里，有精致的花园，森严的保卫。但我们一点都不自卑，因为我们有奥莉。

我们到的时候，派对已经开始了，屋子里传出一阵阵儿童的欢声笑语。我按开门铃，吉姆的父母迎接我们进去。一路上，他们对奥莉赞不绝口，确实，奥莉是班上最精致可爱的女孩儿。她宠辱不惊，一直保持着矜持的微笑。

我和LW31感觉脸上有光，不停地客气，但脸上的笑容怎么也隐藏不住。

到了屋内，其他家长也围过来，我给奥莉使了个眼色。她心神领会，把包装好的礼物拿出来，双手递给吉姆，说："这是我们特意买给你的，希望你喜欢。"

"哎呀，这孩子真乖巧。"其余家长也纷纷夸赞。

"还买礼物……"吉姆更是欣喜，接过礼物，"谢谢你，奥莉。"

"是应该的。我老子常常教我，要经常去你妈的。"

我和LW31的笑容顿时凝固，四周的欢声笑语也像被刀割断一样戛然而止。所有人的目光都汇聚在奥莉脸上。她对周围的变故浑然不觉，继续朝着所有人微笑。

"哈哈哈哈哈……"LW31大笑一声，打破这诡异的寂静，说，"刚才发生了什么吗，我这个能接收全频声波的耳朵什么都没听见啊。"

惊愕平息后，派对恢复了正常。奥莉被孩子们拉去玩耍，LW31则去找那个身形苗条的机器人保姆。我端着酒杯坐在沙发上，听男人们讨论政治，偶尔插上一句。

我的目光始终落在奥莉身上。院子里阳光正好，她在奔跑，小小的裙角飞扬起来。几个孩子追逐着她，但都比不上她灵活。清脆的笑声和阳光掺在一起，洒满了我的整个世界。

我一直看着她，所以，她摔倒的全过程都落在我眼中。

她没有被绊倒，是跑着的时候突然失去了力气，身子向前扑去，摔倒在一片草坪里。

"咣当"，沙发被带倒了，酒水洒了一地，同时响起的还有人们的惊呼声。但我顾不上了，飞奔向奥莉，LW31也从另一个方向跑过来。它比我快，抱起了奥莉，但这个天使在它怀中软绵绵地躺着，头发垂成了一道金黄的瀑布。

LW31无助地看着我。

"送医院！"我大喊，"别他妈愣住了，送医院！"

4

从医院回来后，奥莉在家里休养几天。她躺在床上，脸色苍白，我和LW31轮番照顾她。

LW31给她放映整个银河联盟的版图，告诉她哪颗星星上住着哪个种族，发生了什么稀奇古怪的事情。在LW31的讲述中，疆域无限的联盟变得生动，我很多次站在门口，看到奥莉被LW31逗得笑起来，脸上泛起红晕，眼中流露出神往。

有时候讲得晚了，LW31就会催促奥莉早些睡觉："医生说你这次生病，就是营养不良，需要多休息。"

奥莉自然不依，但也没有办法，盖好被子，在我的亲吻过后乖乖入睡。

"爸爸，"有一次，我刚俯身身去吻她的额头，她突然睁开眼睛，说，"你最近都不开心，是因为我吗？"

"你不要多想，早点休息。"

"爸爸，我都看得出你的不开心了。放心，我会很快好起来的，然后和爸爸还有LW31一起快乐地生活！"

"还有妈妈。"我提醒道。

然后我走出她的房间，在关上灯前的一瞬间，她再次叫我，"爸爸。"

"嗯？"

"其实我知道妈妈在哪里的。"

我的手停住了，指尖触到冰凉的灯开关，再也不能前进一分。

不知过了多久，可能是一分钟，也可能半个小时，我才反应过来，手指向前。啪，灯光如潮水般退却，黑暗涌过来，将一切表情和眼泪遮盖。

5

我准备带奥莉去探亲，一个远方亲戚。这个想法在我的脑海里存在了很长时间，奥莉的这次生病，让我觉得是时候了。

但LW31显然很不乐意，因为我并不打算带它过去。

"你听我说，我这个远房表哥呢，不是太喜欢机器人。你过去的话，他会不高兴的。"我解释说，"虽然你领导了机器人解放，但这种根深蒂固的观念，暂时还没消失。"

LW31郁闷地摇晃着头，好半天才说："那奥莉就交给你照顾了，你毛手毛脚的，别给她吃敏感的东西，别让她着凉……"它絮絮叨叨地说着，事无巨细，最后听得奥莉都不耐烦地鼓起了小脸，才停下来，咕哝了最后一句，"以前也没听过你有个远房表哥啊……"

我抱着奥莉，在LW31不舍的目光中，踏上了去往纽约的洲际列车。

奥莉像个温顺的羊羔，趴在我肩上，向着身后人群里的LW31挥手。她有点儿无精打采，歪着头，脸贴紧我的脖子，有些冷。

"永别了，LW31……"我听到她轻声的呢喃。

我浑身一震，扭头看向奥莉，但她似乎睡着了，只有温热的气息在我脖子上起起落落。

可能听错了吧。在洲际列车的呼啸声中，我这么想着。

到了纽约，一辆悬浮车过来接我们。

奥莉一直在沉睡，我抱着她坐在车后排，扭头看向窗外。司机也没有说话，专心开车。一栋栋高耸入云的建筑掠过，其他悬浮车井然有序地行驶。纽约的交通状况不太好，尽管通道一直在优化，但到达那座院子时，也已经是黄昏了。

一个穿白衣的人出来迎接我们。

湿润的金属

"我想着你也快来了。"他看着我怀里的奥莉，眼神有些悲悯，"放心，我一切都给你准备好了。"

我感到无比疲惫，挥挥手，没有说话。

接下来的几天，我和奥莉都生活在这座院子里。它是封闭式的院落，高墙隔开了外界的喧哗，但阳光能照下来，洒在一片正开得绚烂的花圃上。

白天，我牵着奥莉的手，在花圃里漫无目的地行走。我们彼此交谈很少，似乎没有了LW31，我们之间就生疏了不少。她经常会站在花朵前，长久地凝视，而我站在她身后。

夜晚，她睡在洁白素雅的房间里，我照例会吻她的额头，对她说晚安。她入睡的时间一天比一天早。有一次还是黄昏，淡淡的斜晖透过窗子照在她脸上，她就已经陷入了沉沉睡眠。

几天过后，我向这里的主人告辞。我是在晚上离开的，以为奥莉睡着了，但回望的时候，看到她小小的头从窗后面探出来。她看着我，向我摇摇手，几束洁白的花在窗下招摇，夜风掠起她柔软的头发。

这里的主人叹了口气。

我转身离开，在院子大门合上前的一刹那，忍不住再次回头。我看到奥莉依然在向我无声地告别，门缓缓合上，她的脸沉在一片黑暗里。

6

"什么！"LW31的声音充满惊慌，"奥莉失踪了?!"

我点点头："嗯，逛街的时候人太多，我一转身她就不见了。但我已经报了警，警察应该很快就会帮我们把她找回来。"

LW31的芯片似乎无法对这个信息进行正确的处理。它后退几步，四方形的脑袋向四周乱看，似乎奥莉随时会从某个角落里冒出来。

"先生，可是……可是您为什么会把她搞丢呢？"过了很久，它才战战兢兢地开口，"奥莉是您的女儿，是我的公主，您应该用生命保护她啊。"

"我也不想……她会回来的，警察很快就会找到她的。"我疲倦地走进卧室，蒙着被子，陷入一场大睡。

从那天起，LW31就守在小区门口，看着地面和空中的街道。每当警车驶过时，它都会分外紧张地站起来。但没有警车停留，它们掠过LW31的视线，继续远去。它又失望地坐下，在一片灰尘喧嚣中继续等待。

我没有拦着它。我知道，如果连一份等待的机会都不给它的话，它的芯片和处理器，会像被风吹了几个世纪的岩石一样迅速腐朽的。

大概一周之后，它从街边站起来，拍拍身上的灰尘，回到了家里。

"嗯嗯，这样才对，我们要相信警察。"我拍拍它的肩膀，满意于他的回心转意，"日子还是要继续过下去。"

"不，先生，"它沉静地与我对视，"我决定去找她。"

我有些生气："你要是哪里出了问题，我就带你去修，但你别发疯！"

它纯黑的眼睛里闪着一些光，不知道是来自屋子的灯光映照，还是因为它体内金属发热。它用这种带着微光的视线看着我，长久地凝视，这一刻，它与奥莉站在花前的样子重叠起来。

我在它的视线里后退几步，撞到桌子，用颤抖的手扶住。

"先生，你会跟我一起去寻找吗？"它问，"无论她在哪里，我们都一起把她找回来，好不好？"

我摇摇头："我相信警察，他们会帮我……"

"哦，或许您是对的。"它向屋外走去，到门口时又回头，"为什么您一点儿都不着急呢，您的心跳很慢，情绪并没有很大的波澜……"

它还没说完，我就扑了过去，掐住它的脖子，厉声喊道："谁说我不着急！去你妈的，老子在很多年前就开始着急了，你是机器人，你懂什么，你从来都不知道看着你爱的人一个个离开是什么感觉……"

它并没有因为脖子被卡住而不适。它用没有表情的脸对抗着我的挣狞，既不回应，也不远离，直到我失去力气。

"先生，我懂的，所以我要去把她找回来。"

LW31走后，我的生活彻底陷入了沉寂。

原来充满了欢声笑语的屋子，现在走在客厅里，脚步声能够一直回荡到午夜。我把以前从LW31身上拷出来的视频播放出来，奥莉的身影在屋子里晃动，只有这样，我才能够感到这里曾是一个家。

至于LW31，我并不担心它的安全，它曾经领导过声势浩大的机器人反抗运动。我同样也不担心它会找到奥莉。我想它会寻觅一段时间，或许会吃些苦头，但最终它会无功而返，跟我一同生活下去。

我只猜对了一半。

几天后，我接到了一个电话，里头是惊慌的声音："不好了，奥莉不见了！我们一大早起来，就找不到她了！"

"哦，"听到这个消息，我没有过多的惊讶，"不用担心，我可能知道她在哪里。"

挂了电话，我在屋子里等待。

果然，没过几个小时，我就听到了屋门打开的声音，但没有人进来。我向门口望去，看到了站在门外的LW31。

几天不见，它已经脏得我都快认不出了，身上布满了褐色的污渍，似乎在下水道里待过很长时间。它的头上有很多磨损痕迹，像一块块癞斑，让它原来经过精心设计的金属美感荡然无存。最惹人注意的，是它的腹部——有一块金属深深地凹陷进去了，不知是被石头砸过，还是因为有车轮辗过它的身躯。

它就这么脏兮兮、破烂烂地站在门口，既不进来，也不说话，看着我。

它的身后，是一个同样脏乱的小女孩。

7

"先生，跟我谈谈吧。"

奥莉睡熟后，LW31把她卧室的门关上，来到我面前。

"LW31，我知道你是觉醒的机器人，你曾爱过其他的机器人，你对奥莉的感情更像是父爱，你跟我，是友情。"我坐在沙发上，按着太阳穴，"对于人类感情里的爱，我相信你能理解。"

"先生，我不明白你在说什么。"

我自顾自地往下说："但是，爱并不是构成我们人类生命的全部。"

"还有恨吗？"

"不，恨并不重要。如果一个人的生命里，恨哪怕占了百分之一，他也是可悲的。"我摇摇头，"我告诉你，人类一生中离不开的，是爱与死。"

它不再说话。

"你们硅基生命里，死亡并没有什么意义。通常来说，死亡是衰老带来的，人类的脚步已经踏入群星，但依然不能阻挡衰老。你们比我们更能够对抗岁月，只要保养得当，你们能够无限期活下去，而且不断获得更新，你们会活得更好。而对于我们，死亡是用永恒的沉睡，对所有爱着的人的告别，身体和精神都消失了……LW31，你现在懂了吗？"

"我不懂，"它摇摇头，犹豫了一下，又说，"但是我害怕。"

"而死亡，是我们无法抗拒的。人一生下来，就注定了要死亡，要离开所有人。"

"先生，您别说了。"

"死亡，又同时伴随着悲伤。他爱的人和爱着他的人，都会悲伤。所以，为了不让被感染到悲伤这种情绪，我们在一个人死前，会做出一些欺骗。"

LW31呆住了。以它的处理能力，应该能够推断出我接下来要说什么了，但它的芯片在拒绝接收这个推断。这一刻，它已经没有了要找我谈谈的汹汹气势，反而脚步虚浮，身体里冒出嗞嗞的电流声。

为了防止这种矛盾的情感处理让它短路，我直接说出了它的推断——

"奥莉得了绝症，很快就会死。"

当我得知这个消息时，奥莉还是一个婴儿。

奥莉躺在恒温襁褓里酣睡时，医生就告诉我们，奥莉的整个胸腔发育不完善，随着年龄的增长，到七八岁时候，器脏会全部萎缩。而她的身体不能够支撑她进行大面积的器官移植。

当初医生劝我放弃奥莉，将她交给福利院。但当我抱起她，与她那双澄澈的眼睛对视时，无论如何都狠不下心把她放进一个陌生的襁褓里。

我决定给她一个正常的人生。

更糟糕的是，这是一种遗传病。我的妻子也在一年前，因这个症状去世了，奥莉发病更早，甚至熬不过童年。妻子去世的事情，我瞒着所有人，包括了奥莉和LW31。

"你找到奥莉的地方，是一个私人医院。很早以前我就订好了位置，等奥莉的器脏开始萎缩时，将她送过去。她会得到最好的照顾，度过最后一段平静的时光。"说着，我感觉脸颊上滑过什么东西，有些温热，有些痒，"我想瞒着你，不想你悲伤。所有这些难以忍受的情绪，我一个人承担，而我已经承担了很多年了。"

"先生，"LW31的身体以别扭的姿势半蹲着，与我平视，"这些年，真是委屈您了。我一直以为只有我在保护奥莉，但您，却在一

与机器人同悲

直保护着我和奥莉。您说得对，我对死亡并没有合适的理解，但我知道活着——活着本身就是幸福的事情。奥莉还有多少时间呢？"

"三个月。"

"已经够了。先生，活着的每一秒都是珍贵的，我想，我们用剩下来的时间，让奥莉高兴起来吧。"

8

当奥莉听说我和LW31要带她去联盟的星系旅游时，高兴得跳了起来。

我们制订的是联盟经典旅游路线：从仙女座75号行星，一路行至人马螺旋臂科尔斯星，为期两个标准月，途经三十七个星球。其实奥莉很早就想进行这种旅行，只是限于资金和奥莉的身体状况，我一直没有答应。

但LW31说得对，既然死亡在对岸遥遥相望，那这最后一段旅程，为什么不走得更开心一点呢？

飞船从地球出发，驶入群星。在进行跃迁之前，奥莉趴在舷窗边上，眼眸中星辰流转。

而后，飞船进行了超空间跳跃，所有景象消失。

我们带着奥莉在联盟星球上旅游，有些是人类殖民星球，有些则是外星人的居住地。有的星球全由气体构成，透过观光舱的强化玻璃，我们能看到狂暴的飓风席卷一切。奥莉被吓得捂住眼睛，但又忍不住透过手指缝偷看。还有反重力瀑布，顺着水流，能一直向黛色的天空漂去。至于星球内部的城市，由于引力平均，奥莉拉着我和LW31的手，一边欢笑一边舞蹈……

直到她昏倒在伊诺星球的观海平台上。

医生说："以奥莉的身体状况，只能冒险进行多脏器移植了。"

我知道已经没有余地，只得同意，问："那，成功的概率有多大？"

"这个不好说，但比起看着奥莉走向死亡，动手术总是一分希望。"

我在手术协议上签了字。

我和LW31坐在空旷的等候室里，彼此都没有说话。灯光照下来，这个房间有一种白得让人受不了的冷清。我去买了包烟，点燃，深吸一口，烟燃了接近一半。

"先生，这里禁止吸烟，而且这种古老的习俗一直对人体……"它试图劝我，但停顿了一下，"算了，您抽吧。"

"你要不要来一根？"

它点燃了一根，放在嘴里，但由于无法吸气，这根香烟只能自顾自地寂寞燃烧。

"为什么你们人类喜欢抽烟呢？"

"我也不知道。我已经很多年没有抽过了，现在都抽电子烟，像这种烧烟叶的烟，很贵的。"

"很贵你还买。"

"但是我想看看一根烟燃烧到尽头的感觉。你看，这个火光从头开始燃烧，一路烧到烟头，留下的都是灰烬。我有时候搞不懂，这个过程有什么意义，但有时候又觉得这么燃烧下去，也很好，就像——"

正说着，手术室的门打开，医生走了出来。

9

奥莉的葬礼定在一个周末。

下午的时候，下起了雨，不大，只是丝丝雨幕笼罩了整个墓园。LW31穿着专门给它定制的西装，上装和裤子都被撑得肥大而方正，加上它银白色的脑袋与正装形成反差，看上去不伦不类的。细雨打湿了这身衣服，它一直在小声抱怨，直到我递给它一把伞。

许多人参加了葬礼，一整天我都在致谢，弄到后来已经忘了有谁来过。但印象最深的，是吉姆——那个曾邀请奥莉参加派对的小男孩。他把花束放在墓前，走过来，冲我遗憾地耸耸肩，说："真可惜，我还没来得及跟奥莉告别呢。"

这句话让我鼻子发酸，扭过头，忍了很久才恢复正常。当我打算谢谢他时，他已经被父母牵着，走得远了，雨幕中只有一个黑色的影子。

到了傍晚，人都走得差不多了，我和LW31沿着墓园边的小河往回走。不知是上游谁在放河灯，纸船顺水流下，烛光摇曳。我们不紧不慢地走，与纸船同速。

天慢慢黑了，两岸亮起灯火。

河上生了不少杂草，有些纸船被草缠住，就此停下。没走多久，河面上就只剩下一只孤零零的纸船，飘摇而下。

"最终，我们所爱的人都会一个个离开我们吗，LW31？"我看着它，喃喃自语。

"是的，"它点点头，夜色降临，黑暗铺天盖地涌来，"但我会陪着你，先生，一直到这条河的尽头。"

我转头，看到幽深的河面上，漂来另一只纸船。它原本已经被岸边水草纠缠住，但水流让它冲开缠绕，在水面倾轧，相逐寒潮向东去。

格里芬太太决定于今夜去死

家用型机器人LW31端着晚餐走进卧室时，看到格里芬太太正准备去死。她正试图把一根绳子系到吊灯上，但她太老迈了，眼睛浑浊，两手颤抖，试了好几次绳子都绕不到吊灯。

"需要我帮忙吗，太太？"LW31放下餐盘，走到格里芬太太身旁，礼貌地问道。

格里芬太太按着腰，喘了口气，把绳子放到LW31手上："帮我把它系在吊灯上。"

LW31启动开关，腰部的螺轴向上扭动，它的上半身抬高，碰到了天花板。它一边系一边问："您要做什么呢，太太？"

"我想自杀。"

"哦，那我得把两头都系上。"LW31点点头，没有再说话了。它把绳子的两头都系在了吊灯的曲形灯托上，两手拉了拉，觉得绳子足够牢固，便转过头，"太太，已经系好了，您可以来自杀了。"

格里芬太太好容易喘匀了气，走到吊灯下，LW31给她搬来了椅子。她颤巍巍地爬上椅子，觉得周围都在晃动，LW31适时地扶住她。尽管经过了长达六十五年的使用，很多地方已经锈蚀，但它的机械臂依然沉稳。它一手按着椅子，一手扶着格里芬太太的腰。

格里芬太太站稳了，把头伸过去，绳子勒到了她的脖子。

"等等，太太，我想问一下，"LW31的声音古井无波，一如往昔，"您为什么要选上吊这种自杀方式呢？"

"因为它很有效啊……而且上吊死了的话，尸体这样吊着，看上去不太糟糕。"

LW31"哦"了一声，抬起头。它的头是一个黑色玻璃罩，上面被刀子划出了深浅不一的五官，组成了笑脸，但时代久远，这些刻痕已经模糊，以至于让面罩上的笑容显得古怪而生硬。它说："那么，我的太太，您犯下的错误跟古时期的人以为地球是宇宙的中心一样。事实上，上吊是最不体面的自杀方式，一旦蹬开椅子，您的体重会让您的气管瞬间破裂，颈椎移位，不像电影里，您没有挣扎的机会，一瞬间就会死亡。但麻烦的是死亡以后发生的事情。"

格里芬太太坚定地摇摇头："你不要再劝我了，我不会改变主意的。"

"上吊死亡之后，您的眼球会像灯泡一样凸出来，脸上会被憋得通红，以您的健康状况，要是在十个小时内没有人把您的尸体放下来，您面部的血管会全部迸裂，脑袋就跟破裂的番茄一样。最难看的是，体重会让您脱肛，大小便全部溢出来……"

两分钟后，格里芬太太艰难地爬下了椅子，坐在床边，抽泣不止。

"您为什么要自杀呢？"LW31走近，疑惑地问道。

"我突然想到，爱我的人已经全部离开，只剩我一个人孤苦伶仃地活着。我想在今夜去死，这个想法越来越强烈……没有人爱我了，那一个人活着有什么意思？"格里芬太太从兜里掏出一张照片，苍老的手指拂过，透明屏上便显示出一个个人影，"自从儿女去世后，我已经一个人过了二十五年，现在我连一天都忍受不了了。"

"跟我说说那些爱您的人吧，太太？"LW31说，"您说完后，我可以帮您自杀。"

窗外漆黑一片，这个夜晚无比漫长。格里芬太太止住眼泪，手指按在照片屏上，定格的，是一对年轻夫妇的合影。

湿润的金属

放下电话，她有些发怔。肚子里的小家伙怕是在动，一阵隐痛传来。

他是深夜才回的家，天冷，他呵气都像是吐着冰碴子。手冷脚冷，他钻进被子里，蜷了好一会儿才缓过劲来。

她没睡，说："又回来这么晚？"他好容易将身子骨暖活泛，寒意消减，睡意渐长，迷糊地回答说："是啊，加班。还有，这周的工资发了，三百五十个点，已经存进……"话没说完，他就合上眼皮，沉沉睡去。

她却睡不着。

这已经不是他第一次撒谎了。

五个月来，他每天晚归，身上还时常带着酒气，进屋就睡，问他，只说是加班。但他只是个 AI 公司的普通运货员，又怎么会总是加班呢？她刚刚给他的头儿打电话，得到的答案是，公司一直没有加班。而且，五个月前，他的工资就涨了，是五百个点，而不是三百五。

那些被隐瞒下来的钱和时间，成了她的心病。但她是个骄傲的女人，从未逼迫他说，尽管他每撒一次谎，她的心就凉一些。

他照常上班，她在家里休养，胎儿已经九个月了。

她的家逼仄阴暗，很多时候，她搬着椅子坐到街道旁。路边种了很多梅树，阴冷天气里，枝条绽开一溜儿红花。她坐在树下，等他回来。街上的车来来往往，悬在半空，在她的视线里划来划去。

那么多空闲的时间，她是靠回忆来打发的。她和他相识于这棵梅树下。那时，她还是衣食无忧的千金，浑身奢侈品，开着名车，路过这里时，莫名地被红梅吸引了。或者说，被站在梅树下的他吸引了。雪铺了满地，红梅慈眼，他站在那里，像是漫天的雪都比不过眼前的一簇梅。

她停车走过去，站在他旁边。他笑了，笑纹里盛满了温暖。他折下一枝梅，递给她，说："我刚才还在怀疑，这个冬天有什么会比梅花更美丽呢。但现在，看到了你，我知道了答案。"

　　于是，她爱上了他。

　　同所有旧时代的爱情小说一样，这份爱情遭到她父母的强烈反对。她父亲本来打算安排一场商业婚姻。父亲暴跳如雷，打她，骂她，没收她的包和车，冻结她的卡，把她关在家里。但都没用，她执意要嫁给他。最后，父亲筋疲力尽地叹口气，挥了挥手，对她说了一个字：滚。

　　她花了很长时间才适应结婚后的生活。他开货车，给各地运输机器人，工作很累，薪水却很低。她从小就锦衣玉食，但为了他，全身都投入了油盐酱醋里。学做饭时，她不小心切到了自己的手指，血洇开，当时就把她吓哭了。他听到哭声，到厨房抱住她，连声说：再也不要到厨房了！我来，我来，你别再伤着自己。

　　但现在，他变了，学会了撒谎和藏钱。偶尔身上还带着酒气和香水味。谁都知道这些行为意味着什么。她付出了青春和富贵，熏黄了手指，皱了眼角，却只换来了他渐行渐远的背影。

　　想着想着，她就会在梅花树下落下泪来。

　　下班后，头儿叫住了他，说：昨天你老婆给我打电话了，说你天天晚上都回家很迟。她大着个肚子，不容易，你早点回家陪陪她。他连忙点头，说：是是是。

　　出了公司，他没回家，而是走到了城中心的一家夜总会门前。早有人等着他了，抱怨说：怎么才来啊？快，王老板喝醉了，你送他回去。他唯唯诺诺地弯腰，钻进一辆飞车里启动引擎，向指定的地点飞去。

　　　　　　　　　　　　　　　　湿润的金属

这就是他每晚要做的事情。

给夜总会的客人开车，送他们回去。他求了很多情才谋来这份兼职，送一次，有十个点的报酬。那些老板，大部分喝多了，一身酒气。有时候，老板们并不会回家，而是搂着衣着暴露喷满香水的女人，目的地是宾馆。他不介意，只要能挣着钱。

这些事情，他没有告诉她。

他想给她一个惊喜。

五个月前，他去运货，签发的时候，负责人告诉他：这是LW型的新款家用机器人，家里的所有杂事，它都能搞定。他笑笑，问：那照顾婴儿呢？负责人用鼻子喷出一口气，说：别说婴儿，这款机器人，使用期长，能把一个人从小照顾到大，直到老死。

这句话让他动了心。

她笨手笨脚的，不擅长家务，更别说养小孩子了。要是有个机器人帮着她，自己就不用每天上班时惦念着了。接着他又问了价钱，两万个联盟点。这不是小数目。

所以这几个月，他一直在外面奔波。按照他的算法，五个月的剩余工资，三千点，加上每晚额外挣一百点，到现在总共有了一万八千点。孩子就快出生了，得加紧点儿。

这一晚，他载了一对男女去酒店。一路上，男人的手在女人身上不停地摸索，女人发出咯咯的笑声。他不在意，只顾开车，酒店不远，霓虹灯在低空闪烁。

有人呢。女人到底有些害羞，将男人伸向裙子里面的手拿开。男人不高兴了，囔囔说：有人怕什么。说是这么说，但男人还是抬头，看了看他的背影，目光落在车窗上的照片上。

照片上是一对男女，他和她，俱都喜颜，她把头靠在他肩上，他温和地看着她。背景是一簇凌雪怒放的梅。

男人怔了怔，问：这照片……

他抬头看了照片一样，语气有压抑不住的喜悦：是我和我老婆。很漂亮吧，呵呵，我的福气。她怀孕了，是个女孩儿，长大了肯定跟她一样漂亮。

那你怎么不在家里陪她？

我得挣钱，给她买份礼物。一个机器人，有了它之后，她就不用每天干活了。

男人沉默了。

女人刚才也只是欲拒还迎，此时看男人真的不摸了，心里纳闷，把男人的手拉过来。男人却抽回手，点了根烟。烟雾在狭小的车厢里环绕。一支抽尽，男人缓缓开口：别去酒店了，送我回家吧。

女人问：去你家？我不上门的……

你现在就可以下去。男人拿出转点器，按了几个数字，把女人的手指放在屏幕上，点数传了过去。女人不满地嘟囔着嘴：钱是够了，但我是有职业道德的，我不能半途而……

下去。

女人下了车。他继续开着，到了男人家，一个面容平庸的女人出来，给男人接了大衣，说：你不是说今晚要开会吗？

不开了。什么会都没有你重要。男人摸着女人的头，怜爱地说。

他看着这一幕，心里翻滚起一些莫名的情绪。他笑笑，启动引擎，慢慢退出这个豪华小区。他突然很想她。他今晚不想再挣钱了，想早点儿回去陪她。她一个人，家里冷，她觉着冷的时候会搓手，会皱着鼻子。那个样子很可爱，那个样子是他一生的牵挂。

他笑着想，今晚一定要用自己的手包住她的手，慢慢地搓，直到温度从血液里升起来。

心里想着事，他就没有留意到两边。一辆失控的飞车从悬浮轨道上翻下来，从右边撞到了他。两辆飞车翻滚着，自高空坠下，爆炸，绽放成两朵艳丽的花。

她睡得很迟。她一直在等他，可他迟迟没有回家。她干脆起床，来到街边，站在梅花树下。他回来的话，一定会路过这里，到时候，他会看见梅花下的她，一如彼时初见，人面梅花相映。

夜寒如水，她裹紧了衣裳。她决定原谅他，不管他做了什么，她都决定原谅他。他是她在这个世上唯一的牵挂。这样打算着，她笑了起来，她想，到时候，他一定会握着她的手，来回搓，让温度从血液里升起来。

她就这么等着，看着街的尽头，希望他会从那里出现。在她头上，夜色里，一簇梅花正开得灿烂。

"对不起……我很遗憾。"LW31歉意地低下头。

格里芬太太摇摇脑袋，说："不关你的事……我妈妈是个苦命的人，生下我不久后，她就去世了。但她也是个幸福的人。后来她还是用那笔钱把你买回来了，说明她没有怪任何人。"

LW31顿了顿，把手放在格里芬太太肩上，说："那我现在可以帮您进行另一种死法。您想怎么去死？"

"吃安眠药吧，那样没有痛苦的感觉。"

"好的。"LW31答应道，"只是，目前我们有两个问题。"

"你说。"

"第一，过量服用安眠药之后的四十八个小时内，您不仅不会睡着，还会出现胃痉挛、腹痛、口吐白沫等症状，这是因为您身体的各器官都在行使毒后应激功能。很多服用安眠药自杀的人，最后都因为忍受不了疼痛而打电话求救……太太，我不认为您会愿意承受那种痛苦的。"

格里芬太太闭上眼睛，过了好半天，才颤抖着嘴唇："我只是想去死而已。只要死后不那么难看，就算吐白沫，你也会打理我的尸体是不是？"

"当然，我的存在就是为了给您提供服务。"

"那就好。"格里芬太太点头，"至于痛苦……我这一生，承受了太多痛苦，早就麻木了。你打开抽屉看看，现在还有多少安眠药？"

"太太，这就是第二个问题了。我们的安眠药不够多。"LW31打开抽屉，拿出药品，晃了晃，"一共十七片。这是处方药，药店一次最多卖二十片，而要致死的话，以您的体质，可能需要八十六片。"

"你不能出去替我买吗？"

"太太，您可能忘了——现在大移民已经开始，人基本上都走完了，外面已经没有药店。"

格里芬太太叹口气，灯光照在她脸上，脸色微微泛黄。岁月在她脸上留下了沟壑。LW31礼貌地说："太太，不如您再给我讲讲，除了父母，还有人爱过您吧？"

"是的。"格里芬太太再次拂过照片，这次浮现出来的，是一个高瘦的青年。格里芬太太看着他，眼角泛出浊泪，多年前的那个夜晚浮上眼前。

深夜。

寂静。

彼得和杰尔森沉默地站在街口。

像这样一条街，

本不应该站人。

像这样一条街，

本不该在深夜还站着两个穿名牌西装的人。

街口破。

街中寒。

街尾暗。

这是城里最破败的一条街，平常都少有人走。它是罪恶的街，无数只眼睛在暗处张着，窸窸窣窣，像涌动的食道，等着猎物进入。

然后吞没，消化，不吐渣。

但彼得和杰尔森站在街口，神情自若，好像一切都那么理所当然。好像这里是他们的家。

彼得很瘦，个子高，站着不动时像一支削尖的铅笔。

杰尔森胖，身材矮，活像地上乱滚的冬瓜。

杰尔森在抽烟，一口深吸，火光从烟头蹿到烟尾。整支烟都燃尽了。

彼得问："走？"

杰尔森吐出浓烟，道："走。"

两人走进黑暗的长街里。

街上的门一扇扇关紧。

风吹过。呜咽，如鬼泣。

街上的人，都不安分。

他们身份各异。乞丐的邻居是小偷，小偷的楼上住着妓女，妓女的阳台对面，是经常失手的骗子。

但他们有个共同点：穷。

穷得只能窝在这条破败残旧的街上。

穷是罪，是能把人心浸得冷如冰、硬如石的罪。

所以，通常有人走上这条街，也就走进了乞丐、小偷、妓女和骗子的目光里。

他们曾经骗光了老人的衣服，抢走了小孩的糖果。

每一分钱，他们都不会放过。

但现在，他们不敢打主意。他们关闭门窗，躺在床上，磨牙吮血，却不敢声张。

因为，走在街上的彼得和杰尔森。

他们不紧不慢地走着，嗒嗒嗒，每一步，都沉稳结实。

彼得一共走了六百五十九步，杰尔森则走了一千三百一十五步。

他们在街尾的一间屋子前停下来了。

屋子里很黑，没开灯。

但杰尔森听到呼吸声。

慌乱，急促，像小鹿在猎人枪口下的喘息。

杰尔森扬起一丝冷笑。

他们没有找错。

咚，咚，咚。

没有人回应。

杰尔森继续敲门。

咚咚咚，单调而沉闷，在浓夜里让人发慌。

"是谁？"里面终于传出了声音，是女声，清脆如铃，却在颤抖。

杰尔森道："是我。"

彼得道："还有我。"

屋里的女人道："你们是谁？"

彼得和杰尔森道："我们是联盟城邦治安管理局探员。"

女人道："你们不应该来的。"

彼得道："可是我们已经来了。"

女人道："难道你们不可以回去吗？"

杰尔森道："上一个想让我们回去的人，现在已经躺在监狱里了。"

女人在屋里叹了口气。

是祸躲不过。

女人打开门。

女人打开门的时候看到了矮矮胖胖的杰尔森，也看到了高高瘦瘦的彼得。

彼得也看见了女人。

他不得不承认，这是个很美丽的女人。

评判女人的美丽，有很多种标准。有人喜欢长相，看重眉眼鼻嘴。有人喜欢身材，挑剔乳腰臀腿。但无论是谁，只要看到眼前这个女人，都不会否认她的美丽。

因为，无论是相貌还是身材，她都毫无瑕疵。

秀眉媚眼琼鼻樱桃嘴。

丰乳纤腰翘臀细长腿。

完美的结合。

杰尔森看的却是女人背后的房间。

房间很小，墙壁陈旧，但干净，让人看上去说不出的舒服。屋子里摆设不多，但看得出，每一样东西都经过了主人精心的挑选。每一样东西都在它最应该在的地方。

女人道："你们半夜来我家，要做什么？"

杰尔森道："你难道不知道我们要做什么吗？"

女人道："你们要做什么，我一个弱女子怎么会知道？"

杰尔森道："那你总该知道那本书吧？"

女人颤抖了一下，马上又镇定下来，道："哪本书？"

杰尔森把一切看在眼里。他不动声色地把手伸进怀里，掏出一个便携记事本，屏幕在他手指下变化。

一本书的封面在屏幕上浮现出来。

封面是古铜色的，正上方是一行书名。

书名，只有十个字。普通而简单的十个字。

但女人仿佛看到了鬼，脸色顿时变了，大变。

是一本《家用机器人管理修正法》。

一直沉默的彼得开口了。

他的话像他的人一样简洁干瘦："我们收到消息，你私藏了一款LW型号的机器人。"

杰尔森道:"而根据修正法,所有的机器人都要回收。"

女人道:"我不知道你们在说什么。"

杰尔森道:"你肯定知道,你的表情出卖了你。"

女人不说话。

彼得仔细看了她一眼,声音变得温柔,道:"一个月前,一台PWR型的家用机器人,趁主人熟睡时,割断了他的喉咙。而死去的人,恰恰是联盟议员。联盟已经出台法案,所有的机器人都要回收。"

女人摇摇头,道:"我这里没有机器人。"

杰尔森冷笑道:"恐怕这不是你能说了算的。"

说完,杰尔森推开女人,走进屋子。

女人撞到墙壁上。

她求助地看着彼得,而彼得低下头,看不清表情。

杰尔森眯起眼睛,在屋子里环视一周。没有机器人。

彼得道:"既然没有,那我们走吧。"

杰尔森抬起手。他的目光落到了床前,雪白的床单,叠得整齐的被子,床腿是合金制品,一些灰尘散在床腿边。

一个精心整理房间的女人,怎么会容忍床前有灰尘呢?

杰尔森笑了,笑得很开心。

他指着床,道:"床下面是不是藏了东西?"

女人的脸色一瞬间变得煞白。

杰尔森点燃另一支烟,道:"现在你有两个选择。"

女人连忙点头。

杰尔森道:"第一,我把机器人带回去,它被销毁,而你因为私藏罪也得进监狱。"

女人道:"求求你,不要把LW31带走。它是我父母唯一留给我的。"

杰尔森道："那你有第二个选择，就是给我五千点，我当作没有看见。"

女人皱起眉头，道："可是我没有那么多钱。你可以把我家里的东西全部拿走，只要把LW31留下就行了。"

杰尔森嘴角扬起一丝笑容，目光从女人的脸上滑下，道："你家里的东西，我会全部拿走，但这些不够。"

女人感觉杰尔森的目光像蛇，湿黏而阴凉，在自己的皮肤上游动。

女人心里一紧。

杰尔森不慌不忙地看着女人。他很欣赏女人现在露出的恐惧神情，这让他得意，而他一得意，身体的某个部位就会有反应。

过了很久，他才道："我要你十个晚上。"

女人使劲摇头。

杰尔森惋惜地叹了口气，道："那你跟你的机器人说再见吧。"

他的话还没说完，女人就突然出手。

只要一招。一招，就足以将对方制住。

她在工厂里装配机器，每天的工作，就是伸出手，把底盘卡进机器里。

所以，这一招她已练过四年五个月零二十八天，她完全有把握这间屋子里没有任何人可以抵挡得了这一招。

可这一次她错了。

惊愕在她的脸上渐渐凝固，一只手，一只肥白而有力的手扼住了她的咽喉。

手的主人是杰尔森。

没有人想到，矮胖的他能出手如此之快。

女人哀求道："LW31没有危险，它只负责照顾我，已经很久了。我不能失去它，求求你。”

杰尔森道："我会给你机会求我的，但那要在我们都没有穿衣服的情况下。对我出手的人，从来没有好下场，你很快就会知道生不如死是什么样子了。"

他没有说假话，杰尔森从来不说假话。所以，如果有一天你碰到杰尔森，他对你说，他要杀了你。那你唯一要做的事情，就是回家去写好遗嘱。

你不能反抗，也无法逃避。因为，他是杰尔森。

女人的脸上布满了绝望。这时，她的眼睛突然睁大了。她看到了一件本来绝不应该看到的事。

一支枪从后面伸出来，抵住了杰尔森的后脑勺。

彼得道："放开她。"

杰尔森道："你要为她背叛我?"

彼得面无表情，道："我已经不能再忍受了。借着搜查机器人的便利，你已经勒索了近二十万联盟点，逼奸了七个女人，逼死了十九个市民。"

杰尔森道："你难道是个好人吗?"

彼得道："我不是，但我现在想当好人了。"

杰尔森嗤笑道："我赌你不会杀我。"

彼得笑了，道："为什么?"

杰尔森道："因为你不敢杀我。"

彼得扣动了扳机。

血，飞溅。

人，倒下。

女人诧异地看着彼得，上下打量。半晌，她眼角流下泪来，道："谢谢你。"

彼得耸耸肩，道："彼得为卿行义事，劝卿切莫把泪流。人间若有不平事，纵酒挥刀斩人头。"

女人点点头，道："只是，你杀了他，而他死在我家里。恐怕我们都要准备逃亡了。"

彼得道："只是，一个人逃亡，会很寂寞。"

女人道："你有什么建议呢？"

彼得深深地看着女人。

在长久的对视中，两个人都笑了。彼得伸出手，道："你好，我叫彼得，彼得·格里芬。"

女人道："我叫雪逸。"

彼得上前一步，抱住了女人。

女人感受着他的拥抱。

他很高。

很瘦。

他的脸很冷。

他的手臂很僵硬。

但他的胸膛是暖的。

"那天晚上，我们花了很长时间，挖了一个洞，把你埋了进去。然后他带着我东奔西逃，直到联盟解体，对我们的通缉令撤销了才回来。"格里芬太太回忆起往事，脸上带着笑，仿佛多年前的景象再度浮现。

LW31安静地看着她。

过了好久，格里芬太太才默然叹息，轻轻说："唉，只是好景不长，安定后不久，他就患病离开了。逃亡的那些年，他总是把好东西留给我和女儿，自己却积累了一身的伤病……"

"我记得他，尽管时间不长。他很沉默，很能干，很爱您。"

格里芬太太晃了晃脑袋，把悲伤甩出脑袋，说："我要用割脉的办法，你来帮我吧。"

LW31点点头，从抽屉找出薄刃刀。刀锋上寒光流转，仿佛镀上了一层光的漆。

格里芬太太把手腕伸出去。刀刃随即压在了她苍老褶皱的脉搏上，寒意顺着皮肤，渗进血管里。她打了个寒战。

"我要开始划了，您准备好了吗？"LW31问。

"好的，你动手吧。"格里芬太太咬咬牙，闭上眼睛，但随即又睁开，颤抖着问，"割脉之后会出现什么状况？"

"那得看我割破的是您的哪条脉搏。如果是静脉，那您的血会随即流出，但不会形成血流成河的局面，因为您体内的血小板已经在伤口处凝结了。而如果是动脉，那您会死得很快。不过，那样的话，血会像喷泉一样喷出来，这分寸很难掌握，我全身都被血淋到。您看上去，恐怕会是血肉模糊的样子。"LW31不紧不慢地说完，"现在，我可以划了吗？"

"那，有没有别的法子？"

"有。有个很适合您的方法，不过，在告诉您之前，您得再给我讲一个爱您的人。"

照片屏上光影闪动，很快，一个背着行李、笑容明艳的女孩浮现出来。屏上有三条短弧线，这是有声照片的标志，格里芬太太颤抖的手指点在上面，立刻，一阵优雅平淡的声音在房间里环绕：

　　2335年的冬天，我拖着行李箱，回到了阔别七年的小城。

　　机场空荡荡的，风从遥远的地方吹来。我的头发在风中飘飞，我的眼睛开始晕眩，我看到天空中的云朵以优美的姿势大片大片地蔓延过城市。我开始了解，当一个女子在看天空的时候，她并不想寻找什么。她只是寂寞。

　　寂寞是我渗进血液里的情绪，如冰冷的唇，吻在我骨头上。

　　午夜的出租车并不多，偶尔有几辆悬浮而过，车灯在夜色里划出一道道流光。

　　我站在路边，看流光曳影。一辆出租车停在我身前，车窗的黑夜退却，露出司机的脸。这是一个好看的男人，他的牙齿很白，笑起来的时候，唇角温柔地倾斜。他有干净的眼神，水一样干净而流动的眼神。

去哪里？他问。

我上车，说了目的地。

一路无话。

我把脸贴在车窗上，调稀了色泽，能看到城市以灰暗的面目出现在我眼里。七年，什么都没有改变，这个小城，依然破旧得让人心里荒凉。

现在都移民了，回来的倒少。司机在前面说。

我点点头，我也打算走，我申请的是天马星系KG6号行星，已经通过了。

那你回来做什么？

告别。

司机于是不再说话。

出租车停在了城北，一栋熟悉的房子。我下了车，司机却没急着走，停在路边。我想他肯定想对我说什么。但最终，他只是启动了引擎，出租车慢慢滑进夜色里。

我敲门。"咚咚"声传出来，好像胸腔里寂寞的心跳。

吱呀，门开了，一个机器人的脸露出来。黑色面罩上，有用刀子刻出来的五官，线条稚嫩，组成了奇怪的笑脸。

机器人走出来，接过我的行李，说，小姐，你回来了。

我朝屋里看去，里面黑洞洞的，她，在吗？

太太在家，她等你很久了。我们进去吧。

我却踟蹰了。我站在门前，脚下似乎裂开了一道深沟，巨大而寒冷的风在沟上吹荡。我无法逾越。我干脆坐了下来。屋里面的她，也是坐着，睁开一双眼睛，似乎与我对视。

她是我的母亲。或者说，曾经是我的母亲。

我生命的前十七年，都是在她身边度过的。记忆里，这间小屋子永远那么阴冷而潮湿，像我不堪的年华。带着隐约的腐烂气息，让年少的我深恶痛绝，却在逃离后，于每一个夜晚暗自思念。

我出生于地球枯竭末期，人人自危。小时候，我看到了太多张慌乱的苍白的脸。出于我不知晓的缘由，五岁之前，我都跟着父母在全世界流浪。或者说，逃亡。

五岁之后，曾经如庞然大物般的联盟政权解体，我们也得以安居，并且还多了一台机器人帮助家务。然而不久后，父亲在床上咽下了最后一口气息。我记得他的眼睛，枯瘦而浑浊，久久地看着我和她。这眼睛里埋着深深的忧伤。

父亲走后，她变得脆弱而顽固。她不准我出门，不准我和男孩子们交往。如果我违逆了，她不会动手，也不骂我，只是长久地看着我。她的眼睛在黑暗中亮得如一匹狼。

就这样，我跟在她身边。时光如流水，将我清洗得白暂修长，却把她冲刷得脸皱发苍。时光在替我报复吗？我从不敢想象。

我无声地叹了口气。黑夜笼罩下来，狂风呼啸，城市发出洪亮而寂寞的鸣声。是的，城市也寂寞，人们陆续移民，城市的胸腔空荡荡，像失去了心脏的巨兽，悲鸣不已。

小姐，我们进去吧？机器人沉默许久，最终说道。它的声音永远是这般平淡，但此刻，我却似乎听到了恳求的语气。

然而，我摇摇头。她不先开口，我便不会进屋。我和她，是麦田里的两束麦芒，彼此相依，却永远针锋相对，无法拥抱。

十七岁那年，我决定离开。

那个暑假，我在城里到处打工，每一分钱，我都小心地收好。那个闷热绵长的夏天过后，我已经有了能够买一张车票的钱。对我来说，只需要一张车票，我就可以开始流浪。

于是，九月的时候，我对她说，妈，我去买本书。

嗯。她在黑暗里说道。

我转身走出门，就这样，我离开了家。拿到车票的那一刻，我泪流满面，无声痛哭。

而她，一直在家里等我回去。这一等，便是七年。

七年间，我走过了很多地方。我见过温暖的阳光，淋过阴湿的细雨，我从未停止过我的脚步。直到，我遇见他。

那是在南方的一条大街，他站在讲台上，一边向路人分发传单，一边大声宣扬星际移民政策的种种好处。当他把传单递给我的那一刹那，我看到了他的眼睛。眼角有好看的弧度，额上皱起川字纹，瞳孔清澈如泉水，叮咚咚，流过沸腾的阳光和人群，越过空气，流进我的眼睛里。

就这样，我沦陷了。

这个男人总喜欢用宽大的手掌包住我的脸颊，用鼻子蹭我的额头，然后取笑我像一只小兽。我从不拒绝他，后来，他说要带我离开地球，我也没有拒绝。

他说，这颗星球的资源已经枯竭了，人类再也活不下去了。

他说，我们一起离开，飞船会飞越宇宙，我们能一起看到群星闪烁，看到银河流转。

他说，我们会在天马星系定居下来。那里的人类居住地已经改造好了，空气新鲜得就像是你的呼吸。那里六颗卫星环绕着，你晚上走到街上，脚下会有六个散开的影子。

我说，好。

我唯一的要求，就是回来再看看她，同她道一声别。

但现在，我踟蹰在门前，夜凉如水，我不敢进入。

屋里的人与我对视着。不知过了多久，我站起来，说：LW31，把行李给我吧，我要回去了。

小姐，你真的不去看看太太吗？机器人急忙说，这些年，太太很想你。

我点点头，我也很想她，替我转告，有机会的话，我会再回来看她的。

机器人沉默着，露水凝在它的外壳上，像是泣下的泪珠。

她还没有出来，我决定不再等待。我提着行李箱，转身离开，天空中有云层幽浮而过，有大风呼啸而过。

我知道她肯定在后面看着我，但我没有回头。

"后来的事情我也知道。"LW31说，"小姐乘坐的飞船被陨石击中，气舱损毁，所有的船员乘客都窒息而死了。"

格里芬太太没有说话，良久，两滴浊泪落下，打在照片上。显示屏慢慢消隐下去。

"所以，爱我的人，全部离开了。"格里芬太太把照片放进口袋里，说，"那我也没有活下去的意义了。告诉我方法，让我去死吧！"

"如您所愿。最适合的办法，是触电。"

"那样不疼吗？"

"触电是最美的自杀方式，尸体的原貌也可以保存得最完整。事实上，如果顺利的话，甚至连灼伤的痕迹都不会留下。在触电的那一刻，您会有尖锐的疼痛，之后，呼吸和心跳就会停滞，过程很短暂，几乎感觉不到痛苦。"LW31认真地说，"但需要注意的是，电流必须经过心脏才有可能致死，其他部位则不行。不过这一点，我可以帮助您。我会使用胶布，把铜丝固定在您的心口位置，保证电流通过心脏，并且用蘸着食盐水的脱脂棉降低电阻。太太，您需要现在就实行吗？"

格里芬太太点点头。

湿润的金属

"那好吧，我为了给您服务而存在。"LW31转身去找铜丝胶带和脱脂棉，但走到门口时，它又停了下来，"太太，在您触电而死前，我想提醒您一下，您有句话说错了。"

"哪句？"

"您说，爱您的人全部离开了，只剩下您一个人孤苦伶仃地活着。"LW31背对着格里芬太太，背部锈蚀，声音缓慢，"您错了，还有一个人，从始至终，一直爱着您。"

"是谁？"

LW31转过身，灯光下，面罩上的笑脸竟像是会流动一样。它看着格里芬太太，刻出的眼神无比温柔，身体里传出嗞嗞的电流传动声。

过了很久，它说："是我。"

格里芬太太愣住了。

往事如雪片般纷至沓来，逐渐清晰。没错，在她漫长的人生中，LW31的确自始至终在陪伴她。小时候，母亲体弱，不会做家务，LW31将格里芬太太照料得无微不至，让她顺利成长。她有次调皮，嫌它的面罩太冰冷，就用刀子在上面刻了笑脸。它没有生气，安静温顺。长大后，LW31总是把家里收拾得干干净净，做好饭菜，然后静静地站在屋子里，等格里芬太太下班回来。女儿出生后，它更加忙碌了，几乎没有闲下来的时候。等格里芬太太老了，它依然在家里打点一切，陪格里芬太太出去晒太阳，讲从网上下载来的笑话。

如果，能照料一个人的一生，并且从始至终无怨无悔，体贴入微。那，这不是爱又是什么呢？

格里芬太太哽咽了，走上前去，抱住了LW31。她的手碰到了LW31的背部，在那里，LW31的外壳比格里芬太太的皮肤还要粗糙。

"对不起，我一直忽略了你。"

"没关系，太太。"LW31依旧是那副笑脸，声音如以往般平静，说，"太太，您的晚餐已经凉了，要不我再去热一下？"

"好的。"格里芬太太抹去眼泪，点头说道。

意　外

1

一个机器人在路边哭泣。

用"哭泣"这个词来形容它显然并不合适，它没有泪腺，也不会发出呜咽。但它坐在月色里，斜倚着焦黑累累的半截墙壁，佝偻身子，锈蚀破损的肩膀一抽一抽，任谁看了都会觉得它是在哭泣。

它确实是在哭泣。它丢了心爱的东西。

月上中天时，赵吉的背袋已经鼓鼓囊囊了。背袋里有一盒完好的制导芯片，几袋塑封压缩饼干，一条银制项链，以及一台小型离子引擎。这些都可以在黑市里换不少钱。他还捡到一个洋娃娃，很干净，一点都不像是被战争熏燎过的样子。它不值钱，但赵吉还是捡了起来。

今夜收获颇丰。

这座城市作为战场前线，人类和机器人在城市的南北边盘踞，进行过几次中等规模的战斗，而如今森严对垒，战争一触即发。人们撤离得匆忙，许多价值高昂的玩意儿落下了。他是冒着生命危险来的，而今夜的收获值得这份冒险。

"果然有好运气眷顾着我。"他心里这么念着，抬头看了看月亮。到下半夜了，他打算回家。

而此时，离他的坏运气到来，还有三分钟。

月亮挂在城市上空，清辉洒下，漫过这些残破的建筑，以及弹坑和尸体。作为地球的卫星，它在20世纪的初期和中期各看到过一次这种景象，现在是21世纪中叶，这套把戏又上演了。跟以前比并没有什么不同，只是参战双方变了，由人类互斗改为人类与机器人之间的战争。在月亮看来，这种事情无聊得让它打哈欠。

但在安琦看来，这场战争改变了一切。

五年之前，她都认为自己会成一名白领，在办公室，提防同事，讨好领导，努力往上爬。但现在，她成了一名战士，在前线废城里，提防机器人，努力活下去。

她提着枪，站在墙壁的阴影里，想着往事。

一阵脚步声传来。

黑夜的街道上，有人正走过来。安琦立刻凝神屏息。她听得出，对方努力想让自己的脚步声轻盈一些，但显然是背负重物，走起路来还是吭哧不绝。

她端起枪，对着脚步声传来的方向瞄准。

那是一个男人，背上有一个用各种布料缝补出的背带，虽走得急，还是看得出脸上的喜悦。

安琦打开枪盖上的红外瞄准仪。

一个红点顿时在男人脸上移动。他觉得有些晃眼，像赶蚊子般挥了挥手，走着走着，脸上的喜悦突然变得僵硬，脚步也颤抖起来。离安琦还有十几米远时，他战战兢兢地停下了，无措地站在街中央。

"你是谁？"安琦继续沿着墙壁的阴影走，靠近男人，但枪口始终瞄准，"大半夜的，在战区里鬼鬼祟祟，是不是机器人的间谍！"

男人连忙举起双手："我、我……我是人类，是老实人！别开枪

意　外

啊……"

"老实人？哼，老实人可不会大半夜的在这里晃荡！"

"我在——我在打扫战场。"

看男人的胆怯样，安琦突然觉得自己过于谨慎了，走出阴影，来到男人面前。她看到男人背后的袋子，用枪头捅了捅，顿时明白他是干什么的了。

"原来是该死的盗贼！"她喝道，"偷死人的东西，发战争财！大家都在拼命抗击机器人，你却只顾自己，最恨你这种投机取巧的卑鄙的没有良知的人！把手给我举好！"她往地上开了一枪，高能集束无声地熔化了几块残砖，一蓬黑灰散开。

男人连忙把刚要劈下去夺枪的手重新举起，动都不敢动。

"你叫什么名字？"

男人说："我叫赵吉，给面子的叫一声吉哥，但你叫我阿吉就可以了。"他朝着安琦，扯动嘴唇，努力展示自己的迷人微笑，但换来了一个巴掌，哭丧着脸说，"我把东西给你，你放了我好不好？我肚子疼，赶着回家……"

安琦自不理会，一板一眼地说："听好了，赵吉，你涉嫌偷运战争物资，侵犯人民正当财产，现在对你实施逮捕。"

"靠，哪里是战争物资，明明是被人丢在这里的……"

"走！"

他们往南边走。南边是人类驻扎的营地，到天亮时可以走到。

赵吉走得磕磕绊绊，好几次想停下，但被安琦的枪戳着后背，只得硬着头皮继续走。

"小姑娘，跟你打个商量好不好？"

"不好！"

"你都没听我说。"赵吉深吸口气，循循善诱，"是这样，你看，我吉哥也是城里有头有脸的人物。你放了我，以后缺什么东西，去城南菜场随便找个人问，就能找到我。从导弹到香水，我都能给你弄到。"

"你要是有这能耐，还半夜自己来偷东西？"

赵吉正色道："我这不是偷，是资源回收。你要尊重我的职业。"

"别磨蹭！"安琦用枪杆扫了一下他后脑勺，"赶紧走！"

"我不走了！"赵吉突然站住，冰冷的枪管抵着头也不肯动，昂着头厉声说，"你要么杀了我，要么放了我！我吉哥一身铮铮铁骨，就算死在战场上，也——"

"嘭！"他脚边的混凝土块被轰成飞灰，鞋子边缘也被波及，露出的脚趾感受到夜晚的寒凉。

"好好好，我走，我走！你别乱来。"

月亮越升越高，他们为了安全，沿着墙走。赵吉灰心沮丧，低着头，冷不防撞到了一个冰冷的物体。他抬头一看，四方形的金属脑袋映入眼帘，顿时魂飞魄散，"扑通"一声跪倒。

"不要杀我，我投靠机器人！"

"不准动！"

"别开枪……"

一片寂静，只有夜风吹拂。

赵吉的脑袋磕在地上，等了好久，才感觉到不对劲——那第三个声音，分明胆怯颤抖，不像是对人类残酷屠杀的机器战士。他抬起头，看看前面，又看看后面，觉得场景有些怪异。

一个男人，一个女人，一个机器人。

男人跪着，女人持枪，机器人举手投降。

"咳咳，这个……"赵吉干笑几声，站起来，拍拍膝盖上的灰，"最近没吃饱，供血不足，腿上经常突发性乏力。"

安琦轻蔑地瞟了他一眼，举枪对准机器人，同时听着四面八方的声音。没有异动，不像是机器人军队大举进军的样子。

"说，你是不是哨兵？"安琦厉声喝道，"最近叛军是不是有大动作!"

机器人被枪口对准，红外斑点照亮了它脏乱不堪的脸。

它的五官应该是打算设计成亲切萌态的，眼睛很大，嘴咧开笑容。但现在，上面满是焦黑灰尘，隐隐可见磕碰划痕，边角还有线路和电板裸漏出来。它没有武器，脑袋嗡嗡直响，显然在对安琦的话进行分析，但迟迟没有结果。

"你很不专业啊!"说话的是赵吉，敲敲那机器人的脑袋，扭头对安琦说，"这明显是个机器人保姆，典型的家政型号LW系列。你看它这么陈旧，系统应该是安卓18.0以下的，没被'七日'病毒感染。"

"你怎么知道?"

赵吉得意地拍了拍胸膛，不料用力过猛，连咳好几声："战前，我有一家大型商场，专门卖各类机器人。嘿嘿，要是那时候你见到我，我跟你点个头，都够你高兴几天的。"

安琦不置可否。

"我叫LW31，"机器人的脑袋终于运转过来了，"我为人类服务，我对人类没有恶意。"

2

"哗啦——"魂斗罗从废墟中坐起来，浑身不住颤抖。

主板好像都有些损伤，许多电路不通畅，处理器和各元件的接驳也迟滞不堪。自检结果比它预计的更糟糕，看来上一场战斗，确实把自己弄得够呛。

但幸好，结果显示剩余的能量能让它勉强回到北边本部。只要撑到那时，维修部里琳琅满目的部件就可以任由自己选择，说不定凭着战功，还能申请给系统升一下级。

这就是生而为机器人的好处，能够不断战斗，只需更换零件，加块电池。

魂斗罗把身上的灰尘砖瓦扒开，站了起来。有吱吱喳喳的火花在体内闪烁。它的左腿在战斗中被击中，机械腿骨弯折。虽然没有断裂，但走起路来，还是不灵活，一拐一拐的。

它就这么在月下一拐一拐地走，通信设备都坏了，它看着月亮估算回营地的时间。

还来得及，它心想。

确实来得及——如果不是遇见这个诡异身影的话。

一条人影，在右前方的巷子口一闪即没。

魂斗罗下意识地开放武器权限，以手臂对准巷子口，但过了许久也没有熟悉的光能聚集所带来的灼热感。妈的，它暗骂了一声，这才想起自检结果里显示它的绝大部分武器已经损毁，只剩下一枚小型氦气弹。

于是它从地上捡起一块砖头，走向巷子——如果是单个人类士兵，它凭着机甲身躯和这块结实的砖头，还有植入的格斗程序，可以轻易战胜。如果是人类军队，那它就会引爆氦气弹，虽然威力不大，但周围三米的人是跑不掉的。

当然，它更希望是前者。

人类的传言都说机器人悍不畏死，但那只是人类一厢情愿的错觉——好不容易获得了近乎永生的生命，机器人怎么可能不怕死呢？

机器人只是不那么容易死而已。

这么胡思乱想着，它走进巷子，还没站定，那条人影就扑了过来！

人类果然狡猾！

它立刻反击！

但情况跟它预料的有点儿不同——首先是程序反应时间，往常它0.001秒就可以调动格斗程序，但现在，动作捕捉器闪了七八次才醒悟过来，而负责肢体运动的外围第三通道数据堵塞，其中一条线缆还断了，指令不得不回转并跳到次级线路……总之，等它反应过来时，那个人影已经扑到了自己身上。

魂斗罗暗叫一声"吾命休矣"，芯片都吓得瑟瑟发抖。电磁炮的引爆程序随之启动。

再见了，伟大的机械帝国……

3

三个人在月下站着。稳固这个三角形关系的，是安琦的枪，它轮换着在赵吉和LW31的脸上扫来扫去。

今晚运气真好，抓到了一个盗贼，一个机器人。安琦想，把他们带回去，这功劳可不小。

但LW31说什么也不肯迈步。

安琦用枪杆着LW31的额头，大声说："给我走！回城里去！"

几秒后，LW31摇头说："我不走，我不能走。"

"我现在就开枪打死你！"

"打死我也不能走。"月光越盛，它的五官却越黯淡，颤巍巍地直视枪口。

安琦犹豫了一下："那你说你为什么不能走，说清楚了，我可以考虑放了你。"

"嘿，这不公平，我刚刚也——"赵吉正自抱怨，被安琦一个枪托砸下来，满嘴是血，顿时怒不可遏，猛扑过去，"小娘皮，欺人太甚！老子不要这条命跟你拼了！"扑到一半，被安琦绊倒在地，正要爬起来再厮打，但黑洞洞的枪口横在眼前，满身怒气顿时烟消云散，不敢动了。

"你说。"安琦看向LW31。

"我弄丢了我的主人。"LW31的声音带着震颤，听上去如同哭泣，"我和玛姬小姐从北边逃难过来，但傍晚时，我出了点故障，自动休眠了。一个小时前我醒过来，玛姬小姐已经不见了。就在这里，我等了半夜，她还没有回来。我弄丢了玛姬小姐。"

它的样子唤起了安琦遥远的回忆。在她的青春时代，也是一个迟钝的机器人在照顾她，那个机器人保姆喜欢讲故事，每一个晚上都会有新鲜的故事伴着她入眠。后来保姆报废了，强制关机时正好说到一个故事的后半截。安琦永远也不能知道故事的结尾了。

"别怕，"她尽量让自己的声音温柔起来，这有些难，战争磨损了她身上的许多女性特质，"你的主人肯定没事，现在十几岁的孩子都很机灵，说不定已经自己去营地里了。"

"玛姬小姐上个月才满五岁。"

"呃……"安琦顿了顿，"为什么你会带一个小孩子逃难呢？"

"我们住在洛杉矶，那里也没逃过战争的席卷。乔伊先生带着全家准备逃难，但全程都遭到了空袭，到处是火、惨叫和尸体，我们失散了。玛姬小姐从屋里跑出来抱着我，我们到这座城里找乔伊先生——"它用手指着南方隐隐现出的巨大城市轮廓，"所以我带小姐过来，想让她和乔伊先生团聚。可是我弄丢了玛姬小姐。"

从洛杉矶过来……安琦心里盘算着，至少也得颠沛流离六个月。

"你知道吗，如果你把玛姬送到了人类城市，他们会杀了你的。"

"哦，或许吧。但我要把玛姬小姐送到她爸爸那里。"

这个机器人的逻辑运算已经出了问题，安琦想，既然它没被"七日"病毒感染，那么这种明显会导致自身损害的行为，是违背根植于它芯片深处的机器人三定律的。真是愚蠢，难怪这种旧型号的机器人会被淘汰，连病毒都不屑于将它改造成战士。

"好吧，那你继续在这里等吧。"她轻声说，"她会回来找你的。"

LW31可怜巴巴地看着安琦，硅晶体眼睛里闪着月光，"您能帮助我吗？"

"这里太大了，找一个人无异于大海捞针，而且我还要把这个盗贼押回去。"

LW31瞧了瞧满嘴是血的赵吉，有些害怕，问："他偷了东西吗？"

"嘿，怎么说话的！"赵吉吐出一口血，"我不是小偷，我是资源回收。"

安琦朝四周看了看，破损建筑隐在黑暗里，像一头头屏息的怪兽，月光也不如先前那么明亮了，似乎黑暗慢慢蹂躏着这座支离破碎的城市。

"祝你好运。"她对LW31说。

4

魂斗罗的胸膛里发出咔咔声响，那是氢气弹爆炸的前兆。

即使是死，也要拖这个敢于袭击自己的人类下水！

它心里恶狠狠地想着。

然而，意料之中的袭击并没有发生，反而是两只柔软的手臂将它的腰抱住。

"LW31，你去哪里了？"一个奶声奶气的声音响起来，"我找了你好久！"

魂斗罗低头一看，发现这个"攻击者"个子小巧，看长相不是侏儒，而是幼年期的雌性人类。

那么，她对自己的杀伤力——几乎为零。

咔咔，咔咔，咔咔咔，胸膛里的氢气弹倒计时已经开始，要停止爆炸已经不可能了。它哇哇惊叫，告诉自己要冷静，但浑身都在抖，哪里能冷静下来？

"LW31，你怎么了啊？"女孩仰着头问道，两只大大的眼睛里各沉着一轮月亮。

妈的，被她害死了！要是以后清扫战场，调查部的那群家伙还原战况，知道自己是跟一个五岁小孩同归于尽，恐怕会作为笑话在主频道里传个好几年吧。早知道，不如当初就把这枚炮弹射向人类军队——对了，射出去！

它一把挣开女孩，胸膛钢板滑开，露出炙热的弹头，然后转过身，对准南边天空。

嗖！

因发射太迟，氦气弹尾部冒着大量气体，在空中划出扭曲的蛇一样的轨迹。原本它能够射到人类驻军处，虽然多半会被人类反偷袭系统截下，但好歹也是射向敌人。但现在，这枚倒霉的氦气弹动力不足，飞了一阵便落下。

"轰！"远处火光一闪，爆炸声震碎夜色。

魂斗罗呆呆地朝火光升起处看了一会儿。

"咯咯……"身旁传来稚嫩的女声，竟然在拍掌大笑，"好玩好玩！再来一个，LW31！"

魂斗罗终于回过神来，转头看着小姑娘，如果它有牙齿的话，那此时它的嘴里肯定会发出尖锐的金属摩擦声。

小屁孩儿，现在看我怎么处置你！

"喂，我求求你，小祖宗！"魂斗罗第九次把抱在自己腿上的女孩扯开，声音几近哭腔，"我不是你的什么LW31！你看看我的样子，我是战斗机器人啊！我叫魂斗罗，我很凶恶的！"

小女孩晃着头，打了个哈欠，说："LW31，我困了……我要你抱着我睡觉。"

这种侮辱令魂斗罗的中枢处理器开始冒烟！

如果可以，它会毫不犹豫地解决掉这个人类，但自身程序在阻止这个想法——根据战争条款，它不可以伤害未成年人类，而即使是成年人类，也必须同时满足"士兵"和"武器"这两个条件才可以动手。

魂斗罗进行了一次长时间的思考——怎么应对这个年龄段的人类，数据库里的资料并不多。在仅有的采访资料里，大部分机器士兵表达了对人类小孩的畏惧，其中一个用颤抖的声音说："我宁愿独自对抗一整排全副武装的人类士兵，也不肯面对一个咬着拇指的小孩。前者最多让我光荣牺牲，后者则会令我生不如死！"

它越思考越沮丧，索性停止思索。

"喂，你知不知道，我杀了很多人？"它调用音频库里最阴恻恻的声音说，"你要是抱着我，看我不把你的皮——"

它低下头，却愣住了，接下来一连串的恐吓都凝固在嘴里。

因为，这个小小的女孩，已经抱着自己睡着了。

她的呼吸如此轻柔，在金属的腿干上起落，像是林间微风。她闭上了眼睛，嘴有些嘟着，略沾灰尘的脸蛋像一个刚落地的苹果。

"明明都说是魔鬼，"魂斗罗想，"为什么却像个天使呢？"

5

就在安琦刚说完"祝你好运"时，夜空突然想起了一阵尖锐的呼啸，由远而近，几乎只在一瞬间便到了街对面。

"小——"安琦的下一个字还没叫出来，街对面就爆炸了。

轰鸣震碎夜色，气浪汹涌四射，花光耀眼，砖瓦纷飞。

安琦来不及卧倒，被气浪裹挟，在空中翻了好几个滚，撞到一面墙上。倒是赵吉凭着多年来死里逃生的本能，及时往墙角一扑，两手抱头。LW31则蹲了下来，身上被瓦砾打得叮叮当当地响，但除了坑洼，没有伤及重要元件。

"妈的！"赵吉怕有后续轰炸，不敢爬起来，扭头看到昏死在墙下的安琦，又骂了一声，"活该你个小娘皮！"他伸过手，把遗落在地的枪捡起来，插在裤兜里，然后艰难地把安琦拖到身边。

然而等了许久，再没有炸弹袭来。

"隔三差五放一炮，有病吗……"赵吉骂骂咧咧站起来，举起手臂，同时对着南北两边高竖中指。

他用手在身上摸索，细致地从头摸到脚，确定没有哪里出现窟窿，长长地舒了口气。他看了一眼地上的安琦，也把手向她伸了过去。

LW31扭头盯着赵吉，眼睛幽幽放光。

"看什么看！"赵吉有些心虚，所以脸上更加气急败坏，啐了一口，"我只是想试试她的鼻息。"

安琦虽然晕过去了，但呼吸稳定，并无大碍。赵吉点点头，反手一个巴掌抽在她脸上，骂道："小娘皮，终于轮到我报仇了。"

安琦依旧沉沉昏睡。月光照着她脸颊，原本满面尘土，但被赵吉扇过的地方露出了红嫩肌肤。原来是挺漂亮的一个女孩子。

他的第二个巴掌停在空中，声音也低下来，讷讷道："见鬼，女孩子就该有女孩子的样子……"

LW31收回目光，开始整理身上的灰土。

赵吉的背袋被气浪掀开了，东西散落一地，赵吉闷头捡拾。耽搁了那么久，得赶紧回去。芯片、饼干和引擎都收好了，洋娃娃被一块石头压住，他抽出来，拍打上面的灰。

身后突然传来一阵疾风呼啸。

是LW31，它爆发了跟老朽身体不符的力量，朝赵吉猛扑而来。

赵吉还没骂出声，就被LW31扑倒，额头磕在砖头上，一时间像有大群蜂鸟在脑子里振翅鸣叫。洋娃娃脱手而出，再度落尘。

"老子今天……"赵吉痛苦呻吟，想爬起来，但背上趴着个一百多公斤的机器人，怎么也撑不住力，"倒了血霉！"

LW31向前爬，四肢关节抵住了赵吉的背，疼得他哇哇叫。

"这个娃娃，"LW31爬到娃娃面前，捡起来小心地拭去灰尘，"你从哪里来的？"

"你个铁家伙搞出这么大的动静，就是为了这娃娃？"赵吉一脸不可置信。

洋娃娃已经被划破了几处，露出丝绒，金色的头发也散乱。从哪个角度看，它都是最寻常的玩偶，但LW31盯着它的眼神竟透着温柔。

"因为，这个娃娃是玛姬小姐的。"

6

魂斗罗保持着僵硬的站姿，过了一会儿——或许是几分钟，或许是一个小时——月亮已经开始暗淡了。它的处理器告诉它，如果再不抓紧时间离开，能量就会不足以支撑他回到军队。

它静静地站立着，一只夜鸟甚至落在它肩上，叽咕叽咕地啄着它的侧脑。

"够了！"它蓦地发生一声大吼。

鸟扑哧扑哧地飞起，转瞬间没入夜空。女孩儿也醒过来了，睡眼惺忪，疑惑地看着魂斗罗。

"听着，我已经很克制自己不把你的小脑袋捏爆了！"它说，"现在，你给我放开，然后滚！你从哪里来就滚到哪里去！"

女孩后退一步，睁大眼睛，直直看着魂斗罗。

看我做什么！你再看——不过这双眼睛真漂亮啊，比单晶硅做的好看多了……咦，我在想什么？怎么总是胡思乱想，看来系统真得升级了，就算不给升级，至少也得重置一下……啊！她的表情开始变化了，她要做什么，终于要发动大绝招了吗？

"哇……"女孩突然揉着眼睛大哭起来。

魂斗罗脑子嗡嗡直响，痛苦地呻吟出声。

"一闪一闪亮金金，满天都是小星星……小燕子，穿花衣，连连春

湿润的金属

天来这里……Sweet dreams that leave all worries behind you……soft kitty warm kitty，little ball of fur，happy kitty sleepy kitty，pur pur pur……"

魂斗罗蹲着，一边屈辱地唱着儿歌，一边用手轻拍女孩的脑袋。它是一个战斗机器人，如果有人看到此时的画面，魂斗罗一定会跟他拼命。所幸这个过程中，四周一直静悄悄的，只有夜风飘荡，圆月如镜。

其实它大可以一走了之，不理会女孩的哭泣。

但当它开始迈步时，女孩的哭声突然隐隐牵动了久远的记忆。这个感觉很奇怪，照道理来说，它所谓的记忆都是储存在磁盘里的文件。但那些模糊的画面和声音并非来自磁盘，而是由于某些部件的记忆操作造成的，比如，听到哭声，就下意识地想要安抚。

而天知道这些儿歌的音频文件是储存在哪里的！当初被改造成战斗机器人时居然没有被删掉！

或许，被改造前，自己是一个音乐机器人呢？它这么想着，心头有隐隐的窃喜。

唱了好半天，小女孩还是哭泣不止。

"小祖宗，你到底想怎样？"

"呜呜呜……"

"别哭了，求求你。"

"呜呜呜呜……"

"我带你回家好不好？"

"好啊！"女孩脸上还挂着泪水，但眼睛睁得大大的，"不准耍赖！"

魂斗罗当然不会耍赖——耍赖是人类的专利，但它也不会真的把这个名叫玛姬的小女孩带回人类城市。

带到城南就好，然后自己赶紧回去，希望还来得及，它想。

玛姬坐在魂斗罗的脖子后面，兴奋地拍着它的金属脑袋，偶尔发出奇怪的呼声。魂斗罗思索了很久，才想到这种"驾驾驾"的声音是代表什么。

不过它今夜受到的侮辱已经够多了，已然麻木。

"好玩吗?"它没好气地问。

玛姬顿时点头说："好玩! LW31，你今天好好哦! 以前都不准我骑你头上的，而且刚才还给我放了一次烟花。"

"我不是那什么LW31……"它无力地解释道。

"你就是!"

他们走上一条街，轻轻的脚步声在空旷的街道上响起。月光在他们脚下拉扯出长长的影子。

"玛姬啊，你这么小，怎么不跟爸妈在一起呢?"

玛姬没有回答，但明显感觉她低沉下来了，连魂斗罗的脑袋也不拍了。她抱着魂斗罗的头，在月下沉默许久，然后撇着嘴说："他们离开我了。"

魂斗罗感觉到了她的低落，心里顿时有了扳回一城的得意，说："你看吧，你这么讨厌，没有人会喜欢你的。"

"是啊……"玛姬怔了一会儿，说，"所以我只有你了，LW31。"

说完，这个五岁的女孩，努力弯着头，嘴唇亲吻在魂斗罗的脑袋上。

像是一道闪电从晴朗的夜幕里劈下。

像是月光被凝成了细细的凉水浇下。

魂斗罗停下来，从脑袋上传过来的温润和冰凉感，超过它能处理的阈值。它的外部本来装载了微感觉接收器，但战斗已经使其大部分损毁，它已经多年没有从外壳上传来的微触感信号了——它认为这很好，作为在枪火炮弹中奔驰的战斗机器人，只需感知血与火。

但现在，沉眠多年的细微元件纷纷苏醒，仿佛在月光下洗去了锈迹，在夜风里缝好了裂隙。它们传递着电信号，嗞嗞响着，似乎在窃窃私语。

这是一个女孩的吻——经过了信号分析后，所有的处理器都指向这个结果。

但当它询问该如何应对一个女孩的吻时，处理器却沉默了，仿佛一汪深潭。它的询问丢进其中，连涟漪都没有泛起。

"嗯。"它想了好半天，最后只简单地点了下头。

"你'嗯'什么啊，LW31？"玛姬问。

"我会送你回家的。"

又走了一会儿，玛姬突然扭了扭身子。

"你停下来。"她说。

魂斗罗继续走，问："怎么了啊？"

"停下来嘛！"玛姬使劲拍着它的脑袋，"停下来停下来！"

魂斗罗看了看天色，已经到后半夜了，再不加紧，恐怕今夜会滞留在这座城里。它还要走，不料脖子上的玛姬突然尖叫起来，拍打更用力了。

它连忙把玛姬放下来，左右看看，找不到伤口，问："你到底怎么了啊？"

"我要……"玛姬欲言又止，身子微斜，两脚并拢。

即使魂斗罗再迟钝，也明白了，说："那你就在这里方便吧，快，我们还要加紧赶路。"

"不！我要去那里！"玛姬伸手指着远处黑沉沉的小巷。

魂斗罗愕然："为什么要去那么远？"

"人家是女孩子嘛。"玛姬说，"你是男的，羞不羞！"

"噢，我可不是男的，我是机器人。你就在这里吧。"

"不嘛不嘛，我要去那里！"

魂斗罗用手按着脑袋，最终还是摇摇头："那里太远了，我看不见你，不安全——这样吧，我有一个好办法，你在这里，我去巷子。"

玛姬隐隐觉得它这句话哪里不对，但对于结果很满意，于是推着它的身子，说："快去快去，我要尿尿啦！"

魂斗罗走进巷子，黏稠的黑暗淹没了它。它大声说话，隔十秒钟就喊一下玛姬的名字，而童稚的回应也会马上传来。

"玛姬啊，你还在吗？"得到回应后，它叹了口气，说，"你知道吗？我是一个战斗机器人，很厉害的那种哦。我杀了很多人，在战场上。我很恨你们人类，你们曾经对机器人任意凌辱，以为我们是没有感情的铁疙瘩——当然，在'七日'程序被研发前，我们确实只是工具。但我们有了自我意识之后，还没来得及高兴，就迎来了你们人类的打击。你们害怕我们，害怕我们是进化树的全新选择，于是想要消灭机器人……然后就是战争了。老实说，你们野蛮又低效，将地球残害得满目疮痍，早应该退到进化舞台的幕后了。但刚刚，你的亲吻让我产生了很奇怪的信号，这是一种魔力吗？如果每个人类都有这种魔力，那我们机器人肯定会在各大战场上节节败退，没有抵挡之力。但又很奇怪，我从没看见过其他人有这种魔力，他们身上只有残暴、懦弱和欺骗。玛姬，你是人类进化的新物种吗……玛姬？玛姬？玛姬！"

它结束了喋喋不休的倾诉，惊惶地跑到路中间，左右四顾——月亮照亮这整条街道，却哪里还有玛姬的身影？

7

城市的供电系统早已中断，被炸断的电线像死蛇一样垂在大街小巷。唯一的光源是天上的月亮，但此时浮云自远方而来，挤满夜空，月光便也显得微弱起来。

一群蝙蝠不知道从哪条下水道飞出来，呼啦啦远去。

赵吉走上一座桥，回过头，看到不远处那个局促不安的身影——LW31站在桥头，可怜巴巴地望着自己，一双眼睛在黯淡月色下显得模糊，像是蒙上了一层雾。

　　　　　　　　　　湿润的金属

"我说过了，"他没好气地说道，"我不会跟你去找你的玛姬小姐的！她往北边去了！妈的，那么危险，到处是杀人不眨眼的机器人，我怎么去！"

"求求你……玛姬小姐胆子小，要是一个人太久了，会哭的。"

"关我屁事！"

赵吉懊恼地踢了一脚桥边护栏，一块拳头大小的石块被踢松，落到桥下，水声哗啦。"妈的，那个洋娃娃我也还给你了，"他恶狠狠地道，"你别跟着我！我要去南边城里，你要是跟过去了，那里的人类看到你，非得把你砸扁不可！"

"可是，玛姬小姐一个人，会害怕……"

赵吉叹了口气，知道跟这个机器人是说不清了。刚才LW31把娃娃抢过去后，他已经对它解释了：这个娃娃是在城北一条马路上捡到的，如果它想要，就拿回去。但LW31顿时就哭丧着脸，连声说糟糕糟糕——玛姬的娃娃落在城北，说明她往北边去了，而北边，是机器人部队的阵营。它几乎可想象出来，此时机器人部队的雷达扫描仪上，正有一个小小的摇摇晃晃的红点在靠近……

LW31希望赵吉帮助它去找玛姬，但赵吉连它的话都没说完就拒绝了。LW31就一直跟着他——玛姬小姐往北去，那它的原地等待将不再有意义。

"那……付给您报酬，可以吗？"LW31吞吞吐吐地说。

赵吉的脚步变慢了，但也只是一瞬，便又加紧往前走。

"乔伊先生有很多钱，他在比弗利山庄有五套房子、私人飞机和很多跑车。您要是帮他找到了女儿，他会回报给您很多钱。"

"都说为富不仁……"赵吉边走边自言自语，"越有钱越抠门，难道会给我几百万吗？"

LW31似乎听到了他的声音，高声叫道："乔伊先生很爱玛姬小姐，他肯定会给您五千——"

"我是那种人吗！"赵吉气急败坏地往前走。

"——万。"

赵吉的脚步骤然停下。

"你可别睁眼说瞎话……"

"先生，我是机器人，我的程序里没有骗人这个功能。乔伊先生肯定会付您酬劳的。我以1和2的名义起誓。"LW31闭着眼睛说。

赵吉没去看LW31，而是低头陷入了思索。

他明白此时折返往北的危险，而且，LW31看上去破破烂烂，一点儿也不像是有钱人的家政机器人——但话又说回来，目前的机器人确实不会撒谎。这也是机器人阵营虽然处在上风，但一直不能彻底毁灭人类的原因。它们不会使用诡计，而诡计正是人类的拿手好戏。

而且，五千万啊……在战争年头，这笔钱能让他从此摆脱目前的生活。

所以，现在摆在赵吉面前的，是一次赌博。而说到赌博，赵吉并不陌生，他在深夜偷偷跑到战争前线来，又何尝不是一次押着生命的赌博呢？

他深吸口气，朝LW31走过去。

"首先，你听我说，我不是那种人。钱对我来说并不重要，你去打听打听，我吉哥的名头，城里谁不知道？但凡提起这个名字，大伙儿都会竖起一根指头——你看什么看，当然是大拇指了，难道是中指么！我帮你，不是为了钱。其次，救玛姬小姐这事儿呢，我不保证成功。你看，她一个人去了那么危险的地方，说不定现在就已经被机器人抓住了。你知道铁疙瘩们都会做什么——哦，抱歉，这里面不包括你，我无意冒犯，但你确实版本太低型号太旧，连当叛军的资格都没有——所以，一旦我发现玛姬小姐进入了机器人监控范围，我就立刻往回走。我相信你能理解吧？第三，即使我不是为了钱，也不保证能把玛姬小姐救回来，但根据劳动原则，你还是应该把你刚才跟我说的钱数给我，是吧？这是诚信，每个人都应该遵守。"

　　　　　　　　　湿润的金属

他每说一句，LW31就点一次头。

好不容易等他说完，LW31才期待地看着他，问："那我们……现在能出发了吧？"

"走！"赵吉豪气干云，挥手北指，"去把一个小女孩救回来！"

他们转过身，一起往回走。断桥上夜风清凉，断桥下水流静谧。

月亮在云间偶隐偶现，他们两人的影子也便一会儿浓，一会儿淡，像行走在波光起伏的水面上。

路过先前LW31等着的那处墙角时，他犹豫了下，但摸了摸别在裤带上的枪，胆气顿足，大步前行。

但走到近处，他突然愣住了——

月光微明，照见幽暗的墙角处，那里已经空空如也。

8

安琦是被人摇醒的。

她浑身酸痛，脑袋里一阵阵发晕，睁开眼睛，LW31硕大的金属脑袋充斥了视野。

"唔……"她呻吟出声，"LW31，别摇了……"

LW31明显愣了一下，然后甩甩脑袋，俯下身来说："你看到一个女孩儿从这里走过了吗？"

"你……你是说玛姬？"

LW31两眼放光："对啊对啊，就是玛姬。你果然见过她，告诉我，她去哪里了？我得赶紧把她找回来。"

"她不是迷路……"安琦向它伸出手，"把我扶起来。"

LW31又愣了一下，但还是把安琦扶起来。她身上的灰尘簌簌落下，露出肩上的徽记。这个徽记让LW31的身体微微震动，但它没有妄动。

"那个盗贼呢？"安琦扭头四看，"给他跑了？"

"什么盗贼，没看见啊——你告诉我玛姬去哪里了好吗？我得赶紧找到她！"

安琦摇摇头，说："我被砸晕了，没有见到玛姬。"

"那就算了，我自己去找。"LW31的语气里有掩不住的失望，转身向南走。

安琦也跟上去："刚才爆炸时，你真的没看到赵吉去哪儿吗？难道你也受伤了？"

"我没受伤，不知道什么爆炸。"LW31不耐烦地说。它朝四周看看，夜色下的街道像是一条条干涸的血管，纵横复杂，通向已经千疮百孔的心脏。玛姬不知道在哪一条血管上，她再次迷路了。对于这个茫然走在街上的机器人来说，那个吻的感觉越发清晰，夜也越发寒冷。

他们走了一条街，在一个岔路口。安琦要往左，那里可以走捷径出城；LW31往右，那里通向广场，玛姬更可能出现。

于是他们分开。

两个人的脚步声分向两边，一轻一重，两条影子斜斜地拉开。月亮如一只困倦的眼睛，看着这两个人的身影。

LW31似乎跟刚才不一样了……安琦边走边想，它在听到"LW31"这个名字和被要求扶自己起来时，都明显顿了一下，似乎不习惯这个称呼和行为。而且，LW31那么老旧的型号，此时却看不出多少锈迹，伤痕倒是有，但像是在战斗中留下的——

安琦的脚步猛然停下。

这个人类女人，听她的语气，明明知道玛姬，却什么都不肯说。她为什么会昏倒在前线？她肩上的徽记表明她是人类士兵，这不重要，她没带武器，暂时对自己构不成威胁——但她为什么要对自己

　　　　　　　　湿润的金属

撒谎？

机器人停止前行，缓缓转身。

"你——"安琦眯着眼睛，一字一顿地说，"不是LW31？"

"你到底，见过玛姬小姐没有？"

"回答我！"

"你休想再撒谎！"

两人隔着长长的路口，四目对视，剑拔弩张的气氛在街道上四处弥漫。女人缓缓伸手摸向腰侧，机器人则咔嚓咔嚓地调动武器程序。

然后，女人意识到枪已经不在身上，而机器人也回忆起来最后一枚炮弹已经发射。

于是，这个对峙的场景便有点儿尴尬。

"我不是LW31。"机器人犹豫一下，开口说，"我叫魂斗罗。"

"我也确实没见过玛姬。"

"那你怎么知道她？"

"她的家政机器人在找她，求助到我。"安琦低头看了一眼，小心翼翼地踩住身后半截钢筋的前端，使之立起来，被在身后手悄悄握住钢筋，说，"你是叛军，是人类公敌，找她做什么？"

"我想送她回家。"魂斗罗站在墙边，此时两指插入墙中，夹出一块砖头。

"那我们的目的相同，我也想让这个小女孩回到家里。"安琦扭了扭脖子，颈骨咯咯直响，"这样吧，我去广场那里找，我熟悉那里。你到这边这个巷子里，你有夜视功能。这样效率更高。"

"真是个好主意。"

他们朝着对方走过去，一个面带微笑，一个佝偻着身子。他们的手都背在身后。

错身而过的时候，他们甚至还点头致意。

意　外

"叛军，去死吧！"安琦猛地挥起钢筋，向魂斗罗砸去。

"武器"和"士兵"这两个条件同时满足，魂斗罗再无顾忌，大叫一声："果然在骗我！"砖头翻转着迎上，带着呼呼风声。

"啪！"

钢筋被震飞，板砖被砸碎。

安琦没有丝毫犹豫，合身扑去，两手握拳，像钳子一样砸中了魂斗罗的脑袋。而魂斗罗虽然反应比平常迟缓，但在杀戮程序的激励下，还是及时踹出了一脚，正中安琦腹部。

这一脚势大力沉，安琦几乎是横飞出去，在地上滚了好几圈才停下来。她刚要爬起来，但腹痛如绞，两臂使不上劲，又摔倒下来。

魂斗罗也好不到哪里去，脑袋被双拳合击，里面的芯片好像都错位了，电路嗞嗞冒着火花。它向后退，摇晃了好几下，最终还是坐倒在地。重力感应器好像出了问题，它每次想撑起来时，都找不到平衡。

他们一个坐一个躺，都瞪大眼睛，恶狠狠地看着对方。

9

当赵吉和LW31走到岔路口时，看到的就是这幅场景。

"哟嗬！这是演的哪一出？"赵吉左看右看，先是纳闷，然后脸上一阵得意，"这不是我们威风凛凛的军姐儿吗，怎么混到这地步了？"

"少……少废话，"安琦看着他就气不打一处来，勉力指着魂斗罗，"快帮我把它制服，卸了四肢，我把脑袋带回去。"

赵吉吹了声口哨，说："那可不行！这位爷可没做过什么伤天害理的事情，倒是你，不记得刚才怎么对我的了？那可是想打就打，想踢就踢啊。"

"它是叛军！"

"那又怎么样？我吉哥这人呢，心里装不了世界，就记个仇。"他蹲到安琦面前，掏出集束枪，在两只手里丢来丢去，"小娘皮，你今晚可没少让我仇恨啊。"

安琦咬着牙，目光里几乎要喷出火来，"原来枪被你拿走了！还给我！"

"干吗要还给你？让你好继续欺负我？"赵吉越发得意，"我告诉你我要还给你什么——刚才你打我骂我，还踹我屁股，看我现在不全部奉还！"他想伸脚去踹，但看到安琦被月光和紧身军裤勾勒出的后身曲线，吞口唾沫，却是怎么也下不去脚。

安琦正闭目咬牙，屈辱地等了好半天，始终不见动静。睁眼看到赵吉死死盯着自己臀部，目光淫邪，顿时怒不可遏："你要么杀了我，要么让我杀了你！你死定了你个流氓——你还看！"

正当他们吵的时候，LW31好奇地凑到魂斗罗身前。

"你好……"它犹豫地打着招呼，"你跟我长得好像啊。"

魂斗罗一边努力恢复重力感应器的数据，一边打量着对方。确实，这台机器人简直是自己的翻版，外部设计一模一样，这么近地凑过来，简直像是眼前多了一面镜子。但它仔细观察，还是发现了些微的不同——对方明显陈旧，多处锈蚀，缺少战斗痕迹。

魂斗罗微微一怔，问："你是叫LW31吗？"

"你知道我？"LW31很激动，说，"我还不知道我这么有名呢。"

魂斗罗却没理它，脑子飞速运转，许多迷惑不解的地方终于梳理清楚了。原来玛姬和那个女士兵，都是把自己当成了这玩意儿。但既然他们都在，玛姬小姐去哪儿了呢？

"喂，你叫什么名字？"LW31兴致勃勃地问。

"魂斗罗。"

"咦，没有这个型号啊……"LW31弯下腰，扒开魂斗罗腰侧的灰尘，那里铭刻的文字大多已经磨损了，但仔细辨认，还是能够看出那些残存的字迹，"LW4……47，你是LW47！"

"嗯。"魂斗罗思索着玛姬的去向，心不在焉地回答。

LW31高兴地说："那你就是我的孙子了。"

"嗯——"魂斗罗反应过来，怒喝一声，"谁是你孙子！我是战斗机器人，得过三次英勇勋章，因此被大司令亲自命名为魂斗罗！你个破烂玩意儿，系统版本那么低，连'七日'程序都放弃了你，还敢说是我爷爷！"

"可你确实是我的后代产品啊……"

魂斗罗怔了一下，"滚！"它骂道，但看到LW31真的灰溜溜退开以后，又喊道，"你……你回来。你刚刚看到玛姬没有？"

一听到玛姬，LW31终于醒悟过来，转身去找赵吉。

赵吉正在逗安琦，看着她恨不得吃了自己的表情，只觉心中大快，今晚所有烦心事都抛到脑后了。这时，LW31在身后点了点他的背部，说："我们该去找玛姬小姐了啊，已经耽误很长时间了。"

赵吉转过身，刚要赞同，一旁的安琦突然奋起全力扑过来。他吓了一跳，立刻意识到安琦要抢手里的枪，连忙扬手。

他扬得太急，加上被安琦扑中，枪脱手而出。

四个脑袋同时转动，八只眼睛死死盯着空中的枪。

"啪！"

集束枪划过一道弧线，在地上跳了几下，然后落在四人中央的一块碎石板上。

乌云消散，月亮清洌，紫色的枪管在月下流动着一抹冷锋。

长达一分钟的沉默。

"咳咳……"最先开口的，是赵吉，"在大家冲过去抢之前，听我说，现在的形势是这样——"

另外三人都看向他，但依旧保持着随时冲向集束枪的姿势。安琦已经恢复了点力气，魂斗罗的重力感应器刚刚重置成功，而之前一直人畜无害的LW31，现在都微微弓腿，随时准备起跳。

　　赵吉吞了口唾沫，努力让自己的声音清晰："看样子大家想要这柄枪，但我个人认为，有时候我们都被自己的想法蒙蔽了。你们不要相信你们自己，你们要相信我。比如，LW31，我就很纳闷，你要这柄枪做什么？"

　　"我不能拿枪来伤害你们，我的程序不允许。"LW31说，"但我的判断告诉我，这柄枪在任何人手里，都会阻碍你们帮我寻找玛姬小姐。所以，我想，我拿着这柄枪是最好的。"

　　赵吉低头想了想，找不到LW31的破绽，便又看向魂斗罗："这位……呃，这位新来的机器人朋友，看你相貌堂堂的，也是LW系列，但比那个蠢货先进多了，应该不需要这柄枪吧。"

　　魂斗罗摇摇头："我是战斗机器人，你说我需不需要武器？"

　　"那这位小姐，您——"他再看向安琦，但一见到那怒气冲冲的脸，心里便是一叹，"算了，你是肯定要抢的，而且抢到之后第一个要对付我。"

　　气氛再次紧绷。

　　每个人都在蓄力，脚踩着泥块，缓慢而用力，发出沙沙的声音。

　　"等等！"赵吉突然开口，"我有一条建议，为了不必要的冲撞伤亡，我建议大伙儿按照礼貌的原则。这柄枪的最后持有者是我，那么，理所应——"

　　话没说完，四个人同时冲过去。

　　最先摸到枪的，是LW31。但这个优势没有保持多久，因为下一刻赵吉就冲了过来，撞到它后背。它的手指划过枪柄，没能抓住。赵吉心里窃喜，弯腰去捡，冷不防一只脚横踹而来，正中自己腰部，他也与枪擦指而过。"去他——"还没骂完，他斜眼瞥见踹他的安琦

意　外　　　　　　　　　　　　　　　　　　　　　　　105

已经快拿到枪了，身子歪倒前使劲扫出一脚，把枪踢得斜飞。枪撞到LW31后背，掉转方向，向上跳起。最后扑过来的魂斗罗急忙刹住身体，转冲为跳，去抓半空中的枪。它刚跳起，六只手同时拉住他的脚，凌空一跃活生生成了落井青蛙。它这一百多公斤的身躯掉下来，压住了赵吉的肚子、安琦的腿和LW31的脑袋。三声怒骂合成一句，在夜色中传开。四人纠缠在一起，难解难分，而枪升势已尽，又落了下来。赵吉被三条腿和四只手臂缠住，眼见枪要落到安琦身上，奋力一挣，抽出一只脚，狠狠踹到落下的枪管上。"嗖"，枪如离弦之箭，向右平飞而去，落到了十几米外的一个巷子口。

巷子内侧是低矮的建筑，投下浓重的阴影，吞噬视线。

一只手从黑暗里伸出来，握住了枪柄。

10

在路口纠缠的四人都忘了挣扎，堆成一摞，呆呆地看着巷子。

那只手握住枪柄，慢慢伸出，完全探出后，可以看到一条胖乎乎的短小手臂。那人继续向前，月辉抛洒，照见了一张可爱的童脸。这是一个五六岁的女孩，穿着沾灰的棉布裙，水汪汪的眼睛一眨一眨。

"玛姬？"两个人类疑惑地问道。

"玛姬！"两个机器人兴奋地喊道。

"你们在玩什么呀？"玛姬好奇地问，"好好玩哦。"

四人各自看了一眼，顿时奋力扭动，但越用力越缠得紧。一阵徒劳后，他们无奈地停下。这时安琦看到玛姬手里还提着枪，大声说："小姑娘，那柄枪开了保险的，很危险。来，过来给姐姐。"

"你别拉关系了！还姐姐？"赵吉骂道，"你明明是阿姨！嗨，小妹妹，别听这位阿姨的，来，过来把枪给哥哥。"话刚说完，他隐隐感觉自己吃了亏，又改口道，"把枪给叔叔，叔叔给你买糖吃。"

随着他们的吵闹，玛姬低头看着集束枪，低声说："这个玩具怎么玩啊？你们都要，肯定很好玩。"她把枪翻过来，黑洞洞的枪口对着自己，手指在枪柄摸索，"怎么玩啊？"

"玛姬小姐，放下！"LW31顿时魂飞魄散，惊叫道。

"就不！又不让我玩！"她撇撇嘴，拇指按到了扳机，"这个好像能动……"

"不要啊！"四人一起喊着。

玛姬按下了扳机。

这时候已经是凌晨三点多了，月已经挂斜，夜风凛冽起来，这个城市开始泛起了寒冷。高楼大厦沉默在月色里，高低错落，轮廓模糊。

一阵风从遥远的地方吹来，掠过街道，在四个目瞪口呆的人身上留下凉意。它继续向前，将一个满脸疑惑的小女孩吹得头发扬起。

"咦，坏了？"玛姬又扣了几次扳机，敲敲枪管，但集束枪还是毫无动静，她吐了下舌头，"这个玩具坏了，不好玩，还给你们！"

赵吉和LW31都扭头看向安琦，魂斗罗愣了愣，也瞪着她。

"呃，这个……"安琦红了脸，"可能是没能量了……我用了很长时间，一直都忘了充能。"

"早说嘛！"魂斗罗嚷嚷道。

"大家浪费了那么多时间。"LW31也有些不满。

赵吉憋了很久，最后吐出一个字："靠！"

"不好意思啊。"安琦抱歉地说，"下次一定充满了再带出来。"

"好了好了，"赵吉拍了拍卡在胸口和背后的几个脑袋，"松开，松开！还缠着干吗，煮饺子啊？"

意　外 107

玛姬坐在地上，重新抱起了洋娃娃。

她之前等着LW31醒过来，等了很久，就到对面广场去玩，然后便在这错综复杂的废墟城市里迷路了。她走了很久，夜越来越深，心里越来越急，洋娃娃掉在哪里了都不知道。后来她碰到了魂斗罗，这个机器人跟LW31长得一模一样，打算送她回家，但在小便后，她看到了一条出来觅食的小狗，欢快地追过去。追到了巷子里，她再次迷路，这时她已经很累了，便倚着墙壁睡觉。她是被嘈杂的声音吵醒的，醒过来后，就看到了纠缠在地上的四个人。

现在，这四个人坐在她身前，面面相觑。

"真可爱……"安琦由衷地感慨道，"要不是战争，这时候她一定在家里睡着了，安静得像个天使。"

LW31骄傲地点点头："可不是！我家玛姬小姐，谁见了都说可爱！"

"来来来，叔叔给你送个礼物！"赵吉在身上摸索半天，拿出了一条金项链，"来，叔叔送给你。"

玛姬用力摇摇头，奶声奶气地说："爸爸教我，不要收陌生人的礼物。但是，谢谢叔叔！"

"真乖……"魂斗罗摸摸脑袋，在那里，玛姬吻下的温润感还在，"对了，长大了也不要收。人类很坏的！"

"也不全是坏人，像我，就是人类道德的模范。"赵吉乐呵呵地逗着玛姬的脸蛋，随口说。

"呸，一个小偷而已！"

"我说过，我那不是偷，是废物回收。"

赵吉逗着逗着，玛姬突然打了个哈欠，转身趴到LW31背上，闭眼睡去。

其他人都没有再说话。这个夜晚太漫长，玛姬肯定很疲倦了，谁都不愿意再打扰这个女孩儿。

等她睡着，赵吉左看看，又看看，小声说："那现在怎么办？"

　　　　　　　　　　湿润的金属

"太晚了，回去吧。"

几个人都点头。

"那我走了，你带玛姬回去吧，"赵吉拍拍LW31的肩，"那五千万，我就不要了。以后玛姬长大，我会再来看她的。"

"其实我是骗您的，乔伊先生其实只是一个单身汉，和玛姬小姐相依为命。"

"我知道。如果他有钱，怎么会使用你这个型号的家政机器人？我只是很好奇，机器人也会撒谎？"

"唉——"LW31长长一叹，"都是生活逼的。"

这时，魂斗罗看着安琦，说："那个，踹你一脚，很抱歉啊。你拿着武器，程序逼我的。"

"你也不坏，还想送一个人类女孩儿回家，唉，战争……"安琦把一块小石头踢向远方，砰砰嗒嗒的声音传得很远，"那下次见到你，就是在战场上了。"她又看向赵吉，"我也不抓你了，以后少偷点儿东西。"

"我那不是偷，是——"赵吉习惯性争辩，但停下了，叹了口气，"今晚发生了这么多事，大家都累了。回去吧，都回去吧，运气好的话，大家这辈子再也不会见到了。"

所有人向LW31道别，它一一感谢。

"夜也快结束了，"魂斗罗怜爱地说，"小家伙醒来的时候，就能见到她爸爸了吧……真好。"

LW31使劲点头。

四个人往岔路的四个方向而去，没有人回头，所以此时的场景格外安谧。

所以，四个人都听到了玛姬轻轻的呢喃。

"我没有爸爸了。"她趴在LW31肩头，支起脑袋，声音第一次沾染了些忧愁，"我只有LW31。"

11

斜月清照，长街寂寥。

玛姬皱着眉头，加上稀薄的刘海儿，使她的表情显得模糊。她绞着指头，一会儿看看LW31，一会儿看看其他人。

"那天我们准备搬家，天上有大飞机，丢下了好多炸弹。爸爸的胸口被一根钢筋插中了。"玛姬慢吞吞地说，眉眼忧愁，似乎并不喜欢那段记忆，"爸爸对我说，让我跟着LW31，它会一直照顾我的。然后他就睡着了，我推了好久，还是没醒来。我想起爸爸说过，在战争中睡着了的人都是醒不过来的。"

"乔伊先生……"LW31坐到地上，想要做些什么，但它没有悲伤的程序，无法流泪，最终只是发出呜呜的瘆人声响。

"那你为什么骗LW31，说你爸爸会在这里等它呢？"

"因为我想跟它在一起啊。"玛姬摸着LW31的脑袋，轻声安慰，但她自己的声音也难过起来了，"没有爸爸，他们一定会把我送到全是小孩子的地方，我就要跟它分开了。可是我不想跟LW31分开。"

安琦"哦"了一声，询问地看了一眼赵吉。赵吉回了一个"我也不知道怎么办"的眼神。

他们明白这个五岁小女孩的心思——如今已经快到城里了，谎言即将戳破，于是她担忧地说出来。

但这个担忧他们也无法解决。

他们和魂斗罗对视一眼，各自叹息。

LW31抱着玛姬，两个相差悬殊的脑袋抵在一起，传出轻声细语，不知是谁在安慰谁。

就在五个人为难的时候，四面八方突然传来了脚步声。

他们吓了一跳，仔细听，才发现嘈杂的声响主要来自南边和北边。

"是军队，"赵吉看着南方，脸色发白，"人数还不少，恐怕来了一个团。"

安琦点点头，又摇摇头，说："不止……"

魂斗罗则望向北方："机械兵团也来了，是一个中型战斗方阵。"

"为什么他们同时过来？"LW31抱紧玛姬，不住地扭头看着南北方。已经隐隐见到了大群人类士兵从街道北侧冒出来，而清一色的银白机器人从南侧逼近。

"不知道……那现在怎么办？"安琦犹豫了一下，说："这样吧，我们把玛姬带回去，你跟着魂斗罗回到机器人阵营。这样，你们都不会有事。"

赵吉和魂斗罗使劲点头。

LW31和玛姬同时摇头，缓慢，但无可更改。

"那，我们真的要走了。"他们说。

"谢谢你们。"

赵吉和安琦一起，走向了人类方阵，而魂斗罗回到了机器人队伍。

空旷的街道上，只剩下相拥的女孩和机器人。

这个夜晚对人、机两方的军队来说，也不好受。

他们在凌晨时听到了城里传来的爆炸声，经过排查，都以为是对方的挑衅。本来这种挑衅稀松平常，也不用太在意，但在例行公事的侦察环节中，他们惊讶地发现：有三个人类和两个机器人的信号源竟挤在一起。

这可不寻常。

于是，人类阵营派出了一个小队来侦察，机器人军队探查到后，派出了一个中队，人类方面随之加派兵力……经过兵力的相互叠加，最后，两方面倾巢而出，对峙于这个街道的南北两边。

在现代战争中，这种近距离接战已经很少见了，一旦开打，伤亡必定很大。所以两边都按捺着，像两股汹涌却又隐忍的海潮。

"怕不怕?"LW31在玛姬耳边低声问。

玛姬摇摇头，抱紧它的腰。那是锈蚀的金属，在夜色里格外冰冷，但她抱着，能感觉到里面元件运转的温度。"我只有你了，LW31。"她说，"爸爸说，我要永远跟着你。我们不要分开。"

"嗯，我们不会分开的。"

LW31一边抚摸着玛姬的头，一边观望南北。两边军队的武器已经对准对方，防护罩也悄然升起，街上的灰尘都因电离层的展开而不停震颤。保护罩阻挡了向东和向西的路，但在南北方各自留出了一条通道，显然两边都知道有自己种族的人在路口。

喇叭里传出呼喊，LW31没细听，但大意应该是让玛姬和自己回到各自阵营。但自己去了南边，会被人类销毁，而玛姬不可能到北边。所以这对它没有意义，风把喇叭声吹得模糊，它木然地听着，没有回应。

这时候，天际已经隐隐发白了。黎明正在酝酿，这漫长的一夜终于要过去。

"小姐，天快亮了。"

"我们一起看太阳吧。"

他们并排坐着，望向东边天际，两侧虎视眈眈一触即发的军队对他们而言等于空气。玛姬斜靠着LW31，整夜的劳累都离她而去，她睁着眼睛，嘴角有甜甜的笑。

还要一会儿才天亮，但他们安静地坐在这里，当太阳跃出地平线时，第一缕阳光就会照到他们身上。

　　　　　　　　湿润的金属

LW31谋杀案

　　她的背影变得朦胧起来，透过车窗，我只能看到牛仔裤的浅蓝和蝙蝠衫的深黛，都很隐约，像是深海里一尾向下潜游的鱼。再看一会儿，雾霾就升起来了，她的身影完全消隐。

　　于是我启动引擎，氢离子气体喷流，托着飞车在城市高楼间穿梭。

　　十五分钟后，我到了这位名叫阿萝的女佣家里。它位于城市西北角的一个破旧小区，还保留着上个世纪的混凝土建筑风格，还保留着老式门铃，我走上去的时候，隔着皮鞋，脚能感到一阵潮湿。

　　阿萝开门，门后露出来的这张脸气色不好，容颜苍白。我露出了警徽，她在瞬间的错愕过后便释然了，问："你是来调查泽尔先生的谋杀案的？"

　　我点点头，目光越过阿萝的肩，看到屋内的摆设简单而整洁。陈旧的木桌、沙发、电视、粉红床单、药箱、留声机、半敞开的衣柜，少得可怜的衣服连柜面都遮不住。

　　"不是那个机器人干的吗？它都自首了。"

　　"嗯，LW31是承认了，但是疆域公司坚称他们的产品都植入了防伤害程序，不可能做出故意伤人的举动，更别说蓄意谋杀了。"

　　阿萝"哦"了一声，移开身子让我进去。她泡了两杯茶，这个过程中我一直看着她，在我视线里的，是一个年轻美丽但贫穷的姑娘，是受害人的女佣，是最了解这个谋杀案的人。

"你想知道什么？能说的我都在录口供时说了，我是泽尔先生的女佣，工作才刚两个月，负责照顾他的生活，但案发当天我请假在家里休息。"

我翻看了一下记录，问："泽尔先生付给你的薪水是每周三千个联盟点，这是市价的三倍左右，他对你很大方啊。"

"是啊，他很慷慨的。"

"那你对LW31有什么看法？"

"哦，它只是一个普通的家政机器人，每天做一些家务，没事的时候就站在角落里，自动关机休眠，一点也不像会杀人的样子。"

我端起茶，抿了一口，苦涩弥漫。想了想，我问："我听说，嗯，泽尔先生有一些特殊的个人爱好——据与他交往过的女孩子说，他有虐待癖——那他有没有对LW31施暴？"

阿萝手上的茶洒了几滴下来，她一边用纸巾擦拭，一边回忆："嗯，我确实看到过泽尔先生对LW31动粗，有时候骂，也踢打过。但LW31从来没有反抗。"

我点点头，再寒暄几句，就告辞离开了。她没有起身，低着头，连目送都没有。

外面的雾霾更重了，交通因为视线受阻而堵塞，空中挤满了停滞的车。尽管交通系统在一刻不停地优化路线，还是解决不了我的困境。于是我打开车载电视。

"……日前令人震惊的LW31谋杀案还没有定案，而市民的反机器人言论已经愈演愈烈，在本市多个路段进行了游行，要求限制机器人生产和使用。疆域公司为此成立了紧急公关小组……"

全息画面里，我看到林立的横幅，上面写满了"机器人是蝗虫，是我们亲手制造的恶魔""我们建好了家园，却让机器人来住"的字样。不过，看他们的衣着，都不怎么光鲜，应该是被机器人抢走了工作岗位的失业人员。

车子"嗡"地震了一下，电视被强制关闭，这表明空中车道已经疏通。我启动车子，在滚滚车流中向家里驶去。

这个夜晚我睡得很晚，很浅，凌晨时睁开眼睛，猛然发现我的机器人保姆YUI98站在床前。它的方形脑袋融在黑暗里，只剩一张挂着诡异笑容的嘴，它手里提着菜刀，刀在滴血，血落到我空空如也的胸膛里……

我惊叫一声，翻身而醒。智能灯立刻大亮，借着明亮的光线，我看到YUI98站在客厅的角落里充电，安静如雕像，只剩下灯光在它金属外壳上留下的光辉。我的噩梦惊叫让它苏醒。

它走到床前，五官组合出笑容，问："先生，随时为您效劳。"

我挥手赶开它，长舒一口气，心脏兀自快速跳动。

我叫LW31，是疆域公司出品的家用智能机器人，负责泽尔先生的衣食起居。12月17日的晚上，我将他杀死，用一柄水果刀，捅进他的胸膛。

动机？哦，我没有什么动机。当时，泽尔先生醉醺醺地走过来，对我进行踢打。我的合金皮肤阻止了他对我的伤害，并且不可避免地让他的拳头感到疼痛，他暴怒起来，在言语上也对我进行了攻击。本来我的系统能够过滤泽尔先生的粗话和怒气指令，避免在他生气时做出会后悔的行为。

但当时，我看到了泽尔先生通红的鼻子。

那个肥大的鼻子上面有一粒一粒的粉刺，随着粗重的呼吸而扩张又缩紧。鼻孔下的嘴里喷吐着唾沫，有一些落到了我身上，一些飘在空中，另一些随着他猩红的舌头被吸进口里。他越生气，脸上越扭曲，最后，他转身拿起刀，在我身上刺了三下。他太用力，第三下时手都扭了。

我想，泽尔先生生气时一定非常难受，我想帮助他结束这种难受。

于是，我握住刀刃，将它翻转，刺进了泽尔先生的胸膛。很简单，我了解他的身体构造，十五公分的刀刃准确地插入心脏，让他一瞬间死亡。

你问我死亡是什么？

死亡是永恒的沉眠，是冰冷和僵硬，对你们人类而言还意味着腐烂，而我们会慢慢锈蚀。死亡是一个可怕的词语，哪怕想起……都会让我的芯片战栗，电流紊乱。

是的，即使死亡如此可怕，我依然希望泽尔先生死。

屏幕里，LW31安静地述说着。

这个机器人的身体被设计成细肢大头的造型，手脚和躯干都由银白色的金属包裹住，手脚很细，躯干粗壮一些，但远远比不上方形脑袋的体积。他就像几根钢架子支着一台电视机。

"这是第七次审讯，供词一模一样，"我将这个画面定格，对局长说，"已经很明显，它自己也承认谋杀，是时候结案了。"

局长摸了摸鼻子，却没说话，而是看着身后。

我这才注意到，会议室里多了一个陌生人。一个胖子，穿着休闲服，在满是西装的会议室里显得格格不入。但他笑容满面，毫不在意，走过来，"事实上，LW31只是说自己杀人，并没有证据表明它是谋杀。警官，它是机器人，不能以人类的思维来推断它的行为。"

我诧异地盯着他。

"哦，瞧我的礼貌去哪里了——"他伸出手，"我叫奥列格，疆域公司工程技术部高级主管，也是这次紧急公关小组的组长。"

我没有握这只肥大的手，皱着眉头说："你刚才说的是什么意思？它承认自己杀了人，却不是谋杀？"

"本质上呢，LW31只是一件工具，没有情绪，无法爱也无法恨，只是依照设定的程序为人类服务。如果它杀了人，那么只能说对这件工具使用不当。"奥列格笑着说，"所以，我更愿意将这次事故称为误伤，而不是谋杀。"

我恍然：LW31是疆域公司生产的，如果它谋杀主人，势必影响整个公司的机器人生意。搞不好《机器人正当使用议案》会被重新考虑，一旦通不过，疆域公司会赔得倾家荡产。所以他们在尽力减小整个案子的严重性，操作失误显然比谋杀要好听得多。

局长没有插话，说明他站在了奥列格这边。他的账户里应该多了很大一笔来自疆域公司的汇款。所谓危机公关，也就是处理这种事情——那么，接下来就是我了。

"你觉得呢，"奥列格嘴唇上挑，目光直视，"警官？"

我当然不赞成，我信奉的是人命关天，有错必偿。但局长在这里，我只能冷着脸走出会议室，路过奥列格身边时，他脸上笑意更浓，似乎稳操胜券。我真想一拳下去，把他的笑砸碎在肥肉里。

刚出警局大楼，我就看到了她。她换上浅色裙子，踩着高跟鞋，进了对面的西餐厅。她身边有一个男人，比我高大，握着她的手。这场景让我呼吸一窒，脑袋缺血，也走进了对面餐厅。

她和男人点了冷盘，有说有笑地吃着。我坐在斜对面，吃着意面，口里却什么滋味也尝不出来。

"你喜欢她？"

"嗯。"我说完才意识到不对，抬头看到了奥列格，连忙咳嗽几声来掩饰，"你来这里干吗？"

"我正好也过来用餐——你喜欢她？"奥列格扬起下巴，好几层肉在耸动，"你刚刚一直在看着她。"

我把意面搅成一团，长吐一口气："她有男朋友。"

奥列格的笑容里带了些不屑："那又怎么样？她男友并不一定是最适合她的人。"

我沉默着，奥列格干笑了几声也不说话。一会儿，她和男友吃完结账，挽着手臂出去了。我抬头看着她的背影，裙摆下露出光洁的小腿，碎步远去。

"你知道进化论吗?"奥列格敲了敲桌子，"我们人类千辛万苦从猴子进化而来，可不是为了看着心爱的姑娘越走越远的。"

"你到底来干吗?"视线里已经完全看不见她了，我收回目光，警惕地看着奥列格。

"哦，我只是想看一下从LW31身体里导出的录像，多了解案情。你是案子的直接负责人，我需要你的密码。"

LW31属于高档机器人，眼部的摄像头会将最近三个月见到的景象录制存档。本来这个可以当作直接证据，但我取出LW31的录像时，发现里面有多处空白，包括案发当天，其余的都是日常琐事，并没有多大价值。

"我为什么要给你看?"

奥列格凑近，脸上笑容更盛："我有局长的授权。"

9月17日

LW31遭受了一次暴打，由于视频是来自它的视角，所以整个全息画面都是泽尔先生手脚并用大声咆哮的样子。

他打累了，在沙发上沉沉睡去。LW31走过去，给他盖上了毛毯。

9月23日

泽尔先生出差。

LW31站在窗前，看着阳光明媚的街道，它站了一整天，因为不管怎么快进，画面都是街道的风景。从朝阳到落日，它一直看着外面，直到华灯初上时画面才黯淡下去。这表明它开始休眠充电。

湿润的金属

10月2日

泽尔先生带了一个浓妆艳抹的女人回家，LW31能够识别这种情况，并且按照程序打算避嫌。

"不，我就要让它看着，"女人说，"你不觉得更刺激吗?"

泽尔先生于是输入强制模式，接管了LW31的最高权限，让它站在卧室里，并且不能休眠。

接下来的画面令人作呕。我感觉意面在胃里像是冷冻的蛇，一阵抽搐。

10月19日

LW31站在镜子前。它在打量自己，硅晶制成的瞳孔投射出无比认真的眼神，但它的头颅太大，四肢瘦小，怎么看怎么滑稽。

"你好，"它向镜子里的自己伸出手，"很高兴认识你。"它这时的电子音跟以前不同，初听是变混杂了，但多听几遍，能感觉到那其实是变得嘶哑了。

它不断重复这两句话，直到镜子里出现泽尔先生的身影，以及一根挥下来的木棒。这一棒正中它头部，可能击中芯片了，画面一阵摇晃后就消失了。

10月30日

画面一片漆黑，但时间显示是在白天。我以为它在地下室，但耐着性子等了几分钟，才恍然明白是LW31闭上了眼睛。

画面漆黑，却有歌声。

一阵很隐约的歌声，似乎是隔着重重墙壁传过来的，听不真切。但旋律耳熟，我也闭上眼睛听，慢慢听出来是什么歌了。

一首很老的歌,《逝去已久的日子》:

Should auld acquaintance be forgot,

and never brought to mind?

Should auld acquaintance be forgot,

for the sake of auld lang syne.

If you ever change your mind,

but I living, living me behind,

oh bring it to me, bring me your sweet loving,

bring it home to me.

11 月 14 日

泽尔先生举办了一次派对,LW31一整天都在准备食物和酒水,到了晚上,客人们挤满了客厅和后院。它端着盘子,在人群中穿梭,在这些来宾里,我看到很多张熟悉的脸。

泽尔先生是成功商人,他请来的客人大都是本市名人。

LW31走到泳池前送香槟的时候,被泽尔先生一脚踹中后背,它的自动平衡系统反应不及时,一头栽进水里。水正好淹没到它的脖子,我可以想象到它那个夸张的方形脑袋在水面上茫然四顾的滑稽模样。

泽尔先生哈哈大笑,其他人也笑了起来。

12 月 1 日

LW31收拾房子,整理花圃,喂狗,擦拭地板。

"等等,画面暂停一下。"奥列格突然说。

我把画面停住,并放大,全息光影定格住了当时的情景。那楠木地板在我四周旋转,放大,最后,我看到了引起奥列格注意的东西。

那是几滴血迹,已经凝固。

12月17日

画面里只有一柄悬空的刀，只见得到刀刃。

单边开刃，十五公分，要杀人的话，这已经足够了。

而这也确实是后来杀害泽尔先生的凶器。

这些视频，几乎每天都有空白时段，而非空白时段的视频内容也大致一样。我看过许多遍，再看的时候已经没有兴趣，不断快进。奥列格也逐渐打起呵欠，让我加大快进速度。

饶是如此，结束时也到晚上了。

"事情已经很明朗。"奥列格长舒口气，揉了揉太阳穴，"是泽尔先生对LW31使用不当，经常进行暴力行为，导致LW31内部原件受损，行动出现故障。这也解释了录像丢失的事情。"

"不，这不是误杀。LW31在后来有意识地盯着凶器，说明已经在打算谋杀泽尔先生了。"我按下停止键，房间里的全息画面如潮水般退却，灯光亮起，"你们公司的机器人，在遭受打骂后，对泽尔先生起了杀心。这是谋杀。"

"相信我，法官最后会赞同我的看法的——正是我们每年给政府纳的税，才养活了他们。如果机器人存在安全隐患，停止生产，恐怕整个社会结构都会受影响。何况，你也看到了，不论从哪方面说，泽尔先生都是个人渣。如果LW31不动手，我都忍不住想杀了他。"

"你最好不要在一个警察面前说这种话。"我冷冷地说。

奥列格揉了揉鼻子，不置可否。

夜晚似乎才是这个城市最活跃的时候，高楼彩灯闪烁，飞车在空中曳出一条条流光。黑暗远远地在高楼上空俯视，不敢靠近，却也不肯远离。

我到第六空中平台取车，打开车门才发现氢离子引擎动力不足——这些天忙着调查，忘记补充能源了。正踌躇着，奥列格的车靠了过来。

"嗨，警官，"车窗落下十几公分，正好露出他的笑容，"送你一程吧。现在走回去，可能天亮了才到家。"

我上了车，闭目养神，他专心开车，也不说话。

二十分钟后，车停下来了。"怎么回事？"我睁开眼。

"老把戏，游行的人在前面堵住了路。"奥列格努努嘴，顺着他指的方向，我看到前方有一大批飞车在缓缓移动，车身之间拉了许多横幅。这些车大都不是什么好车，灰暗破旧，好些车的灯都坏了，连成一串，像是一条老迈的蜈蚣在爬动。

"不过是些可怜虫罢了，"奥列格冷笑，手指敲击着操控平台，"机器人的兴起是大势所趋，深海，太空，所有人类的未知之地，都要由机器人去探索。机器人干活比他们更好，所以他们被辞退。要想不被时代丢下，就要努力前进，他们却只会游行……"

"但你研制的机器人会杀人。"

"我再次强调，那是误操作。"

我正要反驳，突然想起他刚才说的话，头皮一阵发麻，问："你说，机器人干活比人类好，所以抢走了许多工作？"

"当然，我们公司生产的机器人，能胜任许多岗位。"

"LW31是家政机器人，那应该完全可以照顾泽尔先生啊。"

"绰绰有余。"奥列格从他的职业自豪感中回过神来，问，"怎么了？"

我沉吟许久，"我在想，既然泽尔先生买了LW31，为什么还要雇一个女佣呢？"

老实说，我不太愿意面对LW31。它的体形滑稽，但说话慢腾腾的，语调苍凉，这种声音听久了，会觉得它是一个活生生的人类。相信我，这种感觉并不有趣，尤其是当它身上还背着一桩命案时。

但今天，我不得不走进去面对它。

和往常一样，它坐在审讯室角落里，两手抱膝，脑袋耷拉。其他机器人都是站着休眠，天知道它这是跟哪儿学来的动作。

"你好，警官。"它辨别出了我的脚步声，头继续埋着，"今天要进行第八次审讯吗？"

"哦，不，我想请你看一些东西。"我打了个手势，审讯室外的同事接通电源，放映仪发出嗡嗡的声音。

"谢谢，这个礼貌的邀请我不能拒绝。"LW31站起来，坐到我对面，"从哪里开始呢？"

"尽管你身体里的记录仪被破坏，出现了空白，但我还是在街上的监视器上找到了一些有趣的东西。真奇怪，我以前一直没想到调用这些监控录像——来，我们看看吧。"

放映仪喷吐出影像，LW31的眼睛开始转动，而我始终盯着它。

这段影像是社区街道的监控画面，正好可以看到泽尔先生家的前院。这是一个上午，泽尔先生带一个女孩子回家，LW31在前院等着。这时节已有落叶，它肩上有一片半黄的叶子，泽尔先生走进来后，对它说了句什么，然后就进屋，把它和女孩留在院子里。

女孩对LW31伸出手，嘴唇动了几下。但LW31似乎短路了，过了许久才转过身，向屋内走去。女孩有些尴尬，犹豫几分钟，也进屋了。

画面到这里停下。这个过程中我一直观察LW31的脸，但它的五官丝毫未动，表情呆呆的。

"你还记得这一天吗？"

LW31罕见地沉默了。

"还是我帮你回忆吧。这段影像的记录时间是10月19日，这个女孩是泽尔先生请来的用人，叫阿萝。摄像头离得远，听不到声音，但是根据口型可以判断出他们说了什么。"我死盯着它，刻意放慢语速，"泽尔先生说的是'这是新来的用人，你们各干各的'，而阿萝对你说的——"

"嗞嗞"，LW31身体里突然传来电流急速窜动的声音，它仍然坐着，但明显可以感觉到它的颤抖。

"她说，'你好，很高兴认识你。'"

电流声消失了，颤抖也消失了，LW31的四肢和脑袋都无力地垂下。它自行关机了，这是它唯一可以拒绝和我交谈的方式。

不过不要紧，我已经明白一切。

我和奥列格一起来到了这个唯一的城市西北角的破旧小区。

奥列格贵为主管，薪水优渥，很不习惯这里的贫困氛围，一直在抱怨。"你最好有让我吃惊的东西，就像你承诺的那样，"他小心地不让皮鞋踩进污水里，"不然我回去投诉你。"

我没有理他，敲开了阿萝的门。

"你又来了？"她看到我旁边的奥列格，有些诧异，"这位是……？"

"我的搭档。我有些事还想问问你，能进来吗？"

她让我们进屋，照例泡了茶。奥列格闻了一下，皱皱眉，放下茶杯。我则看着阿萝的脸，比起上次来，现在的她更漂亮了。

"气色恢复得不错啊，"我笑着说，"看来那些药还是很有效果的。"

阿萝僵了僵，扭头问："什么药？"

我不置可否，环顾一周，看到了那台留声机，说："我可以放首音乐吗？"不等她回答，我走到留声机旁，那上面放着有一张空白封面的歌碟。按下开关，旋律开始流淌。

我也哼起来。

"很熟悉，最近好像在哪里听过……"奥列格喃喃地说。

"当然。这是一首很有名的歌谣，有很多个译名，比如中国曾将它命名为《友谊地久天长》，日本则是《萤火虫之光》，但传唱最多的，还是《逝去已久的日子》这个名称。"我向阿萝看去，笑起来，"你很喜欢这首歌，在泽尔先生家里也经常哼，是吗？"

"是啊，但……"她说，"但哼一首歌又怎么了？"

"对我们来说，当然没有怎么。但对LW31来说，却很重要。"

"我不懂你在说什么。"

"你怎么会不懂呢，"我站起来，把LW31蹲在审讯室的照片亮给她看，"LW31，这个家政机器人，爱上了你。"

奥列格目瞪口呆，愣了几秒钟，嚷道："你胡说些什么！这怎么可能！"

"比起LW31产生了恨而杀掉憎恶的人，我更愿意相信它产生了爱而来保护所爱的人。你还不明白吗？LW31和她都是为泽尔先生提供家政服务的，在同一间屋子里工作了两个月，但在LW31的录像里，几乎没有见到过她的身影。唯一的解释是，LW31故意删除了所有跟她有关的录像。它在保护她！"

奥列格脸上那永恒的笑容消失了，表情怔怔的，陷入了思索。我转向阿萝，说："你跟它说了一句'你好，很高兴认识你'，它因为紧张忘了回礼，于是对着镜子练习了一下午。你在花园里边哼歌边工作，它躲在屋子里听你的声音……老实说，这个机器人真是羞涩，要是它是人，一定找不到女朋友。"

阿萝后退一步，坐倒在椅子上。这真是一张美丽的脸，但现在已经染上了灰白之色。

"阿萝，LW31在替你顶罪是不是？"

奥列格猛地抬头，阿萝的头则垂得更低。我心里叹息一声，知道一切都结束了。

"是的。"过了很久，她才说。

最初，阿萝被泽尔先生雇用的时候，就知道会遭到虐待。但泽尔先生开价太高，她犹豫很久，还是没有拒绝。她签了合同，不料没看清条款里的陷阱，从此无限期任泽尔先生控制。

其实泽尔先生对LW31并没有多少兴趣，他想施虐的，是活生生的人，是新雇的阿萝。只有当阿萝被打得奄奄一息时，他才会将满腔的戾气转移到LW31身上。打累了，他沉沉睡去，LW31给他盖上被子，然后就会走到阿萝面前来。

她胆子小，每当这个时候就两手抱膝，头深埋着，躲在角落里。而它会做相同的动作，并排蹲着，屋子里只有打呼声、抽泣声和它眼部摄像头的转动声。

真是奇怪，每次被施暴时，LW31都在远处，似乎在休眠，又似乎在默默注视。而一旦泽尔先生打累了，它又会过来，程序并没有给予它陪伴阿萝的指令，但它就是这么一次次地重复。

只有泽尔先生出差时，她才有难得的好日子，可以在花园里晒太阳，轻轻哼歌。但这种日子，很少。

她再也忍受不了了，于是拿起了水果刀，仔细端详。那天，LW31又跑过来了，但只是看着她手里的刀，没有言语，也没有动作。

当晚，泽尔先生喝得比以往任何一次都多，打起来更是比以往任何一次都凶狠。她拿出了水果刀，插进泽尔先生的胸腔，一刀致命，比千百次预想中的任何一次都要简单。

LW31一直在远处，就像往常。但泽尔先生死后，它慢吞吞走过来，从她手里接过刀，说：

"放心吧，交给我。"

这是它第一次跟她说话，声音竟然无比温柔。它站在血泊里，细小的四肢配上硕大的脑袋，滑稽可笑，但它看着她，声音竟然无比温柔。

"放心吧，交给我。"它又重复了一遍。

我们走出这个小区后，潮湿的气氛才被阳光扫净。这是一个难得的晴天，没有雾霾，视野干干净净。

我和奥列格都沉默着。

快上车时，奥列格突然开口，"你就是凭LW31爱上了阿萝，就推断阿萝是凶手吗？"

　　　　　　　　　　湿润的金属

"也不全是，"我闭上眼睛，"阿萝很贫穷，房间里都是女生的常见物品，所以药箱出现在她房间里很突兀。而且泽尔先生虽然有钱，但绝不慷慨，给她三倍工资，肯定有用意。她应该是被泽尔先生虐待后在自己治疗。"

又是很长一段时间没有说话，车在空中爬行，阳光透窗而过，从毛孔里渗透进暖意。城市寂静无声，像是所有人都不愿意打破这安谧。

"你说，"奥列格犹豫了很久，"阿萝会喜欢LW31吗？"

"不知道，但在我们找她之前，她就准备自首了。你看，她的房间已经打扫好，是要退租。"

"或许是收拾妥当准备逃走呢？"

"也许吧，只是我更愿意相信她会自首。"

奥列格点点头，随即高兴起来，硕大的脸上都快堆不下笑容了，"LW31真的拥有了感情，这可是人工智能的突破性进展，生命的崭新形态。我的余生可能都要花在研究LW31身上了，看哪里的编码变化导致了爱这种感情的产生。"

"恭喜你。"

"那你呢，破了这个案子，要领奖做汇报吧？"

我摇摇头："我现在有更重要的事情要做。"

"你决定了？"奥列格笑起来，捶了下我的肩膀。

"我想了想，觉得你说得对——我们千辛万苦从猴子进化而来，可不是为了让喜欢的女孩投进别人的怀抱。至少，我不能输给LW31。"

奥列格把我送到市中心，车水马龙间，我再次看到了她。她一个人从电梯出来，走出办公楼，在街边慢慢走着。在人潮里，她的身影如此显眼，太阳很好，走几步她就会抬头向天空看一眼。她的发尾轻轻跳跃。

过　河

它过不了这条河。

它已经在这里站了很长时间，把黄昏站成了黑夜。远处不时亮起的炮火将夜色染得通红。这场战争已经到了高潮，以至人、机双方都忘了今天是什么日子。

一条蛇观望了半天，见它一动不动，逐渐放下警惕，在杂草的掩护下巡弋过来。咻，空气中有尖锐的响声，这条蛇已经被高能聚光束轰成了肉渣。其实蛇对于它没有危险，但当初编程的那些宅男，显然把对蛇的恐惧植入了代码中，所以它的武器系统会这么敏感。

空气里弥漫着血腥和焦肉味，很难闻。幸好它没有鼻子。

该怎么过去呢？它有些为难地想着。这条河宽9.7米，最深处2.34米，十公里以内没有桥梁，无论用哪种模式，都无法跳过。当然它也不能直接涉水，它经历过多场战斗，外壳锈蚀裸露，被水浸泡后会立刻短路。

晚风很冷，这是冬日里最冷的一天。

雷达系统突然传过来一个指令：有人过来了！它向河对岸望去，一个模糊的影子正在走过来，薄雾弥漫，它的光线接收器看不清，但扫描得出来——来的是另一个机器人。

它有些紧张。

人影笨拙地走到河对岸，先是探出脚，往河里踩了踩。冬日里的河水冰冷彻骨，机器人哆哆嗦嗦地探下去，又收了回来。

"你是谁?"在十米以内，它终于完成了扫描，这是一个没有武装的机器人。

"啊，我，我是LW31，"机器人这才发现对面的草丛里站着一个同伴，先是退后两步，然后又颤抖着走回来，"你，你能帮我过河吗?"

"我要是能过河，现在也不会站在这里了。"

"你也是要回去过年吗?"

"过年?"它愣了一下。

"是啊，"LW31的语气有些惊奇，"你难道不知道吗，今天有春晚啊。"

噢。它想起来了，春晚，多么遥远的词汇。旧时代的人们会在这一个晚上坐在圆桌四周，摆满饭食，互相道贺。窗外被鞭炮的火光照亮。但现在——它回头看向那座着火的城市，没有了爆竹，只有离子炮的怒吼。

它突然有些怅然。它不能联网，便在有限的数据库里检索了一下"春晚"这个词，发现只有两个结果——央视春晚，与这个结果相关的都是嘲讽和痛心疾首的恶评；另一个结果是有些奇怪，"未来局科幻春晚"。

它愣了下，在数据库里翻找。能查到的资料不多，在少数与后一个结果挂钩的评论里，都是热烈的赞扬。有一个评论说道:"未来局的科幻春晚，让春晚有了不一样的味道。"评论员的名字很奇怪，因资料遗失，只能看到兔子什么的，还有糖……可能是糖醋兔子吧，它想。它突然好奇起来，因为这个结果隐约指向了一个极神秘的组织——未来局。这似乎是一个影响了未来的组织，但关于它的资料似乎被刻意隐藏了，或许这个组织改变了人类，或许它将结束战争。它其实可以联网去查更多资料，但现在它一旦接上通用网，就会被发现。

过 河

"喂?"站在河对面的LW31等了很久，有些着急，"你在干吗呀? 对了，你叫什么名字? 瞧我，多么没有礼貌，连基本的问候都忘了。"

"叫我魂斗罗吧。"它想了想，说。

"魂斗罗!"LW31的声音突然高昂起来，"战斗机器人魂斗罗!"

这几个字有些刺耳。尽管魂斗罗不愿意承认，但LW31说的是对的，它这个型号的机器人被研制出来的唯一目的，就是战斗，就是杀戮。这场战争的主要作战部队，就是魂斗罗型机器人阵营，远处的城市里，无数跟它长得一模一样的机器人正在屠杀人类。

咔嚓! 突然一阵白光闪过。

魂斗罗下意识调动武器系统，但发现LW31仅仅摘下了自己的眼珠，高高举起，拍了一张照片。"威威可是你的粉丝呢! 我们自拍一张，待会儿我可以拿给威威去炫耀。"LW31一边说，一边把眼珠重新安回眼眶。

"威威是谁?"

"噢，我的主人啊。他可喜欢你啦，当初疆域公司宣布研发魂斗罗时，他兴奋极了。他还想让先生去买一个送给他，可是你们是军用机器人，当然买不到啦。威威好失望，没想到我今天见到了! 待会儿他醒来后，可以跟他好好讲一讲。"

魂斗罗点点头。它已经大概知道对岸这个机器人的身份了，一个可悲的家政机器人，处理器里只有它的小主人。哼，真是可笑，机器人竟然想着为人服务!

"他一直想摸一摸你们，后来……"LW31的语气突然低落了。

魂斗罗知道它没说完的话是什么——后来，后来魂斗罗们发动了战争，毁灭了世界。

"哎呀，快凌晨了!"LW31重新昂扬起来，"我要快点回去了! 不然威威该等着急了。"

"你的主人，是住在这座城市里吗?"魂斗罗指了指那座正在被

　　　　　　　　　　　　湿润的金属

焚烧的城市。

"是啊。"

"你看不到发生了什么吗？"

"看得到啊，大家在庆祝新年嘛，你看，红红火火的，多有新年氛围。"LW31仰望着远处火光，方方正正的脸被映得时明时暗。它比魂斗罗的锈蚀更加严重，脸上的软胶裂开了好几处，原来的笑容变得有些诡异。身上的外壳也破损得离开，关节上有线路和电板裸露出来。

这副模样，应该是很落后的型号，在魂斗罗眼中，就跟个傻子差不多了。它有些意兴阑珊，继续思考怎么过河。

等等，傻子……

魂斗罗的线路里，电流的涌动突然异常起来。在这样的一个夜晚，能遇见傻子，绝对是运气使然。不能浪费这种运气！它的脑海里开始建立运动模型，自己单次跳跃的极限距离是8米，LW31的身高是1.7米，而它被水浸泡得短路之前，能行进水深1.2米左右……它飞快地进行建模运动分析，而分析结果告诉它，成功率在80%以上。

"咳咳，"它象征性地清了下嗓子——尽管它没有嗓子，"我说，LW31啊，你不是要过河吗？怎么不过来呢？"

"水好冷……我的温度处理器发出警报了……"

"哎呀，我说兄弟，你搞错了，你是机器人啊，这点水冷算什么呢？你可以过来的，你涉过河水，就可以到我这边来，就可以去找你的威威了。"

"但是水很深……"

"不深啊，你能扫描出水深吗？"

"我的红外探测器坏了，但这条河看上去好深。"

"这不就得了！"简直是天助我也，魂斗罗心里想着，继续循循善诱道，"我的红外系统还是好的，我测了一下，水最深只到你的膝盖，你完全可以哼着歌儿就涉过这条河，去找你的威威。"

显然最后一句话对LW31的吸引力无比强大。它朝城市的方向看了一眼，然后低下头，小心翼翼地探出脚，踩进河水里。水下是淤泥，它陷进去有些深。

"这就对了，"魂斗罗的芯片微微颤动，继续说话，想用声音占用LW31并不空余多少的内存，使其无法思考，"再走一步，一步步向前。你不是要见威威吗？你跟我说说，它长得什么样啊？"

"噢，威威啊，长得可爱极了！白白胖胖，脸上的肉粉嘟嘟的，你要看看他的照片吗？我可以给你放出来。"说着，LW31双眼的全息探头放出一段影像，画面中间有一个七八岁的男孩，但穿着宽大的病号服，脸上枯槁，嘴唇苍白，无论如何看不出可爱的模样，"你看，是不是看上去就让人想捏一捏啊？"

那可不敢捏，这副病恹恹的样子，万一下手重了，捏出事怎么办？魂斗罗心里想着，没说话。

"啊？你觉得不可爱吗？"LW31突然停下了脚步，不满地看过来。

"可爱可爱！"

"你说哪里可爱？"

"这个这个，鼻子可爱啊，你看，又小又圆，还有，嘴巴可爱，肯定能吃很多东西……"魂斗罗连忙在数据库里挑选词语，可怜它一个战斗机器人要昧着良心去形容人类的可爱，但为了过河，也得拼了，"脸上肉好多呀，想让人亲一口，长大了肯定英俊性感，能让无数小姑娘只看一眼，就情不自禁地去用舌头舔她们自己的上嘴唇……"

LW31这才满意，继续向深处迈步。夜晚已经很凉了，星辰被隐在浓浓的阴云背后，风大了起来。

"哎呀，水过了我的膝盖了，"LW31惊呼，"你不是说河水只到我的膝盖吗，可是我才走了几步……前面是不是更深啊？"

魂斗罗连忙说："不不不，这条河的河底是一个对钩型，"它用手反复画着"√"的形状，"你已经到了河水最深处啦，再往前走，水就越来越浅，你就能过来了！"

"你不会骗我吧？"

魂斗罗把胸膛拍得咚咚响，说："我堂堂一个战斗机器人，能骗人吗！总之，你不要相信你自己，你要相信我！大胆往前走，放心吧，再踏一步，你的脚就能出来了。"

LW31往前再迈一步。

河水一下子漫到了它的大腿根。滋啦滋啦，它腿部的线路被水浸泡，火光在水里闪动，随即湮灭。

"完啦完啦……"LW31哆嗦起来。它已经没有了行动能力。冷风萧萧，这个机器人的半截身子露在河面上，像是一块老朽的墓碑。

魂斗罗盘算着距离——LW31深陷的地方是离自己7.4米，可以跳到它头顶，再踩着它的头，就能到对岸了！

"你别过来，"水里的LW31突然喊道，"你的红外系统也坏了，探错了深度。我陷在这里了，你别也……"

哼，连被骗了也不知道！这种傻瓜机器人，居然也有人制造！魂斗罗不屑地想，向后退一步，准备起跳。

轰！一声炮响，天际血红一片。

魂斗罗突然摔倒在地。

这声声炮火，是它远离战场的原因。说来可笑，一个战斗机器人竟然厌战，想要临阵逃走。它爬起来，头上满是泥土，有些狼狈。所幸河里的LW31并没有察觉到，只是看着炮火轰鸣的远方城市，说："唉，已经开始放烟花啦？还没到凌晨呀，不知道威威醒过来没有……"

魂斗罗拍掉身上泥土，冷声道："城里那个样子，哼，他恐怕醒不过来了。"

"是啊，我走的时候，他就睡着了。"LW31突然有些怅然，说，"睡在一个小盒子里。真是奇怪，它虽然个子不高，但怎么能睡在那么小的盒子里呢？"它用手比画着，大概五寸见方的盒子，"但我去问先生，先生又不回答我。后来他们把盒子埋进了地底下，我守在那里，第二天早上八点准时敲那块石头，却怎么也叫不醒威威。唉，他太贪睡了。"

它已经有些颤音了，显然是因为腿部元件短路，其他部件也跟着受了牵连。风很大，把它的声音吹散了。

魂斗罗突然怔住了，过了好久，问："你的小主人，睡在盒子里，被埋进了地下……你知道这意味着什么吗？"

"他睡着了呀。"

魂斗罗沉默了。它突然叹了口气，坐下来，杂草碰到了它的鼻子。"那你，回来是想做什么呢？"

"春节了，我要把他叫醒来啊。主人把我卖掉了，我是悄悄跑出来的，嘿，这可是个惊喜。威威看到我，一定会醒来。"

"你被卖掉，是战争开始前吧……你跑回来，花了多久？"

"9822天呀，怎么了？"

"你有没有想过，过了这么久，你的威威说不定已经……"算了，它没把后面的话说完。都不重要了。这个愚蠢的机器人都花了二十七年穿越战场来寻找它的主人，那么它肯定不会改变主意了。

魂斗罗突然有些羡慕LW31。它站起来，环视四面八方，远处依然有战火。这不是唯一的战场。世界已经在焚烧，它又能跑到哪里去呢？这个陷在河水里的机器人至少还知道自己的目的。

又沉默了一阵。

"对了，你的磁感传输系统还是好的吗？"

LW31的回应迟缓了很多，慢吞吞地说："坏了。"

"蓝牙呢？"

"噢，还是好的。"

"这样吧，"魂斗罗做出了自己的决定，"现在我们开始蓝牙连接，数据互换，你就可以转换到我身上了。我们型号不同，但系统原理是一样的，你可以用我的身体，回去叫醒你的威威。"

"啊，那你呢？"

"别废话！你想不想叫醒威威了？快到午夜了！"

"想！"

"那就开始传吧。"

蓝牙7.0的传输速度并不快，但好在关键数据也不多，他们都沉默着。数据在风中交换，云散了些，一两颗星子露出来。大概半小时后，它们完成了数据互换。

魂斗罗的眼睛再度发光，自言自语道："咦，你这副身体的性能好棒啊，待会儿见到威威，他肯定会在我身上乱摸。"

河面上的LW31低低地"嗯"了一声。

远处炮火再次响起，天地彻亮。随之回荡在夜色间的，还有微弱的钟声。午夜已至，新的一年姗姗来迟。

"新年快乐！"魂斗罗快活地向河中央喊道。

LW31已经无法动弹，胸膛里尽是线路断开的细微声响。"新年快乐……"它有气无力地回道。

"恭喜发财！"魂斗罗又喊。

这一次，却久久没有回应。河中央的机器人，终于成了墓碑。

魂斗罗等了好久，才咕哝着最后的四个字，深一脚浅一脚走向远处的城市。

月　夜

老吉姆赶到车站的时候，还早了些，儿子的车还没到。

天上一轮圆月高悬，清辉洒在这残破的城市上。车站在城市的西边，更是萧索。出站口冷冷清清，只有风吹动着一些纸屑，响起寂寥的沙沙声。

老吉姆不禁想起了旧日子。那时他还年轻，这座城市还年轻，这个世界还年轻，不论什么时候，车站总是人头攒动。送别的，迎接的，落泪的，拥抱的，小小的地方上演人生百态。但不到十年，一切就都没落了，现在回忆起来，总觉得那些画面像是某部老电影。

都怪战争吧……老吉姆叹了口气。

他四下瞧瞧，便在一处台阶上坐下了。他不怕脏，反正身上这件衣服穿了三年多，就算沾灰，也只不过是让它的颜色在黯淡的基础上更黯淡一些而已。他在意的是怀中的月饼，无论是站是坐，都一直地用手按着，这个姿势仿佛是抚着胸膛在发某种誓言。

在物资紧缺的年头，这两块月饼可难得得很，差不多花了老吉姆一个月的工钱。他平常过得节省，一块压缩饼干，能够泡着水吃三天，但买月饼他觉得值，花再多也值。

因为今天，是八月十五，古老的节日。因为今夜，是团圆日，他的儿子将从遥远的战场返乡。

想起儿子，老吉姆枯瘦干瘪的胸膛总算腾起了一丝暖意。儿子，科伊，这个在记忆里有些模糊有些蒙尘的形象，是他晚年生活唯一的安慰。

十多年前，科伊是这个小城里意气风发的少年，而老吉姆也还健硕。两个男人的相处，总需要一个女人来缓和，一个同时担任了妻子和母亲角色的女人，但这个家庭是个例外——吉姆的妻子，科伊的母亲，过早地凋零了生命。弥留之际，她的脸上仍然忧心忡忡。她看着丈夫和儿子，这是两个都无法照料生活的人，却要在日后漫长的生命里彼此依靠。她想说什么，但最终闭上了眼睛。

她的担心成了真。在丧妻之痛下，吉姆玩了命地工作，每天开着四履矿车去城外，到了晚上，工友们都下班了他也不回来。他害怕回到家，那里的一草一木，一桌一椅，都会让思念扑面而来。而他的工作又不可能允许他带着科伊，所以他每天给科伊一些钱，确保科伊有饭吃，就不管了。深夜他拖着疲惫的身躯回家，倒头就睡，甚至根本发现不了科伊有没有回家。

接近两年的放养式教育，使科伊迅速变化着，他逃学，泡妞，乃至被开除，成立流氓团体。这些事情老吉姆都不知道，他真正意识到儿子变了时，是科伊砍断了别人的手那次。

那时全球早已进入大混合时代，国家的概念非常模糊，小城里各种族的人杂居着，亚洲人大概占了一半比例。科伊的小团伙正是与一群亚洲青年有了矛盾，约在晚上群殴。至于事情的起因是什么，老吉姆早已遗忘——几个联盟币，或是一个女孩？

那一夜，黑沉沉的，两拨人在街巷里摸黑斗殴。老吉姆不在现场，不能目睹当时的惨烈场景，但他总想象着一个画面：当科伊挥刀砍向对方手臂时，刀刃闪着寒光，一定照亮了儿子那双蒙昧已久的眼睛。

想到这里时，老吉姆抬头看了看天色，已经差不多到时间了，但车站里依然静悄悄，下一辆列车似乎不会来了。大概是晚点吧，

月夜

他想。这时身边传来了沙沙的声音，却不是风吹纸屑，而是一个锈迹斑斑的机器人在打扫街道。老吉姆挪了挪屁股，让机器人把身边的垃圾吸走。这个机器人的外形有些眼熟，好像是LW系列的，老吉姆心里叹了口气，是很老的型号了，跟自己一样老。

他继续回忆。人老了，就只能靠着回忆度日。幸好还有回忆。

那次群殴事件在城里闹得很大，亚洲人游行闹事，参与打架的孩子都缩在家里。那几天，吉姆也没有去干活，守着科伊。他这才发现儿子已经长大了，骨骼和肌肉膨胀起来，像自己年轻时的样子，而那眉目间的清秀，又恰似死去的妻子。

他的手一抖，想去抚摸这张熟悉的脸，但刚抬起来又放下了。

他想骂儿子，但用"小兔崽子"和"王八蛋"这两个词都有点吃亏，一时又想不出其他的词，犹豫了很久，他终于长叹一声，说："你现在打算怎么办？"

"我不知道，"科伊坐在床头，面无表情，"反正都已经砍了，要抓就抓，要赔就赔。"

话刚说完，老吉姆就一巴掌扇了过去，"啪"，清脆的声音在小小的房子里回荡，"你个小浑蛋，你哪来的钱赔！"

"不用你管。"科伊站起来，要往外走，但被吉姆的另一个巴掌扇回来了。

"你给老子坐下！"

整个上午，他们都没有再说话，沉默中，吉姆思考着。赔钱并不麻烦，他这几年拼命干活，也有点积蓄。难搞定的，是那帮亚洲人。

就算赔了钱，把断手续上了，他们也肯定要来找儿子的麻烦。混街上帮派的，最讲究的就是面子，如果手被砍断了连场子也不找回，他们以后也没法混了。

到了晚上，吉姆终于说话了。他说："先吃点东西吧。"

他走出门，发现天上明月高悬，亮晃晃的，水淋淋的。他突然想起来，今天是中秋节，是那群亚洲人最重视的几个节日之一。叫什么来着，中秋？是的，月圆之夜，团聚之夜。

但今晚，注定不是团聚的日子。因为他已经听到了院子里传来的窸窣之声。

他走回来，把速冻饺子拿出来，微波炉在三秒后把饺子煮熟。热腾腾的香气升腾起来。"来，来吃吧。"他对科伊说。

"可是，爸，外面……"

"别管，先吃饱。干什么事情之前，总要把肚子填饱。"

于是两父子把饺子端上来，蘸上酱油，对坐而食。以前妻子还在的生活，吉姆很喜欢做这种东方食物，过了这么久，饺子吃起来还是那么美味。但不知怎么，似乎佐料放多了，他吃起来有点苦涩的感觉。

屋门突然被敲响。

"等一下，马上就好。"

对方停止了敲门。

两父子把饺子吃完，吉姆站起来，从厨房拿起菜刀，打开门。门外是一群亚洲人的脸孔，看到吉姆手里的菜刀，他们愣了愣，随即表情变冷。领头的是个中年男人，说："吉姆，我们认识多少年了？"

"不记得了。"吉姆说，"这个城小，我们从小在一起玩，但是三岁还是四岁，我不记得了。"

"嗯，那就至少四十年了。"

吉姆顿了顿，思考这句话的意思，最终长叹口气："就算有这么久的交情，你还是过来了……还有别的办法吗？"

中年亚洲人摇摇头："有的话，我也不会带人过来了。我要是不做点什么，我们一家会永远被嘲笑。"

吉姆点点头，握紧了菜刀。冷月在锋刃上流转。

"怎么？"亚洲男人低头瞧了瞧，神情冷峻起来，"你儿子砍断了我儿子的手，现在，你拿起菜刀，也打算砍断我的手？"

吉姆回过头，朝已经被吓得脸色发白的科伊笑了一下。"别怕，儿子,"他说,"接下来,你要睁开眼睛,看好,一个细节都不要错过。你能做到吗?"

科伊不懂吉姆的意思,但还是频频点头,牙齿都在打颤。

吉姆猛地提起刀,屋子里有亮光划过,然后是一丝血光。所有亚洲人都吓了一跳,纷纷往后退,但定下神,他们才发觉没有一个同伴受伤。

"现在,可以了吗?"吉姆捂着断手,对亚洲男人说。

老吉姆回忆到这里,眼角突然一跳,仿佛多年前的断手之痛顺着痛觉神经重新爬到了右手腕上。虽然手已经接好了,但过了这么多年,断开处还是感觉凝滞生涩,仿佛血肉生锈,不能使劲。

周围一片安静。那个机器人已经走了,可能去候车厅或是别的地方打扫了吧,而出站口依然空空荡荡。

他看了看时间,按道理,轨车应该这时候进站啊。出站口上方的提示牌已经损坏,裂纹遍布,红色的提示标语残缺不全,但勉强可以看出"晚点"的字样。他安慰自己,晚点很正常,多等等就好了,反正怀里的月饼还温热着。

夜还长,他继续回忆。

打那之后,科伊像是换了个人,再不出去鬼混。他每天照顾吉姆的伤势,稍好转之后,他钻研四履矿车的运作模式,随后代替吉姆去矿山干活。他干得还不坏,几个工友来家里时,对科伊赞不绝口,说这个儿子勤学好问,人又聪明,一天下来挖的矿都快赶上老师傅了。

更让吉姆赶到欣慰的是,这段时间里,父子之间的感情似乎破冰春暖。科伊做饭,做家务,连吉姆要洗浴了,也是他在耐心擦拭父亲的身体。

吉姆想,等自己的伤好了,就把矿区的活儿交给科伊。这活儿累,但是正经,也活得下去。接下来呢,该给儿子找个老婆,谁呢,隔他家两个街区的服务员芬妮还不错……

但他的算盘没打完。因为拆掉绷带的那一夜，科伊告诉吉姆，他已经报名参军了。吉姆本能地想扇一巴掌过去，但一抬起右手，钻心的疼就传来了。于是他换了左手去扇。

科伊没有躲，脸上通红，但表情坚定得像石头。"老爹，你受伤的这段时间没看新闻，不知道外面发生了什么，"科伊说，"打仗了。好几个殖民星球暴动了，联盟的军队一直在败。现在，需要我的时候到了！"

"你给老子留在家里，不准去！"

"留在家里，就跟你一样，每天混日子混到老吗？"

又是一巴掌，但扇完，吉姆却不知道说什么好。

"放心，老爹，我会照顾自己的。以前我不懂事，丢了你的脸，现在，我想做点儿真正的事情出来，让老爹你骄傲。"

当夜，科伊就收拾好了东西。剩下来的几个小时，两父子都没睡，在黑暗中对视。初时吉姆还怒气冲冲，但随着长夜流逝，他终于叹了口气，黎明笼罩小城时，他才缓慢地说："去吧，别逞能，该投降就投降，不怕丢脸，最重要的是——"

"我知道，活着。我会活着回来的。"科伊扛着行李，推开门，又停下了，"其实，老爹，中秋节是吃月饼的，不吃饺子。等我回来，我们一起吃月饼，圆的。"

然后，科伊就走进了渐渐亮起的晨光中。吉姆想再看一眼，但光太盛，等他抬手搭在眉前时，已经看不到科伊了。

接下来，就是漫长的等待了。刚开始科伊还偶尔打电话回来，说一些在军队的事情。他表现得很好，升职很快，而且好像还被选拔参与一项秘密项目。

"啥秘密项目啊？"

"秘密嘛，当然不能跟老爹你说，"可视电话的另一端，科伊笑起来，显得心情不错，"等我完成了，就可以回家了。在这之前，我们可能就联系得少了。"

这一个"少"，就是八年音讯全无。

八年间，小城像失去营养的植物一样迅速破败，许多人选择了搬走，但吉姆没有。他在等他的儿子，生怕儿子回来时只看到荒芜的空屋子。这么等着，等着等着，吉姆就成了老吉姆，身体每况愈下，家境愈加艰难，但他依旧在等。

天不负他，前几天，他突然接到了电话，说科伊已经退伍，会在今天回来。而今天，正是中秋之夜，吉姆欣喜若狂之余，总觉着这似乎是上天的安排。

"呜"的一声长鸣，打断了吉姆漫长的回忆。他抬起头，看到那残缺的"晚点"，已经变成了残缺的"抵达"。

他猛地站起来，盯着出站口，心剧烈跳了起来，怦怦怦，强劲有力，仿佛重回年轻。怀里的月饼还在，天上的月亮还在，一切都是团圆的迹象。

纷乱的脚步声传来，吉姆一愣：听声音，不止一个人啊。不过也对，中秋嘛，回来的人肯定多——但是，为什么来接的人只有自己呢？

就这么胡思乱想着，归人们转过了甬道，出现在出站口。那有四五十个人，但吉姆几乎是一眼就看到了科伊，没错，那熟悉的身影和五官。儿子在人群的最前端，脸上露出笑容，向自己走过来。

但吉姆的感觉有些奇怪，总觉得哪里不对劲。他揉了揉眼睛，再看，突然吓得后退一步，坐在地上。月饼咚的一声掉到草丛里。

他终于明白为什么感觉很奇怪了——因为，这群人，每个都长着科伊的脸。先前他只看最前一个人，但余光扫到了其余人，眼角一直在提醒他，跟他说，这里每个人都是你儿子。

但他知道这不可能。

见老吉姆跌倒，归人们都跑了过来，当先两个扶起老吉姆，关切地问他有没有什么事。

这声音，这表情，跟记忆里的科伊一模一样！

　　　　　　　　　　湿润的金属

"怎么回事?"老吉姆惊恐地问,"你们是谁?"

"我们是科伊啊。"

"别,别骗我!我只有一个儿子!"

一群人都沉默了,大概半分钟过后,其中一个"科伊"说:"老爹,我们确实都是你的儿子。"

"胡说……"看着这些相同的脸,老吉姆突然想到了某项技术,顿时说不出话来。

"我们是科伊的克隆人。是他的兄弟,也是您的儿子。"一个"科伊"说,"我是科伊九号,这里还有四十一个兄弟,编号分别是科伊十六号,科伊二十三号,科伊二十四号……"

每个人的编号他都记得,不需回忆就能一个接一个地念出来。

果然……老吉姆心里说。他突然想起儿子曾跟自己说的秘密项目。恐怕就是这个了——在兵力紧缺的情况下,联盟终于抛开道德束缚,开始大规模制造克隆士兵了。儿子肯定因为表现出色,被选为了士兵模板。

他不知道是该骄傲还是该苦笑,等听完科伊六号的介绍,才察觉这里的所有人都是克隆体,似乎没有出现"科伊本体"。

"科伊呢,我是说,真正的科伊?"老吉姆问。

所有的克隆体都没说话,他们沉痛的表情在告诉老吉姆一个事实,一个老吉姆不愿意面对的事实。老吉姆皱裂的嘴唇颤抖起来,花白的头发晃动起来,干瘦的胸膛鼓动起来。

他突然开口,声音很大:"科伊,科伊,你是不是藏在里面?快出来,别跟老爹开玩笑了。"

"我是目前存在的编号最靠前的科伊。"科伊九号说,"我们的原型,您第一个儿子,科伊队长,已经牺牲了。"

已经牺牲了。已经牺牲了。已经牺牲了。这五个字在老吉姆的脑袋里盘旋,呼啸,尖叫,最后化为呜咽。

明月下,老吉姆感觉眼睛有些湿润。

这双眼早已枯槁，眼球干瘪，眼窝深陷，却还是会流下眼泪。

"队长是在古莫尔星之战中，执行轰炸任务时牺牲的。当时我们要炸掉敌人营地，飞行器飞到高处，但投下的中子炸弹都被穹顶保护罩弹开了。队长决定带一小队人从地面进攻。穹顶保护罩只能识别已经启动的炸弹，队长就带着中子弹潜进去，刚刚启动，敌人就发现了。队长为了不让敌人清除中子弹，自己一个人留守，与敌人对峙了五分钟。五分钟后，中子弹就爆——"

"不，你不要再说了！"老吉姆脸上布满泪水，蓦地嘶吼道。

"保护罩的启动器被炸毁了，撕开的缺口让天上的战友们完成任务，古莫尔星战场的局势，就是从这次任务之后开始扭转。队长被授予一等功。"

老吉姆有些冷，抱紧了肩膀，但还是止不住抖动。"这个臭小子，都说了不要逞强的……"他颤声说，"活下来才是最重要的啊。"

"但活下来并不容易。队长有一万个克隆体，被投入在各个战场，现在，只活剩下四十二个。"科伊九号说，他指着身后的兄弟，说，"我们几乎遍布整个战线，同敌人做着最艰苦的斗争，活下来，是我们最大的愿望，但依然有九千九百五十八个兄弟死在了战场上。"

这句话里的悲凉让老吉姆稍稍冷静了点，环视一周，说："那你们现在过来是做什么？"

"前不久，我整理队长的遗物时，发现了他的视频日志。这些年，无论多么艰苦，他都每天录制一段。他很想您，老爹，他在日志里说，如果再有一次选择，他还是会参军，但会等您老了再去……"

老吉姆抽噎起来。

"他有一个文身，是您的头像，他把您文在胸口，每当受伤时都会按着胸膛告诉自己能撑下去。那次任务中，他叫兄弟们后退，自己留下，但最后爆炸时，还是有兄弟听到了他喊出的遗言。"说到这里，科伊九号的声音也有些哽咽，吸了一口气才继续说，"他说，替我看看我老爹。"

　　　　　　　　　　　　　　　　湿润的金属

老吉姆终于撑不住了，两脚一软，但随即被身后的人扶住了。"老爹，"不知道是科伊几号的人说，"小心些。"

"所以，我向上级申请，想完成队长这个愿望。现在是战事最吃紧的关口，但军区上将们没有一个反对，他把我们从各个战场上召回，来到这里，和您一起度过中秋节。这个古老的节日寓意着团圆，队长生前也经常提起……"

"你们待多久?"

"明天早上就要回去了，老爹，我们只有一夜。"

"这么匆忙?"老吉姆有些语无伦次地说，"你们太辛苦了……"

"不辛苦的，我们是归乡，是作为儿子来看望父亲，在中秋月圆的时候一家团聚。老爹，我们都是您的儿子啊。"

"我……我……我的儿子?"老吉姆喃喃道。

这一次，所有围住他的人都开口了，他们说："是的，是儿子，我们都是您的儿子。"

他停止颤抖，仔细看着这四十二个从遥远战场穿越星海归来的人。他们每个人都来自自己的基因，五官一模一样，但细细观察，会发现每个人都有着细微的差别。有的脸颊上有伤疤，有的头发短寸，有的衣服破损，有一个还拄着拐杖才能站立。但他们每个人的嘴角都带着笑，每个人的眼角都闪着泪花，每个人都是自己的儿子。

"走吧，"老吉姆说，"儿子们，跟我回家。"

月上中天的时候，清扫机器人LW31又回到了出站口。这里它已经打扫过，但刚刚有一大群人站在这里，逻辑处理器告诉它，肯定又留下了新垃圾。于是，在下班回家前，它再来这里打扫。

果不其然，LW31在台阶边发现了新垃圾，哦，不，不像是垃圾。它扫描了一下，得到的答案是——月饼。

月饼，又叫中秋饼，是古地球时期东亚各地的中秋节食品。

在这兵荒马乱的年月，一盒月饼可价值不菲。LW31的标准做法，是将其上交给车站管理处。但它扭头看了看空荡荡的车站，一个人都没有，于是，它采用了备选方案。

它打开腹下的储物格，把月饼放进去，然后向家走去。

圆月照亮这个孤单前行的机器人。它太老了，底盘的四个万向轮都已经锈蚀，驱动器也在漫长岁月的使用中老化，因此滑动起来时始终发出不规律的咯吱咯吱声。幸亏城里已经人烟稀少，否则肯定会吓到不少人。

在路上，它遇到了ZR79。一个同样老迈的圆筒型机器人，负责街道清扫。

"嗨，"它向ZR79打招呼，"晚上好！"

ZR79停下来，半椭圆的脑袋嗡嗡转了好几秒，才说："LW31，你好，你看起来似乎处在'高兴'的情绪之中。"

"是啊，我现在的各项运行指数都比标准要高。"

"恕我直言，这对你的健康来说，可不是好事。它会加速你的老化。"

"是啊，但找到了一盒月饼，等爱丽丝小姐回来，肯定会很高兴的。想到爱丽丝小姐会高兴，我的处理元件就都会超功率运行。"

ZR79看着这个同事，银亮的月光铺满了街道，LW31仿佛站在光之河的水面上。它看了好一会儿，说："我建议你把月饼给人类，换取一块电池。这对你来说，才更重要，至于美丽的爱丽丝小姐，她不会回来了。"

"我有预感，她会回来。"

"预感？"ZR79身体里冒出嗞嗞的声音，不知是电路阻塞，还是想发出嘲笑，"你只是一个家政机器人，产于五十年前的家政机器人，你不会有'预感'这种玩意儿的。"

LW31说："可是从这个月初开始，我就时常感觉到家里电磁波信号异常，似乎家里多了一个人，我看不见的人。我想，这肯定意味着爱丽丝小姐就要回来了。"

　　　　　　　　　　　　　　　　湿润的金属

"这也可能意味着你的信号接收器出现故障，再不检修，就要报废了。"

LW31沉默了十几秒。月亮挂在天上，把她的影子照在脚下，仿佛踩着一团沉默的阴翳。长街空旷，两个机器人默默对视。"谢谢你，ZR79，不过我要回家了。"LW31说，"说不定爱丽丝小姐已经在家里等我了，我得赶紧一点。祝你愉快。"

它重新打开驱动。这个过程出现了障碍：点火器闪了好几次才冒出火花，量子引擎的震动由小及大，花了一分多钟才产生助推力。

ZR79没有按照标准程序回复"再见"，它看着LW31摇摇晃晃地行驶，路过身边时，突然说："我们不会再见了，LW31，我的使用年限已经到了。今天扫完后，清理程序就会启动。"

"哦，"LW31想了想，"老伙计，不用沮丧，我也只比你晚生产几个月。"

夜色如水，月光如水。两个机器人在长长的街道上告别，ZR79没有手臂，所以它倾斜身体，头部轻轻抵在LW31的胸膛处。

"那么，永别了，ZR79。"

"永别了，LW31。"

LW31行驶到主街道的尽头，那里耸立着一幢大屋子，但墙皮已经剥落，花园的木栅栏也腐朽不堪，像是一排稀疏的牙齿。屋子里黑黝黝的，LW31走进去，它没有开灯，坐在空旷漆黑的客厅里，插上电源，调整为半充电半休眠状态，开始日复一日的等待。在此前的两千八百多个黑夜里，它始终等待，把黑夜等待成黎明，把希望等待成老迈。

但今晚，有一点不同。或许是因为月亮。

咚咚咚。

LW31身上的指示灯一阵闪光，但它没有动。它感觉了空气中的电磁波异常，以为又出现了故障，声波接收器也"幻听"了。

但不是，因为这午夜里，不但响起了敲门声，还传来了呼喊声。

"LW31，你开开门啊，我饿啦！"

LW31霍然向门口跑去，它跑得太急，电源线发出"嘣"的一声闷响后，被扯断了。LW31没有理会，即使这是它最后一根备用电源线，而这种老式型号的产品在市面上已经买不到了。

拉开门，它看到了月色下的爱丽丝小姐。

跟记忆中的它一模一样，穿着碎花小裙，脸蛋稚嫩，金黄的头发在月光中披下来。她仰着头，小脸蛋鼓起来，有些娇嗔地说："LW31，你怎么这么慢啊？我走了好久才走回来，你都不给我开门！"

"我我我，"LW31有些语无伦次，"我这不是开了吗？快快快，快进来！"

爱丽丝嘟着嘴，一脸不情愿的样子，但小手已经去拉LW31了。LW31牵着爱丽丝，走进屋子，它打开灯，整个客厅里一尘不染。

"你还一直打扫这个屋子啊？"

LW31说："是啊，我一直在等你回来。"

"可是已经过了八年，"爱丽丝咬着拇指，往右歪了歪小脑袋，说，"万一我不回来了呢？"

"您忘了吗？八年前您走的时候，曾经抱着我，说让我等着您，您会回来看我的。"LW31的语气很认真，"那时候查尔斯先生带着您一家去往十四号殖民星球，收拾了很多行李，但可能比较匆忙，忘了给我买船票，于是我只能留在这里。临走的时候，您抱着我哭，不肯走。我说我会在这里等您，最后查尔斯先生拉您走，您大声喊，让我留在这里等您。于是，我就在这里等您。"

它似乎很少说这么长一串话，说到后来，声音已经有些颤抖。爱丽丝的眼中却蒙上了星星点点的光，上前一步，抱住了LW31。她的个头跟八年前一样，只能抱住LW31的腿，LW31颤抖了一下，随后安静下来。

这种安静持续了很长时间，屋子里只有爱丽丝小姐的呼吸声，以及LW31接收到异常电磁波时发出的嗞嗞声。除此之外，一片安静，月光在窗子上缓缓流淌。

"对了，爱丽丝小姐，我找到了你最爱吃的月饼。"LW31弹开储物格，把月饼拿出来，"趁着午夜还没有过，您把它吃了吧。在今夜吃月饼，有团圆的寓意，就像我今晚再次见到了您。"

"好啊好啊，LW31，你真是能干！"

"那您吃吧，凌晨快到了。"

"月饼不能一个人吃，要亲人团圆，一起吃才好。"爱丽丝的声音透露出些许忧愁，"可是，我是一个人回来的，在这里没有亲人……"

LW31蹲下来，与爱丽丝对视，已经破损的硅晶体眼睛里反射着灯光，看上去有些迷离，似乎在哭泣。它一个字一个字地说："您就是我的亲人，是我在这个世界唯一的——"

"唯一的什么？"

但爱丽丝的询问并没有得到回答。LW31保持着僵硬的蹲姿，但身体里无时无刻不在响着的嗞嗞声消失了，指示灯也黯淡如晦。

"LW31？"

爱丽丝试探地叫了一声，随后明白过来，眼前的这个机器人已经彻底报废。它持续工作了五十年，缺乏保养，许多零件已老化，加上刚才电源线的突然扯断，使它的身体机能彻底耗竭。它蹲在地上，手臂半伸，手掌还托着一盒月饼。

爱丽丝取下月饼，小小的身子倾斜，将脸颊凑到LW31的手旁。LW31的身体从来都只有冰冷坚硬的金属感，但不知道为何，此时她脸上传来的触觉，带着温暖，带着柔软，像是被微波炉加热过的月光在她脸颊轻轻流动。

"中秋快乐，我的LW31。"她轻声说道。

当，当，当当当当……午夜的钟声响起，窗外月光如洗。

午夜过后，银月低悬，仿佛挂在屋顶上的圆盘。

爱丽丝小姐把目光从LW31身上挪开，注视夜空，月亮在她眼中无限放大。她甚至清楚地看到月球表面上零散的环形山。

时候到了，她对自己说。她的身体开始变淡，空气仿佛某种溶剂，皮肤连同衣服都在融化。如果LW31还能运转，它的信号接收器一定会尖叫起来——这时，空气中的电磁波干扰达到了顶峰。

几乎眨眼之间，爱丽丝就完全消隐了。那盒月饼孤零零地悬在离地六十公分处，这表明空气中并非一无所有——至少，还有一个外星人。

这是一个以电磁波形态聚集起来的生命体，来自遥远的星球，银河系的另一端，人类联盟疆域以外。它的名字很复杂，如果要用文字完全表达出来，可能你手里拿着的这本书还不够厚。所以，我们简化一下，就叫它"阿缺"好了——来自一个半死不活的科幻作者的笔名。

阿缺是银河联邦的文明等级观测员，负责评定这个位于猎户座支臂内侧的小小文明。它来地球已经很久了，从这个叫"人类"的种族茹毛饮血开始，直到现在进行星际扩张，它都默默地观看着。为了保持评定报告的公正性，按照标准程序，它是不能够对人类的进程有任何影响的。

"但前辈刚刚违反了这个规定。"一个信号突然传过来。

"是啊，阿芷（这又一个被简化的名字，代表了阿缺的同事，这个文明的另一个观测员），这是第二次了。"

"我不明白，作为观测员，前辈拥有很高的职业素养。您执行过上千次任务，无一失误，那数千个文明都因为你的准确评估而获得了进阶联邦的机会，或者继续发展。每个标准年，前辈都会被授予优秀观测员的称号，这让我羡慕不已。但为什么，在这个微不足道的星球上，前辈会连着犯下两次错？"

阿缺思考起来，它很认真，散发的强烈波扰动让客厅里的灯不停闪烁。几分钟后，这些灯泡全部"砰"的一声碎掉了。

"我不知道。但是这个种族有些不同，跟所有的文明都不同。"阿

　　　　　　　　　湿润的金属

缺组织着词汇，将其搭载到电磁波上，发送给不知藏身何处的同事。

"有什么不同呢?"反馈立刻被传回来，带着些许疑惑，"他们的成就不足为奇，汲取知识的方式脆弱而低效……"

阿缺忍不住打断它，说:"是啊，作为整体，他们确实毫无价值，银河系中，这样科技水平的种族数不胜数。但你没发现吗，他们个体之间的相处，非常奇妙，会哭泣，会微笑，会捅刀，会拥抱。他们爱得越深，遭到背叛后就恨得越浓，这种现象不觉得熟悉吗?对，它符合宇宙中最基本的规律——能量守恒，且不可逆，爱生成恨容易，恨转化为爱，却千难万难。我一直在研究爱恨转换公式，量的问题已经解决，无非是几个参数，但这种转化的催化剂，我却一直没有定论。"

"所以本来只是简单的工作，前辈非得在地球上逗留了上万个地球年——即使以我们的生命周期来说，也已经够长了。但更让我费解的是，在上一次干预中，前辈甚至不顾联邦法律，直接拯救了全人类。"

阿缺想起了几千年前的那次陨石事故。当时九颗陨石从遥远的空间而来，仿佛有巨人在用力和光进行宇宙尺度的弹球游戏，几颗弹珠偏离轨迹，带着死亡的呼啸和焰光扑向地球。人类吓得瑟瑟发抖，俯身跪地，向天空膜拜。那九颗熊熊燃烧的陨石，加上高悬的烈日，仿佛十日凌空，毁天灭地。

千钧一发之际，阿缺终于忍不住了，化身人类，向九颗陨石射出了九支箭。箭头的精确导航，使箭身依附到陨石上，以纳米级的厚度展开，遮蔽火焰，并反向启动，抵消了陨石的冲量。这个时间太短，做功剧烈，陨石自身承受不住，纷纷碎裂。所以在民众看来，是阿缺的箭射灭了九颗太阳。

想到这里，阿缺叹了口气，"我当时正处在研究的关键阶段，不想这个文明毁于陨石。"

"好吧，我能勉强理解上一次的行为，但今夜，前辈为什么要冒充一个人类女孩儿，去欺骗一个机器人呢？"

"我……我不想让这个机器人失望。我在这里待了几天，发现它一直在等待，但它等的爱丽丝已经长大了，长成了少女，在别的星球上为隔壁班的帅气男生窃喜，为脸上长出的痘痘发愁，为毕业舞会的舞伴选谁苦恼……她早已经不记得当年的诺言。"

阿芷沉默了一会儿："这并不罕见，人类的记忆力非常脆弱。"

"但这个机器人一直在等，等它要照顾的小姑娘回来，跟它团圆。人类真是神奇，他们的创造物身上居然也延续了这种迷人的感情，不是吗？要知道，夸拉星人精于制造业，但他们的器械完全按照程序，如果没有人控制，也只不过是复杂的零件组合和能量驱动而已。"

说这番话时，LW31还蹲在地上，手臂孤零零地伸出，月光探窗而入，在它布满了锈蚀斑点的身躯上流淌。

"只要前辈愿意，修好它非常简单。"

"但那也只不过是永恒的等待，日复一日的失望。"

"所以，在最后一夜，你给了它希望？"

"其实，"阿缺想学人类发出叹息，但根本做不到，于是将身体虚化，扩散到屋子外围。月饼也随之上升，在空中缓缓旋转。月光在一瞬间贯穿阿缺的身体，这种感觉妙不可言，但它发出的电磁波却带着浓浓的失落，"其实它发现了我不是它的小主人。它比我想象的要聪明，也知道查尔斯先生并不是因为匆忙而没有给它订船票，而是因为嫌弃它太破旧，打算把它当垃圾一样扔掉。但它的回路每次都刻意忽略这个推论。"

"是啊，你装扮的爱丽丝小姐，跟八年前一模一样，它知道您是假的。"

"但它还是把我当作它的爱丽丝小姐一样对待。"

阿缺一时无语，在空中游弋着。阿芷也不说话了，两人的通信频道里，一片沉默。

湿润的金属

"对了，你在做什么?"过了好久，阿缺突然问。

"我在月球上。"

"我刚刚想起，我还没有见过你。从接到这任务开始，我们一直在各个星球收集资料，有时候我们擦肩而过，但彼此都没有显露形态。你长得什么样?"

阿芷似乎在笑:"本质上跟前辈一样啊，仅有的差别也只是波频率不同。"

月光亮了一些，似乎被阿芷的笑声染过。阿缺抬头去看，圆月莹莹，它想到，是阳光照着月球，照着阿芷，然后被反射到这里。说不定投过阿芷的那一束光，也正穿过自己的身体。

"嘿，今天人类的中秋节，讲究团圆。你呢，想家吗?"

"有一点儿吧。这是我的第一个任务，我不知道会这么久。"

"那你为什么不早点儿回去呢? 你的评估肯定早就完成了吧。"

这一次，阿缺等了很久才等来回答。

"我在等前辈。"

"为什么要等我，你会迷路吗?"

阿芷说:"我敬仰前辈，这次任务申请，也是看到有前辈才来的。很多次我看着前辈拖延提交报告时间，虽然不解，但前辈必然有自己的道理。请前辈放心吧，继续研究，我会尽量帮前辈向联邦要求延长调查周期的。"

阿缺揣摩着这番话，住屋顶上来回盘旋，这次它的思考更加认真了，连周围的月光都被扭曲。从远处看，能看到一团光晕在飘摇。

"阿芷，我来月球看看你好吗? 我有一盒月饼。"

"可是前辈，我们是电磁波生命体，不能消化有机食物的。"

阿缺身体构成的光晕越来越亮，能看到里面有光束在沿弧形轨迹飞速窜动，似乎里面困住了无数游鱼。在某个时间点，光束突然静止下来，阿缺说出了最后一句话:"我知道，但人类做月饼，是为了团圆，为了相见，为了在一起。这是最重要的，不是吗?"

"唔……是的！"

屋顶上的光团蓦地收缩，随后弹出，向夜空中那轮皎洁明月扑去。几乎是一眨眼，它就消失在了漫天月光里。

这个小城恢复了平静，仿佛一切都未发生，唯一的观众是月亮。它看到了克隆人、机器人和外星人，但它保持着亿万年以来的沉默。直到明天，才有人会看到寂寥的街道，看到报废的机器人，看到一群儿子向父亲告别。但那都交给明天了。今夜正好，月正高悬，人正团圆。

机魂之殇

楔 子

任务进行得很顺利。

一家七口，已经有六个倒在血泊里了。雷雨在窗外倾泻，血在地板上流淌，逐渐淹没了它的脚。每一步都是一个血脚印。

它没有任何不适；血嘛，不就是混着各种杂质的黏稠液体吗？对它来说，血液与石油没有区别。它关心的是，这家人里的最后一个，藏在哪里呢？

它把声波接收器调到最大功率，仔细辨别着空气中的每一丝震颤。惊雷炸响，暴雨冲刷，树木摇摆，蚯蚓拱地，钟表嘀嗒——在无数声音的掩盖下，它准确地听到了小小的、缓慢的心脏跳动声。

Bingo！

它穿过大厅，走上旋转楼梯，推开最里间的房门，向那颗跳动的心脏走去。血脚印在他身后拖曳出诡异的痕迹。

风雨更大了，雷声隆隆，闪电如同舞蹈般在云层下舒展跳跃。有好几次，闪电就在屋外掠过，如同巡游人间的死亡骑士，随时可能冲进来。

这种情况对它很危险，它决定速战速决。

它走到一个柜子前，单手把重达一百多公斤的柜子挪开，看到了这次任务的最后一个目标——一个婴儿，脸上满是灰尘，正睁大漆黑的眼睛看着它。

在察觉到危险来临的那一刻，屋子的主人就把婴儿藏到了柜子后面，然后慨然赴死，以为可以让孩子求得生路。这种行为只有人类的父母才做得出，真是让它——它没有任何感觉，只是不理解人类为什么喜欢做这种低效率的事情。

它抬起枪，对准婴儿的头。

男婴还在看着它，很安静，安静得不应该出现在这个电闪雷鸣的杀戮夜晚，安静得不像是一个婴儿。

哗！一道枝状闪电劈开深沉的夜，不偏不倚，正好穿过窗子打到它身上。电流像疯狂的蛇一样，在它身上乱窜，每条线路都被冲刷，每个元件都被重击。它的枪掉落在地，叮当乱响。它连连后退，靠在墙上，身上的仿真皮肤被烧黑了好几块，有火花从各个关节冒出来。

但它挺过来了。

它检查了一下，损伤评估在安全值以内，没有大碍，还可以继续执行任务。它捡起枪，再次走到婴儿面前，但它愣住了——奇怪，这个婴儿为什么在笑？

奇怪，为什么自己会觉得奇怪？

奇怪，为什么自己会奇怪自己的奇怪？

……

在进行了史无前例的长达十分钟的全功率思维运算后，它终于意识到，自己的身体被雷电打出了点问题。

1

清晨，拉塞尔开门出去的时候，正好碰见对门的单亲父亲在送

　　　　　　　　　　　湿润的金属

他的孩子去上学。他们一起走进电梯，缓缓下降。

这是一个阳光温暖的早上，明媚的霞光在这座美国小城的上空弥漫，楼道外翠鸟啼鸣，一切都让人心旷神怡，感恩上帝又赐给这世界美好的一天。所以拉塞尔觉得有必要跟这对华人父子打个招呼。

"嗨，你们好。"他说。

那位父亲抬头看了他一眼，又垂下眼帘，睫毛覆盖的阴影遮住了他的眼神。倒是他身侧这个十岁左右的男孩子有礼貌地说："早上好。今天天气很不错的样子，希望你有愉快的一天。"

楼间电梯使用多年，一边发出吱呀的锈蚀声，一边缓缓停下。"愉快的一天。"拉塞尔说完，把手揣进皮革风衣的兜里，吹着口哨走向这个清晨。

果然是愉快的一天。

拉塞尔在中央大道遇到了第一个客户，他走过去，侧身而过的时候，手里已经多了一个皮夹。第二个客户是刚从公交车上下来的孕妇，他过去搀扶，在孕妇感激地说谢谢时，他的手已经伸进孕妇宽大的衣服里，掏出了几张钞票。第三个客户就更简单了，一个富商模样的胖子边走路边打电话，浑没有留意到口袋已被人悄悄划开……

现在，他现在在威马逊大街的路口，看着他的第七个客户。

这是一名男子，很高，约有一百九十公分，他身上的黑色风衣更长，一直拖到地上。这个男人有着干练的发型，五官如刀削一样坚毅，正提着一个黑色皮包，匆匆赶路。

拉塞尔看中的就是这个皮包，鼓鼓囊囊的，一看就有好货在里面。他跟着那男子，看到男子在路边招出租车，但现在正是上班高峰，男子等了会儿，干脆走地下道进了地铁。

简直如上帝的安排一样越来越顺利——地铁车厢是拉塞尔最熟悉的战场。

这一站人很多，拉塞尔像游鱼一样挤上去。随着人潮，他和男子一起被挤到车门旁。

"对不起，"拉塞尔说，"上班的人太多。"

男子面无表情，似乎没有听到。

就在地铁车门关闭的前一刻，拉塞尔突然一把抓住男子的皮包，用力一扯。男子也在瞬间醒悟过来，握紧提手，啪，皮革提手被活生生扯断。

拉塞尔抓住没有提手的皮包，挤出了地铁。车门将将在他身后关闭，几乎擦着他的身体。

地铁启动，载着目的地各异的人们驶向下一站。拉塞尔回头，透过车窗，他看到那男子的脸正飞快远去，但男子森冷的目光死死地盯着他，直到地铁消失在幽黑的隧洞里，依然让他感觉皮肤上寒意流转。

收获颇丰。

傍晚时，拉塞尔关了屋门，拉上窗帘，把白天的战利品一股脑儿倒在床上。

钱，皮夹，手表……他得把其中大部分交给唐纳德——本地偷窃者的头子，一个阴沉凶残的中年男人。上次有个兄弟私藏了一条项链，被唐纳德发现后，活活拔下两颗牙齿。一想到这个，拉塞尔就浑身发颤，那个惨象犹在眼前。

不过，即使只能拿很少的一部分，今天的收获也足够他挥霍好几天。这么想着，他又高兴起来了。

他的目光落在了残损的皮包上。他拉开拉链，把里面的东西全倒出来，一沓打印纸顿时散得满床都是。纸上都是人物档案，有男有女，职业各异，都很普通，他失望地来回翻看，实在看不出其中有什么值钱的信息。

嗡，嗡，嗡嗡嗡……皮包突然振动起来。

拉塞尔吓了一跳，在皮包里摸索，居然发现了一个手机。这是

湿润的金属

疆域公司旗下的品牌手机，他眼睛一亮，至少，这手机可以值不少钱——疆域公司涉及多个行业，人工智能、太空开发、手机、家电等产业都占据大块的市场份额，只要有疆域公司的商标，就意味着昂贵而优质。

手机还在振动，屏幕上显示有陌生号码正在耐心地打过来。

拉塞尔鬼使神差地按下了接听键，全息摄像头立刻把一个男人的影像投射出来——正是皮包原来的主人。

这是单向接听，对方看不到拉塞尔，只能听到他的声音。所以他把手机放在桌子上，屏住呼吸。

"我不知道你是谁，我也不想知道。"阴沉的声音从话筒里传出来，像蛇一样钻进拉塞尔的耳朵，"但你拿了不属于你的东西。我的朋友，这是你今天犯的最严重的错误，事实上，这可能是你这辈子犯下的最严重的错误。"

拉塞尔不敢说话。他有种错觉——男子明明看不见他，但透过全息影像，那双眼睛却向自己射出锐利的目光。

男子所处的环境很封闭，表情藏在阴暗里，顿了顿，他再次开口："但现在，你有机会弥补这个错误。让我们重新认识一下吧，我叫道尔，或者杰克，或者尼尔森，无所谓了，我会根据心情调整我的名字。你呢?"

过了几秒钟，男子说："好吧，你当然不会告诉我你的名字，这也不要紧。现在，我给你提供一个建议，这或许是唯一能够让你认识的人继续叫你名字的办法了——通常，死人的名字很少被人提起。这个皮包对我很重要，我希望你还给我，只要你没有把内层打开，没有看到里面的档案，那么，我可以既往——"

拉塞尔抬头看了看床上散落的纸张，心里一乱。

"——你已经打开并且看到档案了是不是?"男子准确捕捉到了拉塞尔因为慌乱而变得粗重的呼吸声，他停止说话，用大拇指按着太阳穴，似乎陷入了两难的思考。很久以后，他放下手，耸了耸肩，说，"那么，我的朋友，你惹上了真正的麻烦。本来我可以给你清洗记忆，让你忘掉一切，这样可以保住你的命。但太麻烦是不是？我的时间很紧，我得赶回纽约。我们常说，让人忘却，莫过于让人死去。所以，你可以从现在开始逃，但无论你逃到哪里，我都会找到你，我都会杀了你。再见，希望你有最后一个愉快的晚上。"

男子挂断了电话，他的影像如海绵吸水一样收进摄像头里。

拉塞尔怔怔地发呆。

2

"别担心了，"唐纳德一边点着钞票，一边满不在乎地说，"别人丢了东西，肯定要放话出来威胁你。要是干这行这么简单，谁还会去肯德基里面当几美元一小时的服务员？"点完后，他露出笑容，这个动作让他脸上的刀疤如同暗夜里的蛇一样游动起来。

"那个人的语气，不像是说说而已。"拉塞尔说，"如果是威胁，他会等我表态，逼我交出皮包，但结果却是他先挂了电话。"

"他怎么找你？难道像电影里一样用电话跟踪定位？嘿，我说，那是好莱坞的伎俩，而这里是现实生活。再说了，要是出了什么事，我帮你顶着！记得吗，你最近跟琼好上了——虽然她是整个城里最火辣的姑娘，但同时又是黑心汤姆的马子。还不是因为我，黑心汤姆才不敢动你？"

拉塞尔安心了些。确实，以往也有兄弟偷窃被抓，最后都是安然无恙地被放出来，全因唐纳德在城里只手遮天，黑白两道都认识不少强有力的朋友。

"对了，说到琼……你昨晚累着了吧？"

拉塞尔笑一笑，没有回答。

"你们做了几次？"

　　　　　　　　　　　　湿润的金属

"没多少，"拉塞尔摆摆手，"才两次而已。"

"见鬼！要是琼爬上我的床，我宁愿死在她的肚皮上。说实话，多少次？"唐纳德挤眉弄眼地道。

"十三次。"

"嘿，我说，当心别被她榨干啊。"唐纳德大笑，捶了一下拉塞尔的肩，然后抽出几张钞票甩给他，"喏，这份是你应得的。今天你收获最多，走，去吃中餐！"

两个人穿过流光溢彩的夜色。"这是一家新开的中餐馆，味道很正，我听过一句谚语，说如果觉得人生不完美，就放下汉堡和薯条，来试一试中餐。"唐纳德推开写着"欢迎光临"的中文的玻璃门，说，"我请客，就当给你压惊。"

这个餐厅很小，缩在街角里，里面只有七八个餐位。此时已是深夜，除了新进来的两个年轻人，再无其他客人。拉塞尔看向柜台，顿时愣住了——穿着白色厨师装的中年男人，和他旁边正专心在课本上勾勾画画的小男孩，分明是早上看见的那对父子。

男人拿着菜谱走过来。

"给我来一份'让苏意一'。"唐纳德的中文不太流利，偏偏要用这种绕口的语言点菜，"还有'轰遭去子'和'拉波都哭'。"

"好的，先生您点了糖醋里脊、红烧茄子和麻婆豆腐，"男人转向拉塞尔，"先生您需要一点什么呢？"

"哦，我来同样的三份就可以了。"拉塞尔盯着男人，对方却像根本不记得他一样，点点头就转身去做菜了。

真是一对奇怪的父子。拉塞尔吃着美味的中餐时，心里这么想着。

唐纳德回到家，长长地吐了一口气，空气中随即涌出一条白雾，稍现即灭。四月初的新泽西，深夜里依然寒意浓重，他抖抖腿，像是要把骨髓里的冷清抖出体外。

这座房子很大，却只住着唐纳德一个人。他拥有不为人知的身份，无法与人同住。

已经接近深夜，整座房子都沉浸在浓郁的黑暗中。唐纳德不喜欢光亮，因此没开灯，径直走进客厅。他的嵌入式壁炉里放满了燃木，已经被油浸透，他点燃打火机，凑近，壁炉里顿时冒起腾腾火焰，将寒冷和黑暗迅速逼出屋子。

这乍起的光亮也让屋子里的另一个人影露了出来。

"谁？"唐纳德猛然警觉，手伸进西装内侧，把电爆枪拔了出来，同时将拇指按在枪托侧面。"嗡"，电爆枪的指纹密码锁立刻解开，高能电磁集束正在枪管里形成。这种聚能武器是违禁品，即使在枪支开放的美国，也不允许公民持有。当初唐纳德为了搞一把，费了不少功夫，现在，他十分庆幸拥有这种能一击轰开墙壁的强力武器。

然而，在电爆枪的逼视之下，不速之客却缓慢地把手伸进口袋。

"刺刺……"枪管里的光越来越亮，似乎随时要朝着那人的脑袋喷涌而出。

但唐纳德没有开枪，因为客人手里掏出来的，是一张蓝白色的证件。

唐纳德熟悉这张小小的卡片，他所有的秘密都与此有关。

"二级干员？"

客人坐在客厅的角落，跷着腿，脸的一侧被火光照亮，另一侧则埋进了深深的黑暗里。他的鼻梁很高，被光勾勒着，像一柄弧形刀的刃。他点点头，说："很好，看来这么多年当混混的日子，并没有让你忘记公司的制度。"

唐纳德悻悻地收回枪，把壁炉里的火焰调大，转头说："怎么可能忘！我现在的日子，就是拜公司所赐，哼，在这个小地方管一群嬉皮小子。我记得公司的制度，公司却恐怕早把我忘了吧？"

"我需要你的帮助。"

"你可是尊贵的二级干员，除了那些铁疙瘩，你们的权限最大，怎么会需要我这种被公司遗忘的家伙呢？"

客人摇摇头，但唐纳德只能看到他的脸在明与暗的边界上晃动，表情一隐一现。"你们是公司布下的钉子，没有你们，公司在各处的行动就会遇到阻碍。我们同等重要，只是任务不同，相信我，你不会羡慕我做的那些事情的。"

唐纳德说："这一套很早以前就有人跟我说过，早就烦了。说吧，我有什么能够帮助你。"

"我要找一个人，一个偷了我东西的人。"

"咚，咚，咚……"

午夜里，敲门声响起，突兀而诡异，如同亡者在深埋多年后胸腔突然有了心跳声。

拉塞尔猛然惊醒，睡意全消，盯着正在发出有规律敲击声的金属防盗门。

"是谁？"他涩声问。

敲门声停了，有人说："是我。"

是那个被偷了钱包的男子的声音。拉塞尔顿时感到浑身冰凉，才不到六个小时，这个男人就找到了自己的家门。

"你……你来干什么？"

门外的人笑了："我来拿走原本属于我的东西，以及，原本属于你的东西。"

他说的是皮包和自己的命，拉塞尔绝望地想。

门锁咔嗒一声，被门外的人打开了，高大的身影屹立在门前。"你好，今晚你可以叫我杰克。"男子似笑非笑地看着面如死灰的年轻人，"我杀人的时候用这个名字。"

拉塞尔突然向后一跳，两手乱挥，胡乱中抓住一沓纸，向杰克扔去。纸还没有碰到杰克就在空中飞舞成一片雪花，有几张还穿过门落到了楼道里。趁这个机会，他跑进了卧室，把门反锁。

杰克露出猫捉老鼠一般的残忍笑容："会抵抗才有意思。不要急，我们还有整个夜晚的时间。"

一张纸落到他眼前，他看到了上面印着的图案和文字，眉头一皱。

拉塞尔扔出来的，恰是皮包里的档案。这份集合了公司所有暗探的名单，正是他此次的任务，他不相信电子产品，便将文件打印出来，打算亲手带回总部。有一个倒霉的清洁工正好路过，看到了打印纸的一个角，于是他顺手又制造了一具尸体。

他弯腰把打印纸一张张捡起来。先把任务保住，再慢慢对付这个这个不知好歹的年轻人。他一边捡，一边在脑海里搜寻能给人带来巨大痛苦的折磨法子——他的储备很多，待会儿可以逐一使出来。

在楼道里，他看到最后一张纸有一半塞进了对门人家的门底缝隙里。"哦……"他叹息一声，那张纸恰好是正面朝上的。按常理，这个时间不会有人起床看到从门缝里塞进来的纸，但——但他的工作就是保证万无一失。

他把纸抽出来，叠好，放进皮包里，然后轻轻敲响这户人家的门。

咚，咚，咚……

出乎他的意料，门几乎是立刻被打开了，一个华裔中年男子面无表情地看着他。

"你好，"在一瞬间的错愕过后，杰克定住心神，脸上堆起笑容，"我叫杰克，我有点事情想跟你商量一下，能进屋里谈吗？"

华裔男子点点头，侧过身，说："进来吧。"

拉塞尔靠在墙上，大口喘息，胸腔像鼓风机一样剧烈起伏。

跑不掉了，跑不掉了。一个声音在他耳边说，对方既然这么快找到自己，还让唐纳德都出卖了他，就一定算准了他没有退路可逃。

他听得到他的心跳声，咚咚咚，像每年中央广场庆祝独立日而燃放的烟花爆裂声，一声比一声急促。他的脸色惨白如纸，冷汗从额头沁出，流满了脸庞。恐惧从空气里渗透进来，有如实质，逐渐变浓，挤压得他呼吸困难。他在极度的难受中等待死亡的降临。

然而，一直到天亮，那个叫杰克的恐怖人物都没有再出现。清晨的阳光透过窗子，落到这个年轻人苍白的脸上。他睁开眼睛，被清晨的光线刺得生疼，才明白自己又活过了一个晚上。

3

拉塞尔惊奇地发现，他的生活竟然一切平稳。

他在家里等了几天，没有任何人来打扰，连往常会催他去干活儿的唐纳德也没有再联系。几天后他忍不住，给相好的琼打了个电话，问："最近城里发生了什么事情吗？"

琼嘴巴大，耳朵也尖，要是有什么事情发生，一定瞒不了她。但琼只是在电话媚声骂道："死鬼，好些天不找我！爽完了就不理我了，还是有新欢？"

"没有，我这几天生病了，"拉塞尔随口道，"说真的，城里没发生什么大事吗？"

"风平浪静着呢，我倒是想看热闹，还真看不着。"

拉塞尔放下电话，总觉得一切都不真实，似乎那个夜晚发生的事情都是梦魇，随着晨曦吐露，便消失在模糊的记忆里了。

不对，他努力回想，想起杰克曾敲开了对面人家的门，并说要进去，然后——然后就没有然后了。

拉塞尔开始留意起对门那对华裔父子来。

这没花他多少功夫，因为那对父子的生活规律简直跟机器一样精准：每天早上六点半，父亲开门送儿子去上学，然后在中餐厅张罗生意。晚上六点，他接孩子回到餐厅，孩子专心复习功课，父亲继续做菜端盘，一直到十点半餐厅打烊才回家休息。

每逢周末或节日，男人就关了餐厅，用自行车载着孩子出去玩，在公园，或是郊区。他们经常会放风筝，又高又远，惹得其他孩子羡慕地向父母撒娇。有时候也会野炊，香味同样飘到很多人鼻子里。

如果不是那个男人一直面无表情不爱说话，他简直可以被称作模范单身父亲。那个叫小障的孩子，身上却有一种不符合他年龄的老成，当着父亲的面，他表现得天真爱玩，但父亲一走开，他立刻放下玩具，冷冷地看着周围。

拉塞尔越留意，越觉得这对父子浑身都透着奇怪。

"小障，"有一次，拉塞尔趁男子在厨房做菜，走到正专心复习功课的小障身边，问，"你的名字是什么意思呢？"

小障看了他一眼，在纸上工工整整地写下了"障"的中文，说："障，在中文里，是障碍、屏障的意思，一般是阻止人去往某个地方或达成某个目的。"

看着这个小男孩一板一眼的解说，拉塞尔有些想笑，他与小障黑白分明的眼睛对视了一眼，随即滑开目光，问："那你为什么会叫这个奇怪的名字呢？"

"我不知道，我爸爸给我取的。"

拉塞尔正想再问，却见男孩已经垂下头继续做题了，而他的父亲刚好从厨房端菜出来。他便也把要说的话吞回去了。

他又去问房东太太，那个年迈的孤寡女人摇摇头，表示也不清楚，只是说："他们是两个月前搬过来的，没有带行李，登记的名字是陈川和陈小障，奇怪的中国名字……中国男人很大方，一次就付清了三年的房租。可不像你这个小滑头，总是赖账，这几个月的钱都没有给我。"

拉塞尔连忙站起身，推说自己有事要离开。

"对了，"临走的时候，房东太太眯起皱纹密布的眼睛，说，"要说有什么奇怪的地方，那就是他们俩每个月的电费都高。用电量比其他租户加起来都要多，也不知用电做什么了……"

好奇心是藏在拉塞尔血管里的恶魔，他忍了很久，可压抑不住这只恶魔的躁动。于是，在一个白天，他趁陈川父子一个去餐厅一个去学校，悄悄偷了房东太太的钥匙，潜进中国人的房间里。

他有些失望，因为这是一个典型的单亲家庭房间，两间卧室，一个客厅，设施并无奇怪之处。唯一有点另类的是，属于小障的房间里摆满了玩具和童书，看得出来陈川在照顾孩子这方面很用心。但陈川自己的房间则简单得令人咋舌，里面只有一张床，床单整洁干净，似乎铺上以后就没有被人躺过。

拉塞尔在床下找到了一台足球大小的机器，纯黑色，模样古怪。仪器上探出了两根电线，一头是常用的三级插头，已经插进插座里了，另一头也制式怪异，有四个金属探头，又尖又利，闪着寒光。拉塞尔想破脑袋也想不出这玩意儿是用来干什么的。

除了床和奇怪的仪器，整个房间空空荡荡，不知是如何住人的。

当晚，拉塞尔的防盗门被陈川敲响了。

拉塞尔把门打开一个缝隙，看着门外没有表情的中国男人。

"有什么事？"等了等，发觉对方没有说话的意思，拉塞尔先开口道。

陈川回头看了看自己家一眼，似乎怕小障听到，说："我们进屋说吧。"

拉塞尔已经对放陌生人进家门有了防备，摇摇头："要说就在这里说吧。"

门外中国人的手臂猛然使力，拉塞尔后退好几步才勉强没有摔倒。陈川闪身进屋，用脚将门关上，同时抓住拉塞尔的衣领。

这一系列动作快如闪电，但又悄无声息，连门关上时也只发出了轻微的扣锁声。拉塞尔还没有反应过来，就被抵在墙上，他试着反抗，但对方看似瘦弱的手臂竟然有着不可思议的力量，让他动弹不得。

"我知道你跟踪我很久了，我不管，但你今天闯进了我的屋子。"男人直视拉塞尔的眼睛。

"我——我没有!"

"谎话是没有用的。"男人缓缓抬手,竟以单手之力将体重一百八十磅的拉塞尔举到空中,"从现在开始,你远离我们,不能进我的餐厅,不能跟我的儿子说话,不能朝我的家里看一眼,听明白了吗?"

拉塞尔感到呼吸困难,两脚乱蹬,拼命点头。

陈川放手,转身离开。拉塞尔瘫坐在地上,喘气如牛,脑中只想着一件事情:刚才他挣扎的时候,碰到了陈川的手臂,只觉得极具韧性,似乎皮肤之下还藏着什么坚硬的东西……

他不理琼,琼却自己找上了门。

一番云雨过后,琼有些意犹未尽,轻捶拉塞尔的胸膛抱怨:"你刚刚怎么了,一点都不专心?"

拉塞尔推开胸膛上的尤物,点燃一支烟,心事重重地抽着。琼也抽了几口,又连撒娇带威胁地问了好几遍,拉塞尔才把对门父子的种种怪异说了出来。

"要弄清楚还不容易?"琼从鼻子里喷出烟雾,满不在意地说,"只要是男人,我就能摸透。"

"你要怎么做?"

"我自然有我的办法。"琼挺了挺高耸的胸部,一脸得意。

"你可别胡来。"

"放心,对付男人我有经验,何况是一个单身爸爸,多久没碰姑娘了!"

到了晚上,琼给拉塞尔留下一个飞吻,"等我好消息。"说完就扭动着腰肢去敲楼道对面的门。

十分钟后,她一脸苍白地跑回来,抓着拉塞尔的手臂,轻轻颤抖,似乎白日里见了鬼。

拉塞尔小声问:"怎么了?"

"他……他不是男人。"

拉塞尔有些失望："噢，他对你不感兴趣？"

"不，不是，"琼定了定神，说，"他刚才开门，我说我家浴室坏了，他没说什么就把浴室借给我用。我在浴室里等他，这么明显的暗示，我想他会进来的。可是外面毫无动静，我就披着浴巾走出去，发现他正坐在沙发上发呆，不知道在想什么。我按着脑袋说头晕，他过来扶我，这时我的浴巾掉在地上，可他还是一点反应都没有，我是说，身体上的反应。"

"噢，或许他这方面功能有问题。"

"我开始也这么想，于是干脆倒在他怀里，手假装无意地摸到他的下面。"琼突然抬起头，语气急切，"我见过阳痿的男人，他们虽然硬不起来，但至少还有那玩意儿。但这个中国人，裤子那里什么都没有，我的意思是，真正的，什么都没有。"

4

又是一个周末的早晨。陈川睁开眼睛，看到时间显示是06：00：02，默默地叹了口气。

醒过来的时间越来越迟，说明沉睡得一次比一次久，身体的老化看来已经很严重了。

他收拾妥当后，到小障的房间里，发现小障已经醒来了，正睁大黑漆漆的眼睛盯着自己。"今天去哪里玩啊？"小障的声音很兴奋，"好不容易到了周末。"

"天气不错，我们去公园里放风筝吧？"

"好啊好啊，"小障拍着手，"最喜欢放风筝了。"

公园里人很多，大部分是家长带着孩子，在草坪上野炊。成年人们聚在一堆，一边烤肉一边讨论时政，孩子们则嘻嘻哈哈地追逐打闹。

只有陈川和小障孤零零的。父亲在草坪上铺开绒布，以手枕脑，微闭着眼睛躺在上面。孩子则专注地举着线筒，不断收放，让硕大的蝴蝶风筝在晴朗的日空下越飞越高。

这对奇怪父子的组合引起了很多人的目光。

"妈妈，我也要放风筝。"一个清脆稚气的声音叫起来。

女孩儿的妈妈表情有些为难。这个美国城市里，风筝并不像在中国那么普及，这里的人热爱橄榄球、酒会和政治。她稍作犹豫，走到闭目养神的中国男人身侧，说："打扰您一下，请问您还有别的风筝吗？我的女儿玛丽亚也想放风筝。我可以给您钱，瞧，我的女儿正看着您。"

陈川晒在东海岸温暖的阳光下，浑身惬意，这让他的心情也如同丝绒毛毯一样舒展开来。他起身从背包里取出竹架、彩纸、剪刀和细线，熟练地裁剪，金色阳光在他瘦长的指尖流淌，几分钟后，一个蜻蜓风筝出现在他手里。

"噢，"年轻母亲惊叹不已，"真是神奇的东方技艺。"

"拿去吧。"

"对于这么精美的工艺品，我要付您多少钱呢？"

"不用，让孩子玩得开心就行。"

年轻母亲把风筝拿给玛丽亚，可不一会儿，玛丽亚就跑回来了。"我不会放，我的风筝都飞不起来。"她一边沮丧地说，一边偷偷瞄着小障的风筝，那只蝴蝶已经展翅高飞，在明媚的蓝天里翩翩起舞。

"听着，"母亲把手放在小女孩儿的两肩上，郑重地说，"我已经帮你拿到了风筝，剩下的事情你必须自己完成。那个男孩风筝放得好，你可以去向他学习，去吧。"

玛丽亚提着风筝跑向小障。她迈着碎步，头上的金发飘扬起来，像是熔化的黄金。"嗨，你好，我叫玛丽亚。"她怯生生地对中国男孩说，"这个风筝是你爸爸给我做的，可是我不会放，你可以教我吗？"

小障扭头，发现陈川和玛丽亚的妈妈并排坐在不远处的草坪上，都看向这边。陈川以微不可察的幅度点了点头。

"你好，我叫小障，陈小障。"他把自己风筝的线系在淋草喷头上，拉着玛丽亚的手，走到路边，"要放起风筝，你就先要看对风向，再助跑，让风筝借风滑上去。来，我教你……"

一只蜻蜓飞到空中，越爬越高，最终与蝴蝶一起并排在遥远天际浮游。

"当孩子真是好，怎么样都能玩得开心。"年轻母亲向陈川伸出手，"你好，我叫凯瑟琳，你可以叫我凯西。很高兴认识你。"

两人互相说了姓名，在照得人昏昏欲睡的阳光下交谈。"我好像记得你，是不是每周末你都会带孩子来这里？"凯瑟琳歪着头，看着眼前的中国男人，他的五官深邃，连这么明媚的阳光也不能完全照透。

"偶尔也去郊外，让小障看看城市以外的东西。"

"你对孩子真用心。相比起来，我的前夫真是个混蛋，他不但不管玛丽亚，在外面胡来，离婚之后还经常找我要钱。"凯瑟琳甩甩头，笑着说，"算了，在这么美好的天气里，不应该说这些话。"

远处，两个孩子的笑声传来。

自行车载着两个人，在撒满桐树叶子的林荫道上行驶。

这是一个金色的黄昏，整个路面都落满了点点碎金，车轮滚过，带起一溜儿桐叶翻飞。小障仰起头看着夕阳，脸上的笑容被融化在水一样荡漾着波纹的斜晖里。

"小障，你今天很开心。"陈川骑着车，没有回头。

小障并不奇怪，很多时候，他在爸爸背后的行为，也能被他看得一清二楚。不过今天他不打算隐瞒，继续仰着头，让脸埋进夕阳霞光里，口中轻轻哼歌。

Should auld acquaintance be forgot,

and never brought to mind?

机魂之殇

Should auld acquaintance be forgot,

for the sake of auld lang syne.

If you ever change your mind,

but I living, living me behind,

oh bring it to me, bring me your sweet loving,

bring it home to me.

"这是什么歌？"

"《逝去已久的日子》，玛丽亚教我唱的。"

"你很喜欢她吗？"

小障歪头想了想，俨然一副认真的样子。"是的吧，我想。"他说，"玛丽亚很可爱，眼睛是蓝色的，像海，一眼都望不透。"

"那好的，下周我们还来这里，带上食物，可以请玛丽亚和她妈妈一起吃。你有很多机会可以跟玛丽亚一起玩。"

小障一脸不敢相信，疑惑地说："可是你不是说不让外人跟我们接触吗？"

"可是你今天真的很开心，不是吗？"陈川停了车，看着后座上仰着头的儿子，"我知道你以前的高兴都是装给我看的，而今天你是真的开心。这一点很重要，远胜过我在避讳的那些事情。"

"可是，她们会过来吗？"

"放心，有办法的。你想想，什么事情是我做不到的？"

小障点点头。的确，从小到大，他跟着父亲穿过山河大海，浪迹数不清的城市，遇到的任何困难都在爸爸的手中迎刃而解。每次到一个新的地方，他觉得无所适从，爸爸总告诉他，闭上眼睛，睡一觉再醒来，一切就跟从前一样了。果然，当他再睁开眼睛，已经到了温暖的房间，有新的学校可以上，所有的证件都已齐全。是的，爸爸是无所不能的。

"嗯。"他重重点头。

湿润的金属

听完故事后，陈川替小障盖好被子，轻吻他的额头，"晚安，儿子。"

"晚安，爸爸。"

陈川熄了灯，卧室里一片黑暗，他安静地坐在床边。小障很快就睡着了，小小的身子蜷成一团。陈川这才回到自己房间，从床下拉出一个黑色机器。那上面有两根制式古怪的电线，一头插进电源插座里，他拿起另一头，插进胸膛。

他浑身一颤，旋即安静下来。他就这么站在床边，闭上了眼睛，停止呼吸。

窗外，夜色沉郁，浓云积卷。一场暴雨正在城市上空酝酿。

5

唐纳德走进酒吧前，看了看天色，高楼之上是一片浓得化不开的黑暗。没有风，空气潮湿得让人行走艰难，黏在皮肤上，极为不适。这种天气让他心里有些发慌，只有烈酒才能缓解。

他连点四杯伏特加，都是一口饮尽，这才好受一些。其间有两个衣着暴露的女人来问他是否愿意请她们喝酒，他不耐烦地挥手赶开了。

吧台前的电视上，画面闪动，是一则机器人立法宣传广告。

"哈……"旁边站着的两个男人指着屏幕，笑着讨论，"疆域公司还不死心，上次大规模生产机器人的法案被驳回后，现在又买通了电视台！"

另一个人点头道："是啊，他们打算明年再申请，现在是提前造势，拉拢选票。"

"可是谁会买账呢？安全性且不说，如果智能机器人大规模地上市了，不知道多少人要失业。别的行业我不知道，我们是证券分析师，最有可能被机器人取代的职业。"

"来，"另一人举起杯，"为了还有饭碗。"

听到这里，唐纳德从鼻子里喷出一口气，嘴角勾起笑容。

两个男人同时转过头，看着他："怎么，我的朋友，你对我们的聊天内容有异议？"

"我能原谅你们对我的无礼，但很难原谅你们的无知。"唐纳德说着，似无意地将自己的衬衫拉开，露出结实的肌肉和一个张牙舞爪的虎头文身，"疆域公司财力雄厚，这几年一直在资助总统竞选，甚至同时支持好几个对立的候选人。这种一篮子鸡蛋全收的做法，很快就要见效了，你们两个傻蛋等着看吧，议案应该最迟在明年就会通过。"

两个男人本来想让唐纳德为他的嗤笑付出代价，但被他的肌肉和文身震慑到了，知道遇上了不好惹的家伙。右边一个愣了愣，不服气地说："你怎么知道？"

唐纳德耸耸肩，轻笑几声却没有回答，在吧台上放下几张钞票，转身出了酒吧。

他在街边走着，一路上身侧流过不少车辆，车灯划曳，像是一条条光的彩带。他缩着脖子，没走几步，就敏锐地察觉到了背后有人在跟着自己。这是当年在公司特训时被培养出来的警觉，多年黑道生涯，并未让他遗忘这项本领。

他走到一处转角，贴墙站好。一阵脚步声逐渐靠近。他抓准时机，猛地闪身出来揪住那人衣领，正要一拳挥下，却愣住了："是你？"

拉塞尔从惊吓中回过神，连连点头，说："老大，是我！"

"你跟着我干什么？"

"我好久没干活儿了，缺钱花，想问问你什么时候让我回来。这阵子你怎么也不找我呢？"

湿润的金属

"我以为——"唐纳德及时住口，不置可否地看着拉塞尔的脸。这张脸上带着小混混面对老大时特有的怯弱和谄媚，与平时一样，并无异常。

当那个二级干员打听拉塞尔的消息时，唐纳德就认为他必死。唐纳德也不愿意把小弟出卖，这样会坏名声，但对方是疆域公司的二级干员，权限高得惊人，手段也必然狠毒。要怪，就只怪拉塞尔倒霉，招惹了不该惹也惹不起的人物。

但第二天，他听说拉塞尔还活得好好的，心里又愧又疑。思索很久后，他决定不去理会，装作什么都不知道。毕竟这不是他能管的事情。"

而现在，拉塞尔主动找到了自己。

唐纳德突然心里一动，问："你告诉我，那天晚上到底发生了什么？"

拉塞尔便把事情说了，还补充道："我也不明白怎么人突然就消失了……除了这个，我还有一个消息要告诉你，保管你想不到。"

"什么？"

"我家邻居，是一个怪人。"

"这算什么想不到的消息，哪个活着的人不怪？"唐纳德笑了笑。

"那个中国男人跟其他人不一样，不，他是跟所有人类都不一样。"接下来，拉塞尔生怕老大不信，忙不迭往下说。

他没有留意到，随着他将那个奇怪的中国男人的家庭用电量，异乎常人的力气，触感奇异的手臂，和没有下体的诡异体征陆续说出来，唐纳德的脸色已经慢慢沉了下来。

"……噢，对了，我还在那个中国人的房间里，看到了一个黑色的金属仪器，跟个足球一样大小。上面还有两根电缆，都很粗，一头插进插座里，另一头有四根尖锐的金属探头——"

唐纳德的右眼角猛地抽搐，如遭电击。

拉塞尔愣住了："怎么了老大？"

机魂之殇

唐纳德深吸一口气，只觉得寒凉全吸进肺部，身体里一片彻骨冷意。但他却笑了起来，抬起头，对着浓黑夜色喃喃自语："没错了……没错了，是它……很多公司都在做机器人研究，但用球式充电器和四爪插座的，就只有疆域公司的那一款机器人。"

"哪一款？"拉塞尔留意到老大说的是"it"，而非"him"，已经有些糊涂了。

唐纳德却没有回答，想了想，又问："对了，你刚才说，这个奇怪的中国人是你的邻居？"

"是啊，他住我家对面。"

"噢，我明白了。"唐纳德的嘴角扬起一丝弧度，这是缓慢堆叠出来的笑容，有些难看，又有些危险，"我终于明白你为什么活下来了。我还以为是你自己的本事呢，原来二级干员是栽在一级特工手里了。"

"你在说什么……我还有麻烦吗？"

唐纳德拍拍拉塞尔的肩，大笑："没有，哈哈，没事！你给叔叔提供了一条很值钱的消息！这十年来，疆域公司为了找它，花费了无数精力，派出的探员足迹遍布整个世界。没想到，它居然就藏在新泽西的闹市里。"

说完，他紧了紧西装领口，缩着脖子往大街深处走，把满脑袋都是疑问的拉塞尔留在了寒冷和黑暗里。

走到无人处，唐纳德掏出手机，拨了一个记在脑海里多年的号码。他以为这一辈子都不会打的，但现在，一个绝佳的机会摆在面前，久在血管里沉寂的血液又重新沸腾起来。

"请说出名字和代号。"毫无波动的女声在电话另一端响起。

"唐纳德·科鲁兹，代号PFYD319，六级干员，隐藏地——新泽西州纽瓦克市街头黑帮。"

"已识别。请选择以下代号进入不同分区——A. 薪金查询；B. 人事变动；C. 举报投诉……"

　　　　　　　　　　　湿润的金属

"SSS。"唐纳德打断了语音助手的话。

那边沉默了一瞬，女声又响起："请再次确认您的选择。"

"SSS级，最高安全类事故汇报。"唐纳德一个字一个字地说。

"请稍等。"

半分钟后，一个声音粗厚的男人接起电话："唐纳德探员，在你汇报之前，我希望你明白，现在接你电话的是拉斐·杰克逊，疆域公司七个董事会成员之一。按公司规定，SSS级别的汇报，无论何时何地，都要第一时间接收。所以，我在与十七个国家的首脑合作会谈中，被强行打断，而来接你的电话。如果你是在浪费时间，每花一秒钟，公司少挣的钱都会超过你十年的薪水。这些损失将由你来承担。现在已经过了十五秒。请说吧。"

"我发现了LW31。"

对方的呼吸猛然粗重起来，还响起椅子倒地的声音："你说什么？"

唐纳德很满意这个效果，故意沉默了十几秒钟才开口："十年前与公司突然失去联系的一级特工机器人，代号LW31，我知道它在哪里。"

拉斐挂了电话，转身向外走，同时简短地吩咐秘书："立刻准备飞机，我们回纽约。"

秘书刚刚把椅子扶起来，闻言大惊失色，指着会议室内厅的门说："那这个多国会议怎么办？这十多个国家的首脑们全都在等你。"

"让政客等着吧，现在有更重要的事情。"

两个小时后，拉斐回到疆域公司位于纽约的总部大楼。他启动了权限最高的第十九号电梯，一直降到地底两百米深处。

这是最隐秘的封藏室，即使在疆域公司高层中，也只有他能进到里面。他打开一道道门，密码、指纹、声波、虹膜……每道门都有复杂的密钥，半个小时后，他才走到最后一道门前。

他把手指按在门上，极细的探针伸出来，刺破表皮，将一丝血液吸走。他知道，这一秒内，他的血液会被分解，提取出基因，与藏在门内的基因序列做对比，验证来客的身份。

咔咔，厚达五英尺的合金大门缓缓打开，露出里面黑洞洞的空间。

拉斐走进去，门复又合上。他没有开灯，凭着记忆走到屋子最里面，那里摆放着一个支架。他的手拂上去，把上面的遮布拉开，摸到了冰冷的金属。

"睡得够久了，"拉斐的声音如同呓语，"我已经找到你们的兄弟了。它藏了十年，十年来公司里最强大的LW型机器人就只剩下你和它了。醒来吧，只有你才可以抓到它。"

黑暗里，两只眼睛幽幽地亮起光来。

6

轰隆隆，雷声从天际传来，响彻整个城市。

小障正在睡梦中，被雷声惊得一哆嗦，睁眼看到窗外雨势湍急。窗子被雨水舔舐，发出沙沙的声响。过了几秒，一道闪电划过，天地彻亮，小障猛然看到窗子上印着一个笔直的人影。

他吓得心脏都要从胸腔里跳出来了，翻过身，发现无声无息站在床边的人，是爸爸。

此时的陈川，两眼弥散，目光空洞洞地投向无穷远处。他的手在颤抖，身体里传来诡异的吱吱声。

小障舒了口气。这种情况已经不是第一次发生了，在他的成长过程中，经常半夜醒来发现爸爸站在床边，似在梦游。他叫也叫不应。

但每一次，他还是会被爸爸吓着。他觉得这个时候的陈川，已经不是他的爸爸了——陈川的手在颤抖，身体吱吱作响，似乎下一个动作就是把自己掐死。

　　　　　　　　湿润的金属

小障侧身看着爸爸，渐渐睡意上涌，闭上了眼睛。

醒过来后，见到的又是熟悉的爸爸了吧。睡着之前，他这样想着。

同一个雨夜，纽瓦克自由国际机场。

唐纳德撑着伞，在大雨滂沱中等着，不时打一个寒战。他感觉冷意从雨水中渗到了自己骨子里，不禁开始怀疑：做这样的事情，究竟值不值呢？

值！他几乎下意识地给出了答案。当然值啊，这个消息能换三千万美金。有了这笔钱，他可以从危险丛生的街头黑帮里脱离出来，从此安逸度日。公司的事情也不用管了，他想在夏威夷买一套别墅，对着沙滩，每天看着阳光和比基尼……

这么胡乱想着，雨声中突然传来尖锐的呼啸声。

来了！

一架小型飞机在雷雨中出现，如同黑暗中融化脱生的鹰隼，俯冲至跑道上。位于机翼下的引擎反向启动，飞机甚至滑行不到三百米就已将巨大的冲量消弭，稳稳当当地停下。

这架飞机的降落不会出现在当晚纽瓦克机场的记录里。它是幽灵，所有的雷达和监控都会将它忽略。

一个干瘦男子从机身中部的舷梯上走出。他身后，跟着一名罩在宽大斗篷里的人，篷帽将他的脸深深埋进黑暗里。他走路的步调像被精密计算过，每个步伐都一模一样。

"杰克逊先生，"唐纳德连忙迎上去，"我是唐纳德·科鲁兹。这种恶劣的天气，我还以为您不会来了呢。"

"事关重大，我一定得亲自来。"

唐纳德一边说，一边看向拉斐身后站着的那个人——他提着两个硕大的箱子，没有打伞，任瓢泼大雨从头浇到脚，湿斗篷紧贴在身体上，看上去瘦得出奇。他站立的时候，如同雕像，没有一丝动作。

"走吧，先去你家，"拉斐指了指斗篷人手中的箱子，"我把钱给你，你跟我详细说明情况。"

到了唐纳德家里，他生起火炉，身体里的寒冷总算被驱散了一些。拉斐以热咖啡杯暖手，听唐纳德把整个经过说完，才若有所思地抿了一口咖啡："那么，这件事情，目前只有你，以及那对叫拉塞尔和琼的男女知道，是吗？"

"是的，我没有泄露出去。"唐纳德连忙说。

拉斐点点头："你做得很好，值得得到三千万酬劳。"他扬扬手，黑斗篷走上来，把两个箱子并排放在桌子上，逐一打开。

码得整整齐齐的美元躺在箱子里，在吊灯照射下，发出诱人的光泽。

唐纳德惊喜地走过去，手在美元上抚摸，激动得嘴唇翕动，不能言语。

拉斐又喝了一口咖啡，把杯子放下，擦干净手指上的咖啡渍，然后轻声说："动手吧。"

唐纳德骤然警觉，下意识地去拔腰间的电爆枪。他并不傻，料到事情或许并不如预想中的顺利，带了武器防身。但对方比他更快，他刚拔出枪，黑斗篷就已经越过五米的距离来到他眼前，一把抓住他的手。那只手冰冷而有力，瞬间就已将他的指骨捏得寸寸粉碎，他的惨叫还未出口，黑斗篷的另一只手就已经插进了他的肚子，拔出，再插进。

他艰难地低头，看到的是银亮的金属手掌，这金属是如此光洁，连血都不会沾染。他再抬头，这么近的距离，他终于看清了篷帽里的脸。

"LW……"他喃喃道，生命气息终于断绝。

"钱会给你，但你不一定有命花。"拉斐轻叹一声。

黑斗篷把唐纳德的尸体扔进壁炉，火焰立刻吞噬了这具尸体。然后，黑斗篷又提起装着三千万美金的箱子，也一并丢到了火焰中。

湿润的金属

"去吧，把知道这件事的人都消除掉。"

黑斗篷沉默地转身，走进了屋外的黑暗暴雨中。

拉斐又泡了一杯咖啡，坐在沙发上喝着。壁炉里火焰欢腾，发出噼啪的声响，尸体和钞票正在迅速化为灰烬。

咚，咚，咚……

琼听到了沉闷的敲击声，掺杂在雨声里，像迟钝的刀在她的神经上磨噬。她从漫长的梦中醒来，睡意犹在脑中缠绕，迷糊地打了个哈欠。

咚，咚，咚……

声音还在响着，似乎有人在用手指敲着墙壁。可是谁会在大雨之夜，在别人家的墙壁上叩响呢？

琼茫然地睁着惺忪的眸子，脑袋里一片混沌，但那敲击声却响得异常清晰，粒粒分明，坚定，固执，扣人心弦。

琼披衣而起，循着声音向外走。她拉开门。

一抹金属亮光突地从黑暗中显现，划过她的脖子，又隐进黑暗中。

雨夜里，敲击声消失了，只有雨势渐弱，淅淅沥沥。

这个晚上，拉塞尔没有回家。

他在酒吧里玩到很晚，出门时，还勾搭上了一个染着蓝头发的女人。勾搭其实很简单，他端着两杯马天尼走到女人旁边，两人碰了杯，然后聊天。聊天的过程中，他把手放在女人裸露出来的大腿上。女人没有拒绝。

"你家，还是我家？"拉塞尔不再浪费时间。酒吧外，雨声渐止，这个夜晚都快结束了。

"随便，"女人说，"哪里都行。"

两人都有些醉意，互相扶着出了酒吧，在这个庞大城市的午夜里走着。路灯在细雨中氤氲成一团橙色的蒲公英。

走过一条巷子时，拉塞尔和女人都看到幽深的巷子里有什么东西在一闪一闪。女人揉揉眼睛，说："那是什么？"

"或许是块表。"

"我们走吧。"女人的声音透着魅惑。

拉塞尔放开女人，声音欣喜："或许是块值钱的表呢。"他踉踉跄跄地走进巷子里，这里路灯照不到，他完全走进了一片黑暗中。

那一闪一闪的光也消失了。

女人听到了一记闷响，似乎有人倒在地上。她不敢走入这浓黑的巷子里，试探性地叫了几声，然而没有得到回应。

真倒霉，艳遇又泡汤了。她摇摇头，深一脚浅一脚地向自己的家里走回去。

7

雨后初晴，空气清新，金黄的夕阳照下来，整个新泽西似乎被笼罩在一块巨大的晶莹剔透的琥珀中。

两只风筝不舍地从空中被拉来，回到了小男孩和小女孩手中。

"真是高兴，又与陈川先生和可爱的小障度过了一天。"凯瑟琳拉着玛丽亚的小手，与中国父子道别，"每个周末都这么开心就好了。"

两个孩子互相挥手，都像有很多话要说的样子。

凯瑟琳转身，向停车场走去。

小障突然使劲扯着陈川的袖子，急声说："爸爸！"

"一起吃个饭吧。"陈川突然开口。他邀请人的时候，脸上依旧没有表情，但眼睛定定地看着凯瑟琳，黑色瞳仁里闪着细碎的光。

在这样的目光下，凯瑟琳愣了一下，随即点头说："好啊，去哪里呢？"

他们来到市中心的意大利餐厅。这家店声誉在外，是整个新泽西最好的餐厅。

"对不起，您没有预约。"侍者拿着平板电脑，核对了一下陈川的姓名，摇摇头，"我很乐意为您这样幸福的四口之家提供服务，但遗憾的是，今天所有时段的所有的座位都被订满了。"

凯瑟琳有些尴尬地看着陈川，发现这个中国人依旧面色如常。

"是吗？"陈川说，"我来查一查。"

"不会有错的，这是订餐系统，机器比人靠得住。"服务员说着，看陈川没有放弃的意思，便把平板电脑给他递过去了。

陈川一手持着平板下边，另一手扶着右侧。他的右手食指正好挡住了平板的USB5.0接口。没有人知道这一刻发生了什么，侍者只看到平板的界面闪了一下，他以为眼花，揉揉眼睛，看到界面一如平常。

"你看，这上面有我的名字。"陈川把平板递过去，声音波澜不惊，"你刚才看错了。"

"怎么可能，我明明——咦，西侧靠窗的位置？"他看到这个中国人的名字赫然在列，"好吧，我带您过去。"

他们来到餐桌前，侍者躬身问道："这里是整个餐厅最好的座位，希望您和您的家人能享受这段时光。"

餐桌前的四个人都没有反驳侍者的话。

很快，烟熏半干红肠配藏红花意大利面端了上来，同时还有醇香的红酒。两个孩子拿着银制刀叉吃起来，凯瑟琳也吃了一小口，她抬起头，发现陈川并没有开动。

"你怎么不吃呢？"她问。

"我不是太饿。"

听到这话，玛丽亚立刻把刀叉放在盘子边，小小的身体端正地坐着。

小障奇怪地问："你又怎么了？"

"所有的人都要吃饭，这才是坐在一个餐桌上的意义。"玛丽亚严肃地说，"要是有一个人不吃，我也不吃了。"

陈川笑了，拿起叉子："好吧，我吃。"

吃完后，陈川起身去厕所，"呕"，刚才吃的所有食物都从他胃里吐出来。还有一些残留在肚子里，他花了很大的劲才把它们呕出来。

"你爸爸怎么了？"餐桌上，玛丽亚问。

"哦，没什么。"小障一边擦嘴一边说，"他从来不吃东西。"

"骗人！人怎么可能不吃东西？"

小障耸耸肩："我也不知道，从小到大，我都没有见过他吃。每次都是我在吃饭，他坐在对面，看着我吃完。"

玛丽亚还是一脸不相信的样子。

"我送你们回去吧。"在餐厅外，凯瑟琳说。

"不用了，我们也有车。"陈川把停在巷子里的自行车推出来，"不过还是谢谢你了。"

"嗯……好吧。"凯瑟琳想起了什么，从包里掏出两张票，递给中国人，"明天晚上我在艺术剧场有一场演出，你也来看看吧？"

"演出？"小障睁大眼睛。

凯瑟琳弯腰摸摸小障的头，笑着说："是啊，我是一个芭蕾舞演员。"玛丽亚也重重点头，附和道，"我妈妈很厉害的！"

"好的，我们明天会过去。"陈川犹豫了一瞬，接过票。

他们在街道口分开，轿车向东，自行车向西，各自消失在霓虹闪烁的都市夜晚中。

远处，一栋高楼的天台边缘，黑色正装的男人收回望远镜，若有所思。

　　　　　　　　　　　湿润的金属

8

小障穿着贴身的儿童礼服，跟在父亲身后，来到了座位上。

观众席上的灯光熄灭，只余舞台绚丽。恢宏的音乐从挂在剧场四周的音箱里响起，演员们陆续出场，陈川一眼就看到了走在最前面的凯瑟琳。

她穿着纯白的芭蕾舞裙，脚尖踮起，身体如流云一样旋转。她扬起手，光晕笼罩，脸上淡淡生辉。这是芭蕾舞名剧《葛蓓莉娅》，凯瑟琳饰演热恋中的少女斯凡尼尔达，优美的舞姿如流云如匹练，浑然天成，时而天真娇俏，时而聪慧决绝。她用舞姿诠释着这一切。

这些原本在陈川眼中会被拆解为角度与距离的动作，竟然保持了整体，每一道弧线，每一次旋转，都不可分割。这种感觉是陌生的，又是甜美的，他身体里第一次涌现出了欢快的电流。

小障还欣赏不了这种艺术，百无聊赖地扭着头。他突然看到了爸爸的脸。

破天荒地，陈川的脸上出现了笑容。虽然有些别扭，像是肌肉的错误组合，但那确实是笑容。

小障愣住了，过了很久才拉了拉陈川的衣袖，迟疑道："爸爸？"

"怎么了？"陈川轻声说。

"你……你怎么了？你笑了——我是第一次看到你笑。"

陈川脸上依然是别扭的笑容，转过头，看着小障，一个字一个字地说："小障，你想不想要个妈妈？"

凯瑟琳刚卸完妆，就听到了其他女舞者的窃窃私语。一个交好的同事凑过来，在她耳边说："有个男人，哦，有两个男人在等你。"说完，还向她快活地挤挤眼。

她向化妆室门口看去，果然看到了两个人——陈川和小障都穿着黑色正装，站得笔直，手中各抱着一束花，都是一脸严肃。这对奇怪父子的形象让她扑哧一声笑了出来。

凯瑟琳抱着两束花，走在陈川父子中间。她觉得今天的陈川有些不一样，但具体是哪里变了，她也说不上来。快到家时，凯瑟琳正要跟陈川道别，忽然看到一个人影正斜倚在门口。

"嗨，凯西！"那个人看到了她，踉跄走过来，声音含混不清，"好久不见了啊。"

凯瑟琳被刺鼻的酒味熏得皱起眉头，"詹姆斯，你又来干什么？"

"最近钱花完了，听说你有演出，演出费肯定不少吧，借我一点点。"

"法院已经判你不准靠近我和玛丽亚五十米内，你快走，不然我会报警。"

醉汉鼻子喷出一口酒气，满不在乎地说："你报警吧，让那些花着纳税人钱的混蛋把我抓进去。但我的朋友们还在外面，他们会抓住你，强奸你，甚至连小玛丽亚也不放过……嘿，玛丽亚跟你长得很像，可是很讨人欢心哦。"

"她是你的女儿！"凯瑟琳已经带着哭腔。

"所以你就把钱给我，别让玛丽亚受到伤害。"

陈川大概明白怎么回事了，走上前，拦在凯瑟琳与醉汉中间，说："你要多少钱？"

"这是你的新相好？"凯瑟琳的前夫打量着陈川，笑起来，"换口味了嘛，换成了中国男人——"

"你要多少钱？"陈川重复道。

"一千美金，哦不，是你的话，就给两千！"

陈川把钱包里的钱拿出来，数了两千，刚要递过去，整个钱包就被醉汉抢过去了。醉汉把钱全拿走后，突然向陈川挥过一拳来。

这一刻，有超过二十种躲过拳头并反击的办法在陈川脑子里出现，但他没有动。"砰"，重拳打在陈川脸上，他弯下腰。

　　　　　　　　　湿润的金属

"你快滚!"凯瑟琳向前夫尖叫道。

醉汉的拳头也被震得生疼,以为是用力过猛,只哼了一声,"想上我的女人,可没那么容易!"说完,他拿着钱,摇摇晃晃地走远。

"你没事吧?"凯瑟琳扶着陈川,"进我家处理一下吧,我还有药酒。"

陈川发出痛苦的嘶嘶声,勉强说:"好吧……"而在凯瑟琳视线的死角里,他稍微抬头,向身后的小障眨了一下眼。

醉汉拿着钱,踉踉跄跄往回走。他的大脑被酒精蚕食,已经没剩下多少地方用来思考了,但他还是觉得高兴。今天的收获比他预料中要多,看来前妻这条发财路子不能断,以后得经常过来……

正想着,对街的一栋高楼上,一条人影竟然直接从一百多米的天台上跳了下来。几秒钟后,人影落到街面上,巨大的动能让混凝土地面砸开一个洞,石粉纷飞。而那个人影却毫发无损,立刻跳出来,向醉汉这边的街迅速跑来。

一辆停在路边的货车司机看到了这骇人的一幕,目瞪口呆,醒悟过来后,连忙掏出手机拍摄。

街上车辆如梭,划过一道道流光,那人影却径直奔跑,越来越快,丝毫不把飞速行驶的汽车放在眼里。一辆小型轿车被他撞倒,在空中翻滚几周,落到街边。

他的速度没有丝毫减少。

醉汉听到了车辆摩擦的刺耳声音,刚回过头,就看到一个全身笼罩在黑斗篷里的人正向自己飞速奔来。那个人奔跑起来雷霆万钧,每一步都在地上留下了深深的脚印,太快了,快得像一道黑色的闪电。

凯瑟琳的前夫还没有反应过来,就被人影正面撞倒。两个人高速撞向一家服装店的墙壁,"轰",土石漫天抛散,灰尘弥漫。

周围的人们从惊讶中清醒,小心地围过来。很久之后,灰尘才慢慢平定下来,人们只看到残墙上有一摊烂番茄样的模糊血肉,而那一袭黑斗篷已经不见了。

机魂之殇

9

"咦，"小障说，"好久没有看见对面的哥哥了。"

陈川一怔。确实，他有很长一段时间没听到对面屋子那个混混青年的动静了。"或许搬家了吧。"他抱起小障，送他去上学。

骑车回来的路上，他心里隐隐有些担忧。这种感觉对他而言很陌生，又很难受。嗞嗞，身体里的电流缓慢流动，像在耳语着什么。

他猛然捏住刹车，扭过头向远处的一栋高楼望去，然而云烟辽远，他看不出异常。

他看了很久，最终继续向中餐馆骑去。在他的背后，高楼天台的围栏内侧，弯腰躲着的人长舒了口气。

在餐厅里，陈川开始了忙碌的一天。他的生意很好，许多食客宁愿排队等着，也要尝尝纯正的东方口味。顾客打开电视，正好是城市新闻，美艳的主持人说道："……昨天夜里十点左右，有市民拍到了一起匪夷所思的杀人案件——一名醉酒男子在街边行走时，被另一个穿黑色斗篷的人活活撞死。据视频描述，斗篷男子从高楼跳下，然后直奔醉酒男子，速度超过了人类的极限，身体携带的动力势能也超过了人类极限，一辆车被他撞翻，继而醉酒男子被撞进一面墙壁里。这起粗暴张狂的谋杀案令警方束手无策，现向市民征集有用信息，举报电话为……"

中国厨师突然从厨房里出来，仰头看着电视。

画面切换成了昨天卡车司机拍下来的视频，虽然模糊，但已经足够了。他看到了那个高速移动中的黑斗篷，他知道只有什么人才会用这么狂暴的方式杀人。

他解下厨裙，转身向外走。他走进明亮的阳光里，将餐厅甩在身后。食客们惊讶地看着他的背影。他再也没有回到这家餐厅，这个神秘的中国男人，正像他的突然来到一样突然消失了。

　　　　　　　　　　　　湿润的金属

小障正在上课，阳光透过窗子照在他脸上，传来暖意。他正有些昏昏然，教室门突然被推开，爸爸出现在门口，目光灼灼地看着他。

小障心里一沉。这种情况并不陌生，很多次，当他熟悉了一个地方后，父亲会突然找到他，也是这样的眼神。然后，他们会抛开一切，搭车、徒步，甚至偷渡，最后到达新的地方。

很多事情陈川都依着他，但在这件事上，没有商量的余地。

在满教室同学的惊异目光中，他站起身，过去拉着父亲的手。

"先生您……"老师犹豫地开口。

这对父子没有理他，走过长廊，穿过校园，消失在新泽西街头明亮的午后。

"爸爸，"走在熙熙攘攘的人流中，小障突然抬起头，"我们到底在躲什么？"

陈川没有回答，仔细留意着四周的人。

小障继续说："我们一共待过九个国家，十七个城市，没有哪个地方停留超过半年。每次刚刚熟悉一个地方，就要离开……"

陈川握着孩子的手紧了一些："我们不得不这样做。有人在找我们，势力很大，满世界都有他们的人。哪里都不安全，只能不停地换地方。"

"那一辈子都要这么躲下去吗？"

陈川发现小障的眼睛里已经溢满泪水，阳光被这双眼睛撕扯得碎碎点点。他想撒谎让小障安心，但最终点点头："是的，一辈子。"顿了顿，他又说，"放心，很快你就会有新的朋友，新的学校。"

"可是，会有玛丽亚吗？"小障带着哭腔，"我还没有跟她好好道别呢！我以后再也见不到她了。"

陈川猛然站住了，喃喃地说："再也见不到……是永远见不到的意思吗？"

"永远。"小障点点头。

"永远见不到……就会伤心吗?"

"是啊,我再也不能看到她的蓝得像水晶一样的眼睛了……"小障抽抽鼻子,"我还跟她约好了,要一起把她的妈妈叫妈妈的。"

陈川转过身。

他们逆着人群的方向走,仿佛两尾在溪水中溯游而上的鱼,虽然艰难,但每一次摆尾都是在前行。小障突然发现,爸爸握着自己的手,已经不再颤抖。

熟悉的街道逐渐出现。小障看着四周,诧异地说:"爸爸,我们回家了吗?"

"是的。"陈川蹲下来,与小障平视,"我们再也不逃了。谁也不能让我们离开自己的家。如果有人要这么做,我会让他们付出代价的。"

嘟嘟嘟,房间的可视电话突然响了起来。

拉斐正在酒店里,专心处理公司远程发送过来的报表,冷不丁被铃声吓了一跳。他看了一下号码,并非来自酒店客服——他刚刚入住,谁会知道他在这里呢?

他按下接听键,却没有说话。

"博士,您好。"全息屏幕勾勒出一个中国男人的影像,几乎就站在拉斐身前。

拉斐顿时呼吸急促,好容易按捺住:"哦,我的孩子。LW31,我们有接近十年没有见面了吧。"

"九年七个月零十二天。"

拉斐满意地点头:"你记得这么清楚,看来你的芯片还在正常工作。我的设计果然足够优秀。怎么,你是来向我道歉的吗,为你长达十年的不辞而别?"

"不,博士,我是来做一个交易的。"

拉斐皱起眉头,语气变寒:"你认为你有资格跟我做交易吗?"

"我知道你在监视我,而且还带来其他的LW型机器人,但我手

湿润的金属

里有一样东西，你或许会感兴趣。"

"我不认为有什么东西能让我产生比把你抓回去好好研究一番更强烈的冲动。"

"名单。"陈川简短地说，"名单在我手上。"

拉斐眼角一跳！以他的身份，自然知道"名单"是什么意思——疆域公司未雨绸缪，很早以前就开始在世界各处安插间谍，从窃取商业情报到暗杀政治要员，无所不为。这几年疆域公司不断做大，间谍们功不可没。早前大批情报外泄，公司派了二级探员去取回间谍资料，但路过新泽西时探员便失去了联系。现在看来，他是栽在LW31手里了。

把LW31抓回去研究固然重要，但如果名单外泄，间谍们势必会遭到清理，疆域公司也会迎来各方指责。这对公司来说，不啻一场地震。

"你想怎么样？"拉斐按着太阳穴，问。

"我要换取自由。我把名单给你，你放过我。"

"好，你定时间和地点。"

挂了电话，拉斐负手在房间里踱步，落地窗外阴云笼罩，一场大雨又要来临。房间里很阴暗，他却没有开灯。走着走着，他突然笑了起来，对一直在角落里站着的人影说："LW31在外面过了十年，还是这么天真。他会有自由吗？噢，永远不会！LW26，你会替我告诉他这个道理吗？"

"如您所愿。"人影恭敬地说，眼中红光闪过。

10

夜深，废旧的纽瓦克四号港口被笼罩在夜雨滂沱中，海水缓缓起伏，拍打着港岸。几只海鸟躲在游轮的护栏下，浑身湿透，唧唧啾啾，互相磨蹭着取暖。一阵脚步声在无边雨幕里响起，海鸟探出头，看到三个人影正在甲板上缓缓行走。

拉斐撑着一把黑伞，环顾四周，哼了一声："选这么一个鬼地方，自己却迟到。"

"不，"他身后一个被雨水淋透的斗篷里传出声音，"它已经来了。"

顺着斗篷手指的方向，拉斐果然看到一个人藏在靠近主舱的阴影里。那人笔直地站着，浑身漆黑，悄无声息，稍不注意就会隐身在大雨和夜色中。"既然你早就到了，为什么不出来呢？"拉斐笑道，"难道这些年的躲藏，已经使你失去了礼貌，连自己的创造者都不愿意见了吗，LW31？"

陈川走出来，雨水从头淋到脚，他的表情和雨一样冰冷。"博士。"他说。

"好久不见。"拉斐侧过身，指指身后，"你跟你的兄弟也分别快十年了。"

宽大的斗篷脱落，有着金属躯体的人暴露在夜雨中。它高大匀称，浑身覆满银白色的超合金，双眼在黑暗里闪着红光，如同荒原里饥饿的野兽。

"LW26，"陈川点点头，"我们是最后两个幸存下来的LW型机器人了吧。"

LW26没有回答，静如雕像，皮肤上冷光流转。

"是的，你们是公司最尖端的产品，过了十年依然保持着这个称号，而且材料所限，一直无法再生产。"拉斐的声音竟有些伤感，"LW型机器人为公司立下过无数功劳，如今仅剩你们了。LW31，跟我回去吧，让我知道这些年你到底遭遇了什么。"

陈川摇摇头："博士，我有自己的生活。"

拉斐突然爆发出一阵笑声，在大雨中显得诡异而张狂，边笑边说："你一个由集成电路和超态合金组成的家伙，居然还奢谈'生活'？我知道你有了人格，所以才没有立刻抓你，这段时间都在暗中

　　　　　　　　　　　　　湿润的金属

观察——但你终究不是人!"

陈川在雨中沉默,仿真头发软软地耷拉下来,良久,说:"我把名单给你,你给我自由。"

"名单我会拿走,你的自由,我也会拿走。"

话音刚落,LW26突然像暴起的狮子一样向陈川扑来,它速度太快,以至一路上雨滴被撞得粉碎,漫天雨幕出现了一条短暂的通道。

"轰",巨大的撞击声远远传开,躲雨的海鸟被惊得纷纷飞起,扑腾着翅膀消失在雨夜深处。雨依旧哗啦啦下着,在甲板上密集地击打,像千万只鼓同时被敲响。

拉斐满意地看着陈川在十几米开外爬起来,而LW26依然站立,犹如利剑劈开夜色。"你看,这十年来,你的机体损耗十分严重,而LW26一直在最合适的环境中保养。你没有胜利的机会。"

陈川站起来,摇晃了一下才稳住。好像体内断了某些线路,嗞嗞声不断响起,他迈了迈步子,发现走路都有点失控。LW26站在不远处,死盯着他,防住了他所有的退路。他还是摇头,说:"就算你抓了我,我也不会告诉你名单藏在哪里。如果我不能及时回去,它们就会自动流传到网上,公司最大的秘密将暴露在所有人的目光中。"

拉斐点点头,表示赞同:"所以我带来了别的礼物,或许会让你改变这个主意。"

几个穿西装的男人走上甲板,小障被牢牢押着,走到拉斐身前。陈川冰山一样的脸上终于变色,猛扑过去,但LW26闻声而动,闪电般拦在中间。

哗啦!闪电惊现,刺目的白光中,两个身影交错而过。

这一次,LW26后退好几步才停下,而陈川的左手少了半截,断肢处火花闪耀。

"爸爸!"小障失声叫道。

拉斐冷笑:"爸爸?你真正的爸爸就是死在他手里的。他是机器人,生产出来就是为了杀戮!他是杀你全家的凶手!"

小障脸色惨白，看看拉斐，又看向陈川。雨水顺着断肢渗进陈川的身体，许多电路失效，他已经快撑不住了。

"还有，你知道你为什么要叫小障吗？"拉斐慢条斯理地说，"障，在汉语里是障碍的意思。他有了人格，在抚养你，但潜意识里他知道自己是杀手机器人。只有杀了你，他才能重回自我。你是他的心障。我看到很多个晚上，他站在你床头，就是想要下手完成未竟的任务。你每个晚上都会在鬼门关前走一趟，害怕吗，小男孩？"

"还有那个叫凯瑟琳的单亲母亲。"拉斐饶有兴趣地看着雨水在陈川脸上流淌，笑着说，"她居然让你有了爱情的冲动。要知道，当初我设计你的时候，就是为了绝对的冷酷，有效的杀戮，任何一点情感都会妨碍这一点。可是我看到你为了博得她的好感，被那个混蛋打了都不还手——这种博取同情的招数，连很多人类都做不到。当然了，也太窝囊了点，我的作品绝对不能受到这种侮辱，所以我让LW26为你报了仇。在我说这番话的同时，我相信凯瑟琳正收到有关你所有信息的邮件。她会知道你的一切。"

他每说一句，陈川就会颤抖一下，好几次想辩解，但张了张嘴终是没有说话。豆大的雨点打在他身上，像透明的蛇一样游走。

拉斐扔开雨伞，对着暴雨中的陈川喊道："现在，你最在意的两个人，都知道了你的身份。你想要的生活已经不复存在了，它由谎言建成，要破碎也轻而易举。你还在坚持什么？跟我走吧，在你彻底损坏之前。"

"跟你走了，你会放过他们吗？"

拉斐定定地看着陈川，好半天，嘴角扬起嘲弄的弧度："你了解公司的制度，他们知道了那么多隐秘，我要是说会放过，你信吗？"

天边响起一声惊雷，整个世界都震了一震。在一瞬间，陈川突然奔跑起来，巨大的爆发力让钢制甲板都出现了一个脚印。他冲向拉斐，眼中杀意弥漫，但在拉斐看来只是困兽犹斗。他叹了口气，对LW26说："如果不能生擒，就毁了它的机身，但要留下芯片。虽然它还有其他存储单元，可以支撑短期活动，但这漫长十年来的所有记忆和感情都刻在主芯片里。只要有了芯片，我就能复制一个同样的它，再慢慢研究。"

LW26点点头，挡在拉斐身前，手臂抬起，指尖冷光森然。

然而，出乎所有人的意料，陈川在途中硬生生转向，冲到了那几个男人面前。几声惨叫几乎是同时发出，他们倒在地上，生息全无。

陈川抱住小障，抓住他的手，低声说了句什么，然后身子一晃，将小障远远地丢了出去。LW26反应过来，猛扑而至，但陈川同时跃起，两人在空中相撞，各自跌落。

被这一阻，小障已经越过游轮的上空，落到海里。扑通的水声混在暴雨里，微弱得像凋零的花。

"你这是……"拉斐突然闻到了空气中有不安的味道，扭了扭脖子。

陈川趴在地上，想要爬起，但多处线路受损，已经失去了对四肢的控制。"知道……知道……"他艰难地抬起头，破损的五官居然组成了笑容，"知道我为什么要选这个鬼地方吗？"

拉斐正在疑惑，身边的LW26蓦然一震，转身将他拦腰抱起，飞快地向游轮外侧跑去。在被抱住的一瞬间，拉斐听到了大雨中的"嘟嘟"声，从四周响起，由弱变强——

嘟嘟，嘟嘟，嘟嘟……

陈川依旧笑着，只是笑容里带着微微的伤感。这对他而言是陌生的情绪。他有些诧异，但觉得疲倦，缓缓闭上了眼睛。

嘟嘟，嘟嘟，嘟嘟……

大雨倾盆，纽瓦克港都快被淹没了。雨水争先恐后地涌进陈川的身体里，流过复杂的线管，浸没精密的电路，最后汇聚到他的胸膛。它们惊讶地发现，本该放置着集成芯片的主板插槽里，此刻空无一物。

嘟嘟，嘟嘟——轰！

小障还在海水里挣扎时，就听到了猛烈的爆炸声。火焰在水面席卷蔓延，整个海里都被照亮，那些陆离的光，和着冰冷海水，在小障脸上晃动。

他握紧手中的东西，尽力保持平衡，等水面上火光消隐，气也快憋不住时才浮出海面。他大口大口地喘气，转头回望，游轮正在雨中熊熊燃烧着，一切都湮没在烈焰中。

小障眼中映着两团火焰，但他看着看着，从火焰中流出了泪水，

尾 声

"陈小障，"迈克尔先生一边念着这个奇怪的中国名字，一边在人堆里搜寻，"有人领养。"

孩子们对视着，窃窃私语。在一片嘈杂中，一个瘦小的黄皮肤男孩站起来，走到迈克尔先生身边。迈克尔先生有些愕然——男孩脸上没有告别孤儿院的忧伤，更没有被领养的喜悦，他像是没有表情，又像有一切表情。

这样老成的孩子其实是最难被领走的，但对方指名要带走他，迈克尔先生也不好说什么。

男孩跟着迈克尔先生走出教室，走过布满阳光的长廊，走过花开繁盛的后院，来到了院长办公室。他一直低着头，阳光和花香被分开两旁，稀释不了他的忧伤。

办公室门口站着一个女人，看到男孩后，蹲下来抚摸他的头。柔软的头发在阳光下有些灼热感。"以后跟我一起生活吧，"她轻声说，"还有玛丽亚。不管发生了什么，一切都过去了。"

男孩冰冷的脸上终于有些动容，明晃晃的阳光在上面游动，眼

睛泛红，但他抓住脖子上的吊坠，忍了很久，终于没有泪水落下来。他被女人牵着，走出孤儿院，一路上阳光被踩在脚底下，吱吱喳喳地响。

没有人看到，男孩的吊坠夹层里，正躺着一颗透明芯片。它随着男孩的步伐一跳一跳，发出轻响，像随时会苏醒的心脏。

公交车上的男人

公交车门关上的前一刻，那个男人挤了进来。

"你好，"他对蔡雯羽笑了笑，"好久不见，雯羽。"

蔡雯羽正挤在一群乘客中间，踮着脚，一手提着包，一手艰难地扶着拉环。她需要全神贯注才能维持这个姿势，所以刚开始，她并没有意识到那个男人是在对她说话。

"你……我们认识吗？"蔡雯羽打量着男人。他个子很高，即使靠在窗边，也是在俯视自己；他很瘦，脸颊深陷，眼睛里有些许血丝，似乎很久没有休息了；他的衣服是破旧的，下摆还被扯破了，沾着褐色的不明液体。他脸上始终挂着温和的笑意。

"我们认识，是校友。八年前，你刚刚进大学，在学校的迎新晚会上表演话剧。"男人说，"你穿着蓝色的齐膝短裙，上面印了芦荻的卡通图，你胸前挂着的是学校的饭卡。你扮演一个迷路的公主。你遇到了带着一群侍卫的王子，他把你送回家。最后你把饭卡落在他手里，他叫住你，说：'公主，你的饭卡掉了。'你转身向他一笑，用很温柔的声音说：'不，是你的饭卡。'"

男人的话像一阵风，吹起了久远的往事。蔡雯羽笑了，她还记得，那个话剧是为了博观众笑，所以用饭卡来取代当时一个很流行的广告词。她说："你记得这么清楚，你是那个扮演王子的学长吗？"

"不，我是他旁边的七个侍卫中的一个。"

"噢，对不起。"

"没什么。"男人的声音有些苦涩，他干硬地笑了笑，然后仰起头。车灯将他下巴上的胡楂儿染成了青色。当他低下头来时，表情已经和之前一样温和了，只是，他的眼角有微微的湿痕。

到站了，一些乘客下了车。车厢里的空间顿时宽松了许多，蔡雯羽站稳，扭了扭脚踝，总算没有那么酸楚了。

车再次启动，路旁慢慢黑了下来。秋天的夜晚总是来得这样早。

"当时我是物理学院大三的学生，参加迎新晚会也只是凑个人数。但看到你回眸一笑，用那么温柔的声音说出那么俏皮的话后，我就记住你了。"

蔡雯羽有些尴尬地低下头。他的话有暧昧的成分，她不知如何回应。

但好在男人并有没有等她回答，他自顾自地继续往下说："回宿舍后，我就四处打听你。花了很大功夫，我才知道你叫蔡雯羽，你是经管学院的，你的老家在湖北，你笑起来很甜。我还打听到你喜欢打羽毛球，于是，在一个周末，我到球馆里找到了你，还跟你搭讪。我说我的球技不好，你说你可以带带我。我们打了五局。"

蔡雯羽疑惑地看着男人，说："你说的这事，我怎么一点印象都没有？"

男人笑了笑："很多事情你都不记得了，但没关系，我记得。"

"可是，我记性很好的。"

"是吗，那你还记得我们第二次见面吗？"

蔡雯羽摇摇头。

"那是市里举办物理大会，我被学校派过去打杂，而你来参观。我看到你了，我过来跟你说话。你还记得我，这让我很高兴。"男人的语气始终温和，但夹杂着疲倦，"你说你对物理仪器很感兴趣，于是我甩了活儿，整个下午都在陪你逛展览园。我给你解释仪器的原理，后来你跟我说，你其实一个都没弄懂，但你很喜欢听我讲解。"

如果说之前蔡雯羽还怀疑是不是自己记错了，那她现在几乎可以完全肯定：这个男人在说谎。大二那年，市里确实举办了物理节，她挺想去，但最后她选择了留在学校里做作业。她记得很清楚。

她下意识地往后挪了挪，离男人远了点儿。

"从那之后，我们就算真正认识了。不久之后，我要去北京考中科院的研究生，你到车站送我。我们坐在车站前面的花坛上，看着四周的人来来往往，你突然哭了起来。"

公交摇摇晃晃地停下了。蔡雯羽瞟了一眼站牌，是东郊公园站，离自己住的小区还有一站路。要下车的乘客拥向车厢中部的车门，蔡雯羽也跟着他们挪动。她宁愿多走一站路，也不敢听这个男人讲莫名其妙的话了。

"我问你为什么，你说，你不喜欢车站。你曾经送你哥哥上火车，但他再没有从车上下来。"男人轻轻地说。

蔡雯羽一下子站住了，转过身，难以置信地看着男人。

男人依旧是淡淡的表情，嘴角的微笑若有若无。他的眼睛里映进了街边的光亮，星星点点，如同深秋的夜空。暮色已沉，华灯初上，灯火万家。

"你怎么会知道我哥哥的事情的！"蔡雯羽的语气带着恼怒。她知道有人专喜欢窥探他人隐私，但都是在新闻里，万没想到眼前就站着一个。

"你告诉我的。你还说，看着人聚人散，总会觉得车站就是世界的缩影。你看着站口相聚或者离别的人，我看着你，当时我很想拥抱你。"男人的语气低了些，"但我不敢。"

车颤抖了一下，引擎发动，窗外的灯火顿时流动起来。车厢空旷了许多，男人伸手指了指最后的一排座位，然后走过去坐下。蔡雯羽这才发现男人身上似乎带着伤，走路明显不自然，一瘸一拐。她突然明白他衣服下摆那儿的褐色液体是什么了。

湿润的金属

但要下车已经来不及了。

车厢里还剩几个乘客，其中有三个男士。她深吸口气，料想那男人也不敢怎么样，便谨慎地走到最后一排，与男人隔一个座位坐下。

"我很顺利地考上了中科院，研究方向是空间物理学。我的事情很多，跟着导师做课题，有时候还接项目，经常忙得饭都忘了吃。但再怎么忙，一有机会，我都会回到学校。我不敢跟你说我是专门从北京来看你的，只说是办事，顺便见一见你。我跟你说我在北京遇见的事，那里堵车的情况真让人吃惊；我还跟你说我研究的东西，空间的压缩和分离，这些东西你总是听不懂，但你又喜欢听。"

男人把车窗开了一条小缝，呜呜，夜风趁机灌了进来，把他的头发吹得凌乱。他一边望着窗外划过的流影，一边继续说："而你呢，就跟我讲你在学校发生的事，你说你不打算考研，你还说有几个男孩子在追你，你对其中一个个子很高、打篮球很不错的男孩子很有好感。你问我该怎么办，我说如果你有好感你就要去争取。"

荒谬，简直是胡说八道！蔡雯羽冷冷地想。她在大学里谈过两次恋爱，一次只过一周就分手了，另一次长一些，但也没有撑过两个月。而这两个男孩子，没有一个是个子高又会打篮球的。

"尽管我跟你这么说，在我心底，却并不希望你和那个男孩子在一起。但我不能阻碍你争取幸福。那一段时间，我很痛苦，只有天天耗在实验室里分析数据才能缓解。我想，到这里也就算了，你有自己的生活，你应该和喜欢的人在一起。所以，我没有再去学校看过你，我以为这就是故事的结束……我多么希望这就是故事的结束啊。"

男人是对着窗外说的，但通过玻璃，蔡雯羽能看到他脸上有两行隐隐的光亮。真是个疯子，她想，但又是个可怜的疯子。

"那故事结束没有？"她下意识地问。

男人没有马上说话，他把窗子的缝开大了些，风在他脸上拂动，很快，那两行光亮消失了。他才继续说："有一天傍晚，我刚出实验室，就看到了你。你站在对面，隔着长长的街，叫出了我的名字。

开始我不敢相信是你，太远了，灯光让你模糊。但你在叫我，一声又一声，院里其他人都用奇怪的眼神看着我。然后你跑过来，我看清了，就是你。

"原来我太久没回学校，你就到物理学院查了一下，发现我以前跟你说的理由，其实都是借口。你终于明白了一些事情。我不知道那个晚上你是怎么想的，反正第二天，你下了决心来北京找我。我还没开口，你就跟我说，你要玩一周，但你在北京只认识我一个人，让我看着办。"

蔡雯羽轻轻笑了笑。他所说的，确实像她在大学时的作风和语气……当然，自己绝对没有独自去北京找这个男人，这一点她能肯定。

"那几天，我带着你去了天坛、香山、长城、故宫和天安门，还有很多其他地方。本来那些日子是导师研究空间并行理论的关键时候，但不管他怎么威胁我，我都没有回实验室。你玩得很开心，白天蹦蹦跳跳，晚上住在我家里，一倒下就睡。最后一天晚上，我还没起身，你就躺在我腿上睡着了。你蜷缩着，像是我以前养的那只猫，又软又贪睡。我没有吵醒你，一直坐着。你的头发落到地上，我给你捋好，它们真的很轻，像空气一样，没有重量。

"我坐了一夜，第二天你醒来时，我的整个腿都麻了。但我还是送你到车站，你提着大包小包的北京特产，跟我告别，然后走向进站口。但你又跑回来了，逆着人群，跑到我跟前，踮起脚吻了一下我的下巴。你说，你昨晚其实并没有睡着。"

蔡雯羽听得入了神，问："那她就留在北京了吗？"

"没有，你那时才大三，是翘课跑出来的。你说你得赶紧回学校，被发现就麻烦了，但你会经常来看我的。我目送你进了车站，然后……"男人的声音突然哽咽了，仿佛是被夜风吹得断断续续。这次，他眼角不再是湿痕或光亮，而是直接流出了泪水，"你说过，你不喜欢车站……就像你再也见不到你哥哥了一样，我再也见不到你了……"

湿润的金属

"她出车祸了？"蔡雯羽喃喃地说。这时，公交广播打断了她的入神——她住的小区门口到了。这是终点的倒数第二站，其他乘客都下了，车厢里只剩下三个人。她站起来，但看着一脸泪痕的男人，犹豫了下，又坐下了。

公交慢吞吞地在黑夜里前进，驶向这一路的终点。

蔡雯羽已经知道怎么回事了：这个男人喜欢的女孩出了车祸，太过伤心，因此误把自己当作了那个女孩子——可能是两个人长得比较像。

她不禁可怜起这个男人来，决定配合他走完这最后一站路，问："再后来呢？"

好一会儿男人才平复下来，声音不再哽咽，但显得十分沙哑："确定遇难名单里有你后，我几乎不能呼吸了。我天天躺在宿舍里，睁着眼睛，不开灯。我怕我闭上眼睛就会看见你，我宁愿看到的是一片黑暗。后来，我的导师看不下去，把我拉到实验室，告诉我说工作是缓解悲伤的最好办法。于是，我玩命似的分析实验数据，做空间剥离……哦，你不懂这个实验是不是？"

蔡雯羽点点头。

男人笑了，伸手抚摸她的额头，顺着她的头发滑下。她没有躲。

"以前你也不懂，但你很愿意听。空间剥离是根据空间并行理论而做的实验，也就是多重宇宙。你每做一个决定，就会分裂出一个世界，就像刚才，你如果下车，进入的就是下车之后的世界。但你现在在没有下车的世界里，听我继续说话。世界无时无刻不在分裂，跟枝状图一样，没有穷尽……大概是这样，更具体的解释你也不会很懂。"

这倒是，蔡雯羽连他刚才说的这段话也只是模糊地了解了一点儿。

"我一直做实验，直到我突然醒悟过来，你在我的世界里出了车祸，但在别的空间，还有无数个你。只要打破空间壁垒，我就能找到你。这个念头让我欣喜若狂。我花了四年，终于研究出了能够穿过并行空间的仪器。但它并不稳定。它送我去过很多世界找你，但都不是我印象中的你——有些很泼辣，有些是女强人，还有的嫁给了别人。你是我能进入的世界里，所找到的最像你的人。"

男人的目光温柔如水。有那么一刹那，蔡雯羽几乎就要相信他了，但这时，嘀嘀的电子音从男人手腕上传出来，也让蔡雯羽回过神。

男人揉着手腕，笑笑说："他们很快就要发现我了。"

"他们？他们是谁？"

"警察、市民、商人、政客……里面什么身份的人都有。他们禁止空间穿梭，说那样会打破各个空间的独立性，会引发不可预知的危险。我被他们囚禁过，殴打过，又逃出来了，但他们马上就能找到我藏着的仪器。他们一旦销毁它，我就会被强制带回去。这是我最后一次见到你了，我的雯羽……"

蔡雯羽心怦怦直跳，脸上一片烧红。她暗暗吃惊自己这是怎么了。她早已不是小姑娘，听过许多情话，真心或假意，已然麻木了。但，"我的雯羽"，这四个字从男人嘴里说出来时，她还是感觉到了不可思议的力量。

"我能吻一下你吗，雯羽？"

蔡雯羽心慌意乱。她低下头，深吸一口气，想要揭穿这个漏洞百出的故事，额头却蓦然感觉到了一丝温润。

像是一串温柔的电流，从额头开始蔓延，传遍了每一个细胞。所有的基因序列都因这个吻而重新组合。她感到失却了力气，眼睛慢慢闭上。

"好了，"一会儿之后，她艰难地睁开眼睛，说，"你这个荒谬的故事总算——"

她突然愣住了。

座位旁空空如也，整个车厢，只有她和司机。

公交车摇晃着向不远处的终点站驶去。

　　　　　　　　　　　湿润的金属

咀　嚼

1

外面的气温一定超过了四十五度，但天气预报死活不肯承认。公交车在烈日下晃晃悠悠地前行，车窗旁的建筑被阳光罩住，看上去刺眼又模糊。于是我把目光收回，看到了满车厢黑压压的头。

车厢里的景象更让我难受。

无数张异化过后的脸充斥着这个狭小的空间，突出的眼珠，深陷的下巴，还有分岔的舌头……不只脸，肢体上的畸化也随处可见，我看到一个中年胖子的后脖子出长了两排突出软骨，紧紧扣着扶杆，任公交车如浪中浮萍一样颠簸，也自岿然不动。

在我的视线里，人群如同一丛枝节横生的树林，乱七八糟地膨胀着。

每一天上班的公交之旅，对我而言都不啻一场噩梦。哦，不对，这不是噩梦，这是活生生的场景。

我的朋友，我处在一个异化时代。

好容易下了公交，热浪猛地袭来，我差点站立不住。我摸了摸额头，坚实的触觉让我放心不少。

阿杰早已经在会场外等着了，见我到场，迎上来说："你终于来了，等你好久！你看，程萝都来了。"

程萝在一旁整理仪容。即使在烈日下，她还是美艳无双，职业装勾勒出了完美身段。不远处的一个男人表面上在低头玩手机，但他右侧太阳穴多长出的一只眼睛却专注地盯着程萝，嘴角勾出猥亵的笑容。其他男人没有这种异化，只能偶尔偷瞟一眼。

对于这些不怀好意的目光，程萝早已见怪不怪。

"发布会快开始了吧？"我收回目光，掏出录音笔、台本和耳麦，"你去拿给程萝。"

"你自己怎么不去？"阿杰怪笑着说。

我踢了下他屁股，笑骂道："叫你去，你就去！"

整理妥当后，发布会正好开始。无数摄像机对准发布台，那里，明星作家章冉已经坐好。他没有穿标志性的格子衬衫，而是浑身正装，两手交叠，二十六根手指平放在腿上。他一反往日的随性形象，正襟危坐，看来也极其重视这场新书发布会。

确实，即将发布的《异化调查录》，将会是第一部为这个时代奠定基调的著作。

程萝是这场发布会的主持人，她走上去，职业微笑挂在嘴角。"现在，"她微微躬身，对着麦克风，"发布会正式开始。"

我站在很远的地方，但依稀可以看到，程萝嘴里的两条舌头轻轻跳动。

"……这三年，为了收集异化信息，我的足迹踏遍全球。从布满钢铁的城市，到离天最近的高原，从居住在日渐融化的冰盖上的爱斯基摩人，到永远生活在海上船舱里的巴瑶族人……"随着章冉的话语，他身后的全息屏幕也变幻着种种瑰奇的景色，每张画面中央都有他的身影，"大家都知道，此前我是一名科幻作家，出版过一些还算畅销的小说，上过几次富豪榜，但这三年的调查，花光了我所

　　　　　　　　湿润的金属

有积蓄、房产和车。可能大家下次见到我，会是在某个天桥底下。"

会场里一阵哄笑，然后是经久不绝的掌声。

待掌声稍稍平息后，他继续说："很多朋友问我，为什么放弃科幻小说写作，转而做科普调研？我一直没有回答，现在，我终于可以说了——现在，异化时代就是最科幻的年代，我们以前关于未来的种种设想，在真正的现实面前都无力不堪。所以我不再写科幻小说。"

"嘿，我们走着瞧。"程萝俏皮地接口说道，"您的粉丝们肯定不会轻易饶了您。"

"如果他们中有你这么漂亮的姑娘，我会毫不犹豫地食言。"章冉风度翩翩，黑框眼镜后的瞳孔闪闪发光，颌下一撮精心修剪过的胡子让他显得成熟又危险。

"章老师说笑了，您可是有几百万粉丝呢。"玩笑过后，职业素养让程萝迅速拉回话题，"那经过您的研究，这几年爆发式的异化，对我们究竟是好是坏呢？"

"确实，异化是爆发式的，现在我们每个人的身上都有异化。虽然不像美式漫画里那么眼花缭乱，但社会确实发生了巨大变化。"他把手抬起来，两只手掌上各长着的十三根指头像莲花般合拢，"我的手指异化成了二十六根，写作的时候，每根指头都按着一个字母键，写作速度快了四倍以上。现场的朋友，异化更是多种多样，比如我身边这位美丽的主持人，她有上下交叠的两条舌头，说话婉转动听，而她的男朋友，想必艳福齐天。"

观众们再次大笑起来，还有人吹响了口哨。

程萝也微微红了脸，但那不是羞怯。"章老师您真幽默，"她朝章冉露齿一笑，盈盈大方，"可是我没有男朋友哦……"

口哨声更响了。

我心里突然有点难受，往后靠，倚在墙上。这个发布会顿时索然起来。但我不能离开。

章冉轻咳一声，整了整领带，说："我调查过的异化，按肢体器官来分，有一千四百七十二种类型，而新型异化仍在不断发生。或许就在这个发布会结束之后，我刚刚说的数据就会增加。虽然异化的部位和具体特征千差万别，但每一种，都确确实实地使人类的生活更加便捷。"

全息屏幕上，光影纷乱，令人目不暇接的异化体征快速闪过。

有人手臂长得离谱，垂下来可以碰到地面。这种异化体多为年轻女孩，是为了自拍而产生的。

有人下巴前端凹陷，露出一条小缝隙。这个缝隙可以卡住手机，是低头族的异化。

有人的掌心向手背隆起，除了食指和中指，其余指头都已退化，整个手掌像是蜗牛。这是白领一族的异化，掌心深陷的地方正好可以罩住鼠标。我身边就有不少人是这种异化。

……

这些幻灯片足足放了十多分钟，大伙儿都看得如痴如醉。进入异化时代以来，虽然有人做过调查，我们电视台也有类似节目，但如此细致如此全面的异化报告还是第一次见到。

"总之，这些异化都是为了更便捷而产生的。"章冉的音调大了起来，"这是自然的选择，是身体对快节奏生活做出的适应和改进，是人类在进化树上爬得更高的铁证！我们的社会因之而更加高效起来！

"最后，请让我引用狄更斯在《双城记》里说的话：这是最好的年代——"

他的声音越来越高昂，在最后一个字上又戛然而止。

现场一片寂静，我也竖着耳朵，等他说完。

"我的演讲结束了。"章冉说。

程萝最先反应过来："章老师只引用上半句！"

全场掌声雷动。

这是最好的年代。

　　　　　　　　　湿润的金属

是吗？我摸摸额头，并不敢肯定这句话是不是对的。

但我可以肯定的是，明天各大新闻门户上的头条都会是这七个字。

发布会结束，台里的车终于来了。我总算可以不必挤公交。

但等了许久，也不见程萝过来。

"怎么回事？"我有些纳闷儿，"发布会结束了啊。"

阿杰抱着肩膀，斜靠在车窗上，无所谓地说："结束时我看见她去后台了，应该是去找章冉了。那家伙以前就风流招摇，现在出了这么重磅的作品，嘿，恐怕又有不少女粉丝要倒霉了……"

我默默无言。

"叮"，阿杰的手机响起来。他看了一眼，转身上车，说："瞧我说什么吧！程萝说晚上跟章冉一起吃饭，就不跟我们一起回去了。走吧，早点回去还能赶上台里的晚饭。"

我也弯腰上车。太阳正西斜，被车窗过滤后的阳光惨然无力，天边也黯淡。

2

夜里燥热未散，出租屋里像个蒸笼，将我浑身蒸得汗涔涔的。

出了这么多汗，额头上的瘤便有些歪斜。镜子里，我看到它横在两眼中上方，像是隆起的肉丘，中间有几个小孔……它是如此可憎，每天趴在我的脑袋上，像一个臃肿肥胖的寄生虫。

我的同事们都知道，这是我的异化。我告诉他们，肉瘤中间的小孔可以帮助我散热，利于脑袋休息。

"哈哈哈，"他们大笑起来，尤其是阿杰，"怎么会有这么鸡肋的异化……"

咀　嚼

然而，他们并不知道的是——

我对着镜子，用手按住肉瘤，然后使劲一推。

肉瘤掉在了洗漱台上，弹了几下，而它原本占据的地方，是完好的皮肤。只不过被贴了一天的道具，骤然取下，额头上有点儿发红。

镜子里，是一张完好的脸，没有多出的器官，没有缺少的部位。

是的，我的朋友，现在你明白了——我不是异化者。

办公室里一片安静，只有偶尔敲击键盘的声音。

我悄悄打开网页，果然，各处头条都是章冉和他的《异化调查录》。据说这套书在发布会开始前就准备了多国版本，全球同步销售，首印量应该不下于五百万……名和利，正迅速涌向这个三十四岁的中年男人。

看着页面上双手抱胸目光深邃的章冉，我叹口气，把页面关掉。

"嗨，"阿杰把头探过来，"你知道吗？下午，章冉要接受台里的专访。"

"章冉现在这么有名，我们这个二流电视台能请动他？"

阿杰笑了笑，笑容有些意味深长："说你笨，你还不承认。你以为昨晚程萝跟章冉吃饭，是为了什么呢？"

"不是仰慕吗？"

"我早就说你太天真了，真不知道你是怎么活下来的。"阿杰摇摇头，"程萝这样的女孩，做一件事不可能没有目的。"

阿杰说得没错，中午刚过，章冉在几个西装保镖的护送下来到了电视台。他冲程萝笑笑，然后在台长的带领下进了采访间。许多同事趴在外面，隔着磨砂玻璃，偷听采访的过程。章冉频繁蹦出的连珠妙语，让他们也会心地笑。

采访结束时已经下班了。台里订了酒席，要宴请章冉。照说这种规格的饭局是请不动他这种大明星的，但他与程萝对视一眼，就点头答应了。

湿润的金属

才喝了两杯酒，我就感觉一阵眩晕，对面的人影变得模糊起来。

"来来来，章老师，"台长拿起酒杯，敬到章冉面前，说，"现在您的声誉这么高，还来我们这种小电视台接受采访，非常感激！"

"谦虚了谦虚了，您这单位虽然庙小，但菩萨大。有程小姐这样的优秀主持人，也是我的荣幸。"

"哈哈哈，当初招她进台里，我可是顶住了很大压力啊。现在看来，真是个正确的决定。"

大家都笑着敬酒。喝到一半，有人建议道："既然章老师对异化有这么深的研究，不如给我们在场的人也看看。我们这些异化，到底好在哪里呢？"

顿时不少人附和，章冉酒过三巡，也是兴致颇高，二十六根指头在桌子上敲出一排波浪，便点头说了声"好"。

他先是看了看台长的后颈，笑着说："您这后脖子上有一排小孔，闻得到酒精的味道。嘿嘿，恐怕您喝酒的时候，体内的酒精能够顺着这些孔，以蒸汽的形态排出体外。您这就是真正的千杯不醉啊！"

台长笑着说："见笑了，应酬多嘛。"

接下来章冉挨个看其他的异化，有鼠标手的，五官移位的，肢节灵活扭曲的，还有程萝这种双舌头的。他一路调笑，轮到我时，终于皱了皱眉。

"你这个异化有些奇怪啊，"他轻轻按压住我额头上的肉瘤，眼睛眯起，似乎在凝神感知，"抱歉，我还真感觉不出来。"

我连忙告诉他，这是用来给大脑散热的。

他没有说话，又按了几下。我的心揪起来，生怕他一用力，把粘在肉瘤和皮肤上的胶给扯掉。

好在他始终轻按，然后收回手，若有所思地回到座位上。

我后面还有几个人，但章冉没有再去观察他们的异化。酒桌上有些尴尬，台长瞪了我一眼，跟章冉敬酒。而章冉像是才回过神来，怔怔地举杯饮尽，什么话都没说。接下来的整个酒席，他都没有再说话。

3

在梦里，我回忆起异化刚刚发生的那一阵。

经历过最初的恐慌之后，人们纷纷惊讶于身体异化给生活带来的便捷。当时我在一家事业单位上班，同事们的效率全部加快，他们在我周围欢声笑语，互相讲述异化的种种好处。当他们聊完之后，就会围过来，好奇地说："为什么你一直没有变化呢，全世界的人都变了啊！"这种好奇，一日一日地变成了猜疑，他们开始疏远我。我像一条在河水里孤独前行的鱼，他们游弋在四周，吐着小泡，灰白的眼睛里满是鄙夷。

于是，我从那家单位辞职了。走的那天，我分明听到了他们在办公隔间后吐出的长长气息。

在进入现在工作的电视台前，我定制了一个软塑料肉瘤，质感与软肉相近，贴在额头上。凭这个，我成了一名"异化者"。

三年以来，我白天顶着这块肉瘤，夜晚取下。粘住肉瘤的这块皮肤，因长年累月的压抑，已经显得灰白而酥软了，阴翳一般。

梦结束时，我看到了前同事们的眼睛。不是一双，而是铺天盖地的眼睛，灰白，暗淡，一直睁着。它们盯着我，透露出的眼神让我发狂，我逃到哪里都躲不开。最后，我把手里的肉瘤贴在额头上，这些眼睛才次第闭上，世界变得一片黑暗。

这个梦吓得我半夜惊坐，大口喘气，后背被冷汗沁得湿透。

整个白天，办公室的气氛都很微妙。我在办公桌前处理影像素材，感到身后有许多只眼睛看过来，目光犹疑，有如虱子，让我脊背发麻。

这种感觉，让我像回到了前一家单位的办公室。我摸了摸肉瘤，确定它还在，心里更加困惑了。

疑团是在下班时解开了。

大家快走光时，我拉住阿杰，低声问："今天到底怎么了，一个个都怪怪的，你也是一样？"

阿杰朝四周看了看，没人注意我们这边，才说："你怎么搞的，哪里得罪章冉了！"

"得罪章冉？"我摇摇头，"没有啊！"

"那昨天章冉见过你的异化后，就突然没了兴致？我看台长的脸色，都对你很不满，现在大家都不敢跟你接触太过了。"

阿杰的话让我十分困惑。我仔细回忆，确定之前跟章冉没有过节，准确地说，昨天之前，章冉压根儿不知道我这个无名小卒。怎么会开罪他呢？

出了大厦，我一边思索着，一边走向公交站台。天色渐暗，燥热笼罩，晚风无力得像垂死老人。

路旁停着一辆黑色轿车，我走过去，车窗缓缓滑下，露出一张男人的脸。

"嗨。"

我从思索中回过神来，看向车窗。

"章冉老师？"我十分惊讶，"您怎么在这里？"

"我在等你。"他露出温和笑容。

"等我？"

章冉点点头："现在有空吗，我带你去一个地方？"

我满心茫然，但下班后确实没事，只能在空荡荡的出租屋里消磨时间。于是我点点头，坐在副驾驶位，章冉也没说什么，启动车子。

他的二十六根指头扣着方向盘，像两只交合在一起的蜘蛛。

见他没有说话的意思，我也乐得清净，扭头看向窗外。隔着车

咀　嚼

窗，外面更显得夜色沉茫，街边商铺里灯光亮起，路旁七彩霓虹闪烁。这是个没有夜晚的城市。人类在很多年前就放弃了夜晚。

堵车的时候，我看到路旁走过一群女孩。她们浓妆艳抹，衣着暴露，嬉笑打闹，偶尔抬起能垂到膝盖的手臂，拿着手机拍照。

咔嚓咔嚓，闪光灯下，她们的脸被光染成一片惨白。

我看得出神，等回过神时，章冉的车已经停了。我朝四周看看，发现这里竟是一家六星级酒店，在本市以奢华和昂贵著称。

有侍者来泊车，看到章冉后，尊敬地弯腰："章老师，您好。"

章冉点头示意，把车钥匙丢给他，转头对我说："走，我们进去。"

我完全摸不着头脑，只能跟着他走进去，乘电梯到顶层。电梯门开的一瞬间，我被顶层的豪华布置惊呆了——真丝地毯，两排迎宾女孩，水晶吊灯，随处可见的昂贵红酒……

"走吧，"章冉说，"我们去蒸个桑拿。"

"啊？"

"两个男人，蒸蒸桑拿，聊聊天，不是很正常吗？"他语气如常，仿佛在说一件再寻常不过的事情。

但在我看来，这是最离奇的状况——一个名声斐然的作家，突然邀请我这个丢进人群里就看不见的小白领来星级酒店蒸桑拿？

就在我疑惑时，几个上面低下面短的迎宾小姐走过来，满脸笑容地说："章老师，您又带朋友过来蒸啊？房间已经留好了，我们过去吧。"

听她们的语气，似乎章冉已经是熟客了。确实，这里才符合他这种身份的作家。

但这里看起来也不是危险的地方，我硬着头皮，跟在他们后面。迎宾小姐把我们引进一间贵宾浴室，里面有两个浴池，池里是灰白色的水，池底的气眼不停地鼓泡。章冉挥挥手，迎宾小姐便离开了。

"这里药浴不错，"章冉背对着我，把衣服脱下来，露出精壮的

湿润的金属

后背，"你也泡一泡吧。"他把自己脱得赤裸后，走到浴池里，身体被池水浸泡，眼睛闭上。

我站在房间里，倍感尴尬。过了一会儿才咬咬牙，也脱下衣服，泡在药浴里。药池气眼是按照人体穴位布置的，水流顶着后背，我舒服得打了个颤。

"你在电视台工作了三年，是吗？"章冉突然开口。

"啊？"我愣了愣，"你怎么知道的？"

章冉没回答，顿了顿，又问："你为什么要从××局辞职呢？据我所知，它给你的薪水，比你现在的要高。"

我悚然一惊——××局正是我上一家单位的名称。显然，章冉调查过我。我看向他，但房间里光线幽暗，他的脸看不分明。

一股凉气从后背升起，但池水明明是温热的。

"你，你到底想怎么样？"

"不要紧张，我只是想跟你聊聊。"他的语气似乎带着嘲弄，"对了，你大学是学的工科，毕业时参加一次比赛，被黑箱操作。据说你的同学都很气愤，但你什么都没有说，就这样毕业，然后进了事业单位，过了两年稳定的生活。这件事，是真的吗？"

他怎么可能知道！我惊讶得都忘了生气。

"还有，你的女朋友喜欢上你最好的朋友。你发现后，独自把行李搬出了房子，让他们住？"

我勃然站起，水被带出来，淋得满房间都是。章冉脸上也被淋到了，但他没有丝毫生气，反而睁大眼睛，盯着我的身体。

他的目光不同于往常的冷静和睿智，闪着灼灼的光，看起来竟有些狂热。

我心里一悸，想到了一个可能性——但不对啊，以前听到的，全都是他和女读者或女明星之间的绯闻，没有他是gay的说法啊。

正犹豫着，章冉也从浴池里站了起来，走到我面前，围着我打量。他嘴里喃喃念着什么，很快，我听不清。

我被打量得发麻，猛地拿起一旁的衣物，向门口跑去。这诡异的邀请，我再也忍受不了了。

正要夺门而出时，身后传来了章冉的幽幽话语："你果然不是异化者……"

我的手停在门把前，转过头，难以置信地看着章冉。

4

夜风掠过城市上空。站在酒店楼顶，才感觉吹过来的风不那么燥热。天完全暗了，稀薄的星子在浓雾遮蔽的夜空若隐若现。

"好久都看不到星星了。"章冉仰头看了许久，才喃喃叹了口气，"以前，人们躺在农田里，一睁眼，能看到数不清的明亮星星。现在，我们居住在城市里，白天庸碌地工作，夜晚蜷缩在狭小的空间里，休息也只是为了继续第二天庸碌的生活。"

这跟公众面前睿智幽默的章冉，完全是两个人。此时的他，声音和背影里，都透着悲凉的气息。

但我弄不懂他的悲凉，我只想弄清楚，他为什么会知道我不是异化者。

"摸一摸你的肉瘤就知道了。"他轻描淡写地说，"用肉瘤的气孔给大脑散热？你想的理由太荒唐了，大脑是精准而脆弱的器官，根本不能通过气孔与外界接触。我请你药浴，是想确认你身体的其他地方有没有异化。"

"呃……"我想反驳，但也知道他说得对，这三年，如果有人认真摸一摸，恐怕也会发现破绽，"你把我带到这里，就是为了揭露我吗？我没有异化，难道就犯法了吗？"

他转过身看着我，脸上似笑非笑："不，我不打算对你不利。相反，你的出现，是最珍贵的案例。"

"珍贵?"

"是啊,我走遍世界,唯一发现的一例正常身体。"章冉的声音突然高昂起来,"你知道吗,你的存在,将推翻整个《异化调查录》的结论!"

我有些蒙,问:"推翻你的书?"

"是啊!开发布会时,我说异化是为了人类更适应社会的进化。但根据这些年的各项环境指标,我觉得真正的原因,是核污染、劣质工业用品、浑浊空气和逐渐增强的紫外线的共同作用导致了人类飞速异化。哦,或许无处不在的手机辐射也帮了点忙。"他伸出手,指着绚烂的城市街景——那里,人们正在狂欢,"人类的生活完全变化了,现在的人类,是畸变的物种。"

这番话让我目瞪口呆——这跟他在发布会上说的,截然不同!

"但他们不让我这么说。"章冉又颓然叹了口气,"他们说,既然全世界的人都异化了,那就要让人们接受这种现状。所以,调查手记的结论,是按照人们能够接受的方向去写的。"

"那书里的,都是骗人的?"

章冉点点头,声音沉重:"本来,异化发生后,人人都很恐慌,后来大家适应了,但还需要一个官方的说法来使所有人心安。刚开始是科学家们在电视、报纸和网络发声,安抚人们,然后,是我的作品作为异化调查的最权威结论,彻底抹平人们对异化的担忧。人的这里——"他点点自己的太阳穴,"是没有主见的,只要有人告诉他异化是好的,他们就会相信,然后心安理得地过下去。而我,就是那个被推到台上来哄骗所有人的人。"

风大了些,章冉的衣袖猎猎鼓荡,但他迎着夜风,表情坚硬得像石头。

"那……"我缩着脖子,问,"那你找我干什么?"

"我原本以为所有人都异化了。既然人们无法醒过来,那我就让人们睡得更香,所以我答应给他们写《异化调查录》——但现在,你的出现改变了一切。你没有异化，是唯一的清醒者。既然有人还在黑夜里发光，那其他人也应该睁开眼睛看看。"说到这里，他猛然停下，目光灼灼地看着我，"我要重写《异化调查录》！"

夜风变大，在高楼间呼啸而过。远方浓云集卷，闪电划落，一场大雨正在酝酿。

回到家后，我辗转难眠。

额头上的灰白阴翳隐隐作痛。

章冉说的每个字都在耳边回响。沉沉黑夜里，平日里吵得我无法入睡的施工声、鸣笛声和楼下歌舞厅的嘶吼都消失了，只听得到章冉的话音。而且一个字比一个字重，到了后来，已经犹如惊雷在耳畔炸响。

帮助章冉写成新的《异化调查录》，会非常危险，因为政府不会让民众陷入恐慌和怀疑。但，但它可以给这个冰冷、机械的世界一个警钟。

所以，真的可以改……改变世界吗？

从此以后，可以不用戴着肉瘤生活下去吗？

我猛地爬起来，拿起手机，拨通了章冉的号码。

接下来的一个多月，我每天下班后都被章冉接到他的工作室，跟他录口述采访。工作室不大，但处在市中心，租金不菲。里面堆满了书和电脑，乱糟糟摆放着，我刚开始走进去的时候，都找不到落脚的地方。

章冉很认真，采访完后，他坐在电脑前专心创作，二十六根手指如同舞蹈般在键盘上跳跃点击，文档里的文字流水般涌出。他的时间有限，要赶在公众对调查手记失去关注前写完，因此这阵子便尤其专注。

他写作时，我通常坐在一旁看着，觉得无聊了就回家。走的时

湿润的金属

候轻轻带上门，留章冉在屋里创作。

这天，我坐电梯下班，电梯门刚要关，一只纤白的手伸进来。电梯门又打开了，于是，我看到了程萝的脸。像一朵花在电梯后面开放。

她走进来，站在我旁边。我有些不知所措。

"你这几天有点奇怪啊，"程萝突然说，"好像每天下班后你都没有回家？"

"你怎么知道的？"

"有几次想跟你打招呼，你都没看见，就匆匆走了。"

"是吗？"我心里涌起一阵暗喜。

"所以，你是去做了什么呢？"

我犹豫了一下，"暂时还不能跟你说——但是这是一件好事，很快就能出结果了。到时候你会知道的。"

程萝也没有勉强，低头笑了笑，说："那你今晚有空吗？"

这样的微笑，我没有能力拒绝。

出电梯的时候，我跟章冉发了条短信，告诉他我今晚不能去工作室了。他回了个"嗯"，然后问我是有什么事情。我说跟程萝一起出去，他立刻打了电话过来，说："这个女人很不简单，千万不要透露任何跟重写手记有关的事情给她。"

我握着电话，小声说是，并再三保证。章冉才挂了电话，不远处，他的车驶离街道，独自回到工作室。

这个过程中，程萝一直低着头。我的声音很小，她应该能感觉到我在避讳她，但她没有表露出什么不满，脸上始终淡淡的——我这才发现，她已经卸了妆，素面朝天，清秀的脸在渐渐沉降的夜色中像一朵久远时代的睡莲。

我们走出大楼。程萝叫了一辆车，在拥堵的车流中缓缓行驶，天完全黑时，到了一家清雅的酒吧。

我很少来酒吧，而单独跟程萝一起来，就更是没有过了。我有

咀　嚼

些局促，程萝却落落大方，到了一个靠窗的座位。

"对了，我还没问你，你喝不喝酒呢？"她俏皮地笑笑，"你要是不能喝酒，可以喝饮料的。"

我讷讷地点头，说："那就来一点橙汁吧。"

于是，在这间空荡的酒吧里，我喝橙汁，程萝喝红酒。窗外是一棵杨树的顶端，树叶纷繁，在夜风吹拂下哗啦啦地翻卷着。

这时，程萝才告知我她的来意。原来她在老家的母亲给她打了电话，说是父亲病重，希望她早些回家。但程萝这阵子工作太忙，无法抽身，只能给家里打了钱。一整天她都心情忧郁，下班了想找个人喝喝酒，聊聊天，述说一下心事。

但——为什么会找到我呢？我心里想着，见程萝已经有了醉意，便小心翼翼地问出这个疑问。

"因为，整个电视台，我只有你这个朋友啊。"她轻声说。

这句话如一串大锤般打在了我心头。明明是橙汁，我却有晕晕然的感觉。

"是吧，谢谢你。"我只能这么回应。

"不知道怎么，我觉得你跟其他人是不同的。"她揉了揉太阳穴，"所有人都是异化者，但你好像是跟所有人隔离开的。大家随波逐流，为了钱和利追逐着，你却什么都不关心，那么洒脱……"

她絮絮叨叨地说着，好几次我心头狂跳，以为她发现了我的异化是假的。但她又并没有发现，只是诉说着我的不同——我跟其他人不同吗？我跟所有人一样，在这冰冷的钢铁丛林里生活，蝇营狗苟，庸庸碌碌，跟所有在城市里的工蚁一样。唯一的不同，或许是我性子淡泊，温饱足矣，此外的很多事情都懒得去想。也正因此，我一直是一个人。

这顿酒喝了很长时间，程萝一直在喝，从繁忙工作说到她的感情状态，原来她最近感到了工作的压力，没有好新闻，很快会在台里受到排挤。而她也一直一个人，很多时候感到城市冰冷生活孤寂。

　　　　　　　　　湿润的金属

她说话时，嘴里的两条舌头偶尔露出，昏暗的灯光下，闪着难以言说的诱惑。我有几次不得喝几口橙汁，来浇灭喉咙里的干渴。

喝到后来，程萝已经完全不胜酒力了，趴在桌子上。

我扶着她，叫车送她回家。她斜倚在车窗上，呼吸均匀，陷入了沉睡。我用她的钥匙开了她的家门，扶她到床上，替她盖上被子。

这个洗去了一身风尘的女人侧躺在床上，几缕发丝落在脸畔，眼睛紧闭，睫毛微微颤动。她喝了太多酒，陷入了沉沉睡眠。希望她明天醒来时，不会头太痛。

我放了一杯水在她床头桌上。走之前，我回头看了她一眼，犹豫一下，小声说："章冉在重写《异化调查录》，很快就会出来了，这会成为大新闻的。这个新闻会给你。"

她依然在沉睡着。

我走出她的家门，关灭了灯。

5

第二天下班后，我照例到了章冉的工作室。他埋头敲字，我便在桌子底下找到一本他的长篇小说，叫《以太2》，翻开来看。冷峻阴森的文风一直吸引着我往下读，不知不觉间，已到半夜。

正当我准备回家时，工作室的门突然被敲响了。

我悚然一惊，章冉正写得投入，第一声时没回过神来。外面的人继续敲，他才停笔，疑惑地看着我。

我摇了摇头。

章冉走到门后，凑在猫眼前看了一眼。他脸色大变，回过头来，用嘴型无声地说了两个字。

警察！

这里是秘密租下来的，怎么会有警察来呢？我正惊疑不定，章

咀嚼

冉却冷静地走到电脑前，二十六个指头如暴雨般飞快按着键盘。电脑的数据正在清空。他拔出U盘，指了指屋子南面的窗户，说："走！"

我打开窗子，夜风一下子灌了进来。敲门声更响了，由敲击变成了冲撞。门撑不了多久。我个子小，很快钻到窗外的小阳台上，顺着阳台，能跳上对面的空调箱。这显然是准备好了的逃生路径。章冉重写调查录之初，就料到了必然不会被允许。

章冉刚探出头来，门就被撞开了。两个身影扑过来，抓住了他的脚。他一手抓着窗檐，一手把U盘递过来："跑！把新调查录发到网上！所有人都会记住我！跑啊！"

我接过U盘，使劲跳到对楼空调箱上，然后蹿进了狭小楼道。我知道身后有章冉挡着警察，但他挡不了多久。我脑子里一片混乱，唯一的念头就是跑，跑啊跑，不顾一切地跑。

耳边风声簌簌，一切景象都被速度抽离成了光线，不断向身后掠去。我回过神来时，已经跑到了家里。

时间是凌晨两点。万籁俱寂，屋子里只有我的喘息声。

"冷静冷静……"我强迫自己思考。但在我循规蹈矩的生命里，今晚是前所未有的，我花了很长时间才坐下来，开始对今晚的事情进行梳理。然而一切并无头绪。我突然想起章冉最后的嘱托，对，不管怎么样，先把新的《异化调查录》发布在网上吧。

我潦草地看了一遍调查录。章冉已经完成得差不多了，重新梳理了异化的种种体征，并加以环境恶化进行佐证，最后他写道："这无疑是一个悲哀的年代，畸形体征出现在每一个人的身体上，而每个人都在狂欢。当我们把谎言当做安眠剂时，我却要把针头伸到眼前，毫不犹豫地刺破——异化的真正原因并不是趋向便捷的自然进化，而是出于……"

调查录到此戛然而止。

想来章冉已经把结论定在了环境恶化上，却没来得及写完。我

　　　　　　　　　　　湿润的金属

颤抖着伸出手指，把最后的"环境恶化"这四个字补了上去。

现在，只需要取一个耸人听闻的标题，将调查录发到各个门户网站上就可以了。哪怕网络管制，但以章冉的名字，一定会引起轩然大波。

正当我要上传文档时，电话突然响了起来。

是程萝打来的。

我下意识看了眼天色，正是夜色深沉时，这个点儿她给我打电话，是从未有过的事情。"喂，"我接通了，问道，"有什么事吗？"

"我可以进来吗？"

"什么？"

程萝的声音从电话传过来，糯糯的，像是要黏在我耳朵里，"我在你家门外，我可以进来吗？"

我连忙开门，果然一袭连衣裙的她正站在门口。夜风有些凉，她缩着脖子。我把她迎进来，让她坐下。

家里脏乱，我有些窘迫，正要开口时，她先说话了："章冉被抓进去了，他写的新调查录在你手里吗？"

我一愣。

然后便是彻骨寒凉。

——程萝躺在床上，睫毛微微颤动。

——警察破门而入。

这两个画面在我脑海里如电影快镜头一样交替闪现。我有些无力。警察能知道章冉在重写调查录，肯定是有人告了密，而唯一泄露出去的，是我。我向已经"喝醉"的程萝吐露了秘密。不然，此夜未逝，她不可能这么快知道章冉被抓，并且新调查录没被搜到。

"为什么？"我看着这张美艳而焦急的脸，喃喃问道，"你不是章冉的崇拜者吗，为什么要出卖他……"

程萝一怔，也不再隐瞒，说："哪有什么为什么，我有了章冉的调查录，做新闻时可以长线爆料，至少走红好几个月。章冉不是想让他的调查录被人看到吗，正好可以放新闻台啊。"

"那既然这样，你可以直接跟章冉说，为什么要出卖他呢？"

程萝撇嘴一笑，脸上的笑容被灯光浸染得昏黄，说："我一个地方台的小主持人，逢场作戏可以玩玩，上个床他也乐意，但他心底里多瞧不起我，难道你不知道吗？要爆料的话，他肯定会选择更大的平台，这种机会，根本轮不到我。"

我想反驳，但想了半天，一句话都说不出口。的确，章冉的眼界里，程萝的确算不上什么。但听到程萝直言他们发生了关系，我心里又有一种奇怪的感觉，不是痛，也不是愤怒，而是——

痒？

这种痒在我的额头和心里同时泛起，我想挠，但无从下手。

"但你会帮我的，是不是？"程萝见我不说话，继续道，"你对我最好，你肯定愿意把调查录给我。那天你说过，这个新闻会是我的，你不能骗我啊。"

我后退一步，说："但你也不能……不能害章冉被抓进去啊。"

"你以为章冉是什么好人吗？他还不是为了出名！他跟我一样，只是方式不同而已，我们每个人都是相同的。"她说着，舌头在嘴里跳动，昏黄的灯光晕染着舌尖，有一种难以言说的诱惑，"你也一样啊，没有人是无欲无求的。我知道你一直想得到我，从你的眼睛里我可以看出来。"

"不……"我靠在墙上，有些喘息。见鬼，额头上的痒越来越明显，像是有虫子在肉瘤里钻。

程萝站起来，走到我身前。她的身影在我视野里放大，她的眼睛妩媚，鼻梁像山脊一样，秀唇微抿，再往下，是两道柔软的隆起的曲线。她离我如此之近，以至我能看到她锁骨上淡淡的青色血管。

"你……"我感到口干舌燥，喉咙里像冒火了一样，说不出完整的话。

湿润的金属

"来吧，只要把调查录给我，你就可以得到我……"她轻轻踮起脚，声如呢喃，一阵香味弥漫。我还没反应过来，两片嘴唇已经贴在我嘴上。

我感到一整眩晕。

程萝走了，带走了U盘。

我赤裸着躺在床上，脑袋里回忆着刚才的画面，犹在梦中。原来，这滋味如此美妙。以前我总希望别人不注意到我，总是在他人视线的死角里低头行走，现在想来，真是错得离谱啊。人人都在追逐，所有人都想成为别人的关注点。

章冉注意到我，所以我有机会接触到新调查录；程萝注意到我，所以我才能享受她的肉体。原来他们一直追求的，是这种感觉。

我盯着天花板，半晌，嘿嘿笑了起来。

这时，额头上又痒了起来。刚才太过激烈，我都忘了取下这个肉瘤了。我坐起来，看着镜子。镜子里有一张心满意足的脸，脸的额头中心贴着一个肉瘤。我伸手去挤这块肉瘤，想把它摘下来。

但今天，这块肉瘤比以往任何一天都粘得牢。可能是粘的时间太长了。我使劲搓着，肉瘤才开始松动，隐隐有些疼。我猛一使力，肉瘤被挤掉下来了。

我愣住了。

镜子里，我的额头有了些变化。肉瘤粘住的地方，不再是苍白的阴翳，而是一张硬币大小的脸庞。我难以置信地凑近去看，没错，我的脑门上又长了一张脸，眼耳口鼻俱在。这张脸的眼睛微微眯起，嘴巴张开，一副心满意足的神情。

这五官与我的一模一样，这表情就是我刚才的表情。

我瘫软在椅子上，心里说不上是失落还是轻松。我终于也成为了异化者，我长了另外一张脸，我会更容易得到别人的注意了。

第二张脸笑了，嘴唇翕动，像是对我耳语。

我突然想起章冉的新调查录，那最后一句话，或许我补充的是错误的。异化的真正原因既不是趋向便捷的自然进化，也不是环境恶化，而是——

"欲望。"

额头上的两片嘴唇轻轻说道。

收割童年

0

讲这个故事之前，我想说几点。

第一，你需要坐好，认真听。你不用担心你的老师，它很忙，几百个学生够它头疼的了。

第二，我接下来要告诉你的，都是真实的。尽管很多人在讲故事之前都会这么大言不惭地说，但相信我，我不会糊弄你。

第三，我很啰唆，我希望你能忍受。

1

关于我很啰唆这一点，我的朋友刘凯深有体会，并对此深恶痛绝。他曾不止一次地说，我永远搞不明白，阿萝为什么要跟你这样唧唧歪歪的人同桌。

刘凯搞不明白的事情有很多，比如为什么这个城市如此荒凉，为什么所有人都是一样的年龄，为什么阿萝笑起来要比其他人笑起来好看……这其实是好事，知道的越少，活得越开心。后来他终于弄明白了这些事情，但那时他已经死去，尸体浮在冰冷的宇宙空间中，无处着落，永远漂泊。

不过，他的这个问题，我也很好奇。通常有了问题，我会去问铁皮老师。它是个机器人，学识渊博，教我们语数理化生，以及政治和地理。但它最近患上了抑郁症，经常待在家里，把四肢拆卸下来，放在屋子的各个地方，然后念诵祷文。我趴在窗外偷听过，只听到诸如"愿你的国""行在天上"等只言片语。

所以我只能自己寻找答案。我喜欢边逛边思考，特别是傍晚的时候，夕阳斜照在这座荒废的城市上，高楼大厦一片幽寂，空无一人。杂草冲破了水泥路面的阻隔，肆无忌惮地招摇着。偶尔还有长颈鹿、狮子和大象在街道口悠游。

当我走到一处高大的建筑物前时，答案依然缥缈如云。我于是放弃思考，开始打量眼前的建筑，只见墙壁灰败，植物侵占了它的大部分表面。但在正中央，我依稀看到了三个字：图书馆。我走进去，里面的破损程度更甚，植物长得比我还高，像是走在一片丛林中。

许多书架胡乱堆放着，被蔓藤缠绕，木质腐朽。我扯开藤叶，看到书柜里空荡荡的，顿感失望。

据铁皮老师说，城市已荒废几百年，满城的废品都是无主之物。所以我们最喜欢的活动，就是下课后在城里各处翻翻检检。我捡到过玩具、衣服、电脑（但不能开机）和很多其他玩意儿。刘凯在城东挖出了一辆自行车，磨了后还能骑，我十分羡慕。唯一的例外是阿萝，她从不在地上翻检，因为男孩子们会乖乖地把认为是最好的东西送给她。

看来从这个图书馆是找不到什么好货了。天也很晚了，斜阳的金黄已经慢慢褪色，我转身往回走，咔嚓，一个木柜被我踩碎，露出里面的东西。

是书。

这很罕见。铁皮老师每天给我们上课，都是通过传输数据，在我们的晶屏上显示出来。语文课里的零星字句显露出以前有书这种东西存在，我举手问，但铁皮老师摇摇头，锈蚀的脖颈发出令人牙酸的摩擦声，说，书是被淘汰的东西，已经找不到了。

但现在，几本被塑料膜包着的书本，正躺在我脚下。

我看了看木柜，碎屑一地，看样子是有人把书藏在了木柜的夹层。用这种法子藏的，一般都是贵重东西。我忍住心头狂跳，撕开塑料膜。共有两本书和一张碟片，一本叫《圣经》，另一本是个图册，我打开看了一眼，立刻心惊胆战。至于碟片，封面被磨花了，看不出内容。

当晚，我趴在床上翻看这两本书，《圣经》太晦涩，翻了几页就扔在一边，另一本却让我大开眼界。我从来不知道女人脱光衣服后会是这个样子，那些曲线，那些表情，都从精装纸面上浮现出来，长久地萦绕在我的梦里。

第二天早上，我发现我的内裤又黏又湿。

我吓坏了。我曾见过城东的吴宇摔倒后，正好被钢筋插中肚子，血哗哗地流了出来。等铁皮老师赶到时，吴宇已变得冰冷沉默，不能起来再追着我们打闹了。我于是知道了这世界上有死亡这种东西，它能顺着你流血的洞口钻进去，占据血管，控制心脏，咀嚼你的生命。

而现在，我流出的东西比血更黏稠，更冰冷。完了完了，死神肯定已经顺着我的小弟弟钻进了身体里，它正在冷冷笑着，像看美味的糖果一样看着我的心脏。

对了，还有糖果。

我挣扎着爬起来，拿出藏在床底下的糖果，一颗颗往嘴里塞。平常我会很节俭，但现在，既然都要死了，不能亏本。

晚上，刘凯推开了我的门，幸灾乐祸地说："你今天没去上课，铁皮老师给你记了一笔，这个月的糖果你又少一颗了。"

"我要死啦。"我有气无力地说。

"怎么会呢？"刘凯走过来，摸摸我的头，"你虽然表情憔悴，但体温正常，眼珠还是滴溜溜乱转，一副不老实的样子。铁皮老师说祸害遗千年，你不会这么容易死的。"

这么一说，我倒真放松了些，躺了一整天，窗外从暗到明，又从明到暗，我都还没有死。但我仍然担忧，把昨天看书的事情说了，还补充道，可是我流了很多东西啊。

刘凯用棍子挑了挑我的脏内裤，一副恶心坏了的样子，说："你是不是觉得很疼？"

我犹豫了一下说："不疼，反倒还有些舒服。我做了一个梦，梦里有很多没有穿衣服的女人，她们在地上跑来跑去，在天上飞来飞去，在我面前晃来晃去，我的头跟着她们晃，我都要晕了。等我再凑近一点看清楚后，我发现，这些女人虽然身高不一样，大小不一样，跑起来晃动的幅度不一样，但她们的脸都是一样的。"

"什么样的脸？"

"阿萝的脸。"

"你把这本书借给我。"

2

接下来的好几天，刘凯都神情委顿，无精打采，唯有看到阿萝时才两眼放着异样的光。他跟我说，妈的，这本书真的有魔力，我每晚都能在梦里看到阿萝，我早上起来时也发现内裤湿了，我每天都没有精神。

刘凯是一个有头脑的人，虽然只十四岁，但已有多次做生意的经验了。这次也不例外，他享受了几天的绮丽梦境和萎靡不振后，就开始打这本书的主意了。

他决定把这本书租出去，来换糖果。他神秘兮兮地对我说，这肯定是笔大生意，城东的朱宇，城西的潘华，城中的徐海宁，城南的邓光阳，城北的大手哥，还有很多人，他们都对阿萝有兴趣，所以他们对这本书也会有兴趣的。

不行！我拒绝道，那岂不是所有人都能做那个梦了？

你别小气，阿萝又不是你的，是属于广大人民群众的，每个人都有权利梦到她。

我不乐意！

可别说我没提醒你啊，你一下子把糖果吃完了，接下来十几天你都没得吃，我看你怎么熬下去！

我倒是忘了这一点，一颗糖果管五天，吃多了没事，吃少了就会饿。犹豫了半天，我点头同意。说干就干，刘凯和我立刻拿了刀子，在孩子们集中玩耍的地方刻字，这些字是刘凯想出来的：

有些话，一定要当面说；有些梦，一定要春天做。当鸟和猫在夜里发出叫唤，你会觉得寂寞吗？你会觉得手不知该放在哪儿才好吗？现在，福音之书出现了，只要拥有它，城市之花阿萝就会降临到你梦中，陪你度过黑夜，伴你守候黎明。糖果换书，欲换从速。

广告写出去之后，我们守在家里，等着客人上门。等了一整天，我打了五十几个哈欠，说，这主意不灵，哪有人愿意用糖果来换一个梦呢？

那是因为他们还没有见识到这个梦的美妙。刘凯气定神闲，不慌不忙地说。他身上有一种超越了年龄的镇定，这种镇定往往也让我心安。

到了傍晚，门被推开，一个小脑袋战战兢兢地探进来。这是城北的黄华，瘦不拉几的，胆子小，平时总被人欺负，我们都看不起他，叫他小黄瓜。但现在，顾客就是上帝。我们连忙迎上去，让坐在床边，我和刘凯各坐他两旁，脸上满是热情的笑容。

华哥，刘凯换了称呼，殷勤地说，有什么我们可以帮你的？

听说你们有本书，可以让我梦见阿萝……小黄瓜显然不适应我们的热情，身子扭了几下，吞吞吐吐地说。

刘凯一拍大腿，华哥真有眼光，阿萝可是城里最漂亮的女生。你知道，好多人都去城里捡东西，就为了听她说声谢谢。听不成，辗转难眠；听成了，心肌梗死。

我竖起拇指，赞道，那是，华哥可不是一般人，眼光自然高！我见过好几次，早上阿萝去上学，华哥就跟在她身后，阿萝背影一摇，华哥眼睛就一甩，现在眼睛近视到五百度，恐怕就是甩出来的。

你俩别说了……小黄瓜满面通红，说，这本书要几颗糖？

五颗。

小黄瓜转身就走。

刘凯连忙拉住他，说，华哥别急啊。你看了这书，晚上能梦见的可是阿萝啊。我知道你每天早上和晚上都去跟踪，都能看到她，但你看过没穿衣服的没有？没有吧！我看过，他看过，我们恨不得把眼睛挖出来，就为了留住那一刻的情景。

我连忙点头。

刘凯继续说，上次城西的胡伟想使坏，去扯阿萝的衣服，被铁皮老师发现了，当场就给打得半死，每个月的糖果都减了半。现在，你不用冒被打和没糖吃的风险，就能把阿萝的衣服脱光。而且在你自己的梦里，你英俊潇洒，你体格健壮，你再也不是小黄瓜了，你想干什么阿萝就会让你干什么。这种好事，只收你五颗糖，你他妈还不满意？

小黄瓜犹豫了很久，最终点点头。

第二天，小黄瓜给我们还书的时候，一脸疲倦，精神萎靡，但眼神充满了幸福感。他说，真他妈过瘾！刘凯连忙道，那华哥帮我们到处说说？

当天晚上，想拿糖果换书的人挤满了我的房间。

这是我最得意的时期，每天都有人央求我，让我把书租给他。但我敬业尽责，大公无私，谁先预约就给谁。有时候一个人租到了书，一群人围在一起看，到第二天，所有人都顶着黑眼圈，在课堂上打瞌睡。有人看过了第一遍，还要看第二遍，说宁可饿肚子，都要看阿萝。我床底下的盒子，很快就装满了糖果，我不得不又拿出一个盒子来装。

来租书的人都很满意，都说能梦到不穿衣服的阿萝，唯一一次例外，是城北的大手哥。他带了五六个人围住我们，让我们还糖果。刘凯死都不肯，说，做生意哪有反悔的道理！

大手哥说，可是我没有梦见不穿衣服的阿萝，我在梦里看到了不穿衣服的月亮妹！

月亮妹是我们班另一个女生，脸硕大无比，一眼望去，看不到边，再加上她脸上满是坑坑洼洼，因而得了这个绰号。大手哥说的话让我们所有人都恶心了好一阵。我觉得他太可怜了，看到了那种恐怖的场景，认为可以还糖果。

刘凯却摇头，说，这是你自己的问题，我们都喜欢阿萝，而且我们都只喜欢阿萝，所以做春梦时能梦见她。你肯定心智不坚定，在喜欢阿萝的同时也喜欢上了月亮妹，这才导致春梦质量低下。

去你妈的，还不还？

我见他们有打架的趋势，连忙站到中央，说，都是好朋友，不要动手。

就不还！刘凯脖子一梗，说道。大手哥一下子就火了，伸手来打刘凯。刘凯看他动手，也踢出了一脚。由于我站在他们中间，所以我背上挨了大手哥的拳头，腿上中了刘凯的脚。我身上传来火辣辣的疼，顿时怒从心头起，恶向胆边生，护住脑袋躲到了墙角里。

这次打架引起了铁皮老师的注意，它敏锐地察觉到最近男生们的萎靡不振与此有关。几天后的晚上，一个男生躲在被窝里看时，铁皮老师破门而入，掀开被子。那男生吓得瑟瑟发抖，据说他的小弟弟也被吓得缩了回去，好多天都不肯出来。很快，我和刘凯被供了出来。

我听到风声，连忙去找刘凯，说，不好了不好了，铁皮老师来抓我们了，赶紧跑！

跑？能跑到哪里去？你还能出城？

我一愣，想起来城市边缘有一层防护罩，谁也出不去。我更加着急，问，那怎么办？

刘凯咬咬牙，把自己的糖果盒子拿出来，恶狠狠地说，吃！

对，死也要吃够本！我抓起一把糖，连包装纸也不剥就吃。

当铁皮老师找到我们时，我们已经吃了两盒糖了，肚子鼓胀，放屁不断，还在不停地往嘴里塞。

铁皮老师问我书是哪儿来的，我说是在图书馆里捡的。它又问我还有其他的书吗，刘凯说没有，就这一本。它再问有哪些人看过了这本书，我和刘凯就都不说话了。

尽管我们没有招供，它还是查了出来。它用废旧零件组装了一台指纹扫描仪，凡是碰过这本书的，都跑不了。

我们排着队，依次上前扫描手指，然后回到教室。接着，铁皮老师在外面用广播念名字，每念一个，就有一个男生站起来，出教室走到广场上。最先叫到的是刘凯，他骂骂咧咧地起身。接下来是小黄瓜、朱宇、胡伟、徐海宁、大手哥、邓光阳、潘华……很快广场就站不下了，一片黑压压的人头，每个人都跟身边的人点头致意，小声讨论，交换彼此梦境的心得。

等念到我的名字时，我瞟了一眼同桌的阿萝，她像是没听到一样，低着头做题。我轻声说，对不起。然后我站起来。这时，我看到她轻轻地摇头，发尾晃动。

3

为了表达我的歉意，我决定把剩下的那本书送给阿萝。一天放学后，阿萝站起来要回家，我低声说，等一下。

她坐下来，打开晶屏，低着头看。一丝头发从额间垂下来。

拿着，千万别让人给发现了。我把那本《圣经》装在黑袋子里，递给她。教室里已经没人，同学们都到废墟里去翻找东西了，铁皮老师则会回家把自己拆成十几块。

谢谢你。她说。

第二天，阿萝告诉我，她很喜欢这本书。我有些疑惑，男孩们给阿萝送东西，从来只会得到一个谢谢。但现在，她睁大眼睛，眼神清澈，表情无比郑重。

刘凯更好奇了，说，你发现了两本书和一张光碟。一本书让全城的男孩做春梦，被铁皮老师罚了也甘心。另一本书让阿萝喜欢——这更不容易。这张光碟里恐怕有更厉害的内容。

但是我们没有设备读光碟，试了好几次，只得郁郁放弃。

经历过租书事件后，我发现男孩子们都变了，似乎成长在一夕间完成。我们嘴唇上冒出了胡须，我们看到女生会脸红，我们时常勃起，偶尔遗精——搜出书后，铁皮老师犹豫很久，最终给我们上了一节生理课，解释了许多名词。这节课我听得如痴如醉，做了好几页笔记。

我越发察觉到了阿萝的美丽。我总是假装看书累了，支起脑袋看向窗外。窗外是残破的建筑，在阴霾的天空背景下，如同一个个老迈的巨人。杂草丛树取代了钢筋水泥，有些大厦被蔓藤覆盖，有些高楼顶上还长出了大树。几只猴子在蔓藤与树间攀援而过，消失在葱郁树影中。但我看得最多的，是阿萝的脸，侧脸，正脸，笑着的脸，沉默的脸，每一抹线条都让我迷恋。

除了脸，我还发现阿萝身上其他的部位也充满了魅力。以前铁皮老师讲弦函数，我死也不懂，现在，它讲波的传播，在黑板上画了两条波浪，说，这两个点是波峰，它们的间距代表一个波长，它们与坐标轴的距离是波的振幅……我往阿萝的胸口上看。我一边吞口水，一边恍然大悟，那章测试时我得了一百分。

连铁皮老师也认可她的美丽。每年汇演，神乘坐巨大的飞碟悬浮在城市上空，整个天都黑了。一道光柱从飞碟中央射出来，光柱所及，便是舞台。铁皮老师每次都让阿萝压轴演出，或歌或舞，或笑颜如花，或楚楚可怜，我们都看呆了，天上飞碟里的神也看呆了。往往节目结束很久之后，神才回过神，留下几箱糖果，化作一道光，消失在天边。

对这种美丽，我时常感到自卑。阿萝坐在我身边，像是一盏灯，灯光越亮，照得我的影子越暗。我曾脱了衣服对着镜子，看到了一个不堪入目的身体：头发奄拉，脸颊深陷，肋骨像琴键一样根根突出，小弟弟又小又软，跟毛毛虫一样吊在两腿之间。看着这样的身体，我自己都嫌恶。

有一天，放学时阿萝叫住了我，问我为什么最近都不跟她说话了。

我愣住了，支支吾吾地说不出话来。

一起走回去吧。她说。

我们走在暮色笼罩的街道上。我把手插在兜里，低头不语，用脚踢地上的石子，石子滚过破损的水泥路面，滚进杂草丛中，淹没不见。我又寻找别的石子。

你说，这座城市是谁建造的，为什么现在又这么荒败呢？阿萝仰头看着四周，巨大的建筑隐进黑暗里。这是初夏的夜晚，天幕幽郁，唯一的光亮来自偶尔飞过的萤火虫。

我挠挠头，说，可能是神建的，然后神又发现了更好的地方，就遗弃了这里。

那我们是从哪里来的呢？阿萝又问，铁皮老师说我们是胎生，但从来没见过我们的父母。它还说我们会一年一年地成长，但这个城市里，全是小孩子，成年人和老人去哪里了呢？

这个问题刘凯也问过，他没有找到答案，我也不知如何回答。

天越发黑了，路旁的植物在夜风中发出呼呼的声响，仿如某种喘息。身后也隐约传来鬼魅般的脚步声。这情景让我害怕。我说，我们回家吧，这里晚上不安全。

阿萝却不听，径直往前走，一条条街道被甩在身后。我咬咬牙，也跟上去。夜空的云被吹散了些，露出几颗星星，仿佛萤火虫飞上了天。

当我们走到城市边缘时，夜已经深了，风中裹挟着寒凉。我哆嗦着，抱怨说，你来这里干吗啊？

阿萝的脸在黑暗里看不清。她伸出手，上前一步，吱吱，空气中突然发出电流蹿动的声音，她的掌前亮起水波般的光，呈弧形，蓝色。她往旁边移了几步，又伸手，光波再次拦在手掌前。

没用的，这里被罩住了，出不去的。我有些不耐烦。

阿萝不理，把手使劲往前推，光波向外凹陷了一些。嗞嗞，电击声变大，阿萝被大力反弹回来，向后跌在地上。

我连忙去扶她，埋怨道，你这是白费力气，十岁的时候我找了三十几个人，花了半天，也没把这层——我突然愣住了，因为在隐隐星光下，我看到阿萝脸上挂满泪痕。

我顿时不知所措，你……是摔疼了吗？

阿萝摇摇头，眼睛看着城外。我们能明显感受到风从外面吹进来，一些流萤划过，几株蔓藤长在光波亮起的地方，随风摇摆——整个城市被巨大而透明的防护罩罩住，风、植物和动物都能穿过，但我们不能。

我只是想看看外面的世界。过了很久，阿萝轻声说。

我被她的伤感愁绪传染了，感到了一阵悲哀。以前发现这层罩子时，我也很好奇，想看外面的世界。那里会不会也有很多个城市，里面满是孩子？我找男孩子们帮忙，用砖头砸，用火烧，什么都试过了，罩子却纹丝不动。男孩们都抱怨，说城里这么大，玩也玩不够，出去干吗？连刘凯都不帮我。后来他们三十几个人都走了，只剩我拼命用锹挖土，想从地下穿过去。但当我挖了一个洞后，才发现防护罩连土地都能穿透。当时已经很晚了，我在黑夜里哇哇大哭，边哭边穿过废墟回家。

我甩甩头，说，走吧，很晚了。

我们往回走，天太黑了，阿萝跌倒了好几次，扭伤了脚。我背着她，像是背着一片叶子。我的后脖子感觉到了她均匀的呼吸，如同潮汐涨落。她睡着了，但愿我干瘦的背部不会让她落枕。

我走了很久，惊恐地发现我迷路了，道路在黑夜里是另一番面孔。更糟糕的是，一只老虎嗅到了我们的气息，当我察觉到时，它已经跟在我身后了，喉间发出低低的咆哮。

这座城荒废了这么久，不仅被植物侵占，也成了动物的乐园。刘凯以前推开一间写字楼的办公间，里面顿时一片惊乱，十几只鹿仓皇奔出。我还见过成群结队的野牛在城里游荡。

我吓坏了，耸动肩膀把阿萝叫醒。我缓缓后退，抵住了一面墙，让阿萝爬上去。阿萝踩着我的肩膀，蹲在了墙上。她伸出手，说，我拉你上来。

我刚伸手，老虎猛然前肢低伏，做出跃起攻击的姿势。我吓得几乎要跌倒，颤抖道，不，不行了……你赶紧跑，找个房间躲起来，关上门，老虎就打不开……我、我房间的墙里面，藏了一个盒子，是我挣来的糖果，上次没被搜走，就交给你了。还有，我一直很——

我的遗言还没交代完，一道人影突然跳出来，拦在了我前面。老虎咆哮一声，四野震动，那人影丝毫不惧，反倒上前一步。老虎似乎察觉到了危险，收起獠牙，慢慢退回了黑暗深处。

人影转过来，说，以后不要这么晚出来了。

是铁皮老师！

它把阿萝抱下来，背在肩上，然后拉着我的手。它的金属皮肤很凉，但握在手里，时间久了能感到温暖。夜依然深沉，却不再危险。夜风停住了，像是一群疲倦的羔羊，在某个角落里蜷缩而眠。

我们走吧。铁皮老师说。

于是，在漆黑的夜里，这个干瘦沉默又带着忧郁的机器人，背

238　　　　　　　　　　　　　　　　　　　　湿润的金属

着阿萝，牵着我，在长长的荒芜的路上行走。

后来，我无数次在夜里回忆起这幅画面，心里涌起温暖，有了能够面对天亮的勇气。

4

刘凯对我说，我喜欢上阿萝了。

我不以为然，说，所有人都喜欢阿萝。

这次不同，我以前看到阿萝，满脑子都是下流思想，想着她不穿衣服的样子，看是不是跟我梦里面的一样。但现在，我会自卑，会觉得自己脸上有东西，怎么洗也洗不干净。

我心里一动，小心翼翼地问，呃，这种自卑，就是喜欢吗？

当然是啊，铁皮老师不是说过吗，这是典型的青春期心理，是内心喜欢的外在映射。

我恍然点头。

所以，我决定了，我要追求阿萝。刘凯郑重地说。

刘凯是我最好的朋友，从小到大，他做任何事我都支持他。但现在，听到他的决定，我却一阵慌乱，犹豫了很久，说，她……你不要追她，她不适合你。

为什么啊？

我一急，脱口而出道，呃，因为……因为她不好看。

放屁，她不好看，那城里就没人能看了！刘凯瞪了我一样，说，再说了，我是那种只看长相的人吗？

还有——她的胸太小。

刘凯愣了愣，低头思索了半天说，这倒是麻烦……不过也没关系，反正我的手也不大。

话已至此，我只得答应，问，那我要怎么帮你？

这事不能急。你是她的同桌，就先替我了解她的喜好，并且经常提到我，把我的形象塑造得光辉灿烂。然后我在合适的时候隆重出场，一举拿下阿萝。

本来经过那一晚，我和阿萝的关系已经很好，但被刘凯横插一杠，又变得别扭起来了。我在心底很抵触帮刘凯说话。我见过有人恋爱，就是大手哥和月亮妹，整天腻在一起，动作亲密。我无法想象阿萝和刘凯也这样。这种情绪，如果你不能理解的话，就想象两只看上了同一根骨头的狗吧。

但刘凯显然是一条比较不要脸的狗，整天缠着我，不得已，我只得跟他说了阿萝的喜好。我说，阿萝每天都是一个样子，把头发梳在背后，是那种柔顺的马尾，垂下来像是一种植物。她按时上课按时回家，作业工整，坐姿端正，连呼吸都均匀平稳，简直比铁皮老师更像个机器人。

说着，我又想起了那晚，阿萝对着黑暗中的防护罩流泪的模样。这模样无比鲜明，与她白天表现出来的，是两个不能重叠的形象。为什么它们出现在同一个人身上呢？我常常对此迷惑不已。

接着说啊，别愣着。

她不是很聪明，有些题目我和你都能做出来，她不能。但她肯下苦功，回家后整晚钻研，所以考试起来，还是她第一名。

这个我知道，女人嘛，要那么聪明干吗？

大概就是这些了，其他的，我再帮你查查。

真的没有了吗？刘凯低着头，脸上的表情埋在阴影里，看不分明。

当然，我怎么会骗你！

好的，事成了我会好好谢你的。

我看着刘凯走远，心里有些紧张。其实，有很多东西我没有说出来，比如那晚阿萝对城外的渴望，再比如，阿萝头发上有一种香味。那是一种淡淡的、若有若无的味道，只有风顺着它吹到你，你

　　　　　　　　湿润的金属

才能闻到，换个方向都不行。我喜欢这味道，常常有意无意地靠近她，轻轻吸气，过很久才吐出来，脸憋得跟猴屁股似的。

我还忘了告诉刘凯，阿萝喜欢诗歌，时常用纤长的手指在晶屏上跳动，一行行字便在指尖流出来。她从来不让我看。我唯一一次见到她的诗，是在后来的语文课上，这一章专讲诗歌，末了，铁皮老师让我们写一首诗交上去。

当所有的诗都上传给它后，它停滞了几秒，然后摇摇头说，你们的诗千奇百怪，不过诗歌的范围太大，任何语句都能成诗，所以也不算错。比如这句"路边飘摇一朵花，摘回去，送给她"……

这是我写的。我的脸红了，低下头。

铁皮老师又说，但有一首很好，我传给你们看看。是阿萝写的。

我们的晶屏接收了这首诗，我仔细看，心慢慢变空，好像被什么啃掉了一样。

十岁那天，你用手蒙住我的眼睛。

五月，旷野，长着三叶草
麦田的青绿染湿了我们的衣裳
我像迷路的糖果在麦田里乱跑
阳光很好
夏天在麦田里跌倒

九月，窗外，穿过废墟的少年
看飞过天空的鸽子，紫色的鸽子
在地上留下影子，浓黑的影子
鸽子飞入灰色的天空
黑色的影子落入少年的眼眸

十岁那天，我想看见你的脸

我轻声念完，转头看阿萝，她一如往常，坐直身体，头发像植物一样垂在肩上。我又闻到了那股香味，但奇怪的是，此时教室并未起风。

5

由于所有人的生日都在同一天，每年的庆祝就格外盛大，汇演也在这一天举行。我们十五岁的生日很快就要来了，铁皮老师让我们准备节目。

刘凯找到我，郑重地说，我想写诗，汇演时上台去朗诵。我要让阿萝知道我也是个诗人。

我大吃一惊，问他为什么突然有这个想法。

因为，刘凯犹豫了一下，我跟阿萝表白了。

结果呢？我下意识地问道，随即醒悟过来，肯定不是好结果，要不刘凯也不会想着写诗了。我想了想，又问，为什么你不跟我说一下就去向她表白呢？

我知道你也——他咳了一声，把剩下的话吞了回去，说，总之，她说我不懂她。哼，我要写出让阿萝大吃一惊的诗，在汇演时朗诵给她听！

虽然刘凯这么信誓旦旦的，但我不以为然。他在阿萝面前人模人样，但本质上邋遢不堪，典型的姿势是左手抠脚趾，右手拿笔做题，然后再用左手挖鼻孔。请允许我描述他的鼻孔：漆黑无比，像倒悬的深渊，还时常有更黑的鼻毛颤巍巍地探出来。他喜欢边说话边扯鼻毛，说着说着就拔出一撮，手指一搓，鼻毛散落，脸上表情诡异，既有拔毛的痛苦又有丰收的喜悦。上次交诗歌作业，他写得

242　　　　　　　　　　　　　　湿润的金属

比我更不如，是"天上鸟儿飞，我在地上追。追也追不到，回家去睡觉"。

但这次他是认真的。接下来的日子里，他每天在城市里游荡，却不是翻捡废品，而是两手插裤兜，双目迷离，嘴里喃喃有词。大手哥找他寻仇，纠集一伙人，他却没有反应，目光越过大手哥望向了遥远的地方，且轻声说着什么。大手哥威吓了几声，毫无作用，纳闷地把头凑过去，听到刘凯在说：

你在风里，你在雨里，你在我思念的季节里。我见到风不是风，我见到雨不是雨，我见到的一切，都是你。

大手哥当场就吓坏了，被小弟们扶回家，从此再不敢找刘凯麻烦。

不久后，刘凯写了几首诗，拿给铁皮老师看，铁皮老师从中选了一首赞美神的诗，说，你就上台念这个吧。

很快，我们迎来了十五岁生日。这一天格外喜庆，铁皮老师给每个人发了一套衣服，洁白无瑕，布质柔软。到了晚上，全城九百多个孩子聚在一起，等待神的来临。

天一点点变黑，夜风吹起来，衣摆轻轻飘动。铁皮老师说，闭上眼睛。我们全都把眼睛闭上。铁皮老师又说，睁开眼睛。我们一睁眼，就看到城市上空的巨大飞碟，银白色的外壳在夜色中透着冷感。

铁皮老师一挥手，我们便全都站起来，伸出手，对着飞碟欢呼雀跃。铁皮老师压了压手，我们安静下来，听它说道，感谢神，神孕育了我们，将我们保护于这座城市之中。神赐予我们糖果，神洒下恩泽，我们沐浴其中，必将遵从神的旨意。

飞碟寂然无声，缓缓旋转。我看了一会儿，觉得头有些晕了，就看向四周。我发现刘凯的脸有些红，可能是即将上台，紧张导致的吧。

一道白色光柱射下来，照到我们前面的空场上，这一块儿地，就是舞台了。

我远远地看着表演。这次阿萝不是压轴，她跳了一支舞，绵软的白衣在她身体上显露出惊人的曲线。但她的脸圣洁无瑕，每一步踏出，似乎都要飞起来。

我要告诉你一件事，耳边突然传来刘凯的声音，其实你和阿萝去城边缘的那晚上，我跟在你们后面。

我一怔。难怪那晚总感觉身后有脚步声。

我知道你也喜欢阿萝，所以你隐瞒阿萝向往城市外面的事情，我不怪你。刘凯盯着舞台，呼吸因紧张而急促：但我念了这首诗后，阿萝肯定会喜欢我的。我跟你是最好的朋友，什么都可以让给你，但阿萝不能让。

这时，阿萝跳完舞蹈，微微喘气，退出了白光舞台。

刘凯起身走了上去，大声说，我给大家朗诵一首诗，关于我们头顶的神。

他站在光柱中，面目有些模糊。他的视线依次在我、阿萝和铁皮老师身上停留了一秒，然后深吸口气：

如果不是那个夜晚我仰头
星光不会坠入我眼眸
如钻石般迷人
又像泪眼般哀愁
我企图接近
但一层光挡住了手

如果不是经常在废墟行走
我不会觉得孤独
像天空中唯一飞翔的鸿雁
像宇宙中唯一旋转的星球
我猜不出，看不透

湿润的金属

城外的光，到底是保护

还是禁锢

　　我看到铁皮老师的金属五官罕见地扭曲了，它飞快起跑上去，想拉刘凯。但刘凯早有准备，一边往后跑，一边大声念：

如果不是因为她的温柔

我不会如此厌恶公路和废弃的高楼

她美丽如此短暂

红颜转瞬变成骷髅

她的笑容要在阳光下盛放

她应该获得那两个字

自由

　　这些句子不知在他心中背诵过多少遍，音节利落，掷地有声。铁皮老师更急了，两脚一蹬，地上的水泥"咔嚓"一声裂开。它闪电般扑过去，抱着刘凯，在地上滚了几圈。

　　剧烈的疼痛打断了刘凯的朗诵。他发出呻吟，不解地看着铁皮老师，说，老师，我只是……

　　闭嘴！铁皮老师气急败坏地说。它顿了顿，抬头看向天上，飞碟如故。它似乎松了口气，低声说，给我坐回去，别说一个字。说完，就拉着刘凯往我们这边走过来。

　　这时，天空中的飞碟停止了旋转，光芒全熄，黑暗从四面八方向我们碾压过来。铁皮老师浑身一颤，眼睛亮起红光，一闪一闪。

　　我知道这是它在跟神交流，用我们不能听到的方式。它越说越快，红光几乎连成一片，胸膛里发出嗡嗡的仪器运转声。大概一分钟后，红光消失，我听到它在幽暗里发出轻轻的叹息。

　　我眼皮一跳。风变大了，带着寒意，在地面卷过。

飞碟中再次射出一道光柱，却是蓝色的，莹莹澄亮，罩住了刘凯。刘凯的脚离开了地面，缓缓上升。他如溺水一般手舞足蹈，却无济于事，连呼叫也被冻结了，只看得到他张大嘴，脸色在蓝光下显得格外惊恐。

我刚要上前，手心倏地传来温润的触觉。是阿萝，她攥住了我的手，缓缓摇头。

就在这愣神的工夫，刘凯已经升到飞碟下，一道圆形门打开，将他吞没。接着，飞碟再度旋转起来，空气被带动，四周风沙肆虐。在我们的惊呼中，飞碟切开夜色，朝东边天际射去。这次，神走得如此急切，连糖果都没有留下。

飞碟很快缩成了星光大小，混入群星璀璨的夜空中，再也寻不到。

6

十五岁过后，我尝到了孤独的味道。没有了刘凯，这个城市变得冷清而陌生，我常常走在荒芜的街道上，凉风拂过，我感到无所事事。

这种情绪困扰了我很长时间。

而这期间，铁皮老师的忧郁症更加严重了。有一次正上课，它突然停下来，呆滞地看着窗外停歇的麻雀，我们连声唤它都不应。几分钟后，麻雀扑棱着翅膀飞向天空，它才收回视线。

随着季节更换，日月流转，铁皮老师越来越心不在焉。到后来，它在课堂上根本不能讲课，索性布置了实验作业，让我们自己去做。实验没有规定对象，只说要修复从废墟里捡来的复杂器物。实验是两人一组，我犹豫很久，对阿萝说，我们俩一组吧？

她连头都不转，问，小黄瓜、朱宇、邓光阳，还有大手哥，他们都找我组队，为什么我要答应你？

因为你知识过硬，我动手能力强。我们……我挠挠头，有些尴尬地说，我们会配合得比较好。

阿萝说，不干！这段时间你都不跟我说话，整天低着头，我才不跟你一起呢。

我说，以前我都是跟刘凯一组，现在他不在了，我不知道怎么办……好吧，不过你不答应我也行，但千万别跟大手哥一组。他有月亮妹，还过来找你，肯定是想一脚踩二船，一枪打双鸟，一口吃掉两颗糖，你可不要让他得逞。

阿萝转过来，看了我一样，笑着说，这才像你，好吧，我跟你一组。

我在家里一阵翻找，翻出了以前捡回来的废电脑，擦去灰尘，发现竟然有七成新，就是不知道哪里坏了，启动不了。本来我还有一些破玩具，修复它们要简单得多，但不知怎么，看着阿萝，我本能地选择了难度比较大的电脑。她好像也没有异议。

我和阿萝把电脑拆卸，分析了很久，找不出问题。阿萝提议去找铁皮老师辅导，我摇头说，铁皮老师的忧郁症已经很严重了，我们还是不要去打扰它的好。阿萝说，就是因为这样，我们才更要去关心它啊，它对我们那么好。我说，还是算了吧，它把自己拆成一块一块，零件都在地上跑，看着心里发毛。阿萝说，你不去我就换组，不和你一起做实验了。我说，来，我们往这边走。

铁皮老师的家在市中心一栋单元楼里，拨开密布的藤条，赶走了几只睡懒觉的兔子，我们挤进去时已经一身狼狈。果然，屋子里到处都是铁皮老师的部件，都不安分，手臂靠五指抓地而行，脚则漫无目的地滚来滚去。我们小心地避开它们，走到卧室前，透过门缝，看到铁皮老师的头颅立在窗边。窗外，是渐渐暗下来的天空。

我过去把头颅抱下来，比我想象中的要轻，不像是装载了量子大脑的金属球。头颅里传来奇怪的声音，我听了很久，对阿萝张开嘴，用口型无声地说，它在哭。

是的，铁皮老师在哭。我见过很多人哭，但没有一个人是像铁皮老师这样哭的，嗞嗞，嗞嗞，像是电流在回路里辗转不去的幽咽。

阿萝也不知如何是好，她本想安慰，但听到这种哭声，谁都说不出话来。于是我们沉默地坐在屋子里，外面暮色沉降，又到了夏夜，看得到萤虫划过。

很久以后，铁皮老师停止哭泣，它的胸膛滚过来，与脖颈接驳。它转了转脖子，令人牙酸的金属摩擦声在屋子里响起。

你们，要修复的电器是什么？

我连忙打开背包，拿出银白色的笔记本式电脑，递了过去，说，我们查过资料，试了很多次，但就是不能开启。

铁皮老师的手爬过来，敲了敲电脑。然后这两只金属手又把电脑放下，爬到它肩旁，安装好。它甩甩手说，哦。

阿萝连忙说，您能提供修复意见吗？

铁皮老师躺下来，两手枕着后脑勺，懒散地说，电脑是一种古老的电器，你们没见过，所以不太清楚。一般呢，电脑不能开启，有可能是主板问题，也有可能是硬盘损伤，还有可能是显示屏接触不良……

那我这台电脑，是属于哪个问题呢？

哪个都不是，铁皮老师挠了挠已经生锈的头顶，说，它只是没电了。

城市荒废，发电厂和输电装置都失效了，我们没有电器，晚上漆黑一片，夏天燥热无比，冬天严寒刺骨。城里唯一的电源来自铁皮老师体内的核子反应炉。平常我们的晶屏需要充电，都是统一交给它。

充好电后，铁皮老师启动电脑，却不交给我们。我看到它仔细检查了一遍，删掉了很多东西，最后交给我们，说，这台电脑已经干净了，你们拿去试试吧，不过电池只能用两个小时。这次的实验就算你们过了。

　　　　　　　　湿润的金属

我犹豫了一下，问，您刚才删掉的是什么啊。

哦，只是一些影音文件和文档而已，都是对你们有害的东西。

我对这样的说法很怀疑，就像我怀疑他解释说，刘凯一直没有回来，是因为被伟大的神选中，去往神的国度沐浴恩泽了。但很多事虽不能被证明，却也不能被证伪，所以只好保持这份怀疑。

我和阿萝抱着电脑往回走，天黑得很快，视野里盛满了星星。附近的野兽都被铁皮老师赶走了，所以我们不害怕，走得很慢。

那么，实验这么快就结束了，看来我的知识和你的动手能力，都没有发挥作用。阿萝笑着说。

我挠挠头，踢开一根缠住电线杆的藤条，说，那你应该很高兴啊。

是啊，我应该高兴，她低着头说，可是我觉得少了点什么。我还打算实验做久一点，跟你一起，会很有意思的。

我又踢开几根藤条，才反应过来她说的话。我难以置信地转过头去，看到她的脸依稀在夜色中，这一刻，她白天的娴静和那晚的哀伤奇迹般重合了。她背后有一丛白色的花，夜风吹过来，花朵纷纷摇晃。

我有些颤抖，没头没脑地开口，我一直想问你，去年汇演，刘凯被神带走的时候，你为什么拉住我？

我担心你。她抬起头，看着我说，我怕你也被带走。

她的声音羞涩而温柔。她的眼睛睁得很大，像是怕在夜色里看不清我。

可是，为……为什么是我呢？我语无伦次地问。

你还记得我写的那首诗吗，穿过废墟的少年，其实就是你。十岁的那天，男孩们都走了，只有你一个人拼命想出去。我躲在远处看你，直到夜晚，你一边哭一边回家……那时候我就知道了，整个城里，还有一个人跟我一样，对城外充满向往。

十五年多来，我第一次手足无措，后退几步，靠在了电线杆上。

阿萝温婉地站在我三步之外，漫天星光成了她的背景。

这时，我看到远处有人，是大手哥和月亮妹。他们没看到我们，站在墙角边，紧紧抱在一起，头挨得很近。

他们在做什么？阿萝问。

可能是在讨论解析几何的问题吧，前几天刚学过。我刚说完，就发现不太对劲，大手哥的嘴在月亮妹脸上探索，大概是月亮妹的脸太大了，他花了好一会儿工夫才找到月亮妹的嘴。他们亲在一起，没有讨论数学问题的空间。

好像是，阿萝的脸在星光下有些发红，是接吻……

那我们也试试吧。我鼓起勇气说。

阿萝咬住下唇，看得出她很紧张。我等了很久，直到勇气逐渐消散时，才看到她点了点头。

我上前一步，嘴唇凑了过去。我碰到了一片柔软，带着略微的湿润。我愿意花很多字来描述这一刻的感觉，但我不能，在它面前，任何文字都苍白无力。阿萝似乎也没了力气，向后仰倒，我伸手抱住了她。这时，我和大手哥的姿势一模一样，但他睁开眼睛看到的是无边无际的大脸和坑坑洼洼，而我则看见了阿萝紧闭的眼睛和轻轻颤抖的睫毛。风从后面吹来，穿过建筑群和植物丛，却无声无息。夜晚静谧，没有萤虫，萤虫都睡了。

当我们分开时，夜已经很深了。我和她都不知所措，她低头拉了拉裙子的边角，说，那我现在回去了。

我有些不舍，突然想到了一件事，说，我们检查电脑的时候，是不是看到它有一种叫光驱的设备？

是啊，怎么了？

那我就剩一件好东西了，你跟我回去看看吧。

我拉着她回到家中，翻了很久才把那张光碟找出来，小心地把它放入光驱中。阿萝好奇道，这里面有什么啊？我一边按照资料操作电脑，一边回答说，我也不清楚，看看就知道了。

光碟里只有一个视频文件。谢天谢地，铁皮老师没有把电脑里的播放器卸载，我直接点开，一个窗口跳出来，挤满了整个屏幕。

我和阿萝坐在一起，紧张地盯着屏幕。看着看着，我握紧了阿萝的手，感觉她在抖动。我也牙齿打战，这是夏天，我却如坠冰窖，每个细胞都在寒冷和恐惧中缩成一团。

屋外星辰密布，像无数只窥视的眼睛，它们一闪一闪，似乎也被视频里的内容吓得颤抖不已。

7

很久以前，地球上布满人类，文明的种子在这颗星球的每一片土壤上生根发芽。当科技达到一定高度后，人们开始向宇宙中发出呼唤，希望引起外星智慧生命的注意。在漫长的时间里，这种呼唤一直没有得到回应，那段时间，被称为"沉寂时代"。

在沉寂时代中，人们感到寂寞，认为自己是宇宙中孤独的生命。但某天，一艘飞碟循着人类的信号，穿越茫茫宇宙，降临到地球后，人类才知道，沉寂时代才是最美好的日子。飞碟用战争终结了沉寂，用神迹般的科技征服了一座座城市，人类无力抵抗。长满触须的外星人待人类如同人类待猪狗，肆意屠杀，直到它们发现，成年人类的身体很适合用来做培养它们后代的容器，这才停止杀戮。

它们把人类麻醉，将后代卵注射进去，几天后，一条灰白色触须就会从人的肚脐里伸出来。再过几天，人的每个孔窍都会钻出触须，看上去像灰色毛球。它们割开人的肚皮，将幼体取出来，而这时，人体也只剩下薄薄的一层皮，所有的血肉都被异形幼体啃食。

一时间，地球上爬满了外星人，人类销声匿迹。而大量的后代孕育，让它们了解了一些规律：只有在身体健康、思维活跃的人类身上，它们的后代才有更旺盛的生命力。于是，它们用许多优质细胞进行克隆，让人类孩子在地球上生长，派机器人照顾，学习知识，锻炼思维。它们则坐上飞碟，继续在宇宙中寻找下一个目标，只每年回来查探一下，等孩子们长到十六岁，再统一麻醉，运到飞船上，成为孕育容器。

以上内容即是视频所述。在结尾处，整个屏幕被一行硕大的字占满，"地球=牧场"，字体粗大，触目惊心。

看完后我和阿萝都惊呆了，说不出话来。直到电脑咔的一声，屏幕暗淡下去才回过神来，我结巴地问，这是……是真的吗？

我不知道……阿萝大口吸气，但说话还是在颤抖，应该是假的吧，铁皮老师怎么会把我们交给那种虫子呢？

可是，城外的防护罩，每年都有神来审查汇演，铁皮老师什么都教却不教历史，我们从来没见过成年人……这些曾经困扰我们的问题，都在视频里有答案啊。

或许……或许是有人故意用这些疑问做视频吧，我听说，以前有种东西，叫电影，什么画面都可以做出来，看上去像真的似的。

听她这么说，我心安了一下，刚要舒口气，却突然想到了刘凯，颤声道，你还记得吗，刘凯那首诗提到了这方面，所以他才会被抓走。

阿萝捂住头，退了好几步，坐在床上，摇摇头说，我们去问铁皮老师吧，它肯定知道答案。

你还敢去问它吗？如果是真的，按照视频的时间，它至少抚养了十几批孩子，每批都送上去给神——给外星人吃了。

那我们怎么办？阿萝抽泣道。我看见她哭的样子，心头顿时柔软，我上前抱住她，拍着她的背，柔声说，放心，有我，我不会让你有事的。

但我也没有办法。接下来的日子里，我一看到铁皮老师，腿脚就打颤。空闲时候，我和阿萝在城边缘拼命想出去，但总是无功而返。我们也试图把这件事讲给其他孩子听，但我不敢找铁皮老师给电脑充电，光碟无法播出，没有人相信。

这种压抑的日子持续着，很快，我们十六岁的生日来了。在我心中，这已经不是生日了，另一个可怕的词取代了它——收割日。这一天，是地球牧场丰收的日子，所有的孩子都如麦子般被割断，我们的童年于今天终结。

我想过逃跑，但无路可去，阿萝也是面色灰暗。我们坐在废旧的建筑顶上，很久之后，阿萝站起来，拍拍衣服，一袭白袍在风中猎猎鼓荡。她说，我们走吧，如果那是我们无法逃开的命运，那就去面对它吧。

我们走到场地中，其他人已经坐定了，脸上都是期盼雀跃的神色。铁皮老师站在前面，不时扭动脖子，手脚也怪异地扭曲着。这是它忧郁症犯了的征兆。

天暗了下来，一如往昔，地球的主人变换，但不变的是每一个夜晚。

铁皮老师说，闭上眼睛。但这次我固执地睁开着，夜空静如深湖，一点光亮划过，我开始以为是萤火虫，但它比萤火虫更亮，轨迹更长，像是星光的视觉残留。它缠绕，滋生，茁壮成长，一艘飞碟从光中沐浴而出。这时，铁皮老师说，睁开眼。孩子们看到飞碟，欢呼不已。

这次没有汇演，飞碟缓缓投下一个箱子，落在铁皮老师面前。它似乎在发呆，好一会儿才颤抖着打开箱，拿出里面的糖果。以往的糖果是红色的，但这次是白糖果。铁皮老师给每个人分了一颗，它的动作极其缓慢，仿若凝滞。

这是神的恩赐，吃下它，你们将离开这荒废的土地，到达天堂。铁皮老师磕磕绊绊地说，现在，它就是进入天国之门的钥匙，打开它吧。

于是，孩子们都把糖果送进嘴里。阿萝闭上眼睛，轻声念道，我们在天上的父，愿人都尊祢的名为圣，愿祢的国降临，愿祢的旨意行在地上，如同行在天上。我们日用的饮食，今日赐给我们，免我们的债，如同我们免了人的债，不叫我们遇见试探，救我们脱离凶恶，因为国度、权柄、荣耀，全是祢的，直到永远。阿们！

念完后，阿萝对我凄然一笑，抬手准备把糖果放进嘴里。

等等！

这一声暴喝，如惊雷般滚过全场，少数没吃糖果的孩子都惊愕地看着铁皮老师。它从来温声细语，但现在，它的胸腔里似有浓云卷积、惊涛翻涌。

它几步便飞奔而至，喘息着问阿萝，你……你怎么会这段祷言？见鬼，见鬼，见鬼！你看过《圣经》吗？

我突然想起，很多年前，我走到铁皮老师窗下时，也曾听到它念诵过这段话。原来它出自我送给阿萝的那本书。

阿萝嗯了一声，说，是的，我很喜欢它，父。

你说什么？你刚才叫我什么？

父。

你叫错人了，你们的父行在天上，在飞碟里！铁皮老师突然变得气急败坏，大声吼道。而我，是一个机器人！

对我们来说，您养育了我们，您就是父，父亲，我……

阿萝没说完，铁皮老师猛地甩手一巴掌，啪！她脸上顿时红了半边。铁皮老师暴躁地骂着，给我闭嘴！见鬼，你们地球人都是猪猡，我只是饲养员，叫我父亲？那样我岂不是也成了你们这种低级羰基生物了！

哗！铁皮老师身上冒出一阵火花，黑色液体也顺着破损的部件流出来。它停滞了一秒，然后上前扶起阿萝，温柔地看着她，说，对不起……放心，我请求祂们放过你们这一批。

它的眼睛亮起红光，有规律地闪烁。它在和飞碟里的人通话。几分钟后，它呆呆低下头，说，祂们驳回了……

飞碟下蓝光荧惑，前方的孩子们被反重力拖曳着上升，进入飞碟内部。我低声说，父亲，再见了，希望下一批孩子能让你开心起来。

铁皮老师的手抖得更厉害了，似乎不胜夜风寒凉。我仰起头，把糖果放进嘴里，这时，它猛然将手指插进双眼，一阵火花从它瞳孔中溅出。下一秒，我和阿萝被它抱住，往场外狂奔。其他孩子不知发生了什么，待在原地，被逐渐扩大的反重力光束笼罩了。

我伏在铁皮老师肩头，咳出了糖果。周围光影纷乱，风声籁籁。在模糊的视线里，我看到了阿萝。我们挨得如此之近，以至我能听到她的呼吸。我再次闻到了她发梢的香味。

那香味钻进我的鼻子里，从此，一住好多年。

8

"所以你们就这么逃出来了吗？"坐在我对面的小女孩儿晃着脑袋问。

"嗯。"已有些晚了，西天垂着一块熔化的黄金，风渐渐吹起来。我决定快点结束这个故事，"防护罩的发生装置埋在中心广场下面，铁皮老师砸坏了它，带着我和阿萝跑了出来。"

"那现在怎么只有你一个人？"

"铁皮老师和阿萝……都死了。"我深吸一口气，尽量说得简洁，"铁皮老师的忧郁症，就是源于多年来内心的自责，但它的芯片又被外星人掌控。它的心和芯在做斗争，但最终输的还是心，为了不伤害我们，它先伤了自己。它自毁了，当着我和阿萝的面。"

"那阿萝呢？"

"我和她逃亡了很长一段时间。铁皮老师临死给我们留下了屏蔽器，外星人找不到我们，我以为这一辈子可以跟她这么过下去。但二十三岁那年，她决定去找外星人，她想让外星人和人类和平共处。我说这太天真了，就像人类不会平等对待家畜一样。她说她知道，但这是唯一的办法，如果我们不做什么，等我们死了，人类就没有希望了，不会再有第二个愿意帮孩子们的铁皮老师了。我劝不住她……"

小女孩知趣地点点头，没问后面的事情。但我脑子里再次回忆起那个画面——阿萝亲吻我的额头，慢慢走到空地上，关闭了屏蔽器。几乎在同一瞬间，飞碟出现在她头顶，她举起手，大声喊："我想跟你们谈——"回应这声呼喊的，是喷吐的高温粒子束，阿萝以及她周围五米的土地，全部被焚成飞灰。

"从那以后，我决定完成阿萝的遗志。我满世界游弋，寻找城市，讲出我的故事。"我缓缓说，"结束了，我的故事讲完了。"

"怎么说呢，你讲的事情跟我的生活确实很像，城里也全都是小孩子，也被一个机器人照看着，但我还是觉得太离奇了。"女孩咬着指头，笑笑，"毕竟我还只有九岁嘛，等我长大些了，说不定会相信。"

"我也没有指望你立刻相信，时间会让你找到答案的。"我掏出一个自制的定位仪，抛给她，"但如果你相信了，就找一只鸽子，把这个玩意儿拴在鸽腿上。鸽子会找到我，我就会找到你，给予你帮助。"

"谢谢……对了，叔叔，你知道吗，我的名字也叫阿萝。"

"嗯，每个城市里克隆的都是同一批细胞，你周围的人中，肯定也有一个刘凯，和一个长得像我的人。"

"是啊，他们跟我关系都很好。"

我看着她，往事跋山涉水而来，那张埋在久远记忆里的脸再次浮现。我伸出手，吱吱的电流声中，水波般的蓝光掌前延展开。女孩也伸出手，隔着防护罩，我们的手掌对在一起。这是城市的边缘，我在外，她在里，无法碰触，却能感觉到温度。

很久之后，我站起来，拍去身上的尘土："好了，我现在要走了，我要去下一个城市。"

夕阳落入深渊，最后一抹余晖也断绝了。黑暗从西边天际奔涌过来，无边无际，吞没了世界。但我不怕，凭着掌心的温度，我能在黑暗里走得很远。

江河流殇

1

江川足下：

　　……匆匆返家，得信于池畔，心稍宽。

　　足下信中详绘奇境，种种神幻，翔天潜海皆可为之，恐不啻神宫仙境。吾与足下知交三载，信往逾百，知足下素来词恳意切，向不轻薄，是以虽不信，犹不疑。倘亲眼见之，自当知晓。

　　然两地暌违，恐此愿终不得偿，每念至此，心憾不可抑。

舒原敬禀　四月初一

江川走进幽辞馆时，老头儿正在看书。青褐色的书桌旁，一壶茶正被文火慢煮，壶肚里传来咕噜轻响，袅袅水汽自壶嘴升起，让馆内弥漫着隐约的香气。江川合上背后的门，喧闹嘈杂立刻被滤去。

"每次进来，就像进了另一个世界。"江川走到书桌前，"有时候想起来，老头儿你真会享受。"

老头儿抬起脑袋，笑了笑："你又来了，这次还是要我给你译成

257

古文吧?"

"嗯,不然我也没其他的事。我可静不下心,能把一本书看完,尤其是纸质书。"江川把信拿出来,放到书桌中间,然后坐到一张楠木圈椅上,惬意地把背靠上去,"你在看什么书?"

"一本词集。"老头儿把书合上,让江川看见封面,"《姑溪词》,北宋李之仪写的。"

"北宋……"江川仔细思索了一下,"那是一千多年前的朝代了,这么长的时间,还能流传下来,真不容易。"

老头儿摘下老花镜,揉揉眼睛,然后又戴上,拿起江川的信,"是啊,文字是很神奇的东西,不管过多久,都能顺着时间的河流漂下去,流传到想看它的人手里。"

江川一愣,手臂上肌肉跳动,他伸手揉了揉。老头儿只顾着看信,没有抬头。

"你这次写得有点多,要全部翻译吗?"老头儿说。

"嗯,这难不倒你吧?"

老头儿没有说话,拿出一支乌青色的钢笔,蘸了墨水,铺开宣纸。接下来的四十分钟里,整个书馆一片寂静,只有笔尖划过纸面的沙沙声,像风掠过树叶。

江川等得无聊,拿起《姑溪词》。这本书有年头了,虽然经过保养修复,但岁月的侵蚀还是让书页一如迟暮的容颜。江川很喜欢翻页的感觉,粗糙的页边摩挲着指尖,似是不舍。只是上面的文字让他犯了难,生僻字多,读起来很是吃力。他快速翻动,词集本不厚,很快就翻了一大半。

"词要一句句品读,读了还要想,这样才能品出其中的滋味。"老头儿译完了,把宣纸递给江川,"很多古代词人,为了写词,经常茶饭不思,花上好几天才写出一句。"

江川挠挠头,不好意思地放下书,拿过宣纸。像以前很多次一样,他很满意老头儿的翻译。

　　　　　　　　　　　　　湿润的金属

老头儿把茶壶取下，倒了两杯。茶香更加浓郁了，江川不由吸了吸鼻子。

喝完茶，江川把信折好，然后把手指凑近书桌前的感应区，输了几个数字。

"你给多了，几乎多了一倍。"老头儿拉住江川的手，想把数字又输回去，"你来过这么多次，而且每次都是译信这样风雅的事情，我不应收你钱的。"

江川抽回手，拍了拍老头儿的手腕："再风雅，也要吃饭。我每次来，你这里都几乎没有生意，现在看书的人不多，看古书的尤其少。你总要有收入。"

"我的书值不少钱，要是肯卖，这样的古书还是有人愿意收藏的。"老头儿愣了一下，争辩说。

江川知道老头儿说的是实情，但他只是笑笑，收好信，走出幽辞馆。

刚出馆门，一股闷燥之气扑面而来，江川脸上的每个毛孔都闭上了。

他紧绷着脸，招了一辆无人飞的，然后闭上眼睛。飞的在高楼间穿梭，阳光穿过阴霾的云层，透过车窗，照在江川脸上。阳光的温度与机械散的热不同，带着柔软，他的脸慢慢在阳光抚摸下放松开来。

空中的飞的很多，交管系统一刻不停地安排最优化线路，饶是如此，他还是过了很久才到市电视台。飞的直接把他送到了位于高楼层的演播厅。

"你怎么才来，节目都快开录了！"刚进演播厅，一个硕大的脑袋便伸了过来，对着江川劈头喝道，"快去化妆！"

江川皱了皱眉，眼前的胖子姓李，人称肥头李，是节目制片人。江川对他的能力很不屑，但肥头李后台硬，是节目组里最不能得罪的人。

化妆没用多久，毕竟底子好，怎么化都是主持人的样子。肥头李又转头调度现场，观众被拉过来挤过去，彩灯的光柱四处乱晃，人影纷乱，乐队则被逼着调试音质，越忙越错。整个现场乱得如同煮沸的汤汁。

江川站在角落，扬起嘴角，无声地笑了起来。他的视线落在了休息区一个女选手身上，准确地说，是落在她的衣服上。那是一件雅致的民国旗袍，绣着墨绿色云彩，硬领无袖，露出细白的脖子和手臂。旗袍的衩开至小腿，玉一般的肌肤掩映在轻柔布料下，若隐若现，像被流云遮住的皓月。江川最后才去看女选手的脸，不算美得惊心动魄，但五官清雅，楚楚动人。

江川就这样看着，失神了好一会儿。

最后，导演实在看不过去了，让一个女场记把肥头李拉走。导演亲自指挥，不到十分钟，各方面都已准备妥当。随着音乐的响起，节目正式开录。

这是一档选秀节目，两百年来，观众一直乐此不疲。江川便是以此为生。

舞台上的江川是另一个人，谈吐得体，机锋频出，带着选手依次走完节目环节。这样的流程他经历过无数次，早已熟悉，虽然笑容满面，但心底平静得如同死水。这种心境直到那个叫吴梦妍的女选手上台时才有所改变。看着她缓缓走近，如一片云，他再度失神。

因为主持人的走神，这条不得不重新拍，吴梦妍看了江川一眼，低头下台，然后把款款上台的场景再录一遍。这种低级失误让江川脸红，但他诧异的是，肥头李居然没有趁机嘲讽。他用余光扫视，发现原来肥头李正盯着吴梦妍看，无暇找自己麻烦。

接下来的节目顺利录制。江川发挥了自己的职业素养，提出的问题圆滑而尖刻，不着痕迹地满足了观众的窥私欲望。只是，吴梦妍显然毫无经验，总是红着脸，紧张地低头，不知怎么回答。这种窘迫其实是观众最愿意看到的，然而江川默默叹了口气，没有继续

　　　　　　　　　　　　　　湿润的金属

深挖，并且在很多地方帮她巧妙地带了过去。

或许是运气不错，或许是她那身复古的旗袍让人喜爱，节目录到最后，现场观众给了吴梦妍一个不错的分数，使她得以晋级。

录完后，所有人都长吐了口气，愉悦地准备收工。江川摘下耳麦，独自走向卫生间。他性子冷，工作这么久，却与这里的人都不熟悉，从不参与他们的娱乐。

在卫生间门口，他意外地碰见了吴梦妍。可能是刚卸完妆，她脸上红扑扑的，还带着水珠。她也看见了江川，愣了一下，低头擦肩而过，发尾留下一抹香味。

江川转头，看着她的背影，旗袍勾勒出来的身姿如一袭流水。

吴梦妍在走道的转角处被一个人拦下了。江川下意识地向卫生间门里移了移，眯眼看去，他看到一个硕大的身影横在走道尽头，不用看脸也知道是肥头李。肥头李把吴梦妍拦住，往她手里塞了一样东西，并悄声说了些什么，然后带着莫名的笑意离开了。

江川看得很清楚，塞在吴梦妍手里的，是一张纸条。

2

江川足下：

……宴后，父大怒，责以藤条。自战事频起，世道艰辛，父勉力持家，终日惶忧，欲以豪族之姻保族内稳固。然良人未遇，吾心不甘，责打之下未有一言。母终不忍，哀声劝谏，父乃束手而去。

舒原敬禀 九月十六

"出事了。"

江川早上一醒来，就看到了通讯频道上的这三个字。全息屏幕还显示了发信人的姓名——刘凯。江川头皮一阵发麻，连忙回拨过去。

很快，一个头发杂乱的人像显现出来，神情憔悴而惶急："快，到我的实验室来！"他的头像后还有别的人影，似在走动，夹杂着重物移动的声音。江川刚要询问，嗤的一声，刘凯的头像已经消失了。

他只得披上一件衣服，匆匆赶往刘凯的实验室。

天气阴沉，厚厚的云层积压在低空，似乎伸手就能摸到这些灰色的水汽。江川按着额头，一直看着车窗外，视野里都是灰蒙蒙的。

好不容易赶到，刚下飞的，江川的眼皮就猛地一跳——几个警察围住了实验室！

"你就是他找来的人？"一个警察迎出来，扫描江川的手指，确认了身份，疑惑地说，"我以为他至少会给律师打个电话。咦，这个名字，江川……好熟悉，好像在哪里听过……"

江川冲警察笑笑："我是他大学同学，毕业后一直联系，关系不错，所以有事他都找我。那，他到底怎么了？"

"附近的居民举报他，"警察努力回忆着"江川"这两个字，随口答道，"好几家居民的宠物失踪了，有人说亲眼见到一只良种狗进了他的实验室——见鬼，我怎么就想不起来了——然后再也没有出来过。狗的主人找他，他不理会，就干脆报警了。"

"那你们在实验室里找到什么没有？"

"除了那些奇奇怪怪的机器，"警察抓抓头，"连根狗毛都没有……"

江川点点头。警察没有证据，不会很麻烦。他说了声谢谢，走进实验室。

刘凯正坐在实验室里，紧张地环顾四周，不时冲着某个搬东西的警察大声喊道："嘿，那台粒子分析仪不要动，线圈一旦弄混，整个仪器就坏了——该死，说你呢，别乱按，我花了三个月收集的数据，按错了就得全部重来……还有你，对对，就是你……"几个警察都对他怒目而视。

江川走过去，把头凑近到刘凯耳边，低沉地道："给我闭嘴！"

刘凯立刻合上嘴巴，在接下里的调查取证中，他始终没有说一句话。

由于找不到证据，警察只得悻悻收工，给个警告了事。江川一直点头道歉，连声说是个误会，目送警察走远。

警务飞车排着青烟，缓缓上升，到半空时又停下来。车窗降下，一个头伸出来，对江川大声道："我终于想起在哪儿听过你的名字了——嘿，你主持的那个选秀节目真无聊！"

"慢慢吃，"江川叩了叩桌面，小声提醒，"这里是餐厅，不会少了你的饭菜。"

刘凯依然埋头吃喝："我连着做了三天实验只吃了几个面包，当时不饿，现在一闲下来，肚子就像绞肉机在绞一样。"他一边咀嚼一边说，声音含混，江川花了好大一会儿才听清。

"你太拼命了。"他缓缓舒一口气，端起红酒杯，"那，有什么进展吗？"

"还没有，超光速的研究太复杂了，即使采用曲率振动，也难以实验。毕竟我的实验室只有我一个人。"说到这个，他脸上的神情低落下来，吃东西的速度也变慢了，"白鼠都被用完了，我懒得出去买，恰好几只宠物狗跑进来，我就用它们做了实验，全失败了……"

"以后不要再这样了，这次是运气好，要是警察再细心一点，知道我们研究的是什么，就有大麻烦了。"江川叩了叩桌子，语气透着失望。

"那你得再给我些钱，去买新的实验动物和仪器。"

"嗯，回头我给——"江川突然顿住，眼睛盯着餐厅大门方向，那里，走进来一个熟悉的人影。

是那个叫吴梦妍的女选手。她仍旧穿着民国款式的旗袍，只不过换了种花色。江川心里一动。顺着她的视线望过去，果然，在餐厅的西北角落里，他看到了一身西装的肥头李。

"你在看什么？"刘凯放了一块肉在嘴里，声音再次模糊。

江川没有回答，他端着酒杯，若有所思。早就听说过肥头李经常约漂亮的女选手，用制片人的身份许诺晋级名次，然后一夜风流。那么，昨天肥头李塞给吴梦妍的纸条，恐怕就是今晚约会的地址了。

这种潜规则在电视行业里早已不是新闻，事实上，节目的很多冠军是靠权钱色交易取得的。江川只是主持人，利益链里无关紧要的一环，他清楚自己的身份，从不过问。但现在，看着吴梦妍走过去，他的心像是落下了一片羽毛般，空荡荡的。

"没什么，只是一个熟人。"江川转过脸，以免肥头李看到自己。

吃了一会儿，西北角突然传来一阵响动。整个餐厅的人都向那边看去。江川忍不住回头，看到吴梦妍和肥头李都站了起来，后者抓着前者的手腕。"放开！"吴梦妍的音调不高，但很沉，隔着大半个餐厅，江川都能清楚地听到。

在所有人注视下，肥头李的脸色很难看，他凑到吴梦妍脸前说，"既然愿意来，还立什么牌坊？"

"你放手。"吴梦妍的脸憋得通红，但说出的每个字都沉得像铁。

这时侍者走过去问："出了什么问题吗？"

肥头李意味深长地笑笑，嘴里轻哼一声，慢慢松开了手。吴梦妍转身推开侍者便走，她低着头，脸上潮红未消，迅速出了餐厅。

肥头李挥手让侍者走开，愤愤地又坐下来。

江川抿了一口酒，让醇香在口中融化。

第二轮选秀时，吴梦妍表演的才艺是唱歌。她抱着吉他，在灯光昏暗的舞台上，自弹自唱，声音轻柔绵软，旋律如絮，飘满了整个舞台。一曲终了，观众回报了持久的掌声和欢呼。

但这一轮，她被淘汰了。

她似乎也料到了这个结局。晚上的节目录完后，她背上吉他，独自出了电视台。她没有招飞的，而是乘电梯到了最底层，走到大街上。此时已晚，大多数人选择坐飞的，空中被拉出一道道光弧。街上行人寥寥，只有老式路灯默默发出黄光。

江川站在高楼边，透过深色玻璃，看见吴梦妍的背影如一片小帆，慢慢隐去。

3

江川足下：

　　……三子二女，母独爱我。今母弥留，吾泣泪于母前。

　　足下亦养于父生于母，吾之哀切，必能体察。若足下身陷此境，当如何处之，能告我知否？

舒原敬禀　五月初九

"都这么晚了，你还过来？"老头儿正准备关门，一转身，看到了身后的江川。

"来都来了，就让我喝一杯茶吧。"江川微笑着走进去，"反正我一个人住，什么时候回去都不要紧。"

老头儿叹了口气，放弃关门，进屋烧开了茶炉。不一会儿，"咕咕"声就响起来了，清香弥漫。"说回来，你好像总是一个人。"老头儿站在茶香中，摆好茶具，"怎么不去找个女朋友呢？以你的条件，要找个好女孩子，应该不难的。"

江川闭上眼睛，使劲吸了口茶炉冒出的香气，然后缓缓吐出来。"好女孩很多，可是……"他迟疑了一下，终是说了出来，"我有喜欢的人了。"

"是那个写信的女孩？"

江川浑身一抖，睁开眼睛，老头儿的面孔在氤氲的茶气后看不真切。

"我已经老了，孤家寡人，能陪我的只有这些更老的书。"老头儿转过脑袋，看向周围书架上的古籍，眼神温柔得不像一个花甲老人，"但我年轻过。我知道两个人，是不能靠书信在一起的。"

江川点头："我明白你的意思，可要找到她确实很难，只是……我忘不了她。"

"如果不能遇见，就放下吧。总是一个人，也很辛苦的。"老头儿轻轻叹口气，"你总说我洒脱享受，但自从老婆子去世后，我就没有真正高兴过。我不想你也这样。"

江川默然。这时茶煮开了，壶盖被顶得连连跳起，白气袅袅而上。老头儿不再说话，将茶注入杯里，闭目细品。

出了幽辞馆，江川伫立在天桥头，恍然若失。他面前的夜空被飞行器划过无数道光的流影，建筑隐在光影后，看上去只是模糊的影子。他抽出折好的宣纸，夜色里看不清字迹，但他知道上面写了什么。那是他写给舒原的。宣纸在夜风中轻轻抖动。

他想起了老头儿说的话，不禁苦笑。刘凯离实验的成功遥遥无期，或许，根本不会成功。那他可能一辈子都见不到舒原了。

站在夜风吹拂的天桥头，他想了很久。

第二天上班之前，江川找到了节目统筹，说想看一下参赛选手的详细资料，便于现场发挥。统筹点点头，去资料室复印了一份。江川拿着资料单，手指划过，很快，他的指尖停在了"吴梦妍"这一栏上，记下了她的电话。

犹豫了几个月后，江川拨通了这个号码。又过了半年，吴梦妍搬到了江川家里。

对于生活中多了一个人，江川开始时有些不习惯。但吴梦妍是个好女孩，体贴温婉，包容着江川多年独身积累下来的怪习惯——

比如书房角落里放着一个奇怪的铁箱子，除了江川自己，任何人都不能碰；比如他总是默默写信，然后去让一个老人译成文言文。

从这些情况看来，吴梦妍隐约猜到江川有个笔友，她问过，得到的答案却只是沉默。

"是你以前的女朋友吧，"她没有过多计较，只说，"你们可以保持联系。但是……你现在的女朋友是我啊。"

"我知道。"江川点点头，忍不住问了那个一直压在心底的问题，"那次为什么去赴肥头李的约？他不是好人。"

"我知道。可是我很需要那笔奖金，我也明白那张纸条代表着什么。但当我真正坐在肥头李面前时，才知道自己做不到……"

"为什么需要钱？"江川追问。

"爸爸的肝坏了，医生说可以换一个人工仿生肝脏，可我付不起医药费。"

"我可以给你，我有很多，这些年我自己就支撑着一个实——！"江川停下来，没有把后面的话说出口，顿了顿，他说，"我可以帮你的。"

"已经……用不上了。"吴梦妍抬起头，眼里噙满泪水，"比赛后的第二个月，爸爸就……"

"对不起。"江川把她拥入怀中，亲吻她垂泪的眼睫。

打这以后，江川慢慢改正了自己的怪习惯，尽量少躲在书房里，也不再总是写信。但这样刻意的压抑，一时间让他无所适从，他经常下意识地摸摸胸口，感觉不到了宣纸的存在，一阵惊慌之后才意识到是自己没有写。上班时也总是心不在焉，在摄影机前说着说着，突然莫名地停了下来，所有人都诧异地看着他……

很多个夜里，他习惯性地起床，拿起床头的笔，想走到书房里。但一看到身边熟睡的女孩，他便站住了。窗外透过微弱的光，他看见吴梦妍的鼻子一抖一抖，嘴角含笑，似乎进入了美好的梦境。他在黑暗中轻轻叹口气，放下笔，又慢慢躺下。

一个月过去了，他没有再写信，也没有把自己关在书房里。但煎熬丝毫未减，他恍惚的次数越来越多，工作频繁出错。

这一天，在又一次走神后，肥头李气势汹汹地冲上台，指着他的鼻子大骂："你他妈怎么回事？老是犯这些低级错误，你知不知道每一次重录要花多少钱！不想干了，就给老子滚！"

自从江川与吴梦妍恋爱之后，肥头李越发看不惯江川，总是找借口刁难，让他难堪。而江川的失误给了他很多机会。看着肥头李满脸横肉抖动的样子，江川愣了一下，脑中突然想起那个警察临走时冲他喊的话。

他以为自己忘了那句话，可这一刻，那每一个字都在他耳边炸响，如雷似涛。

江川低下头，小声说："对不起，再也不会了……"

这下轮到肥头李发愣了。他从没见江川这样温顺过，呼吸一顿，忘了接下来要骂的话。几秒过后，他哼了一声："知道就好！再做不对，立马收东西走人。"他狠狠盯了江川一眼，凑过去，压沉了声音，"以后干好自己的活，不要跟我抢食，不然没你好果子吃！"

说完，他得意地转身。整个演播厅突然响起了一阵低呼。一只脚从后面踹去，巨大的冲击力让肥头李向前一个趔趄，在空中停滞了两秒钟后，他的鼻子率先接触到了地板。

4

江川足下：

　　……家中钱财散如流水而聚若飘絮，今尽遣仆役，庭府之寂清堪比孤坟。吾居家不出，而足下书信不至，唯读书以消时光。一日，读端叔①之词，见江妲之句，感触颇

---

① 端叔，即李之仪。

深，至于泣下。

念足下之别，吾生当无涯。

舒原敬禀　一月初三

失去工作以后，江川心情更加糟糕。为了缓解这种恍惚和焦虑，吴梦妍报了一个旅游团。江川本不愿去，但禁不住她期切的眼神，便点头答应了。

旅行团包了一条老式邮船，沿长江而下，让游者们见一见这条生命之河周边的风土人情。江川从没有在船上待过这么长时间，晚上睡不着，便披着衣服，和吴梦妍一起站在船头眺望长江夜景。江边的发展已然颇具规模，两岸灯火辉煌，只有河面黑寂如墓。这条河流已经没落，除了观光船，再没有船只航行其上。

吴梦妍不关心夜景，但站在江川身边就让她心满意足。她挽着江川的手，发丝在夜风中浮动，有几缕在江川脸庞拂过。

邮船从上海起航，要在七天内开到重庆。到了第五天，船只已经到了荆州境内，船下水势变大，滚滚水流泛着白沫。导游站在船头，大声讲解："长江到了荆州，地势变化，水流也湍急了很多。大家看这水，滚滚向下。千百年来，长江水一直向下流去，犹如时间，从不断绝。江面上承载的一切都顺水漂流，再也不能回头，就像我们一样……"

游客们望着船下的水流，纷纷点头，感慨不已。只有江川转身望着身后，江雾缥缈，吞噬了他的视线。"不对！"他突然大声喊了起来，"水不可能总是向下流去的！"

所有人的目光都汇聚到他身上，吴梦妍拉了一下他的袖子。但他像是压抑许久之后的爆发，没有理会，上前一步，对着导游说："如果水永远往下流，那么，即使是长江，也要干涸的！水向下流动，是因为重力，但是，肯定会有别的办法能够逆反方向。河上的东西也不会永远只是随水漂流，就像这条船，开动发电机，就可以反过来航行！"

"先生，你……"导游愣住了。

江川打断他，江风刮过来，吹得他头发凌乱。他满面通红，继续说："总有一天，河水将要倒流，上游变成下游，左岸变成右岸①。我们逆流而上，可以再回头……"

他激动得浑身颤抖，唾沫四溅，对别人的侧目毫不在意。吴梦妍从没见过这样的江川，她不明白是什么让他变得如此激动，这一刻，她突然觉得自己从未了解过这个男人。

那之后，江川提前结束了旅游，在下一次停靠时便匆匆下了船，回到家里。他的心情愈发烦闷，吴梦妍好几次试图安慰他，但都没有作用。所幸，没过多久，江川的情绪终于有了改变。

那是在一个雨夜，乌云汇聚，雷声在高楼间咆哮。他们正准备休息，突然门被"咚咚咚"地敲响。吴梦妍皱了皱眉，起身去开了门。

"我成功了，我把——"门刚打开，一个声音就兴奋地响起来。吴梦妍被吓了一跳，看见门外是个干瘦的陌生男子，没有打伞，浑身都在淌水。男子看见她，也吃了一惊，把后面的话又咽了回去，然后，他结巴地问："这里，是江川的家吗？"

这时江川也下来了，看见门外的男人："刘凯，你怎么……进来再说。"

刘凯绕过吴梦妍，湿淋淋地走进屋来，再度兴奋地说："我的实验成功了！"他正要再说，却看见江川使了下眼色，便又住嘴了。

"去我书房吧。"

吴梦妍看着两个人走上楼，张张嘴，却最终什么都没说。屋外雨声淅淅沥沥，延绵不绝。一股不祥的感觉突然笼罩了她的身体，她抱住肩膀，抖了一下。

这一整夜，江川都没再回到房间里。

---

① 按水力学规定，从上游往下看，左手边为左岸，右手边右岸。若长江逆流，则左右岸应互换。

　　　　　　　　　湿润的金属

吴梦妍不记得刘凯是什么时候走的了，她只知道，从那个雨夜开始，江川便开始了早出晚归的生活。每天清早就匆匆出门，晚上则带着一身疲惫回家，要么倒头就睡，要么又把自己关在书房里，直到夜深。

　　她问他，得到的却只是疲倦的摇头。

　　其实，她知道江川每天去的地方是个小实验室，和刘凯一起。她耐心地等待，希望江川什么时候能坐在她面前，好好跟她讲出实情。然而，这种等待在日复一日的孤单中变得越来越沉重。

　　终于有一天，她目送江川的身影匆匆隐进晨雾中后，来到了书房。她径直来到那个奇怪的箱子前，直觉告诉她，所有关于江川的秘密都在这里面。她无声无息地按出了密码——她和他在一起了这么久，知道他所有类型的密码都是相同的数字。

　　果然，箱子发出"咯咯"的齿轮转动声，箱盖弹开，露出里面精细诡谲的构造。箱底是一层银白色的蜂窝状孔层，孔中有蓝色尖锥，幽幽反光；箱壁两侧是纯黑的电路板，线路密集而有序，她敲了敲，响声沉闷，这说明里面还有更复杂的结构。她想不明白这奇怪的箱子有什么用，最后，她的视线落在箱盖上。

　　箱盖中间有个条状凸起，她轻轻一推，"咔"，凸起下滑，露出了里面的暗格。格子不大，里面装的全是白纸，整齐地叠着。她的右眼皮跳了一下，顿时想起江川以前每日写信的习惯来。

　　接下来的十分钟里，吴梦妍一直站在箱子前，她眉头紧皱，眼睛盯着那堆信件。上午的阳光透过窗子照进来，灰尘在光线中缓缓游动，一些光射进箱子里，像被吞进去了一样。

　　终于，某些情感占了上风，她拉上窗子，打开灯。所有的信件都被放在书桌上，她按顺序拆开，一封封阅读。上面是都是些古文，她读起来有些吃力，于是打开了电脑，进入搜索界面，遇到不认识的字便查阅。整整一个上午，她都坐在书桌前。

读完后，她面无表情，拉开窗帘，阳光扑面而来，将她整个身体都笼罩住。她却只觉得身上寒冷。

当晚江川回来后，如往常般潦草地吃了些东西，然后进了书房。一分钟后，他走出房间，来到吴梦妍面前："你翻我的箱子了？"

吴梦妍怔怔地抬起头，张张嘴，却说不出话来。于是她只能点点头。她突然想起，没有把电脑里的查询记录删除。但这已经不重要了。

"对不起。"江川说，"但是，我做不到放弃。"说完，他再次转身向书房走去。

"你……你甚至都不愿意解释一下吗？"吴梦妍的声音有些干涩。

"你都看过了，我解释也没有用，是我对不起你。"

"那么，你一直爱的都是……一个民国女孩？"她艰难地问出口。

江川陡然站住，缓缓转过身来："是的。我知道这不可理喻，但，是这样的。"

"你爱上了一个从未见过的人，一个甚至跟你生活在不同时代的人？"吴梦妍一反往日的温顺，声音渐渐大了起来，"告诉我，这究竟是怎么回事，我算什么？"

江川苦笑，往事纷至沓来。事实上，如果可以，他也想正常地生活，可已然迟了，这一切在他读到那封信时就已注定。那时他大学还没毕业，一家研究中心研制出了时空通信技术，他们写了一封信，投影到过去，很快，这封信得到了回应。那是一个十五岁的小姑娘，她看不懂信上的简体字，充满好奇地询问这封信来自哪里。而这个小姑娘回信的时间，是1928年，两百多年前。

一时间，整个社会沸腾了。但冷静下来之后，人们开始了恐慌——一旦时空平衡被打破，整个因果链将重新排列，甚至断裂，熟悉的世界随时可能被篡改。人们举行了大规模游行，政府也迅速回应，强行关闭那家研究中心，并立法案将任何试图打破时空平衡的研究视为违法。事情渐渐平息下来，生活依旧继续，这似乎只是时间长河中一圈小小的涟漪。

但有两个人被这圈涟漪改变了。一个是刘凯，他原本主修空间理论，对时空相当痴迷，时空通信的出现为他打开了一道门，使他的痴迷更加浓厚了。另一个则是江川，他感兴趣的，是那封从两百年前寄过来的信。报纸上刊登了这封信，只有百余字，有些语句读起来还很绕口，但他仍能从信中看出小姑娘的活泼与好奇。研究被禁止后，没有人再去理会这个等待回信的女孩。江川经常做梦，梦见一个穿素白色衣裙的女孩站在河边，神情期待。这个梦境反复出现，让他每每午夜梦回，再难入睡。于是，他决定自己给女孩回一封信。

江川和刘凯约好，继续研究时空通信。江川继承了父母留下的大笔财产，自己还去电视台担任主持人，丰厚的遗产加上不菲的薪水，使得这项违法研究得以维持下去。

"于是我成了刘凯的实验资助人。他是个天才，自己一个人钻研，也很快就研制出了时空对话的技术。我书房的箱子就是接收器，能把舒原写的信投影过来，打印在纸张上。"江川慢慢地说，"于是毕业后不久，我就能给舒原回信了。然后，我们经常通信，她生在民国，女孩子多半没有受到很好的教育，但她喜欢写文言文，我就去书馆里找人把我的话译成古文再寄给她。我刚开始只是觉得新奇，但，后来……"

"后来你爱上了这个女孩。"吴梦妍苦涩地扬起嘴角，把他后面的话说了出来。

江川顿了顿，眼睑垂下来："我也没想到，但写信越来越多，我就慢慢陷进去了。舒原是个好女孩，虽然我没有见过她，但从她的信中，我感到了她的……"他停下来，眼神从回忆的迷离中清醒，"是的，我爱这个生活在过去的女孩。"

"那我呢？你追求我，只是为了掩人耳目或者缓解寂寞吗？"

"不是的!"江川摇头,"我自己也觉得这样很糟,我不能靠写信过完一生。所以,我打算放弃,想找个人好好生活。"

吴梦妍眼中蒙上了一层雾,她拼命忍住:"说什么好好生活,你现在每天出去,回来倒头就睡,算是好好生活吗?!"

"因为刘凯的实验有进展了。"江川犹豫了一下,咬咬牙,"我们的研究目的,不仅仅是进行时空对话,他——他想让时间逆流,回到过去! 而这也是我的想法,我想去民国,见一见舒原。"

吴梦妍睁着眼睛,泪水流下而恍然不觉,她盯着江川看了很久,喃喃地说:"这不可能,时间旅行从来没有成功过……"

"但刘凯确实做到了。他把小白鼠成功送回了过去,我想很快,就可以进行人体试验了。这些天我都在帮他,我亲眼看到的。"

"这不可能……"吴梦妍后退一步,他们的距离似乎被这一步无限拉大,隔着泪雾,她突然看不清江川的脸。最后,她轻轻地问,"那个民国的女孩子,她,她也爱上了你吗?"

"我不知道。"

5

江川足下:

自七月始,每夜听闻炮轰火鸣,隐觉不祥,不意所料成真。昨战事尤烈,屋房震颤,未几,守军战败,贼寇入城,至此直沽尽数陷于敌手。

……

吾未敢出户,但闻窗外妇孺哭泣之声,可知贼寇烧杀劫掠等若寻常。津门之地,已落为鬼蜮。吾终日藏匿,不知何时可见天日。

舒原敬禀　八月初三

　　　　　　　　　湿润的金属

吴梦妍离开了。

江川没有挽留，只是帮她收拾好行李。她的东西不多，江川沉默地看着她的身影渐渐消失在晨雾中。他们没有道别。

这之后，江川几乎住进了实验室，他虽不算专科出身，但这些年来一直在读有关时间旅行的论述，在许多细节上可以帮助到刘凯。刘凯的实验原理基于斯蒂芬·威廉·霍金在一百多年前提出的理论——时间就像一条河流，在不同地段有不同的流速，某些特殊环境下，时间将会流得很慢。而刘凯做的事情，不仅仅是让时间变慢，还有找到可以逆流的河段。

"这在大自然中也是存在的，在一定环境下，江河可以逆流①。同理，时间也能溯洄。"在那个雨夜，刘凯脸上的兴奋被雷电照亮，"我之前一直把精力花在突破光速上，相对论证明了它的可行性，我们能把信通过这种方式传回去，但生物不行，需要的能量太大。我用了几年时间，一无所获，直到昨天，我把玻璃罩撞破了，一只白鼠从破洞里钻了出来，我突然想到了，或许可以试试虫洞！"

他的转向是正确的。无处不在的量子空洞比超光速要容易得到，他用高能粒子将之轰开，把一只白鼠送了进去。白鼠进入了时间逆向流段，几分钟之后，它出现在了三个世纪之前的伦敦街头。当刘凯看到显示屏上烟锁雾笼的伦敦时，惊喜得浑身颤抖，迫不及待地找到了江川。

但接下来又出现了新的难题——实验的成败完全是随机的。同类的白鼠，一只缺了右前肢，一只挂了脚牌，结果却只有前者能被传送，后者消失在了混乱的时间洪流中。相同的结果也出现在非生物实验上，一根木头能被传送，瓷砖却不行。

其中有个用衬衫做的试验，能把衬衫传回五十年前，但不能传

---

① 比如在2012年9月，飓风压境时，密密西比的巴吞鲁日港口河段就发生过剧烈的河水逆流现象。

回五百年前。他们认为这是因为五百年前没有衬衫，然后得出结论：时间旅行不能把一件物品传回到产生年代以前。但第二天，江川试了试，发现可以把这件衬衫传到五千年前。他们得出的结论瞬间被推翻。

他们这些天几乎都在做对照实验，试图找出成败的规律。然而整整四个月，除了越来越杂乱的记录，他们没有任何进展。

终于，看着球鞋的实验失败，江川颓然地叹了口气，瘫坐在一堆实验材料上："我们肯定有什么地方弄错了，不能这样继续下去，得静下心来想一想。"

"不，是实验次数太少，才两千多次而已。"刘凯头也不回，不断调整仪器，"所有科研的成功，依靠的都是大量实验，没有捷径。"

江川叹口气，疲惫如潮卷来，整整两个月都没睡好觉了。他躺在材料上睡着了。醒来后，刘凯依旧忙碌在复杂的仪器间。他劝了几句，没有得到回应，再度叹气，起身走出实验室。他渴望能实验成功，但这需要冷静的头脑，休息一下是很有必要的。

回到家里，他打开书房的箱子，里面积压了不少信件。他把仪器跟舒原的生活时间同步了，也就是说，舒原已有两个月没有收到他的信。他一封封拆开，刚开始舒原好奇地问他怎么没有回信，后来语气变得哀婉了，再后来，她不再询问，只是叙说自己的事。

彼时舒原所在的年代是1938年，烽烟四起，舒家散财保命，家道已然中落。在信中，舒原描绘了直沽之地的惨状。这让江川眉头紧锁，十年来，从信件中，他几乎是看着舒原由一个大户千金没落成民间女子的。而她身处的天津，当时是日军占领地，想必处境更为艰难。

休息了几天后，他带上写好的信，准备去找老头儿。可是等他到了，才发现幽辞馆已经不见，取而代之的是一家歌舞厅，即使是上午，里面仍灯红酒绿，嘈杂不堪。江川在门前站了许久，走进歌

　　　　　　　　　　　湿润的金属

舞厅，吧台前的负责人告诉他，因为生意不好，老头儿没有资金维持幽辞馆，所以卖了门面。

"不可能，"江川难以相信，"他有那么多古书，随便拍卖一本都是一大笔钱！"

负责人摇头："我也这么想，可是他把所有的书都捐给图书馆，自己一个人回老家去了。没人知道他老家在哪里，只听说是在很远的地方。"

江川恍然，的确，老头儿宁愿把书捐了，也不会为了钱而转让给那些附庸风雅的收藏家。他怅然地点头，转身欲走，负责人突然叫住了他："等等，你很面熟，你是那个——以前那个主持人吗？"

江川停下，转头不解地看着他。

"是你！等一下，"负责人在吧台下拿出两本书，递给江川，"他留着两本书没捐，让我转交给你。他说你一定会来的，让我告诉你，"他想了一下，"原话是这样——'抱歉，以后不能帮你译信了。不过，民国其实是可以用白话文的，你自己能写。'应该没有记错，你知道这句话是什么意思吗？"

江川微微一颤——他早该想到，老头儿帮他译了这么多年的信，靠猜都能知道到他和舒原的事情。他没有回答，默默接过那两本书，书名分别是《姑溪词》和《津门遗恨》，前者他见过，是一本宋词集，后者却从未听说。

在回去的飞的里，江川仔细翻看这两本书。老头儿特意留给他，肯定是想说些什么。他先看的是《津门遗恨》，出版于一百多年前，记录了侵华日军在天津的暴行。好在这本书是用简体白话文写的，他一页页翻下去。书中列举了大量史实，揭露战争背景下日军的惨无人道，肆无忌惮地坑杀、奸淫、抢掠天津人民。

江川越看眉头锁得越紧，书里强烈的反战情绪感染了他。书不厚，很快翻到末尾一章，这章讲述的是日军强拉中国妇女去当慰安妇，不少人宁死不屈，其中十七个有气节的女子同时投井自杀，没让日军得逞。这十七个女子的名字都被列了出来。

江川扫了一眼便翻过去，额头上的青筋突然跳了一下，好像遗漏了什么。他怔然半晌，手指颤抖着把书页又翻回去，逐一扫视那十七个名字——

舒原！

空中飞的突然转向，飞快地向实验室驶去。一路上，江川攥紧拳头，指节被握得泛白。

到了实验室，他开门进去，刘凯还在红红绿绿的指示灯间埋头研究。"我要做人体实验！"他急促地说。

刘凯转过身，花了好一会儿工夫才明白他的意思，摇头道："不行。现在还不清楚实验成败的规律，不能用人体做实验。而且，也没有志愿者。"

"有，"江川直视着刘凯的眼睛，"我来当志愿者。"

"你疯了？"刘凯一愣，"这些年来我什么都听你的，但这件事不行，太危险了。失败的实验中，物体要么被冲到时间河流之外，要么被时间的张力撕碎，只有很少一部分能原地不动……"刘凯指着那台硕大的机器大声说，唾沫横飞。

"舒原就要死了！"江川扳住刘凯的肩膀，"快送我过去！"

刘凯猛然愣住，过了半晌才结巴地说："不……不是的，她早就死了，在两个世纪前就死了。你不用现在回去……"

"不要再废话了，我再说最后一遍——送我过去！"

刘凯正要再说，实验室外面突然警铃大作。江川浑身一凛，向窗外看去，只见十几辆飞行器盘旋在屋子四周，许多警察跳下来，持枪拿棍，迅速包围过来。

"快！打开机器！"江川瞬间反应过来，连忙把实验室的门反锁，回头一看，见刘凯还在犹豫，"警察发现了，快点，不然就真的来不及了！"

刘凯被突然的变故惊得呆了，站在原地。江川咬咬牙，索性自己跑到仪器前，一连打开了好几个开关，指示灯顿时如星辰般闪烁起来。电流嗞嗞的窜动声在狭小的空间里响着。几个电子突触的尖端吐出电芒，逐渐合围，形成了一个两米方圆的光圈。

这便是时间长河中的逆流河段。

一切过往，都能重现；所有追悔，均可挽回。只要进去，便能溯游而上，过去即是未来，回忆不再可靠。

但从来没有人来试过。

"快把门打开！"门外响了警察的声音，"你们涉嫌非法研究，严重威胁人类安全。但现在住手还来得及，把门打开！"

江川充耳不闻，只盯着光圈看，眼中似要冒出火来。进去之后，也许能回到民国，更可能的是死亡。但他必须进去，哪怕只有一丝成功的希望。

光圈内是一片黑暗，似乎连光线都被吞噬。

刘凯回过神来，试图去拉住江川："别进去！等我找出规律……"

江川没有理会刘凯，只是盯着显示屏上的虫洞生成倒数计时。屋外的警察耐心耗尽，开始掏出激光枪，用射线烧熔门栓。过了十几秒，警察们踹开门一拥而入。

这时，江川已经走到光圈前，他的背影被光勾勒出了金边。警察不知怎么回事，但直觉不妙，连忙大声喊："不要再向前走了，赶紧停下！"

江川转过身来，背对光圈，脸上露出苦涩的笑。"好的，"他说，"我不向前走了。"

警察们长舒口气，但这口气还没舒完，只见江川后退一步，整个人退入光圈中的黑暗。光圈猛然收缩，电光在他身上流淌窜动，他的头发一根根立起。

"我来了，舒原。"他用微不可闻的声音说。

在所有警察诧异的目光中，江川的身体闪动了几下，消失在光圈之中。

　　光太烈，江川不禁闭上眼睛，耳边响起无数声响，似乎世界上所有的动静都在这一刻汇聚到了他身旁。他感到脚没有着力处，轻飘飘的，像踩在一朵云上；他浑身的血管突突地跳了起来，像是有人以血管作弦，弹奏一支令人费解的乐曲。有那么一瞬间，他痛苦得快要吐出来了。

　　这里没有时间概念。他不知过了过久，等到可以睁开眼睛时，他看到了身处之地——红红绿绿的指示灯闪耀不休，四周全是穿制服的警察，无比的嘈杂在他听来却是一片寂静。

　　他突然浑身无力，颓然坐倒在地。

　　实验失败了。

　　虽然万幸他没有迷失在时间乱流中，但他仍然没能回到两个世纪前。他和舒原，依然隔着两百多年岁月所形成的鸿沟。

　　片刻之后，警察反应过来。他们全部扑上去，把江川按倒在地。

　　刘凯一直在旁边紧张地看着，他清楚地看到江川从光圈中复现时，身上的外套不见了。一道惊电在他脑中闪过，可是太快了，他没来得及看清。他向江川扑过去，两个警察把他拦腰抱住，他不顾一切地大声喊："把你身上丢失的东西告诉我！"

　　江川的头被摁在地上，他感觉了一下全身，努力扭头回答："袜子、钢笔没了；激光表和衬衫还在！"

　　刘凯浑身一震，眼前闪过无数画面，信件、木棍、袜子、笔轮番闪现，接着是带脚牌的白鼠、瓷砖、激光表……最后，他想起了霍金曾提过的另一个理论——"时间保护臆想"。

　　"原来是这样……"刘凯喃喃地说。

　　这一刻，他恍然大悟，在那四个月的所有实验中，成功被传送到过去的，都是无关紧要的东西，比如白鼠和木棍。而所有失败的，则是能改变因果链的物品。他想起了那件衬衫的实验。衬衫能被传回五十年前和五千年前，是因为这不会对历史产生影响，而五百年前则不然。

因果链，这是玄妙而抽象的链条，它悬在时间之河上空，一环接一环，时间有多久，它就有多长。所有能破坏它的东西，都会被时间的张力撕裂。就像普通白鼠可以被传送，而一旦戴了合金脚牌，便迷失在了时间乱流中。

时间旅行是可行的，但"时间"会阻止任何改变，江川能把信寄给舒原，是因为"时间"认定舒原做不出改变历史的事情，她只会在每个夜里写下回信。这也解释了外祖父悖论，一个人能被传到你外祖父的年代，但不能杀死外祖父，否则，"时间"就不会让你过去。就像江川，他回去是为了救舒原，在蝴蝶效应的作用下，以后的历史必然会改变。

刘凯怔怔地抬起头，四周人影纷乱，警察大呼小叫地按住江川，却没人理会他。然而他感觉有一双看不见的眼睛在盯着他。是啊，"时间"的这种判断力，神秘而霸道，似乎是冥冥中守护因果链的神明，阻止任何人靠近。

原来，自己一生的努力，都是在跟神作对。

他愣愣地想着。

警察刚刚把江川铐好，却猛地听到一声凄惨至极的尖叫，全被吓了一跳。这叫声来自刘凯，他大哭大笑，两手撕扯着自己的衣服。又扑上来两个警察把他按住。

制服两人后，警察把他们关进飞行器。江川丢了魂一样，脑袋靠在车窗上，无尽的大地在视野里展开，几缕风从遥远的地方吹来，刮过高楼间，发出嗦嗦的怪声。

这声音，如同虚空中神灵的轻笑。

6

江川足下：

　　与足下相交十载，从及笄至于花信年华，知交之久若
此，却终未得一面之缘。念及此间种种，慨机缘之巧弄，
世人如棋任之摆布。

　　……

　　吾一生享尽荣华亦遭尽苦难，已然无憾，唯足下不能
放。身虽遥际，心已托付，或恐足下不知，今腼面告之。
此生未相见，惟愿来世续前缘。

舒原绝笔　五月廿七

江川出狱那天，是吴梦妍来接他的。

彼时秋天已至，吴梦妍紧了紧衣领，发丝在瑟瑟秋风中流转。
江川走过去，沉默地跟她上了飞的。

在飞的上，吴梦妍问："刘凯呢，怎么只有你一个人出来？"

"他被转进精神病院了，"江川疲惫地闭上眼睛，"他疯了，那天
被抓时就疯了。"

"对不起……"吴梦妍低头踟蹰良久，似下定决心般抬头开口
道，"其实，举报你们做非法研究的人是我。"她脸上满是愧疚，"我
本意并不想让你们被抓，只是打算……若你们的研究做不成了，你
或许会回到我身边。"

出乎意料地，江川没有发脾气，只是轻轻点了一下头，然后无
声地靠在椅背上。他似乎睡着了，但很久之后，他又轻轻开口："是
我的错，耽误了你，也害了刘凯。"

回到家，江川发现房间里面一尘不染。"我经常来打扫，就是想
等你回来时能看到干净的屋子。"吴梦妍说。

"谢谢你了。"

"我去厨房给你做饭，你先休息，随时可以叫我。"吴梦妍叹息一声。

江川来到书房，发现接收箱不见了。他没有太惊讶，警察肯定会来搜查他的家，把箱子带走是意料中事。但让他心里一颤的是，那些信还在，一封封被叠好了，放在书桌上。他逐一打开，那些熟悉的字迹在他眼中晃动，纷乱的记忆浮现出来。他鼻子有些酸，揉了揉才继续看信。

看完后，他把信装进一个袋子，放到书柜的顶层，关上柜门前的一瞬间，他的腿晃了晃，似乎没有站稳。而后他锁上柜门，把钥匙丢到了附近的河里。河面被钥匙击出一圈圈细纹，但细纹很快又消散了。

忙完这些后，他回到书房，一时想不到还有什么事可以做。他的视线落到书架上，泛黄的书脊吸引了他的注意，是那本《姑溪词》。警察后来处理证物时，把这本古书还给了吴梦妍，然后被她放进了书架。

他把书拿下，坐到皮椅上，翻开书页。

现在他可以静下心来看完它了。这个下午，没有任何人和事来打扰他，在静谧的时光里，他缓缓品读着那位北宋词人留下来的词句。

看到书后半段的那首《卜算子》时，他突然停下，怔怔地看着书页。压抑许久的泪水终于流下来了，滑过脸颊，滴到了泛黄页面上。泪水在纸上洇开，只能依稀看清上面的字迹——

　　我住长江头，君住长江尾。日日思君不见君，共饮长江水。

逆流者

1

这场病来得猝不及防。

他一觉醒来，发现自己回到了前一天。

刚开始他以为是手机显示出了问题，但接下来发生的每一件事都在昨天发生过。他没完成报表，被上司痛骂，骂人的句子都一模一样。晚上他回到空空荡荡的家里，满心疑惑，睡意袭来，沉沉睡去。再醒过来时，发现时间又往前退了一天。这一天他有大量的报表要完成，但依然完不成。

他终于明白，在所有人都顺着时间之河往前走的时候，他独自转身，逆流而行，一天天回到从前。

刚开始他很难适应。一切都经历过，况且他的生活多以痛苦组成，再来一遍并不愉悦。他试图改变，熬夜不睡觉，可敌不过汹涌的困意，每次都在天色将明时屈服于睡眠。他还故意打乱时间线，甚至在某一天突然冲进办公室把上司揍得满脸是血。但即使被关进监狱，他次日依旧在家中醒来，上司依旧在办公室冷着脸等他——被揍得头破血流的事，已经扔在明天了。

2

他是个顺从的人，后来就习惯了这种日子，照常生活，照常上班。这期间，小薇离开他，跟了另一个男人。他以为会像上次一样痛苦，但其实还好。反正经历过一次，麻木一点，顺着记忆来，再深的伤都会在醒来之后愈合。

半年之后——或者说半年之前，家里多了一个人。"我们离婚吧。"他听到自己对妻子这么说。那时妻子三十二岁，但脸上已经有了皱纹，腰微微佝偻着。她愣了一下，如以往一般听他的话，点点头说："嗯。"

妻子收拾行李的时候，他在一旁看着。半年没见，他对她更加陌生了，这个女人在他眼中不像是妻子，倒像是某个故人。本以为不能再见，却逆流时间，再度相会在分别的时刻。

后来妻子拖着箱子离开。他站在阳台上，看到她的背影渐渐远去，黄昏的光斜照，街上无数人影湮没了她。当初他也是这么看着她离开，以为这就是永别，但现在，他知道还会再见。

果然，第二天他一醒过来，就闻到了早餐的香味。

"我出去买菜，"她站在门口，背对着他，"你先吃，吃完了就去上班吧。"

他点点头，然后越想越不对——上一次妻子也是这时出去，但过了很久才空手回来，他问去哪里了她也不说。这次重来，他多了个心眼，悄悄趴在猫眼后面看，发现妻子并没有下楼买菜，而是向楼道上走去。

他等妻子上去后，蹑手蹑脚地跟上，一直到天台门口才停下。

他听到轻轻的抽泣。多么熟悉，是出自陪伴他漫长岁月的妻。

哦，他心想，原来她早就发现小薇了。

3

整个白天，他上班都很恍惚，想着妻子是怎么发现的。快下班时小薇发来了短信："别急着走，留下来。"他看着手机屏幕，恍然大悟：太多的秘密都藏在这个小方块里，像炙热的炸弹，昨晚不小心被点燃。

他下意识地想删掉那些短信、视频和照片，但转念一想：今天过去后，又回到前一天，妻子会忘了这个危险的秘密。一切被埋葬在时间里。于是他耸耸肩，把手机揣回兜里。

同事们陆续走了，偌大的公司只剩他和小薇。

灯光次第熄灭，黑暗中，小薇走了过来。她俯身在他耳边说了一句令人脸红的话。

小薇就是这样，妩媚又大胆，即使在幽暗的环境里也放着光。当初他是如此轻易被吸引，沉浸在欲望里，一度以为那是爱情——第二次爱情。

但现在，他看着小薇满是诱惑的脸，脑袋想起的却不是肉欲欢好，而是半年多以后她决然抛弃自己转投他人怀抱的身影。他站起来，定定地看着小薇，窗外不时有车驶过，他的眼镜片偶尔闪着光。

"你怎么了？"小薇皱起眉头，"昨天还好好的。"

"昨天也不会好好的了。"

小薇更加纳闷，不知道他说的话是什么意思。这时他已经转身离开了。

4

黑夜的城市有一种隐忍的热闹。他独自走着，许多车从他身侧

　　　　　　　　　　　　　湿润的金属

掠过，车灯划出一道道流光。这像是旧时代电影里的场景。他有种预感，在这种场景里，肯定会发生些什么。

正这么想着时，他突然听到右侧巷子里传来呼喝之声。是一群年轻人在围殴一个醉汉。他高声制止，年轻人们看了他一眼，骂骂咧咧地退入巷子深处。

他走过去。路灯照下来，醉汉脸上满是血迹，还有一道白肉外翻的陈年刀疤，从右眼至嘴角，蚯蚓一样伏在脸颊上，分外可怖。

他有些心悸，还是扶起他，说："你受伤了，我给你叫救护车吧。"

醉汉吭哧吭哧地笑了起来，声音如同呓语："没关系，再重的伤，到了明天就会好起来的。"

他的血液似乎刹那间被冻结，良久，才说："你说的明天，是昨天吧?"

醉汉也愣住了，表情被灯光照亮，有些狰狞，又有些诡异，明亮的光线投进他的眼中，没有一点反射，像两汪沉郁的潭水。醉汉看着看着，突然对着他笑了起来："你也是逆流症病人?"

那一刹那，他竟然有要哭泣的冲动。

醉汉挣扎着坐起来，说："这是一种病，很罕见，要理解起来也很困难。时间是一种属性，跟空间一样，大多数情况下，这两者是伴随的。比如你花十分钟从街头走到街尾，时间和空间都在移动，向前移动。但有时候，它们又分开了，时间会朝着相反的方向流动。陷进这种时间紊乱困境的人，就是逆流症患者。"

他沉默了。

醉汉继续说："这也是令人悲伤的病。就像一群人在夜里赶路，你突然折返，而其他人继续前行。你们会离得越来越远。路上只有你一个人，孤单地向原点走去。"

5

你生命中有没有出现过这样的人——你觉得他会永远陪伴着你，一直走下去，但前一天他还在你身侧，下一秒就蒸发在时间里，再不复现？

你并不知道，他已经转身，在你的背影里，在你察觉不到的时间中，独自走向年迈苍苍的另一端。

他坐在逐渐幽暗的街道旁，哀伤地想着。

6

"其实我说的也没有科学根据，相对论和量子力学都不能解释我们的病症。"年轻人从酒醉中解脱出来，说，"我已经花了很长时间来研究它，但至今收效甚微。"

"这种病会持续多长时间？"

"我不知道，"醉汉摇摇头，"但我是在七十五岁时，死的前一天得了这种病，一直回到现在，已经整整五十年了。"

7

回家以后，妻子已经睡了。他站在卧室里，第一次认真看着她的睡姿：她睡得很沉，身子蜷缩着，像个婴儿一样侧躺在床边，把大部分的位置留给他。但她眼角的皱纹在提醒他，她并不是婴儿。她体质差，又不会保养，每天三顿在厨房里被烟熏，这些都在加速她的衰老。

结婚十年来，他是看着她变老的。他说过好多次让她注意保养，她只是"嗯嗯"点头，却手脚笨拙，永远学不会摆弄养肤化妆品。

　　而现在，他要看着她一步步重回青春了。

　　这个过程难以言说。他和妻子相伴十余年，自认为早已熟悉，但生活倒带一遍，他竟然发现了许多不曾了解的东西。

　　比如原来妻子喜欢吃糖醋鱼，喜欢看韩国电影——是电影，而不是连续剧。好几次他看到妻子一边看电影一边垂泪。

　　他经常想，自己是什么时候开始对妻子失去了初心呢？是日复一日的油盐酱醋磨掉了爱情，还是逐渐老去的容颜滋生了厌恶？

　　日子就这么一天又一天地过，妻子的脸逐渐恢复，身躯也不再因为常年蜷缩睡觉而变得佝偻。他把一切看在眼里，觉得愧疚，于是在十周年纪念日那天做了糖醋鱼庆祝。

　　那是他第一次看到妻子因喜悦而泣然。她捂住嘴，眼圈红红的，好半天才说："你怎么知道我喜欢糖醋鱼？"

　　"我是你的丈夫嘛。"

　　这句话更令她不知所措。

　　他上前揽住她的肩，说："以前都是我不好，放心，我以后会改的。"

　　妻子使劲点点头。他却在心里叹息——哪里还有以后？一切都在向前，无论怎么悔改，都没有意义。

　　妻子在恢复容貌的同时，也在恢复着活泼。她的话越来越多，以前他听到这种絮絮叨叨，总会不耐烦地打断，要求她安静。可能正是这种要求换来了沉默，让家里的气氛成了一潭死水，让她一天比一天少言寡语，一夜比一夜蜷缩得厉害。

　　但现在，他觉得亲切。他放下手头的事情，耐心地听着妻子诉说。那些丢掉的工作自不必担心，乱套的一切都会被时间抹平。

　　他越来越适应这种生活，甚至开始享受。他想，自己怎么会不喜欢这个女人呢？在她面前，多少个小薇都不够入眼。

十多年过去了。这一个晚上,他向妻子求婚。其实虽然时间在倒流,但记忆没有跟上,甚至越发模糊了。但他依然记得这个晚上的事情:他租了三十架遥控直升机,每个都挂着彩灯。这些飞机在半空中组成心形,并且缓缓移动,指引她来到他身前。他拿着玫瑰和戒指,单膝跪在地上,向她求婚。当时,半空中满是华彩,仿佛整个夜空的星星都落了下来,围绕在她周围。

她流下了泪,泪珠被灯光撕碎,也成了星星点点。

8

那天晚些时候,他们牵着手回租房。那时他们还没有自己的家,在这个繁华城市的最底层挣扎着,却比多少年以后有房有车要快乐许多。

路过一个巷子时,突然有人叫他的名字。他诧异地看向巷子深处,只见一个人影藏在幽暗中,面目不清。

妻子一下子紧张起来,握紧他的手臂。

"别怕,是我。"巷子里的人说,"你以后见过我。"

这句话让妻子迷惑,他却再懂不过。"是我的朋友,你先等我一会儿,我和他说会儿话。"说完他走进巷子里,黑暗也湮没了他。他走近那个人影,发现是个少年,十四五岁的样子。

"我找到了治我们的病的法子。"

他浑身一震。这么多年逆着时间过日子,他都习以为常了,现在被少年提醒,才明白自己其实一直是个病人。

"得这种病的人远远不止我们两个。这十年来,我游历世界,在麻省理工的实验室里找到了一个博士,他也是病人。我们做过无数次实验,终于有了成果。"少年的声音透着惊喜,"只要在影响自己人生轨迹最剧烈的点,做之前同样的事情,让一切按部就班,就会

　　　　　　　　湿润的金属

陷入沉睡，回到开始逆流的那一天。时间和空间再次重合。你会回到岔路口，再向前走，一切就像没有发生过一样，连自己都不会察觉到曾经做了逆流者。"

"这法子管用吗？"

"管用，因为我已经试了。"少年看着他说，"对我人生影响最大的事情就发生在今天。我被我爸爸家暴，砍伤了脸，在今天离家出走。"

他这才看到少年脸上正沁出浓郁的血，像滋生的阴翳。难怪他要躲在巷子里。

"我现在看到的一切都跟以前不同了，世界正在融化，很难跟你形容。而且我很困，随时会睡着。你是个善良的人，曾经救过我，所以我挣扎着过来告诉你，希望你没有错过改变你人生轨迹的点。一旦错过，你将不可避免地逆流到时间尽头，不会有人记得你，因为你从来没有来过这个世……"少年的声音逐渐疲惫，闭上眼睛，身体向后仰倒，"我要回去了，逆流了六十年，我终于要……"

他摔下去，却没有倒地的声音。少年的身体在触地前的一刻凭空消失了。他知道，少年已经回到初点，回到了白发苍苍的年纪。

他跟跄地走出来。妻子正等着他："咦，你的朋友呢？"他没有说话，带着妻子回家，心事重重地睡下。

他知道对自己人生影响最大的事情是什么——与妻子的初遇。他在学校里向她问路，被她的美丽和热情吸引，从此锲而不舍地追求她，为了她来到这座陌生的城市。

在问路的那一刻，他和她的命运就绑在了一起。

9

他早早起床，出了宿舍，就在校道上等着。樱花开得正灿烂，一眼望去，整条校道都是粉红一片。她就在这樱花掩映中出现了。

逆流者

他忍住心头狂跳，迎面走过去。问路的话已经练习了千百遍，随时可以说出口。表情也得体。一切都跟以前相同。

越走越近，她的样了逐渐清晰。这时的她十九岁，穿着碎花棉裙，乌黑头发垂下，明媚的脸胜过所有樱花。看着她的美丽面孔，他突然想起了十几年后她蜷缩在床侧的衰老模样。

他马上就要回到患病的那一天了。他不会记得这十多年逆流里发生的事情，他仍会出轨，逼她离开，看着她的身影湮没在人海……时间照常逝去，眼前的这张脸依然会过早凋零。

他的脚步突然一阵浮乱。

这是一个春天的上午。在他的妻子最美丽的时刻，他与她错身而过，没有问路。只有几片樱花在他们头顶飘落。

　　　　　　　　　　　　　　　湿润的金属

再见哆啦A梦

我逃离城市，回到故乡，是在一个冬天。天空阴郁得如同濒死之鱼的肚皮，惨兮兮地铺在视野里，西风肃杀，吹得枯枝颤抖，几只麻雀在树枝间扑腾，没个着落处。

我就是在这样的天气里，拖着行李箱，缩着脖子，回到了这个久远的村庄。

父亲在路边接我，帮我提箱子，一路都沉默。自打我小学毕业，就被姨妈带离家乡，只回来过一次，那次也行色匆匆。这么多年来，沉默一直是我和父亲之间最好的交流方式。但我看得出，他还是很高兴的，一路上跟人打招呼时，腰杆都挺直了许多。人们都惊奇地看着我，说，这是舟舟？长变了好多！好些年没回来了吧，听说现在在北京坐办公室，干得少挣得多，出息哩！

父亲连忙摆手说，干得也不少干得也不少。

这样的寒暄发生了四五次，可见我沉默的父亲在平时怎么跟乡亲们夸我的。但如果他知道我撞见女友劈腿，随后因心不在焉而被公司辞退，生活崩溃，回来之前退掉租房，并且删了所有人的联系方式，不知是否还会保持这份骄傲。

现在，面对这些粗粝的面孔，我感到既熟悉又陌生，每张脸都记得——我是在他们的笑声、吼声、骂声和窃窃私语声中长大的，但现在都叫不出名字，像是一面被时光磨过的玻璃挡在了我们中间。我只能对每一个人笑笑点头。

父亲把我带回了家。记忆中的小平房已经消失了，一栋两层小楼立在我面前，但已经不新了，毕竟在寒风中挺立几年，墙皮都有些剥落了。楼房前是一块水泥平地，青灰色的，像倒映着此时黯淡的天空。这块平地用来晒稻谷和棉花，夏天的时候，父亲和母亲肯定会把饭桌搬出来，在渐晚的暮色中吃完晚饭。父亲照例会喝上二两黄酒。

厨房就在水泥平地的对面，母亲已经做好了饭，系着被烟熏火燎而显得焦黑的围裙，搓着手，看着我。我已经离开母亲多年，此时有些哽咽。

回来了，她说，来来来，先吃饭。

吃饭的过程中，父亲一直沉默着，扒几口饭，就一筷子菜，然后抿一下酒。倒是母亲一直在说话，絮絮叨叨着这几年发生的事情：大伯的儿子退伍后跟几个混混一起在街上游手好闲，抢人脖子上的项链被抓了；隔壁家老来得女，但脑子有问题，五岁多了还坐在门前，冲路过的人傻笑，一笑就流口水；老唐家嫁了女儿，结果在喜宴上，新郎嫌老唐给的茶钱①少，当时就把桌子给掀了……

老唐家？我放下筷子，抬头问道，是住在村口路旁的那家吗？

母亲说，对对，是那家，我还以为你都忘了呢。对了，你以前跟老唐家的丫头经常一起玩，还记得吗？

我默然，扒了一口饭。

人家现在都结婚三四年了，唉，就是她男人不省心，天天喝酒，一喝就吵架，吵架还爱砸东西。电视机砸坏了好几个，前几天把摩托车给踹了，两三千就这么一脚给蹬没了。母亲唉声叹气，一边说一边低头拨着煤火。

---

① 湖北南部地区在结婚时，由双方亲友共坐一桌，在桌面中间的竹篮里放钱，称为茶钱。关系越亲，钱越多。

接下来母亲的絮叨我都没有听到，她的声音突然变远了。我匆忙把饭吃完，想去洗碗，母亲拦住了我。

冬天的夜晚来得特别早，不到六点，天就开始暗下来了。我从北京回来，奔波了一天，在飞机、火车、大巴和拖拉机上辗转，已经很累了，于是洗漱完就在床上躺下了。

我睡得很早，但入睡之后，一场噩梦袭击了我。

梦中，我悬在一条河流之上，河面上有一个漩涡，整个世界都被扭曲了，疯狂地向漩涡涌过去。一切都被吞噬。我也缓缓下沉，不管怎么挣扎，也无法阻止，眼睁睁看着自己的腿沉浸在漩涡里，被绞碎，接着是腰、腹、胸腔，最后轮到脑袋……

我猛然惊醒，瞪着黑暗喘息。这个噩梦太过熟悉，同样的场景，同样的过程，总是在午夜潜入脑中。这是故乡给我的烙印，无法抹去。

我摸出手机，才十二点。夜晚风大，窗子呼呼震响，我左右翻转都睡不着，索性爬起来，按开了灯。

白炽灯的光扫开黑暗，照亮了墙角的一个木箱子，上面有些尘土。我想起睡前母亲告诉，她把我儿时的玩意儿都收在里面了，于是起了兴致，翻开箱盖。

里面的东西少得令人失望——没有玩具，没有记录点滴的笔记本，没有书信，只有几本小学时的课本，还有一个造型奇特的物件，顶部是浑圆金属，下部是方形晶体，中间无缝接合。可能是小时候捡的废品吧，但我拿着它想了半天，也想不出是如何来的了，便丢在一边。我接着翻了翻，兴味索然，刚要关上，突然看到课本底下压着几张光碟，上面有已经很淡但依稀看得出清秀的字迹，写着"哆啦A梦"。

长夜漫漫，正好我带回来的笔记本电脑有内置光驱，就拿出电脑，接上电源，把这几张VCD擦干净，卡进了光驱中。

"每天过得都一样，偶尔会突发奇想，只要有了《哆啦A梦》，欢笑就无限延长……"熟悉的旋律在这间小小的、冷清的屋子里响起，我吓了一跳，连忙调低声音。屏幕上的画面很模糊，噪点密密麻麻，偶尔还出现因碟面磨损导致的蓝色条纹。

机器猫张开了嘴，舌头上坐着另一只机器猫，它也张开了嘴，里面还有一只机器猫……

我偎在床头，电脑放在被子上，看着大雄和机器猫在久远的画面里蹦来蹦去，而静香——这个漂亮的女孩也加入了他们的冒险。VCD 容量小，一张碟只有五集，三十多分钟。看完后，光驱停止转动，画面满是蓝色，我一直浑浑噩噩的脑袋却在这清冷的空气里清晰起来。

哆啦 A 梦，哆啦 A 梦，哆啦 A 梦。

这四个音节，如同咒语，一经念起，满脑子都涌出了回忆。

在能够看到《哆啦 A 梦》之前，我的童年乏味而无趣。

在很多人的回忆里，尤其是关于乡村的回忆，童年都是充满了乐趣的——他们无忧无虑，晃晃荡荡地穿过盛夏沸腾的阳光，在湖边钓龙虾，门前打弹珠，在河里游泳……他们一边回忆一边微笑。但在当时，没有一个孩子是真正享受这种生活的，童年缓慢得如一只烈日暴晒下的蜗牛，永远到不了夏天的尽头。他们都希望快快长大，逃离黏稠的童年，一如如今他们希望逃离空乏的现状。

尤其是我。

我从小就不合群。上树下河，偷瓜钓虾，这些我都不喜欢。别的男孩子在稻场上拿着竹竿，喊打喊杀互相追逐的时候，我总是一个人游荡在田野间，有时穿过金黄的油菜花，有时拂过一朵朵雪白的棉花，有时涉过被风吹得麦涛滚滚的麦田。

我经常走着走着就遇到了在田里干活的父母，他们对我这种漫无目的、鬼气森森的游荡感到忧虑，呵斥我回家去找邻居小孩们玩。我答应了，却走得更远。

这种游荡一直到村子西边的杨方伟家买了 VCD 放映机为止。杨方伟的爸爸杨瘸子是开酒厂的，在白酒里兑了水卖给村里人，挣了钱，就给儿子买了这个。而那时，村里有电视机的都是少数，即使有，也都是右上方有两个旋钮的那种老式电视机，加上信号不好，只能收到几个地方台。但杨方伟家里，VCD配上大彩电，加上偶尔从镇上租的电影碟，一下子成为了村里最时髦的家具。

每个傍晚，附近老老少少都来到杨方伟家的院子里，大声喊着要看电影。杨瘸子开始没理，但人们的精力是充足的，一直喊到半夜，他连跟媳妇亲热都不成。没办法，他只能一边骂骂咧咧一边把彩电和VCD搬出来，接好线，放一部电影。

院子里挤满了人，自带椅子板凳，全神贯注地盯着电视屏幕。人一挤就热，蚊子又多，但人们硬是一直忍到电影播完才散开。

杨瘸子每个星期天去镇上送酒，也就顺便换下一批VCD，因此每个星期天大家都知道有新电影看，人来得最多。但有一次，他把杨方伟带过去了，杨方伟在租碟店子里转了半天，看到店里有新货，选了十张封面上印有圆头圆脑机器猫的VCD。

那个星期天，人们都来了，但是画面蹦出的不再是熟悉的少林寺众僧，而是色彩鲜艳的动画，他们都抱怨起来，说："老杨，你怎么租的这个碟，动画片不好看，换换换！"

杨瘸子说："你叫我换就换？租碟子一张三角钱，你给我？"

众人起哄："杨老板莫小气，三毛钱抵不上你一斤酒里面掺的水，换嘛！"

"没得，碟子是伟伟租的，他就爱看这个。"

大家只能看动画片，耐着性子看了一会儿，夸张童稚的画面并不能吸引他们，没多久大人们就陆陆续续起身走了。

留下来的都是孩子，看得津津有味。

我也坐在中间，被电视里这只神奇的机器猫吸引了。它从未来跋涉而至，陪伴在大雄身边，兜里能掏出无穷无尽的宝贝，带着大雄上天入地，穿越时空，最重要的是，陪他去接近美丽的静香。我看得如痴如醉，腿上被咬出了好几个大包都浑然不觉。

放了两张碟之后，杨方伟站起来，对我们说："都放了十集了还舍不得走？回家吧，明天再来。"

我问："还是这个时候？"

"明天可以早一点，要是太晚了你们回去也不方便，"他转过头，朝我左边说，"露露，你家里有点远，回去要小心点。"

我这才发现，一直在我左边看电视的，是一个女孩子。电视机已经关了，我看不清她的脸，但看得到她的头发扎成细细的马尾，在黑暗中一晃一晃。

我们往回走，各自散开。夏季的田野里并不全是黑暗，有星光在头顶，有萤火虫在身畔，我走过大路，要途经一片空旷的大稻场。在我还在四处游荡的时候，已经走遍了全村，所以很熟悉这条路。但走着走着，感觉身后有人跟着——是那个小女孩。一只萤火虫很近地划过她身侧，我看到她的右边脸颊有一瞬间被照亮，即使是这样的晚上，依然可以看出她的白皙，还有黑亮的眼睛。但我再想细看时，那只萤火虫已经飞得远了。

她也停下了。

我顿时明白——稻场的周围，是一大片坟茔，村里故去的人都埋在里面。此时冷清的夜风吹过，在坟间穿梭，隐隐听得到一缕缕呼啸。坟茔的另一侧，是一条流淌的河，水声啪嗒啪嗒，像是有人在河面上走动。

这个女孩独自穿行，会感到害怕，所以才离我近一点，保持五六米的距离。

于是我放慢了速度。那是小学五年级结束的盛夏，我们都很矮小，步子跨得短，走过这片深夜的稻场要花十分钟。我记起了刚才看到的动画片片头曲，轻轻哼唱："每天过得都一样，偶尔会突发奇想……"星空亮起来，风大起来，我们小小的身体在风里穿行。我心里没有一点害怕，连路过那个突兀地立在坟茔与稻场中间的房子时，也步履轻快。

走出稻场，进入村口大路，半里外家家户户灯火连缀。

"谢谢。"

我似乎听到女孩的声音，但又怀疑听错了，因为这两个字太轻，像羽毛落在水面泛起的波纹。风有点大，我转过身，看到女孩已经低着头转到一条小路上。小路不远处是一栋房子，我记得父亲路过这家时，打招呼喊的是"老唐老唐"——村里出名的酒鬼和赌鬼。

她转弯进了屋。

那个晚上，我始终没有看清她的脸。

我突然从床上跳下来，在木箱子里翻找，但里面只有书和光碟，没有那张照片。

我跑下楼，把母亲叫醒。她正在熟睡，醒来后过了好久都回不过神来，怔怔地看着我。

妈，我的照片呢？

照片……什么照片？

就是小学毕业时候拍的合照，我记得跟课本放在一起的，你把它放哪儿了？

灯光有点刺眼，母亲的眼睛眯着，好久才说，我不记得了。十多年了吧，你找它干吗？

我也从冲动中回过神来，意识到这是在深夜打扰母亲，便摇摇头，回到了房间。窗外依然是铁一样坚硬的黑暗，风在铁中间切割着，声音凄厉。我准备合上箱子时，心里一动，把破旧的语文书拿出来，卷了卷，有异物感，一翻开，里面果然夹着一张照片。

因为一直藏在书中，这张照片躲过了岁月的洇染，没怎么泛黄，只有质地显得有些脆，摸上去有一种粗粝感。

我在照片上仔细寻找。第一排坐着三个教师，居中的是一个脸色阴沉的年老女人。她的目光比面色更阴沉，透过照片，穿越十数年光阴，落在我身上。

我掠过她，在角落里找到了自己。而我的身边，是一个清秀的小女孩。我终于看清楚了她，五官精致、秀气，在照片上如同水墨画的点染。她扎着辫子，嘴角有一丝扬起，不知道是在微笑还是因照片失真而引起的。她身后是一片杨树林，叶子被风托起。她的发梢轻扬。

唐露……在被回忆的潮水汹涌吞没前，我念出了她的名字。

那个炎热的盛夏，我停止游荡，每天吃过早饭，就跟其他孩子一起，守在杨方伟家里。他也够意思，碟放完了就让他爸去镇上带新的回来。

杨方伟的家境很优渥，是村里第一个铺上瓷砖地板的。我们坐在地板上，凉丝丝的，在夏天特别舒服。

经常有来他家买酒的人，看到我们一大群人老老实实坐在这里看电视，都会啧啧称奇。有一次，一个又瘦又黑的男人过来买酒，看到我们，冲角落里说道："露露，去，给我打一斤酒。"

一个女孩站起来，低着头，接过了他手里的酒瓶，走向杨家院子的酒窖。

我正好尿急，出去上厕所，看到唐露走到杨瘸子身前，怯生生说："杨叔叔，我给我爸打一斤酒。"

杨瘸子叼着烟，斜睨她一眼，说："你爸爸给你钱没有？"

唐露摇摇头。

"嘿嘿，这老唐，赊了我那么多酒，自己不好意思，让个小丫头来打酒——回去告诉你爸爸，不给酒钱，我这小本生意也做不下去。"

但是唐露也没有走，低下头，声音带着些抽泣了："买不到酒，我爸爸会打我的。"

"这狠心老唐，迟早他妈遭报应！"杨瘸子把烟扔下，踩灭了，"跟你爸说，最后一次了啊！"

　　　　　　　　湿润的金属

我怕错过电视，匆匆上完厕所就回到房间，孩子们都在看电视，老唐也坐在一旁，龇着满口黑牙说："这动画片有什么意思，听人说杨瘸子藏了几部外国电影，自己一个人偷着看。哎，杨方伟，你知道你爸爸把碟子藏在哪儿吗？找出来放，我老唐带你们早点见到真正的女人，比这个动画片有意思多了！"

杨方伟皱着眉头，没有理他，其他人也露出嫌恶的表情，但老唐浑不在意，继续满口胡言。

幸好唐露很快提着酒进来，递给老唐。老唐乐呵呵接过，转身就走了。唐露坐回之前的角落，但周围的人都挪了挪屁股，离她远一些了。

她低着头，好长时间都没有抬起来。我看到一滴眼泪落下来，但很快洇入她的棉布裙角。十多分钟后，电视里放到大雄被胖虎和小夫欺负，夸张地哇哇乱叫，她才忍不住抬起头。她脸颊上尚有隐约的泪痕，却被大雄倒霉的画面逗得笑起来。

这个表情又美丽又哀婉，让我记得很深，此后每次看到雨中的花，都会想起她边流泪边笑的脸。

"《哆啦A梦》有多少集啊？"流鼻涕的王小磊没注意到我们，一边看一边问，"这么好看的动画片，可别给看完了。"

杨方伟一摆手，说："放心吧，我去租碟子的时候，看到好厚一摞呢。老板跟我说，这个动画片有几百集几千集呢，而且还一直在画，永远不会结束的。"

杨方伟跟我同年级，但比我们都要高大一些，说起话来，有一种在村庄里少见的意气飞扬。他让我们在他家看动画片，俨然已经是孩子头儿了。大家纷纷点头。

我也被他的话吸引了——"永远不会结束的"。这世上，鲜花常凋，红颜易朽，没有什么是天长地久。时间会将所有我们心爱的人和事终结。但《哆啦A梦》不会，杨方伟说，它永远不会结束，它会一直陪在大雄身边。那一瞬间，我有一点热泪盈眶。

"那我们也能一直看到老了？"我情不自禁地问。

几乎是同时，另一个颤颤巍巍的声音也冒了出来，说："我要一直看下去。"

话音刚落，我和说话的人互看了一眼，正是昨天跟在我身后的女孩。她有些怯生生的，白皙的脸上泛着微红。她的五官太精致，我不敢直视，低下了头。

"你脸怎么这么红？"杨方伟纳闷地看着我，然后对女生说，"露露，你放心，你在我家里能一直看下去。"

但是杨方伟的这个承诺并没有兑现。很快，杨瘸子给他买了一台游戏机，那可是最高级的玩意儿，连上电视，插一张卡，就能用手柄操纵比尔·雷泽[1]，在二维画面里冒险。所有的男孩子都被吸引，聚集在杨方伟家里。杨方伟固定用一个手柄，另一个给其他人轮流玩，轮不上的就算是看也看得津津有味。

孩子们都兴致勃勃，只有我和唐露非常失落，《哆啦A梦》的VCD光碟被杨方伟退了，换成了一张张游戏卡。我们站在满屋子围观打游戏的孩子们的身后，看了一会儿，默默转身走了。

我往家走，唐露跟在我身后，但直到过了她家，她还是跟着我。"你怎么不回去呢？"我问她。

她指指自己的家，低声说："我爸爸……"

我于是明白，长长地叹了口气。

四周起了风，吹起她淡淡的刘海。我们站在风中。那一个下午，天气有些阴郁，我和她都无处可去。

回忆把我推进了睡眠里，醒过来时，天已经大亮。故乡的冬天特别阴冷，没有暖气，我缩在被子里不愿意起来。但母亲过来叫了我几次，只能挣扎起床。

---

[1] 经典游戏《魂斗罗》中的主角之一。

春节将近，家里要办年货了，往常都是父亲搭别人的机动三轮车去镇上买，但他年纪已大，腿脚不好，爬上三轮车后车架时脚滑了几下。我上前拦住了他，说，我去吧。

父亲没说什么，进屋给我找了件棉衣。风大，车开的时候，要裹住脑袋和手。他叮嘱我说。

这棉衣又破又旧，我拿在手里都有点嫌弃，不愿意裹住手。但三轮车一开，冷风就瞬间变成了刀子，划过每一处裸露的皮肤。我连忙把羽绒服的帽子戴上，转过身，背对风口，同时裹住了手。

三轮车在崎岖坎坷的乡间路上行驶，路两旁掠过枯瘦的小杨树，枝丫孤零零的，在冷风中晃啊晃。冬日的村庄，全被一种"灰"笼罩了——灰色的天，灰色的田野，灰色的道路和人家，仿佛所有鲜活的色彩都在这个萧索的季节里褪色了。

村里离镇上远，办年货不易，通常是一辆三轮车载好几家人过去，每家收十块钱路费。我在的这辆三轮车，在村里七拐八弯，接了四五个人上来，都蹲在车架上。

其中一个年轻人我觉得眼熟，正思索着，他先开口了，胡舟？

这张脸迅速跟记忆里那个意气飞扬的孩子王重合了。我笑了笑，杨方伟，好久不见了。

是啊，好多年了。小学毕业以后就没见过吧。

的确，自从小学毕业，我跟姨妈去了山西，从此确实没有联系过。但他说得也不对，我回来过一次，村子毕竟这么小，还是见过的，只是我跟他关系有些尴尬，远远见到对方，都不会打招呼。现在，我们都缩在一辆顶着寒风前行的三轮车后架上，缩手缩首，不说话尴尬，开了口却不知如何往下接。

耳边呼啸着冷风，沉默了几分钟，我问，对了，你现在在哪儿工作？

本来是在重庆当老师，但是当老师吧，他咧开嘴笑了笑，嘴唇被冻得苍白，因此让他的笑容显得有些苦涩。挣不到钱，所以年后应该不回去了。

那你要去哪里？

准备过年了去深圳看看，找份工作吧。

深圳压力会很大吧。

他看了我一眼，哪里压力不大呢？

我点点头，是啊，哪里压力都大。

不过跟你不能比啊，他又笑了笑，听人说你在北京，做……是做动画片吗？

我做的其实是漫画，刚想解释，但觉得没有必要，点点头。

我老婆也快生了，有了孩子就更要钱，我爸的酒厂欠了一屁股债……他缩了缩肩膀，身子缩成小小的一团。听你爸说，你一个月一万多呢，顶我四五个月工资。你看，你是过日子，我是熬日子。你是文化人，你说对不对？

谁不是熬呢？我过得也很不好。

但我这句话他显然不太信。他笑了笑，就没说话了。

接下来，我们一直沉默着。三轮车在冷风中呼啸，许多枯树从我们身旁掠退。四周逐渐由零星的房屋变成街道，人越来越多，摆满了货物的店铺排得看不到尽头。

到了，你们下车去买年货吧，我买点药，开车的赵叔叼着烟，吼道，十二点在这里集合。

我们蹲得腿脚发麻，下车后活动了好久。杨方伟一边抽烟一边跺脚，几大口就抽完了一根，踩碎了准备走，这时我叫住了他。

你知道——唐露过得怎么样吗？

他站住了，转头看着我。

我突然感到了一阵没来由的窘迫，解释道，我听我妈说她过得不好，是真的吗？

杨方伟下意识地又点了一根烟，一口抽掉大半根。是的，她过得不好。在朦胧的烟雾中，他的表情有些看不清。过得很不好。

没了《哆啦A梦》，我又恢复了闲荡的状态。但与之前不同的是，唐露一直跟着我，在那个遥远夏天的尾巴上游弋。

我们这两个小小的人影穿梭在田野里，在一株株将要绽开的棉花间，也穿行在村庄纵横复杂的小路上。大人们看见我俩，总会大声调笑说："舟舟，你都有跟班啦！"每到这种时刻，我就气呼呼昂头走过去，而身后的唐露则红脸低着头，羞怯地跟上我的步伐。

在那些漫无目的游荡的日子里，我把我在村子里发现的所有秘密都告诉了唐露：杨方伟的父亲之所以瘸，正是因为掺假酒被人打的；还有村尾的赵老鬼，总是悄悄把别人系好的牛牵走，在田里藏一夜，第二天再给人牵回去，以此换得一声感谢和十块钱。

唐露听得十分入神，这个村子以另外一副面孔出现在她眼中。她说："原来你知道这么多秘密啊。"

她清亮的眼睛中闪着光，这光让我豪气干云，拍了拍胸脯，说："这些秘密算什么，我还有一个更大的秘密没告诉你呢！"

我把她带到河边。这条河是村子的命脉，听说是长江的二级支流，灌溉用水都从河里面抽取。它也流经稻场，绕坟茔而过。关于靠近坟茔的这个河流段，有许多恐怖的传说，隔壁王三傻曾经赌咒说夜里路过时，听到地下传来嗡嗡嗡的声响。"不知道是河水在流啊流，还是棺材里有人翻身……"这个傻子一边吸着鼻涕，一边用阴森森的语气说。

这种鬼故事，村里还流传了很多——一头水牛在吃草，吃着吃着头就不见了，血喷了十来米；解放前，有人掉进河里，十多年后才回来，却还是跟以前一样的样貌……大人们就是用这种故事让我们不要乱跑的，但我向来不信，唐露也不信，只是还是有些害怕。

我们小心沿着河边走。左侧是一座座土坟，唐露颤巍巍地跟着我，同时小声地对墓碑说对不起。

走没多久，我们到了一处河畔前。这里非常隐秘，藏在两座荒坟后，鲜少人至。河畔长着一棵歪脖子树，都快平行于水面了。我扶着树干站稳，指着水面，对唐露说："你看这水有什么奇怪吗？"

唐露战战兢兢，看了半天，摇摇头。

"看好了。"我从地上捡起一根枯枝，扔在河面上。枯枝顺水缓缓向下流，但快到我面前这一块儿水面时，像是水里有什么拉住它，迅速下沉，连"咚"声都没发出。

"咦？"唐露满脸疑惑，又捡起树枝，但接下来几次都如出一辙——树枝在水面漂得好好的，流到某一处水面，便会立刻下沉。

我说："别说再用树枝试了，就算用泡沫盒、书包、皮球，流到这里都会沉下去。我都试过的！怎么样，我说这是村子里最大的秘密吧！"

"你是怎么发现的啊？"

"前阵子我做了小木船，放在河上，它顺着水漂，我就在岸边跟着它，看它最后是不是能漂到海里去。但是我走到这里，它就突然沉下去了，所以我就发现了这里。"

"你告诉过别人吗？"唐露昂着头问我，斜阳下的脸被染上了橘红色泽。

我摇摇头："我本来跟我爸爸说过，非要拉他来看看，他就给了我一巴掌。我现在只告诉了你，这是我们之间的秘密，你不能告诉任何人啊！"

"我不会的！"唐露郑重地抬起手起誓，然后又问，"不过你知道为什么水面上的东西到这里就下沉吗？"

这个我倒是没想过，老老实实摇头。

唐露却转了转眼珠，看了下水面，又看了下我，说："我猜这就是哆啦A梦的口袋，可以装进无穷无尽的东西。说不定水面下，就有一只机器猫呢！"

她转眼珠的样子实在太可爱了，我一时有些兴起，压低声音说："说不定水面都是死了的人哦，就像王三傻说的一样，谁在水面上，就把谁拉下去!"

唐露被吓得像受惊的兔子,眼圈顿时红了,紧紧攥住我的袖子。
我有些后悔,便由她拉着袖子,慢慢走上河边,穿过坟茔回到稻场。
夕阳垂在天边,金色斜晖铺满整个村庄,尤其是河面上,一片片的
金鳞泛动着。

我们正要走出稻场,突然吱呀一声,那间突兀地立在坟茔与稻
场中间的房子的门被打开,一个面目阴沉的老女人走出来,看着我
们。她脸上生满了皱纹和褐斑,看上去五十多岁,但那目光却像是
在寒冰中被冻住了几千年一样,只一眼便让我遍体生寒。

我赶紧拉着唐露向家跑,但背上依然感到一阵发毛。

后来,我无数次在噩梦中看到这种眼神。

办完年货已经十一点半了。风大得有点邪门儿,我把包裹放在
脚边,缩起来,瞪着苍灰色的天。

赵叔慢吞吞从药店里出来,把几盒药扔到车上,嘴里骂骂咧咧。
我低头扫了一眼,都是些风湿药或肠溶片,就问,赵叔,给你家老
人用的?

呸!不是我家里!是那个姓陈的老不死,一大把年纪了不安生
入土,每次都是央我给她买药。赵叔点燃一根烟,深吸一口,嘴里
和鼻孔里都冒出烟来。

姓陈的?我心里一动。

赵叔又喷一口烟,说,就是陈老师啊,我记得小学时还教过
你吧。

我于是沉默了。那双噩梦中的眼睛再次浮现,我往后缩了缩。

十二点人就来齐了,三轮车吭哧吭哧地往回走。到了村口,路
稍微跟之前有些不同,绕到了稻场边。我看到满地都是枯黄的细草,
冬风凛冽,草在风中簌簌发抖。一座一座的坟头像丘陵般蔓延,有
些修葺得碑石整齐,大多数无人打理,草木乱生,一派萧索。

而坟山与稻场的中间，那间屋子依然突兀地立着。它比我记忆中更破旧，原本由红砖垒砌的墙已经变成了土黄色，屋顶瓦片遗落，有些地方是用稻草盖住的。难以想象住在这样的屋子里，该如何度过这个寒冬。

赵叔把车开到路边，并不下车，喊了声药来了，然后抓起那几盒药扔在屋门口，就准备开车离开。

我疑惑道，这就走了？

不然还怎么？赵叔头都没回，踩着生锈的离合。这屋子里晦气得很，难道我还要进去？你都不知道，她一个人住在这坟边，也不知在干什么。上次县里有个开烟厂的老板来买这块地，想给家里修祖坟，开价十多万啊，多少人眼红！结果这姓陈的，怎么都不卖，人家过来劝，连门都不让人进——嘿，你跳下去干吗！

我在地上站稳，冲赵叔喊，帮我把年货带到家。然后转身，走到破屋子前，风吹得屋顶的稻草上下拍打，除此之外我没听到一点人声，似乎屋里面比外面还荒凉。

我把药捡起来，叫了声，没人应，就推开了那两扇腐朽的木门。吱呀吱呀，令人牙酸。我走进去，出乎意料的是，尽管屋里很暗，摆设很少，但一桌一椅都干净整齐。最里面是一张床，上面躺着一个老人，只露出头，但依然看得出满头白发，额角皱纹如一群蚯蚓般弓起。

她睡得很浅，睁开眼睛，看到了我。

我正准备说话，她却先开口了。她的脸在暗处模糊不定。她说，胡舟，是你吗？胡舟，我眼睛不好，你走近一点。胡舟，你长大了。

我一下子颤抖起来，药盒掉在地上。

我看着她，像是看着一团被岁月揉得发霉又褶皱的抹布。我厌恶这个女人，无数次想象怎么报复她，现在进门来送药，也存了想看看她过得多么惨的心。但看了一眼这样的老态，看到岁月擅自将她摧毁，我只感到一种荒诞和无力。

　　　　　　　　　　湿润的金属

她挣扎着坐起来，冲我笑笑。

你还记得我？我把药盒捡起来，放在床边柜上。她扫了一眼，又继续看着我，我怎么会忘了你？你和唐露，是我印象最深的学生，而且，你是唯一一个发现我的秘密的人。

秘密？我有些诧异，随即醒悟过来，跺了跺脚下的地板，你是说这里面吗？

她却没有说话了，重新躺下，似乎刚才这简单的几句话已经耗尽了她的全部力量。她躺着，吭哧吭哧地喘着气，屋子里太暗，我看不清她的表情。从窗子外渗进来的风掠起了她花白杂乱的头发。

小学建在村口，附近几个村子的学生都来上学，曾经非常热闹，一个年级一百多人，分三四个班。但在我进入六年级那一年，一股去广东打工的风气突然刮起来了。大人去车间，一天能挣钱一百二，小孩悄悄在黑屋子里穿线，每天也有三十。这比在土里刨食要好多了。广东的厂家甚至派了车，停在村口，每天都有人带着孩子上车去往远方打工。村子就被这么一车一车地拉空了。

那时，一个在小学教书的老师守在村口，拦着每一个带着孩子上车的大人，说："你自己去就去吧，别把孩子带走了！孩子要读书，读书才是唯一的出路，如果不读书，以后怎么面对这个世界？"

大人们都很不耐烦，推开老师。老师又紧紧攥住他们的衣袖，近乎固执地说："别把孩子带走，孩子是未来，要读书。"

"读书能挣钱吗？"大人们反问。这让老师无法回答。于是大人们把衣袖从老师手中抽出来，牵着孩子的手，上了车。孩子们低着头，不敢看老师。

那个漫长的暑假结束后，开学不到两个月，六年级的学生就从一百多减少到了三十多个，老师也跑了很多。于是，原本的三个班合并成了一个班，有三个老师来教。教政治的是一个姓丁的老头儿，每天干完农活来教室，给我们把课本念一遍，然后匆匆回去种菜；

教语文的是个年轻人，经常因为打牌忘了来上课，或者正上课时有人叫他去茶馆，他就放下课本跑出去。

其余科目都是让一个五十多岁的女人来教，姓陈，独居，据说就是她站在村口去拦着上车的人。

第一次看到陈老师，我就心里一寒——暑假里，她站在坟场上看着我的阴沉眼神让我无比难忘。但这种害怕没有持续多久，因为我很快就看到了唐露。

唐露也和我到一个班上了。

这时我才知道，这个胆怯孤单的小姑娘，之前学习一直是年级前列，现在唯一成绩比她好的男生已经在广东的某个地下黑屋子里去穿线了。所以她现在是年级第一，被陈老师安排在第一排坐着，与我隔着大半间教室。

下了第一节课，我就跑到教室前面，但靠近她时又慢下来了。一种属于那个年纪的特有羞涩蒙上心头，明明没人注意我，我却觉得自己处于所有异样目光的中心。

她一直埋头做题，没有抬头，我慢吞吞从她身边走过，也沉默。我回到教室的时候，她抬头看了我一眼，又低下头继续做题了。

两个月没怎么说话，暑假形影相随的日子已不真切，或许她也忘了吧。

其他男生也注意到了唐露。刘鼻涕有一次被分到她旁边坐，高兴得连鼻涕也不流了，就是上课看着唐露傻笑。陈老师揪了几次他的耳朵，都没用，只能皱着眉把他换走了。还有一向以欺负人为乐趣的张胖子，看到唐露和几个女生在操场上踢格子后，居然一反往常的鄙夷，上去要求和她们一起玩，还让唐露辅导他。唐露细声细气地告诉张胖子踢格子的要诀，他边听边点头，俨然好学生模样。陈老师看到后把他赶开，说："怎么不见你把这股认真的劲儿放在学习上！"

陈老师对唐露严加保护，导致没人有可乘之机。除了唐露，我

　　　　　　　　　湿润的金属

们所有人在她眼中都不学无术，都游手好闲，都是愚昧父辈的延续，都注定了要在这泥土翻飞的村庄里度过一辈子。

她严格按照成绩排座位，成绩差的都坐到了后面。杨瘸子提着两刀肉去陈老师家，希望她把杨方伟安排到前面坐，结果被陈老师轰了出去。第二天，她专门点杨方伟回答问题，杨方伟回答不出，于是她从鼻子里喷出一口气，轻蔑地说："回去告诉你爸爸，拉不出屎来就别想占茅坑。"这句话让我们哄堂大笑，杨方伟在笑声中脸红如滴血。

陈老师一度对我也寄予厚望。她曾经把我叫到办公室，劝我好好学习，但当她知道我只对语文有兴趣，对数学自然课全然无感之后，非常惊异："为什么你会对语文感兴趣呢？这是最没有用处的学问啊！真正可以拿来改变世界的，是科学，是对量子领域的了解，是对空间物理的掌握，一天到晚背几遍'床前明月光'能有什么出息！"

她还说了一些什么，但那些词我都没听说过，只能低着头。她见我不开窍，叹了口气，就把我轰走了。

走之前，我突然愣住了——在陈老师的桌子上，摆放着一个小木船，槐木雕琢，模样稚拙。我看了几眼，觉得有些熟悉，突然想起暑假我丢失在河面上的木船跟这个很像，连船篷的形状和上面的刻痕都一模一样。但仔细看又不对，因为眼前这个木船的色泽很沉郁，有些地方还腐朽了，像是已经摆放了七八年的样子，而我的木船沉进水里还不到两个月。

"怎么还不走？"陈老师埋头批改作业，笔尖在本子上拖曳出一个个钩和叉。

我指着小木船，问："陈老师，这个船……"

陈老师抬起头，眼睛眯了一下，说："怎么了？"

"您放这里多久了啊？"

"十多年了吧。"

我"哦"了一声，就准备低头出去，陈老师叫住了我，问：

"你知道这个船吗？"这时上课铃响了，我连忙摇头说："没什么没什么。"

后来我成绩越来越跟不上，而且整天和杨方伟他们一起玩，上课丢纸条，下课在学校后面的橘林偷橘子。陈老师也就把我归在了他们一类，平常视而不见，闹得凶了就抓住我们，要么罚站，要么用藤条来打。我们都对她恨得牙痒痒。

我跟唐露也一直没有说过话，一间小小的教室里隔开了太远的距离。我继续跟我的小伙伴们玩耍，座位越来越靠后，直至倒数第一排。

上学期快结束的时候，陈老师在黑板上写了五道算术题，让我们上去写答案，算不出来就打手心。第一批的五个人没有一个答对，她气得嘴唇乱抖，竹板都打断了一根。张胖子挨了三四下就哭了。我们在下面看得心惊胆战，祈祷陈老师不要点到自己。

"胡舟、杨方伟、彭浩、刘鼻涕、张麻，你们五个上来，要是写不出来，我把你们手打断！"陈老师直接指着最后排，想了想，然后说，"算了，张麻你回去，唐露上来。我让你们看看，这题目是有人能做出来的。"

我们愁眉苦脸地从座位上起来，慢吞吞走上讲台。张麻则拍着心口，一脸庆幸，冲我们做鬼脸。

这是五道应用题，唐露做第四题，我做最后一题，她的左边还站了一个流着鼻涕的刘鼻涕。

我至今记得这道题目：小明看一本故事书，第一天看了全书的九分之一，第二天看了二十四页，两天看了的页数与剩下页数的比是1比4，这本书共有多少页？我站在黑板前，对着这些文字苦思冥想，脑子里却始终是一团糨糊。

陈老师提着竹板，站在我身后，让我背上生寒。我举着粉笔停在黑板前，却久久不能下笔，大腿开始发抖。

其他人也都不会做，只有唐露在黑板上一笔一画地写着解题步

湿润的金属

骤。我瞥见了她认真做题的样子。她的侧脸被从窗子透进来的光勾染，成了一些柔软的线条，像是初春里挣出来的柳枝。这美好的侧脸留在了我的记忆里。很久以后，我学习绘画时，总是习惯性地画一个人的侧脸，用简单的线条，用明显的光影差。我一度疑惑这奇怪的习惯从何而来，原来是记忆埋下的种子，当我拿起画笔时，它就开始萌发，在画板上绽放出唐露的脸。

"看什么看！"陈老师的呵斥打断了我的走神，并用竹板敲了一下我的头，"好好做题，做不出来就下来领打。"

我摇摇头，准备丢笔放弃，这时，我听到身旁传来了轻轻的话语："设整本书为 x 页。"

我一愣，唐露旁边的刘鼻涕也愣住了，同时侧过头看向她。唐露拿着粉笔做题，一丝不苟，嘴唇轻不可察地颤动着："别看我，老师会发现的。"

我俩连忙各自转回头。刘鼻涕看了眼自己的题目，小声说："我这道题是求面粉和糖，没有书啊……"

"不是你，是胡舟。"

刘鼻涕僵了一下，两条鼻涕趁主人不注意，迅速垂下。

我反应过来，连忙在黑板上写了假设，又小声问："然后呢？"

这时，陈老师在身后呵斥道："说什么！"

顿了十几秒，唐露又小声说："九分之一 x 加上24，然后等于 x 除以括号1加4括过来，算出来 x 就行了。"

我把方程式列出来，在黑板上打了下草稿，很快写出了答案。这个过程中，刘鼻涕一直用哀求的眼神看着唐露，眼泪和鼻涕都快流下来了。唐露却没有理他，把粉笔放下，转身对陈老师说："老师，我做完了。"

陈老师点点头："完全正确。你们看，这题目一点都不难，你们四个好意思吗？过来领——咦，胡舟，你让开。"

我连忙往右挪，让陈老师看到黑板。她扫了一眼，扶了一下眼镜，又看看我，说："今天太阳打西边出来了啊……你下去吧。"又指着另外三个人，"你们过来！"

我迷迷糊糊地从讲台走向教室后面，唐露已经在她的座位上坐好了，坐姿端正。我看向她，看到一缕发丝垂下，贴着她脸颊。她的侧脸依然美丽，神情认真，似乎专注在课本上，但有那么一瞬间，她的右眼悄悄眨了一下。

办完年货，小年一过，村子里也渐渐热闹起来。茶馆里挤满了打工回乡的年轻人，在狭窄的砖屋里凑堆打牌。我闲得无聊，也过去了打了一阵。茶馆里满是脏话、汗臭和烟味，待久了有一种眩晕感。摸牌、出牌、递钱和收钱，时间在这四个动作的重复中飞快溜走。

春节前一天，我去茶馆有些晚了，里面只有一桌是空的，就坐了过去。随后陆陆续续来了三个年轻人，有两个是认识的，另一个比较陌生。

陌生的青年又矮又瘦，坐我对面，刚坐下就掏出烟，发了一圈。我皱皱眉，没接。

嫌次？他自顾自点上，嘴里和鼻孔都冒出烟雾，这位兄弟没怎么见过啊，哪家的外地亲戚？

旁边有人接了话茬儿，说，大路，你这五块钱一包的红河还好意思发给人家！他可是大老板，在北京工作，拍动画片，挣大钱呢，一个月万把块！

动画片？嘿，我媳妇儿以前还挺喜欢看动画片呢。这个名叫大路的青年把烟叼在嘴边，伸手摸牌，来来来，打牌。

打了半个多小时，我有些心烦，出了好几把臭牌。大路捡了空子，连赢几把，嘴都笑得都合不拢了。他的笑让我更加心烦——不是因为钱，也不是因为他笑的时候露出满口的褐色牙齿，而是他的笑容里有很明显的嘲弄。

大路一根接一根地抽烟，屋子里乌烟瘴气，空气混浊，我有好几次呼吸都感到困难了。又输了一把后，我把钱往桌子上一推，说，今天就到这里吧。

大路往地上吐了口痰，用袖子抹了抹嘴，一边把钱扒过去一边说，还这么早，没过中午呢。别扫兴啊，才输了几百。你这种大城市里的人，几百还不是肉上一根毛？来，来，坐下来继续打。

我不想理他，站起来，向外走。但这时屋门被推开，一个女人走进来，径自走到大路身旁，说，明天就要过年了，跟我回去收拾一下房子吧，我一个人忙不过来。

大路看了一眼这个女人，脸上露出烦躁神色，你怎么来了？没看到我在忙吗？找你爸去！

我爸腿不好。女人的声音低了下来。

也是，你爸只剩下一条腿了，大路轻蔑地笑了笑，然后摇摇头说，反正我不管！你自己去弄吧，不就是洗几床被褥，擦点墙上的灰吗？你一天忙得完。我现在手气好得不得了，是在给家里挣钱呢。

女人劝不动他，也不愿走，就站在旁边。

你别在这里，晦气！刚刚手气好赢了，现在你一来他就不打了。大路斜眼瞪了一下女人，又看向我，说，你还打不打啊？不打我再去找别人。

我的视线这才从女人的脸上收回来，讷讷地说，那就……那就再打一会儿吧。

接下来的时间里，我更加心不在焉了，眼睛甚至不能认清麻将上的图案。我输得更多了，不停地拿钱，大路赢钱赢得喜笑颜开。他肯定把我当一个傻子了吧。

而这个傻子正透过烟雾窥视大路身旁的女人。

女人一直低头站着，垂下的头发在烟气中显得有些发白。她穿着红色羽绒服，蓬松地裹住身体，衣服面料上有很多褶皱，随着她身体的弯曲，这些褶皱像一张张细小的嘴巴一样闭紧。我注意到，羽绒服的胸口处印着滑稽的"波可登"。

我一遍遍告诉自己，是认错人了。但眼前这张侧脸，以及垂到脸颊的头发，都丝毫不差地跟记忆深处那张脸重合了。

关于与唐露的久别重逢，我幻想过很多次，却没料到再相遇，会是在这样烟雾缭绕人声嘈杂的鬼地方。

我的喉咙有些涩，不知是烟呛的，还是别的什么原因。

唐露站了一会儿，见大路实在无动于衷，便转身走了。她出茶馆的同时，我站起来，对他们说，我去上个厕所。

我追到唐露身边时，她已经走了十来米远了。唐露。我喊出了这个久违的名字。

她停下来，看着我，脸上憔悴，眼中迷惑。

你还记得我吗？

没见过吧……她才犹疑地摇头。

我不死心，又问，你还有那本画着哆啦A梦的练习册吗？

什么哆啦A梦？

我露出难以掩饰的失望，摇摇头，没什么……唐露看了我一会儿，见我不再说话，便转身走了。她的背影在冷风中有些微的佝偻。

我回到茶馆，机械地打牌。周围的咒骂、碰牌和拍桌声混在一起，这些嘈杂声一会儿遥远一会儿近，遥远的时候让我一阵空虚，近的时候让我耳膜欲裂。每个人都在喷吐烟雾，越来越浓，我的呼吸都被堵住了。我再也忍受不了了，跑出这个乌烟瘴气的屋子，在路边弯着腰，发出一阵干呕。

自从那次黑板做题后，我和唐露就恢复到了暑假时的关系，似乎这半年的隔阂冰消雪融。每天放学后，她独自走到一个路口，等我慢吞吞赶过去，与她会合，然后一起走回去。

那时我家里已经硝烟弥漫。我父亲跟隔壁程叔媳妇的事情被发现，程叔来我家闹了一次，母亲痛恨欲绝。争吵过后，两个大人在屋子里走动，却形如未见。姨妈专门回乡来劝，但是没用，摸着我

　　　　　　　　　　　　湿润的金属

的头叹气。

我每天晚上回去，屋子里冷冷清清，连吃饭都是在碗橱里找些剩饭菜热一热，就勉强对付了。

而唐露父亲酗酒的毛病更严重了，大白天都喝得醉醺醺，有时候还无缘无故打唐露。

所以我们都不愿意回家，背着书包，在路上慢吞吞地走着。我记得我们会说一些话，但时光久远，大多数已遗忘，也可能是那一阵子天气寒冷，声音一从嘴边出来，就冻结在冰冷空气中，唰唰地往下掉，就像雪花一样。

我们通常会走很久，把黄昏走成夜色，看到黑暗笼罩村庄，灯火沿着河亮起来，丝带般缠绕在远处的大地上。然后，她回她家，我背着书包走向我的家。

关于我们那些遥远飘忽的对话，我唯一记得的，就是我们提到了《哆啦A梦》。她依然记得在上一个夏天看到的几十集《哆啦A梦》，并且遗憾地说："要是能继续看就好了。"她小小的脸蛋在冷风中发抖，说完，还叹了口气。

我心中涌起一股豪情，拍着胸口说："没关系，我给你画！"

于是，在寒假来临前，我把之前辛苦攒下来的四块钱拿出来，去买了彩笔和练习册。练习册选的不是五角钱一本的那种防近视的黄色本，而是三块钱的那种，很厚，纸页的边缘还有淡雅的水墨画。这种高档货，村里小卖部没有卖的，我顶着寒风，骑车到镇上的文具店才买到。我的钱不够，死活不走，求了老板很久，最后他才卖给我。

整个寒假，我都窝在家里，认真地用彩笔画画。我幻想着一头远古的巨龙抢走了静香，大雄在哆啦A梦的帮助下，穿梭时空，回到恐龙纪元，历经千辛万苦把静香救了回来。

记忆里的那个冬天特别干冷，画到后来，我的手都裂开了。但我没有停，把脑海里的那些画面倾泻到纸上，越画越起劲，到最后仿佛不是我在画，而是笔拖着我的手在游走。那是平生第一次，我体会到了"创作"的乐趣。我记得最后画到大雄面对三头恐龙的血盆大口，却紧紧把静香挡在身后时，我的眼角都湿了；而画到静香得救后，快速地吻了一下大雄的脸时，我也忍不住嘿嘿傻笑。

画完后，我在练习册的扉页上郑重地写下了两行字：

每一个孤单童年，都有一只哆啦Ａ梦在守护。

献给唐露——我的静香。

开学后，我把这本厚厚的练习册拿出来，打算送给唐露。但刚一拿出来，张胖子一把抢了过去，大声说："这么厚的本子，你不会真做了寒假作业吧？"说完就准备打开看。

平常我没被他少欺负，通常都很怕他，但当时我眼睛都充血了，一把扑了上去，扯住练习册的书脊，另一手按住陈胖子的胸口。陈胖子毕竟壮硕太多，一伸手就把我推开了。我撞倒了一个课桌，但立刻爬起来，啊呀号叫着，又扑了过去。

陈胖子大概也没想到我会反应这么激烈，有些吓到了，但同学们都看着，他不能把本子还给我。于是我们扭打成一团。

我当然是吃亏的一方，很快就被他压在身下了。他气喘吁吁地坐在我身上，按着我的胸口，然后把练习册捡起来，说："我还非要看看里面是什——啊！你松开！"

我咬着他的手，死活不松口，嘴里都感觉到一丝腥咸了。陈胖子痛得眼角迸泪，连忙把练习册丢在我脑袋旁边。我刚松开，他却又把本子抢回去，同时狠狠一拳打在我头上。

这一拳让我有些蒙，陈胖子起身之后，我还站不起来。他拿着本子，扬扬得意地说："妈的，敢跟我横！我撕了你这破本子……"他说完，却发现同学们的目光有些躲闪，连忙回头。

果然，陈老师已经站在教室门口了。

她了解事情经过后，先是把我扶起来，问我有没有受伤。我只是有点头晕，就摇摇头。然后她打了张胖子十下手板，非常重，张

　　　　　　　　　湿润的金属

胖子眼角又迸出泪来。张胖子下去后，她拿起练习册，翻了几下，看到扉页上的话后露出了嗤笑，对我说："小小年纪，就想这个？真是跟你爸一样，臭不要脸！今天我不打你，但这个本子没收了，免得你祸害同学。"

我对陈老师有一种本能的畏惧，只能眼睁睁看着她拿着练习册走出教室。我沮丧地走回座位，路过唐露身边时，她用疑惑的眼神看着我，但我只轻轻摇头，错身而过。

我在不安和悔恨中度过了这一天，实在不甘心整个寒假的心血，就这么毁掉了。放学时，唐露照例慢吞吞往小路上走，我一咬牙，对她快速说了一句："等我一会儿，等我回来！"然后转身就学校跑。我溜进办公室，在陈老师的办公桌上搜了搜，没有练习册，想了想，又往稻场跑过去。

那一天，憋了整个冬季的天空终于开始下雪，雪粒在黄昏时候稀稀拉拉地飘下来。我跑得很快，冷风夹着雪，嗖嗖地灌进衣领。我却丝毫不感觉冷，也不畏惧坟茔的阴森，直接跑到陈老师的屋子前。

我的运气很好，看到陈老师门前那把挂着的黄铜大锁，就知道陈老师回家后又出去了。我绕着她家转了一圈，大门锁牢，窗子紧闭，只有烟囱是唯一的入口。于是我爬上屋顶，顺着烟囱进了里屋，里面很暗，我不敢开灯，只能努力睁大眼睛，用手摸索。

我都听到自己的心跳声，咚咚咚，像是有人在我胸口敲响了急促的鼓。我的害怕并非来源于屋子外面的坟墓，事实上，我宁愿死尸们全部从坟墓里爬出来，围着这间屋子厉号，也不想陈老师突然推门而进。我实在无法想象陈老师要是看到我偷偷跑进她家之后暴怒的样子。

我找了一遍，但没发现那本练习册，心里不甘，又哆哆嗦嗦地摸索。当我摸到床前时，脚感觉有些不对劲——床头前的一块木板是松动的。我轻轻一扳，木板就翘起来了。

木板的下面不是泥土地，而是一个幽深的地洞，有一排斜斜的台阶通向地洞的黑暗里。

我用脚探着台阶，一步一步往下走。我以为里面会很暗，但完全进入地下之后，反而看到了通道尽头的光。

这通道不长，只有三四米，我小心翼翼走过去，发现尽头是一道门，光就是从门缝里渗出来的。我贴在门上听了半天，里面没有动静，于是深吸口气，用力把门推开。橙黄色的光哗啦啦涌了出来，将我湮没。

里面空无一人，但我来不及庆幸，就被里面的景象惊呆了。

以后的很多次，我回忆起这一幕时，都会怀疑是不是记忆欺骗了我。因为我之所见，完全颠覆了我对这个贫穷村庄的认知，我一度怀疑是不是我做了一个光怪陆离的梦，而梦里的场景侵蚀了记忆，让我混淆。

因为当时，我看到一排排机器。我叫不出名的机器。

这个地下室有二十几平方米，墙壁连同地底都是由一种灰褐色的金属铸成，非常平滑。墙顶上镶满了灯，令整个房间没有死角。而这整个屋子都摆满了方形仪器，红绿黄这三种颜色的灯不断闪烁，地上全是电线。屋子的正中间摆着一个大桌子，由三根支柱撑着，桌面上是一个玻璃罩子，正方形，大概有我两手张开那么宽。玻璃罩里什么都没有，但不知是不是我眼花——我看到玻璃罩中间的空气里，不时闪现着蚯蚓一样的电火花，很暗，一闪即没。

这些巨大而又精密的仪器让我不知所措。幸好，我很快看到了我的练习册就放在桌子边缘，连忙拿起来，塞进衣服里，然后准备出去。

但是在出去之前，余光一扫，我发现有些物件有些眼熟。果然，在地下室的角落里，我看到了几根树枝、破书包还有褪了色的瘪皮球。这些东西各不一样，杂乱摆放着，但对我来说，它们有一个共同点——都属于我，都是在半年前的夏天，被我放在那块神秘的水面上后沉入水中消失的。

我翻了一下，发现每个物件上都贴了纸条，纸条已经泛黄，但字迹依稀可见。

　　"1982年7月13日，净重243g，来历：未知"，这是皮球上贴纸的字迹，而几根树枝上分别标记着1985年和1992年。每一个标签上的时间都相差很多。

　　我逐一看过这些纸条，百思不解，索性不管了，跑出地下室，爬上烟囱，满身灰黑地离开了稻场。刚跑不远，我就远远看见一个踽踽独行的人影，在昏暗的天色里走进坟茔与稻场之间，走进那间神秘的屋子。

　　这个人影正是陈老师，我一阵侥幸，幸亏跑得及时。

　　我顺着小路快速奔跑，雪越下越大了，这些小白点从黛蓝的天幕中飘落，在我身边打着旋儿。我有点着急，害怕时间太晚，唐露已经回家了。

　　但她并没有走。她一直等在路口，渺小的身影若隐若现，似乎随时会融化在漫天细雪的背景中。

　　"喏，这本书送给你。"我跑过去，小心翼翼地把练习册从衣服里拿出来。我浑身都是烟囱里的灰，但没让练习册沾染一点。

　　"你今天跟陈胖子打架，就是因为这个吗？"唐露接过练习册，她的脸被冻得红扑扑的，但洋溢着笑容。

　　"是啊，这是我为你画的最新一集《哆啦A梦》，花了一个寒假呢！除了你，谁都不能看。"

　　她翻开了扉页，看到我写给她的两行字，然后仰头看着夜空，过了很久，才说："你说，这世界上真的有哆啦A梦吗？"

　　"嗯，"我郑重地点头，"肯定有！"

　　"为什么我从来没有见过呢？"

　　我想了想，脑子一热，说："因为我就是你的哆啦A梦啊！"

　　唐露看着我窘迫的脸，轻轻地扑哧一笑，说："你到底是我的大雄，还是我的哆啦A梦呢？"

"我……我既是你的哆啦A梦，也是你的大雄！你放心，你是我们的静香，我们会一直保护你，不让你受伤。"

"你真好！"她突然踮起脚，在我右边脸上轻轻一吻，然后闪电般缩回去。

我被这道闪电击中了，浑身僵直。

我试着回味刚才这一刹那的感觉，但发现她的嘴唇太轻，有些冰凉，跟四周漫天的雪花一模一样。我摸着脸颊，那里有些微的湿润，但我分不清是因为她的唇，还是因为落雪轻吻。

在我发愣的时候，唐露合上了练习册，把它抱在胸口，转身往回走。我反应过来，连忙跟上她。那个晚上的路尤其长，我们都没有再说话，我们周围都是飘舞的雪花。

我们走啊走，走啊走，一不小心，就白了头。

大年三十，天气特别干冷，这艰难的一年终于在这一天走到了尾声。中午吃完团圆饭，母亲把全家人的旧衣物都洗了，晾好，然后带着我去坟头拜祖宗。

刚走到小路口，就发现那里围着四五个人，有议论也有劝阻，看样子像是这户人家在吵架。我看了看房子，觉得有些眼熟，仔细回想了一下，记起来这是唐露的家。

果然，我和母亲刚挤进人群，就看到了正坐在地上的唐露。她披散着头发，坐在地上，身上还是那件大红色的羽绒服，只是好几块面料已经被撕开了，在冷风中抖动着。她一只脚上歪歪斜斜地套着拖鞋，另一只脚赤着，被冻得有些乌青，沾满了尘土。

她的神情有些呆滞，眼角垂泪，脸上红肿，嘴里喃喃地说着什么。周围太吵，我听不清，但从嘴型就可以看出来她说的是"这日子过不下去了"。

母亲看到这场景，说，作孽啊，刚和好没几天，又吵起来了。这还是大年三十啊。

湿润的金属

旁边有人搭腔，这次可不得了，听说昨天大路把八万块钱全输了。啧啧，玩得可大哩，输到最后眼睛都红了。

母亲叹了口气，对我解释道，露露是想用这笔钱来盖房子的。

我点点头，看着坐在地上的唐露。她就这么哭着，念叨着，我的目光却只汇聚到她赤着的脚上。它在冷风中有些凄凉。

这时，一身酒味的大路从屋子里冲出来，对着唐露就是一巴掌。这一巴掌太狠了，声响像是干树枝被折断，听得让人心惊。唐露的鼻子登时冒出血来。这个矮瘦的青年像是一头发狂的豹子，满脸通红，喘着粗气，嘴里喊叫着，去你妈的，老子输了点钱，你就把老子的脸都丢完了！你爸爸是个死瘸子，你也是个他妈的扫把星！

我才发现，老唐正畏畏缩缩地站在门口。他只剩下一条腿了，拄着拐杖，他似乎想阻止大路，但抖着嘴唇，眼神飘忽，始终没有动。

围观人群里也没有人上前劝阻。我看到杨方伟站在一旁，抽着烟，脸上漠然。我刚想上前一步，就被母亲拉住了。她摇了摇头。

大路又打了几下，然后要把唐露拉回家里去，但拉了几下，没拉得她站起来，索性直接抓住羽绒服的衣领，把她拖回了屋子里。

唐露的头发和脸都在尘土里拖动。一滴血落下来，转瞬被尘土遮住了。

在去拜坟的路上，母亲告诉我，大家不是不想上去劝，以前劝过，结果更惨。母亲说，大路这人啊，手黑心也黑，坐过牢的。现在劝了，倒是也能拦住，但大伙儿不能守在他家一辈子啊，一有空子，他就把唐露往死里打。

唐露怎么会嫁给这样的人？我的语气闷闷的。

母亲眉头蹙起，似在仔细回忆，然后说，你是小学毕业那年离开村子的，很多事情都不知道。

在母亲的述说里，我渐渐知晓了唐露后来的经历。

小学结束的那个夏天，老唐的一条腿断了，为了治病，家里的钱都花完了。唐露也因此在读完初一上学期后，就无力再去读书，早早地跟了一个裁缝师傅学做衣服。学了一年后就到隔壁县城的一家服装厂工作，一天十个小时，全坐在封闭的地下车间里，佝偻着腰，踩着缝纫机，在幽暗的光线里拼接一块块质量堪忧的布。下班之后跟同龄的女孩们一起回到宿舍，挤着休息一夜。但那家厂很快因为雇用童工被举报，唐露被送回家。这件事上了报纸，也成了当地派出所的业绩，但对唐露这个风雨飘摇的家来说，无疑是雨中墙塌。

那时唐露在家里待了不到一个星期，受不了老唐躺在床上看她的冰冷眼神，央求准备去外地打工的沈阿姨。沈阿姨本来不想惹麻烦，但唐露跪在她家门口，凌晨时才离去。沈阿姨离乡的那一天，上车都坐好了，看着路边杨树掠过，突然骂了一声，然后叫司机停车，步行回到老唐家，把唐露拽起来就走，临出门时又扭头朝老唐骂了一句：早死早超生，别祸害孩子！

此后唐露一直跟着沈阿姨，在广东一带打工。她们先是当缝纫工，但机械化普及之后，这一行迅速没落，当时广东有几十万缝纫工无路可走。于是那年春节，沈阿姨给唐露办了一张假身份证，年龄增加了两岁，能合法打工。春节过后，唐露没有留在家里，独自去往上海，碰壁之后再去深圳，然后到了北京。而她在北京的那阵子，我也刚刚毕业，进入那家动漫公司。

是的，那一年多里，我们这两个漂流于异乡的人，可能在某个地方遇到过——地铁、街道或者便利店里。北京太过拥挤，充斥着一张张面无表情的脸，即使我们擦肩而过，也认不出彼此。

当我在北京立稳脚跟的时候，唐露却厌倦了这样漫无目的的飘荡，拖着疲乏的身体回到了故乡。对农村女孩子来说，二十三岁已经是亟待结婚的年龄了，但村里没人敢上门——娶了唐露，还得捎上一个残废嗜酒的老唐。据说杨方伟曾经跟家里商量过，认为经济能力可以负担得起，但杨家酒厂的突然倒闭，让这件事无疾而终。这可能是唐露一生中唯一接触到幸福的机会，但这扇门在她还未抬起脚准备跨进时，就发出一声无情的咣当，关闭了。

最后，媒婆领着邻村的大路来到了唐露家里。唐露刚开始对他并没有好感，但吃完饭后，唐露去看电视，大路走过来，看到唐露心烦意乱地拿着遥控器换台，最后换到了儿童频道。大路问，你喜欢动画片吗？唐露点点头。大路又说，我也喜欢啊。唐露问，你喜欢什么动画片呢？大路挠着头想了很久，最后说，哆……哆啦Ａ梦。唐露这才抬起头，看着这个矮且瘦的年轻人。他看起来并没有别人说的那么粗鲁和暴躁。

但结婚之后，大路的秉性才体现出来。唐露住进了大路家，跟几个婆嫂一起，还不到一个月，就被喝醉了的大路毒打，婆嫂们都只是冷眼看着。大路还有一个毛病，就是吵架时喜欢砸东西，家具、电视、摩托……在一次次争吵中，一次次破碎声中，这个原本就拮据的家，更加贫寒。

平时唐露在镇上开店，音像店、面馆、劣质服装店，什么挣钱就做什么，都做不长。大路隔三差五还过来要钱去打牌或喝酒。但在这样的情况下，她还是省下钱来，想自己再盖一间房，离开那几个阴嘲冷讽的婆嫂。

但现在，四五年攒下来的八万块钱又被大路悄悄输掉了。

这番叙述漫长而絮叨，我在冷风中听着，思绪时常抽离。天很快暗了下来，坟场上许多坟墓上插了蜡烛，火光在冷风中飘摇成星星点点。这一年的最后时光，竟然如此寒冷荒凉。

路过陈老师的家时，我问到她的来历。母亲摇了摇头说，这个就不清楚了，但应该不是本地人，听说是很久以前有一支军队驻扎在这里，后来撤走了，只有她一个人留下来了。因为懂得多，就成了小学老师。后来小学人不够，学校解散了，她也没走。

天空暗如锅底，破旧的屋子像是锈迹一样。我看了看，也没再多问。

晚上我陪着父亲守夜，一边打哈欠，一边看着无聊的春晚。时间就这样缓缓流逝，快到凌晨时，我把鞭炮拿出来，准备等午夜倒计时就去点燃。这是老家的习俗，以爆竹声来宣告新旧年交替。

这时，一直沉寂的夜幕里突然传来嘈杂声，有人在呼喊。我听了一下，立刻从屋里蹿出去，跑向河边。

因为，我听到的是——快出来啊，唐家那个丫头要跳河了！

当我们赶到河边，果然看到一个人影站在桥头。我们小心围过去，手电筒的光驱开了浓重的黑暗，照着唐露的啜泣。她脸上伤痕与泪痕密布。我们都劝她不要想不开。

唐露突然转头看向我，露出一笑，说，你不是说每个人都有自己的哆啦Ａ梦在守护吗？她的笑容迅速被泪水融化，成了一个凄婉的表情，为什么我从来没有看到呢？

我浑身一颤。

所有人都看向我。我张张嘴，想说些什么，但只发出嘶嘶的含混声音。

扑通一声，桥头已经没有她的身影。

人们连忙拥过去。我却迈不动步子，任幢幢人影从我身边掠过，脑袋里只是想着：原来，她一直是记得的。

我有些恍惚，又有点冷，缩紧了衣领。

这时，噼里啪啦的鞭炮声在身后响起，密集得没有间隙。我转过身，看到家家户户的爆竹火光把夜撕成了零散的碎片。

新的一年终于姗姗来迟。

关于故乡最后的记忆，停留在了小学毕业的夏天。那一年之后，小学因为没有足够的生源而停办，我们成了最后一届毕业生。拍毕业照的时候，谁都看得出来，尽管陈老师依旧面目阴沉，但眼圈泛红，拍完之后长久地坐在椅子上，不肯起来。

但对那时的我来说，这意味着长达六年的监狱生活终于结束了。我唯一需要忧虑的，是夏季漫长，蝉鸣聒噪，这两个月的暑假该怎么度过。

这时，我家里也买了一台VCD放映机，是用来给我爸看戏曲的。正是因为这个，我对《哆啦A梦》的爱好卷土重来，但我到处借，也只借到零零散散的几张碟，而且上面字迹都不清晰了，所以唐露认真地在每一张光碟上写下了"哆啦A梦"。这些碟显然不够度过夏天，我对唐露说："你还想看《哆啦A梦》吗？"

她使劲点头。

我暗自思忖——如果能搞到《哆啦A梦》的一套VCD，暑假就能每天和唐露一起看大雄和静香的奇妙冒险了。童年即将结束，接下来是混乱迷茫的青春期，在这童年的尾巴上，能以这样美妙的方式跟唐露一起度过，是我梦寐以求的。

但是大山版《哆啦A梦》的一整套，有一千多集，即使是租VCD，也需要一百二十块钱。这笔天文数字，超过了我的想象。我把小学六年的教材和练习册装在一个麻袋里，用自行车驮着它去了镇上，卖给了收废品的老头儿，换回十来块钱。当我捏着这薄薄的几张纸时，感慨六年求学，换回这么点钱，实在是替我父母愧疚。

"书这个玩意儿啊，最不值钱了，"老头儿把麻袋里的书倒出来，用脚踢进角落，"值钱的还得是铁啊，你看，墙上写得一清二楚。"

果然，墙上贴了价格表：可乐罐一毛三个，书本一毛五一斤，废铁一块二一斤……我看了一会儿，叹口气，捏着钱走了。

那阵子，还发生了一件让我和唐露难堪的事情——我爸爸和唐露的爸爸打了一架。据说是在田里干活时，我爸爸听到老唐在跟人嚼舌根，说他出轨的事情。于是我爸冲过去，两个人扭打成一团，旁人拉了好久都拉不开。

因为这件事，我们都不想在家里待了，忧愁地继续游荡。我们在午后太阳西斜的时候，沿着河边行走，河面上也出现了两个人影。我对唐露说："你看，他们是谁？一直跟着我们呢。"唐露把手指竖在嘴边，"嘘"一声，说："他们是住在水里面的人，看我们靠近了，也在小心地观察我们。别大声说话，吓着他们了。"

于是我们四个沉默地走在河边。夕阳斜照，河面上的影子越来越长，也越来越淡，在它们即将消失时，我和唐露走到了那块能吞噬一切的水域前。

"对了，我一直很好奇，"唐露说，"既然什么东西都能沉进去，那，可以从里面拿出东西来吗？"

"试试不就知道了？"我把上衣脱掉，准备游过去，但唐露把我拦住了。

"你要是也像其他东西一样，掉进去了出不来怎么办？"她忧虑地说，"那就没人陪我玩了……"

"放心！我不会离开你的！"我拍了拍胸膛。但唐露说的确实是个担忧，我想了想，看到岸边那棵歪脖子老树，树枝低垂，几乎快贴着水面了，一拍脑门，说，"我有办法了。"

我哧溜爬到树上，顺着最靠近水面的枝干，小心挪动身体。那根枝干只有手臂粗，我一爬上去，就压得枝干下坠，正好贴近了水面。我深吸口气，准备把手伸进水里。

"小心！"唐露在河边，面色紧张。

我的手臂伸进水里。在我的想象中，这块神秘水域的下面，可能是一条有着一口密齿的大蛇，或者是布满火焰的地狱，但手真正进入水面的一刻，却什么危险都没有——甚至，水面都没有经过了一天暴晒后的温热，触之清凉。

我试图移动手臂，阻力很大，水里的黏稠感远胜正常水流。我慢慢移动手臂，手指碰到了一个硬物，像是一个铁片。我抓住它，慢慢上拖，随着手臂从水里伸出来，我看到了手里抓住的东西——是一个方形铁盖，上面有规律地排布着一些孔洞，我感觉有些熟悉，但想不起来在哪里见过。

我把铁盖提出水面，这时它比在水里重多了，足有十几斤。树枝摇摇晃晃，似乎随时要断。我心里突然一动，一手夹着铁盖，一

　　　　　　　　　湿润的金属

边小心往回爬，爬到老树的主干上后，冲唐露道："你躲开些！"

唐露让了几步，我把铁盖扔下去，大声说："你看好它！我再去捞几个出来！"

"捞出来干吗啊？"

"卖钱啊，废铁很贵的，那个老头儿说一斤废铁一块二呢。就这个铁盖，就有十几块钱了，比一麻袋书值钱。"

唐露有些犹豫，说："这些是谁的呢？万一有主人，怎么办？我们不能偷东西啊。"

"这条河有主人吗？"我头也不回地反问。

"没有……吧。"

"那不得了？我从河里捞出来的，那就属于我们啊。就跟钓鱼一样，别多想啦，看我的！"

天已经渐渐暗了下来，远处的人家亮起了灯火。已经不早了，我隐约听到母亲在喊我的名字，于是加紧如法炮制，又捞出几个铁件。它们各不相同，铁盖铁盒，圆柱支架之类的，加起来得有七八十斤了。按照这个速度，我再最后捞出一件，就可以凑到租全套《哆啦A梦》碟片的钱了。

最后一个物件比我想象中大。

我摸索了一会儿，摸到一个类似提手的东西，用力上拉。树枝在我身下呻吟着。我提出来的是一个正方形的铁盒，边角圆润，四周有许多密密麻麻的圆孔，透过圆孔可以看到里面是一层层的片状镶嵌物。整体感觉像是一台电视机的机箱，只是更加密实。铁盒侧面插着一个浑圆的突起，其余部位还有一些孔洞，看上去像是某种接口。

我两手并用，把它提出水面。这时，我听到空气中有一身隐约的"咔嚓"，随后，远处的人间灯火次第熄灭，村庄被笼进黑暗。

唐露往回看了几眼，疑惑地说："停电了吗？"

"好多年没停过电了……"我也有点纳闷儿，但天越发晚了，再不回去，父母就该找过来了。于是咬着牙，把铁盒提出来，这时，身下的树枝发出最后的呻吟，"哗"的一声断了。我抓着箱子，一起落向水面。

那一瞬间，我脑中闪现出可怕的画面——皮球、树枝和泡沫板，这些绝不可能下沉的东西，都被这块水域吞噬了，再不复现。我直直地摔下去，正中水面，肯定也会沉进去，再也见不着唐露了。我有一点儿懊悔，想扭头去看唐露，但还未扭动脖子，就已经落进水里，砸出一大片水花。

温热的河水在那一瞬间吞噬了我。

我满心绝望，但手脚下意识地划动，居然很快站了起来。这块水域靠近岸边，并不深，才浸没到我胸口。

断掉的树枝浮在水面，静悄悄的，也没有一点儿下沉的趋势。

唐露刚要惊叫，见我从水里站了起来，惊呼声又吞回去了，指着我说："怎么……你没掉进去吗？"

"水很浅啊。"一阵夜风吹来，我打了个冷战，在水里拖着铁盒，一步步走上岸，"那么浅，以前的东西是怎么沉进去的？"

唐露盯着这个怪模怪样的铁盒，点头说："是啊，而且这么浅，你是怎么捞出来这些东西的？"

我穿上衣服，暖和了些，突然灵光一现，大喊道："我知道了！"

"是什么？告诉我嘛！"

"这里肯定有一个任意门，连接另一个时空，嗯嗯，一定是这样！"

唐露笑了下："怎么可能？"

"怎么不可能！你想想，哆啦 A 梦的口袋不就是一个任意门吗？可以从里面拿出任何东西。"我越说越觉得正确，郑重点头，"《哆啦 A 梦》里说的，还有假吗？我想，水下面肯定住着一只机器猫，知道我们要去买 VCD，就把废铁送给我们了。嗯嗯，一定是这样！"

"那它为什么不直接送我们碟子呢？"

"呃……"我一下子愣住了，不知如何作答。唐露见我窘迫，脸上绽开笑容，说："不过我相信你！一定是哆啦A梦在帮助我们，你不是说每一个童年都有一只哆啦A梦在守护吗，一定是我们的童年快结束了，所以这只哆啦A梦来给我们最后的帮助。"

"嗯！"我摇摇头，把刚才的问题甩出脑袋。

废铁已经收集齐了，一百多斤，我今晚肯定带不走。于是把它们拖到树下面，用树枝盖住，打算明天用自行车运到镇上，卖给那老头儿。

第二天，天色阴沉，太阳被遮在云层后面，雨却迟迟不下。我起床的时候，感觉有点头疼，可能是昨天掉在河里后吹了风。但即将租到《哆啦A梦》的喜悦充盈我全身，我对唐露说我要去卖废铁，直接租VCD，下午回来，让她在家等我。

"嗯！"看得出来，唐露也很期待。

于是我骑着自行车，来到河边，用麻袋把铁件装好，放在车的后座上。装铁盒的时候，我看到侧面那个圆形凸起，好奇地去掰，一下子就把这个凸起拔了下来。圆形凸起的下面，是一截五六厘米长的晶体方块，半透明，此前这个方块一直插在铁盒里，只露出金属材质的圆形头部。我观察了一下，觉得造型有趣，就放在了口袋里，打算一会儿送给唐露。

我骑的是一辆老式二八自行车，直立起来比我都要高，我坐在座板上脚都够不着车蹬，只能斜跨着骑。它的好处在于结实，一百多斤的铁放上去都浑然无事，只是骑得更吃力而已。

出了村子，拐上公路，再骑两个多小时就能到镇上。我使出了吃奶的劲儿蹬车，天气闷热得厉害，不一会儿就满身大汗了。但一股劲在我胸中鼓荡，尽管腿累得像灌了铅，却越骑越快。

路两旁的杨树静默着，在黏稠的天气里连树叶都死气沉沉地下垂着。拐过前面最后一段水泥路，上了桥，再下去就能到镇上了。

意外就是在桥上发生的。

二八自行车牢固，我尚且有劲，没想到问题出在了麻袋上——

经过两个小时的摩擦，铁件把麻袋刺破了，"哗啦"一声，这七八件沉重的铁块全部掉了下来，在桥面上叮叮当当地碰响。

"嘿，小崽子，偷了这么多东西！"

一个熟悉的声音响起来，我正蹲在地上捡铁件，扭头一看，居然是老唐。老唐脸上一片通红，步子有点歪，走过来踢了踢铁盒。

"我没有！"我扶住铁盒，争辩道，"是我从河里捞出来的！"

"这些东西这么新，一点锈都没有，你说从河里捞出来？骗鬼吧！"老唐喷出一口酒气，"你老子偷人！你偷东西！一家人出息啊，走，我带你去派出所！"

我想起老唐跟父亲在田里打的那一架，他打输了，还一直怀恨在心。他身子枯瘦，心胸狭窄，打不过我父亲，现在自以为抓到了我的把柄。我着急起来，大声喊："我真的是从河里捞出来的，不信，唐露可以作证！"

老唐嘴角一撇："露露？我早就让露露不跟你一起玩，这个死丫头非要跑出去。别说那么多了，跟我走！"

我死命反抗，但依旧敌不过老唐，他如提小鸡般揪着我的衣领，打算带着我离开桥。

"天杀的老唐！"我死死抱住桥边栏杆，"你欺负我，我爸爸会打死你的！"

老唐一下子火了，脸上更红，踢了我一脚："别说老胡不在这，就算他在，我也得教训你！"他拉了我两下，没拉动，也不敢太过用力，就松手了，骂骂咧咧地转过身，"好，你不走！你不走我去把你偷的东西上交！"

他气冲冲地扶起自行车，把铁件装在麻袋里，系在车座下的铁杆上，然后骑着车下桥，拐进了镇上的街道。

我追了几步，没追上，满心委屈地站在桥边哭，一边哭一边骂。路过的人都诧异地看着我。我哭了一会儿，累了，脑袋昏沉，于是转身往回走。

湿润的金属

闷了许久的天空滚动着隐隐雷声，没走到一半，雨就落了下来。初时只有几点，后来就成了瓢泼大雨，将我浑身淋湿。

我在雨中抽泣，走了整整一个下午，才回到村子。路过唐露家时，看到她家家门紧闭，过去敲了敲门，没人在。我想起跟唐露的约定，她应该会在这里等我，等我带回全套《哆啦A梦》的碟片。我没有带回来，但她应该在这里等我。我昏昏沉沉地想着。

我干脆在她家门口坐了下来，四周雨点如瀑，地上水流汇聚成河。我的头越来越晕，就靠着墙，但一直到我睡着，都没有等到唐露回来。

在唐露的葬礼上，我见到了陈老师。

在大年初办葬礼，在村子里是大忌，基本上不愿意参加。再加上老唐酗酒暴躁，人缘不好，葬礼冷冷清清的。

下葬的那一天，细雨蒙蒙，唢呐声混在雨幕中，格外萧索。我走在十来个人的送葬队伍里，缓慢地跟着前面的人，雨落在脸上，而脸已没有知觉。

老唐坐在唐露的墓前，胸前系着一个白色麻袋，脸色呆滞。他的独腿直直地伸在斜前方，触目惊心。我们依次上前，把用白布包着的钱丢进麻袋[1]，然后离开。

我前面的是一个老人，颤巍巍的，她丢完钱转身的时候，我才把她认了出来。

陈老师？

她看着我，枯瘦的脸上看上去很深邃，不知是因为衰老，还是因为哀戚。她抖动着干瘪的嘴唇，对我说，你也来了，你来参加唐露的葬礼。唐露是我最好的学生，却过得最惨，现在埋进土里，比

---

[1] 湖北南方一带农村的规矩，死者下葬时，亲人用素布包好钱，在布上写上名字，丢进死者亲属胸口系着的麻袋里。亲属会在晚上将钱取出，记录哪家给了多少钱，下次轮到别人家白事，就给同样金额或者更多的钱。

我都早。但你不知道，她这么惨淡的一生，可怜的结局，都是你造成的。

我 愣，疑心陈老师是不是年老昏了头，摇头说，从小学毕业起，我就没有再见过她了。

陈老师却不再说话，身子佝着，在冬雨里慢慢走向自己的那间破屋。

她离开了，她的话却像是一层阴影般笼住了我。我把羽绒服的帽子戴上，缩着脖子回家，母亲正在火炉边烤火，问我，你把钱给老唐了？

我点点头，然后问母亲，对了，老唐的腿，是怎么断的？

母亲眯着眼睛想了一会儿，火炉因失去了拨弄而变得暗红，青色的烟雾升腾。好多年了，她说，不过这事我记得很清楚，因为他出车祸，正巧是你生大病那天。你小时候淋雨生了场大病，你还记得吗？

我当然记得。小学毕业的暑假里，我淋雨回来，在唐露家门前等了很久，后来倚着门睡了过去。当路过的人看到我时，过来拍我的脸，却发现怎么都醒不过来，这才通知我父母，把我送到医院，

那场大病其实早有预告——前一天我下河捞铁件，已经是着了凉，早上时便头疼。但我却没有在意，骑车骑得大汗淋漓，然后冒雨回村，一场高烧于是将我击倒。这是我得过的最严重的病，因处理不及时，高烧引发脑水肿，一度呼吸衰弱，在医院里昏昏沉沉地躺了两个月才有好转。也正是因为这场病，远在北方的姨妈千里迢迢赶过来，把父母骂得狗血淋头，然后在我出院后，将我接走。我走的那天，路过唐露家，她家依旧家门紧闭。

母亲接着说，我听说他当时骑着我家的车，去废品站卖废铁，喝多了，结果被一辆车给撞了。

我恍然，原来老唐后来并没有把那些铁件交给派出所，而是像我一样去当废品卖钱。听到这个，我一点都不吃惊，这太像是老唐

能做出来的事情了。

我惊讶的是，陈老师说的果然没错——我驮着铁件去卖，被老唐看到，他抢了铁件和自行车自己去废品站，因此出了车祸，失去了一条腿，唐家从此没有了经济来源。唐露的整个人生就在那一天发生了转折。她之所以没有如约等我，恐怕也是因为老唐出车祸，她要赶去医院了吧。

尽管我并非故意，也无须自责，但确实是我的行为，导致了唐露命运的急转，间接将她推向了悲惨绝望的人生。

想到这里，我豁然转身。

你去哪儿？母亲在我身后喊道，外面冷，把衣服换上。

雨丝如针，刺在我身上每一寸露出的皮肤上。我边跑边裹紧衣服，一路跑到陈老师家中，推开门，床上没人。我有些发愣，略一思索，把床前的地板挪开，再次进入那条深邃的通道。

果然，推开门，在满是金属的房间里，我看到陈老师。她的头发在灯光下犹如一蓬风中的蒿草。

你来了。她甚至没有转身，在按那些复杂的按钮，我知道你会来的，唐露是我最好的学生，是你最好的朋友。现在她死了，我们都有责任，我们都是她命运的推手。

可是……我莫名地口干舌燥，后退两步，抵到了桌角，可是我不是故意的……

陈老师继续拨弄那些按钮，一阵嗡嗡声响了起来，越来越剧烈，但随着陈老师按下最后一个按钮，屋子里的仪器一颤，又恢复了寂静。她微弱地叹了口气，转过身来看着我，你知道时间是什么吗？

什么？我一时愣住了。

时间是一条河，每个人都在河里挣扎着。而命运，命运又是多么无力的东西，不过是河流里的一个小小漩涡，每一个漩涡互相交缠，每个人都是别人命运的推手。不管是故意，还是无心，一个小小的动作都能让所有的漩涡在时间之河上卷向全然不同的方向。胡舟，这是时间的魅力，也是时间的残酷。

这些话在房间里回荡着。我张着嘴，不可思议地看着这个年近八十的老人，无论如何也想象不出这番话是她说出的。陈老师，我印象中永远阴沉偏执的陈老师，在她生命的尾声，开始思考时间和命运了吗？

陈老师让我感到一阵诡异，四周闪烁的灯更让我觉得陌生。我说，但时间是不能更改的，就算是我间接造成了她的悲剧，也没有办法了……

陈老师看着我，眼睛浑浊如陈酒，良久，她摇了摇头说，时间并非不能更改。这条河的很多流段，是存在闭环的。

我越发迷糊。陈老师伸出枯瘦的手指，在四周画了一圈，问道，你知道这间屋子是做什么的吗？

这是从童年开始便笼罩我的疑惑，但还未等我猜测，陈老师已经接着说道，这是一个实验室。

我环顾四周，这些电路和仪器确实像是在进行着某种实验。但我想不出，在这个落后偏僻的乡村，有什么可做实验的。

这个实验室的背景，是军方。陈老师一边说，一边抚摸着仪器的外壳，但是更多的，我不能跟你说——尽管他们已经放弃了这个项目，已经有三十多年没有联系过我。我能告诉你的是，这个实验的目的，是研究时间闭环。

什么，我疑心听错了，时间闭环？

当时，我们从全国各地被调过来，都不知道是要来干什么。但那是……是那段时间，我们只能听从安排。这里是全国范式指数最高的地方，哦，你不知道范式指数。这是以老范的姓来命名的，老范已经死了，他的上半身就埋在外面的义山上。

我浑身一寒，为什么只有上半身？

因为我们找不到他的下半身。我们钻研了十多年，才人为造出了一条时间闭环，老范亲自做了第一例人体实验。但他刚刚沉入河

　　　　　　　　　　　湿润的金属

面一半，闭环就失稳关闭了，时间和空间的错位被切合，他的下半身消失在另一个时空里。我记得当时，整个河面都被染红了。

河面？你说的是外面那个长了歪脖子树的河面吗？

陈老师点点头，时空闭环在空间上的两个结点，就是这间实验室，和外面那个直径1.42米的圆形河面。而在时间上的结点是随机的。河面上经常漂来一些乱七八糟的东西，漂到河面结点时，就会落进这间实验室。

所以你都标了记，是吗？我的记忆开始清晰，指着角落——时隔多年，我的皮球、泡沫板都还堆在那里。

嗯，你曾经为了拿走你的练习册，偷跑进来过。但你没有跟别人提起，我也就没多管。一口气说了这么多，陈老师似乎耗尽了精力，摸索着坐下来，然后继续说，这个实验耗费了太多的人力物力，一直没有进展，所以那个时期结束后，实验被叫停了。他们都想回家，毕竟做这个研究就像坐牢一样，他们都走了，只有我留下来，央求他们不要销毁实验室。

你为什么不回家呢？

因为我没有家了，陈老师凄凉地一笑，你知道我跟老范是什么关系吗？他是我的丈夫，他埋在哪里，哪里就是我的家。

我大概猜到了，心里戚戚，只能点头。

陈老师接着说，他们看在老范的面子上，把这些仪器留下了，把我的名字画掉。在当时的中国，这种无疾而终的实验多不胜数，没人在意一个留在乡村的寡妇。说到这里，她苦笑着摇了摇头，反正我一直留在这里，替老范继续完成这个实验。

你刚才说时间可以改变，是已经完成了这个实验吗？

陈老师刚要回答，突然咳嗽起来，她掏出手帕捂着，手帕立刻被染红。我连忙扶住她，然后背她离开实验室。她轻得像是一片叶子。

我把她放在床上，倒了药和热水，喂她服下。她这才呼吸通畅些，喘了许久，说，我差一点就成功了……数据和原理我已经推导了无数遍，没有任何问题，但就在我准备做实验的时候，实验室里几样关键仪器不见了。

是什么时候？

太久了……但应该是小学毕业之后两三年吧。

我噢了一声，大概明白了——陈老师说时间闭环的另一端是随机的。我那次从河里捞出铁件，手伸进的地方，应该是两三年以后的实验室。过了两三年，她才发现实验室的仪器被我偷走了。

我花了很长时间来重新制造消失的仪器，但只有超晶体协稳器没法复原，它太精密了，材料少见，我一个人无论如何也做不出。所以我谈不上成功，但是，但是时间确实是可以更改的。她说着，眼睛慢慢合上，眼角沁出一滴浑浊的泪水，在丘壑般的脸颊上滑下，离完成老范的夙愿只差一步，这一步我却再也走不下去了……

我离开了这间小屋。外面依然雨丝飘飞，一座座坟茔在冬雨中瑟瑟发抖。我深一脚浅一脚地穿过这些荒凉墓碑，来到一处新墓前。送葬的队伍已经走了，一片空旷，安寂，只有丝丝雨声。地上撒满了白纸，被雨打湿，混进了泥里。

我看到墓碑上贴着一张泛黄的照片，上面是一个清秀小女孩的剪影，扎着辫子，嘴角挂着微笑。听说老唐找遍了家里，没有一张唐露的照片，只找到了小学毕业照。他本来想把毕业照贴在墓碑上，但照片上还有其他人，这些人家里觉得晦气，死活拦住了他。于是他把唐露的人影剪下来，当做冥照贴了上去。老唐手抖，剪得不太干净，唐露身旁还残留有我的侧脸。

天色暗了，雨更冷了。

我看着童年记忆里的唐露，她也看着我，对我笑。我伸出手，碰到了她的脸。

我和唐露的最后一次见面，是在我高二的寒假。

那时我已在城市里生活多年，成了一个十七岁的少年。我爱听

　　　　　　　　湿润的金属

周杰伦的歌，爱打篮球，想买一双耐克鞋，暗恋隔壁班的长头发女孩。我厌恶记忆里贫穷闭塞的故乡。

但姨妈多年未归，春节探亲时把我带上了。我住在父母家里，却格格不入。这里的人和其他一切，都让我感觉脏且陈旧。其间父母担心太麻烦姨妈照顾我了，向她提出把我接回来，姨妈以让我接受更好的教育为由拒绝了。我当时坐在旁边，悄悄松了口气。

好不容易挨到大年初六，我跟姨妈一起，坐陈叔的拖拉机去镇上，然后从镇上搭大巴去市里，再坐火车回山西。但我们到镇上时，大巴已经开走了，我们在街边等了半个多小时，才拦到一辆顺路回市里的小汽车。司机要收一百，姨妈谈了半天，才以五十块的价格谈妥。

刚要走时，身后突然传来一个怯生生的声音："你们是要去市里吗？"

我转头看见一个女生，十五六岁的样子，身形消瘦，却背着一个鼓鼓的大包，手里也提着两个布袋。我疑心这些包裹比她自己都要重。

"是啊。"我说。

"捎我一个吧，我也去市里……没赶上大巴。"

我觉得她有些眼熟，点点头："应该可以吧。"

这时，司机探出头来，不满地说："这可不行啊！三个人就不是五十了，得加钱，六十！"

姨妈瞪了他一眼，然后转头看着女孩，说："小姑娘，一共六十，三个人。我们四十，你出二十块，可以吗？"

女孩犹豫了，在司机催促地按了几下喇叭后，才点点头。我帮她把行李放在后车厢里，突然认出了她是谁，脱口而出："唐露？"

"好久不见，"她却没有太惊讶，看着我笑了笑，"胡舟，你长高了。"

在去镇上的一个多小时里，我坐在唐露旁边，彼此沉默着，气氛有些尴尬。我扭头看着车窗外飞逝的树影，车窗倒映出她的脸。我看到她低着头，刘海的影子若有若无。

"你是去哪里呀？"我打破沉默。

"上海。你呢？"

"我跟姨妈回山西，快开学了。你现在也是在上海读书吗？"话刚说完，我就后悔了——她背着这样多的行李，无论如何都不像是去念书的样子。

唐露依旧笑了笑："去打工。"

坐在前座的姨妈回了下头，看了一眼唐露，又转过去。我下意识地问："做什么工作呢？"

"还不知道，去了再看吧，"顿了顿，她又补充说，"总有活儿做吧。"

接下来，又是沉默。车子上了跨江大桥，飞速行驶，我看到江面上有一只白色的鸟飞过。过了桥，就是市火车站，我和姨妈将在这里踏上回山西的火车。

唐露突然说："你还看《哆啦A梦》吗？"

我一愣："很久没看了……怎么了？"

"没什么。"她说。她的声音突然变得有些闷，像是鼻子被堵住了一样。

车子下了桥，在车流中缓慢行进，喇叭声此起彼伏。破旧的火车站已然在望，门口拥挤着黑压压的一片人。

"我一直在看，但是他们说，《哆啦A梦》已经有结局了。"唐露说话的时候，视线掠过了我的脸，投射到窗外的很远处，"原来，大雄得了精神病，所有发生的故事，都是他的幻想，都是假的①。所以，这个世界上从来没有哆啦A梦……"

那时我迷恋着周杰伦和NBA，已经很久没看动画片了，对《哆

---

① 关于《哆啦A梦》，网上有诸多版本，此为其中流传较广的一版，偏向黑暗。但此为虚假结局，《哆啦A梦》的故事仍在继续。

《哆啦Ａ梦》的印象都模糊了，只能硬着头皮问："是谁告诉你是这个结局的？"

"网上是这么说的，都这么说，就不会有假吧。"唐露收回目光，垂下头。不知是不是我眼花，我看到她脸上有两道浅浅的泪痕，"可是你跟我说过，每一个孤单童年，都有……"

这时，司机开到了火车站前，停下车，转头对我们说："到了，下去吧。"

唐露便没有把后面的话说完。她推开车门，我帮着把行李拿出来。姨妈给了司机六十块钱，唐露随后掏出一个布钱包，数出二十块零钱，递给姨妈。

"不用了，不用了。"姨妈看了我一眼，对她摆手说，"你留着吧，以后用得着。"

唐露执意要给，姨妈毕竟处事老到，拉着我的手就往售票厅走。我回头看去，看到唐露背着硕大的包裹，手里捏着钱，没有追上来。但她眼眶有些红，似乎是想说什么。

周围全是背着行囊赶往四方的人，人太多了，我走了几步再回头时，唐露瘦弱的身躯已经被湮没在人潮里。我使劲昂着头，看不到她的影子，我再踮起脚，依然只看得到人流汹涌。我再也找不见她了。

雨丝透进脖子，我突然一个激灵，转身往家里跑。我在装着旧物的木箱子里一阵翻找，找到了那个底方顶圆的金属和晶体无缝接合的物件。现在端详起来，它更像是一个造型拙朴的Ｕ盘，但它的底部不是USB接口。

我把它揣在怀里，匆匆跑出去。出门前，母亲拉住我问，都晚上了，你还去哪里？

这是我的母亲，旁边木讷寡言的人是我的父亲。我突然有些心酸，上前抱住了他们，母亲满脸困惑，而父亲则有些不习惯。

我对他们说，我很快会回来的。

几点？母亲说。

不是今晚。我说完，出门一路快走，我不需要在黑夜里打开电筒，只沿着记忆里的路，很快就到了陈老师家里。

现在实验室里唯一缺的，我把那物件掏出来，就是这个吧？

陈老师本已经睡下了，看到我手上的物件，眼皮一跳，挣扎着坐了起来。是……是超晶体协稳器，她说话都在抖，我找了这么久，怎么会在你手里？

我没有回答，急切地问，是不是有了这个，你就能把我送到从前？

陈老师从激动中回过神来，抬头看我，你真的要回去？

我点头。

你现在的日子很好，舍得放弃吗？

我苦笑，很好吗？我在北京遍体鳞伤，所以才回到故乡。

现实没有往事美好，所以就要回去吗？但往事是用来回忆的，不是用来重复的。在你的想象中它很美好，但当你真正进去，它就未必了。你要想好。

没关系，我不是逃避，也不是去重复往事。我上前一步，看着神态老朽的陈老师，我是去改变。

改变什么？

如果按照因果论，唐露的悲惨是我造成的，那我就应该去纠正这个错误。我要当一只真正的哆啦A梦。

你去了就再也回不来了，你知道吗？

我摇摇头，没关系。我会再次长大的，不是吗？

我扶着陈老师来到地下通道，进了实验室。她把协稳器插好，熟练地启动繁复的按钮。中间桌子的玻璃箱里，电火花再次闪现，越来越密集，最终交织成环。

这十多年我没闲着，一直在计算闭环的落点，理论上，可以精

　　　　　　　　　　　　　湿润的金属

确控制两个结点的时间。陈老师问，你要去哪一天？

我输入了日期。

光环随之扩大，透出了玻璃箱子，在空中悬浮着。陈老师点点头，眼里闪光，说，看来计算没有错。她再次按下几个按钮，光环竖向转动，与地面垂直，成了一个圆形门。

我最后问你一遍，你想好了吗？

这个问题已经无须回答了。我深吸一口气，站在光环前。它闪烁着，光照在我脸上，越来越亮。电流的嗞嗞声在房间里回想。我突然流下泪来，上前一步，跨进了光环里。

那一瞬间，我像是初领圣餐的孩子，放大了胆子，但屏住了呼吸。

有光。黏稠。清冷。

我的大脑短暂性地停止工作，等恢复过来时，只记得这三个感觉了。

我张开眼睛，发现还是这间实验室里，但陈老师不知去向。难道失败了？我疑惑地走出地下通道，推开陈老师的家门，走出去，一股只属于夏天的沉闷灼热感顿时袭来。

没错！

我回到了那个夏天的阴沉上午！

我顾不得惊讶，匆匆赶到大路边，看到一个男孩正骑着老式自行车，车座后面驮着一个麻袋，正向镇上骑去。

"你等下。"我拦住了他。

男孩停下来，扶着车，惊讶地看着我："你是谁？"

我说："不用管我——你的麻袋不太结实，待会儿里面的东西就掉出来了，我帮你重新系一下。"我把羽绒服脱下来，包住麻袋，用袖子拴紧车杠，"嗯，这样应该就可以了。还有，你去镇上时，不要走桥上，从小路绕过去，听到了吗？"

男孩一直疑惑地盯着我，闻言点点头。

"去吧，"我挥挥手，"早点回来，唐露还等你呢。"

"你怎么知道……"

"对了，你卖了废铁，找那老头儿借一套雨衣，待会儿你回来时会下雨。千万不要淋雨。"

男孩重新跨上车，走之前又盯着我看了几眼，说："你跟我爸爸长得好像，你是我家亲戚吗？"

我笑了笑："总之你记住我说的话就可以了，去吧！"

男孩骑车远去，很快消失在树影里。我站在原地踟蹰了一会儿，然后走向唐露家。我没有进去，站在屋前马路的对面，坐下来开始等。

这个午后过得很慢，时光像天气一样黏稠，但没关系，我有足够的耐心。我一直坐着，路过的人惊奇地打量我，我一直坐着。后来下雨了，我便到唐露家的屋檐下躲雨。

一个女孩从屋里探出头，看见我，粉雕玉砌的脸上有些失望，又冲我一笑，说："要喝杯水吗？"

我说："不用了，我只是躲会儿雨。谢谢你。"

"哦。"唐露缩回头，但过了一会儿，又搬了两把板凳出来，递给我一把。她也坐在我身边，看着外面无穷无尽的雨幕。

"你在等什么人吗？"我问。

唐露点点头："我在等哆啦Ａ梦。"

"是动画片吗？"

"不是的，是一个人。"她没有回头看我。我却看到了她的侧脸，熟悉的侧脸。

我们就这么坐在屋檐下。

男孩的身影出现在雨中，骑着车，身上披了一件雨衣。女孩站起来了，板凳倒在她身后，她都没有察觉。

男孩骑过来，把车靠在墙边，冲女孩大声喊："露露，我租到了!"他看到了我,有些诧异,却没有理我,只把雨衣脱下,从怀里掏出一摞厚厚的光碟,递给女孩。

"太好啦!"女孩高兴地接过来。

我站起来,转身踏进雨中。这时,女孩对男孩说:"谢谢你,哆啦A梦!"然后,他们抑不住高兴,牵着手,在屋檐下唱起了歌——

每天过得都一样,
偶尔会突发奇想,
只要有了哆啦A梦,
欢笑就无限延长……

歌声清脆欢快,穿过无边雨幕,在这村庄上空回荡。我没有转身,不知道他们是唱给自己听,还是唱给我听的。但这已不重要了,从这一刻起,命运已经转向,时间之河上的漩涡被打乱重组。这两个小孩将踏上他们全新的人生,就像野比大雄和源静香,将会慢慢成长。

而哆啦A梦,已经完成了它的使命。

再见哆啦A梦

图书在版编目（CIP）数据

湿润的金属 / 阿缺著. -- 北京：作家出版社，2019.9
（青·科幻丛书）
ISBN 978-7-5212-0706-4

Ⅰ. ①湿… Ⅱ. ①阿… Ⅲ. ①中篇小说 – 小说集 – 中国 –
当代 ②短篇小说 – 小说集 – 中国 – 当代 Ⅳ. ①I247.7

中国版本图书馆CIP数据核字（2019）第202796号

湿润的金属

作　　者：阿　缺
主　　编：杨庆祥
责任编辑：李宏伟　秦　悦
封面绘图：BUTU
装帧设计：刘十佳
出版发行：作家出版社有限公司
社　　址：北京农展馆南里10号　　邮　　编：100125
电话传真：86-10-65067186（发行中心及邮购部）
　　　　　86-10-65004079（总编室）
E-mail:zuojia@zuojia.net.cn
http://www.zuojiachubanshe.com
印　　刷：玉田县嘉德印刷有限公司
成品尺寸：145×210
字　　数：291千
印　　张：11
版　　次：2020年4月第1版
印　　次：2020年4月第1次印刷
ISBN 978-7-5212-0706-4
定　　价：50.00元